VIAGGIA CON ME

UN ROMANCE DI VIAGGIO

SYNERGY
LIBRO 3

MICHELLE MCCRAW

1

SAM

NON TUTTI SI porterebbero di nascosto il cane a un pranzo di beneficenza. Il suo adorabile cane che non abbaia quasi mai e che, assolutamente—be', quasi—non perde pelo.

Ma, con l'eterna delusione di mia madre, io non sono come tutti.

Tutti vorrebbero avere i tuoi privilegi.

Tutti dovrebbero sposare qualcuno che si integri nella loro cerchia sociale. Con questo, intendeva ricco.

Tutti vogliono essere un Jones.

Ma a un certo punto, negli ultimi venticinque anni, avrebbe dovuto capire che sono un po'... diversa.

«Bilbo Baggins» sibilai, sollevando la tovaglia bianca di un grande tavolo rotondo.

«Sam!»

Con una smorfia, lasciai ricadere la tovaglia e mi voltai di scatto verso mia sorella minore. Mi guardava dall'alto dei suoi tacchi vertiginosi, una mano sul fianco e l'altra che reggeva un cocktail rosa che si abbinava al rosa confetto del suo abito di seta.

A questi eventi, lei sembrava sempre così a suo agio. «Che stai facendo?» sussurrò.

«Ehm, cerco un orecchino?»

Natalie mi guardò socchiudendo gli occhi. «Non porti gli orecchini.»

«Oh. Allora suppongo di cercarne due.»

«Perle. Dovresti indossare delle perle.» Mi squadrò da capo a piedi, e io spinsi la mia enorme borsa nera dietro la schiena. «Quel tailleur è di due stagioni fa. La mamma non te ne ha mandato uno nuovo?»

Fissai la punta tonda delle mie scarpe dal tacco basso, ricordando come avevo lasciato quella sgargiante mostruosità rosa nel cassonetto delle donazioni. Questo tailleur non era poi così male. L'avevo comprato quando avevo ancora i soldi per i vestiti nuovi, ed era del mio colore preferito, il nero.

La voce di Natalie era più dolce di come l'avessi sentita da un po'. «La prossima volta, dille cosa vuoi.»

«Quello che voglio è non essere qui» borbottai.

«Oh, davvero? A papà come sarebbe sembrato?» I suoi occhi diventarono insolitamente lucidi, prima di girare sui tacchi dei suoi sandali scintillanti e allontanarsi a grandi passi.

Papà? Commisi l'errore di guardare la sua foto sul manifesto all'ingresso del museo. Sarebbe stato troppo impegnato a lavorare per venire a un evento del genere, anche se portava il suo nome. Mi massaggiai il punto del petto che mi faceva ancora male, dopo quattordici anni.

Non ero lì per lui. Sebbene avrei preferito fare ricerca o accoccolarmi con Bilbo Baggins sul mio divano o farmi togliere di nuovo l'appendice, ero lì per mia madre. Esigeva che la sua famiglia si presentasse agli eventi della fondazione in modo impeccabile.

E questo mi ricordò che dovevo trovare Bilbo Baggins prima che lo facesse lei. Dove poteva essere andato? Di solito non era timido. Non si sarebbe nascosto sotto un tavolo. A differenza mia, sarebbe stato al centro dell'azione, a fare amicizia. Mi voltai su me stessa, scrutando la sala.

Un lungo tavolo da buffet occupava un lato dello spazio del museo dai soffitti alti. Di solito, mia madre odiava l'idea della gente con il cibo in mano, ma i tavoli da pranzo non si sarebbero adattati alle grandi sculture. L'altro lato della sala era cosparso di tavolini più piccoli che servivano antipasti. Forse era andato a mendicare un'ala di pollo. Non che mia madre avrebbe mai servito delle ali di pollo unte, ma Bilbo Baggins non lo sapeva.

Avevo fatto un passo in quella direzione quando una mano setosa ma ferrea mi si strinse intorno al polso. «Samantha, che cos'è quella?»

Frenetica, ispezionai l'area circostante. L'aveva visto?

Dita pallide con la French pizzicarono la tracolla della mia borsa. «Perché non ha lasciato la sua borsa da scuola al guardaroba?»

Mi voltai lentamente per fronteggiarla. «Madre, è lì che ho il portafoglio e le chiavi.» E anche il mio cane, prima che facesse la sua grande fuga.

Le sue labbra rosse si incurvarono all'ingiù. «Che fine ha fatto la borsa che Le ho regalato per il Suo compleanno?»

«Non si abbinava al mio tailleur.» Gesticolai verso i miei pantaloni neri e la camicia bianca. Non menzionai che, quando avevo venduto la borsa fucsia a fiori su eBay, ci avevo pagato la visita veterinaria annuale di Bilbo Baggins, più il suo vermifugo per la filaria e i farmaci per l'allergia.

«Non mi faccia iniziare a parlare di quel tailleur» borbottò, togliendomi un granello dalla spalla. «Ora, dov'è il Suo accompagnatore?»

«Il mio accompagnatore?»

«Sì, si ricorda, Le avevo detto che William Winford voleva conoscerLa.»

«Non aveva detto che era un appuntamento.»

I suoi occhi azzurri, più chiari dei miei, si spostarono sul mio colletto, che raddrizzò. «È molto rispettato. E brillante. A quanto sento, ha triplicato il suo fondo fiduciario.»

Non farla iniziare a parlare di fondi fiduciari. «Qual è il suo campo, narcotrafficante? Mercante d'armi?»

La sua bocca formò una O rossa e scioccata. «Samantha Renée Jones, sa benissimo che non frequentiamo gente del genere.»

«Madre, era solo una battu—»

«Può fidarsi della Sua famiglia per non lasciarLa cadere vittima di gente simile.»

Schiusi le labbra. Non avrebbe davvero tirato fuori il mio terribile errore qui, vero? Il cuore mi prese a battere forte.

«Samantha.» Mi posò una mano sulla manica. «Deve fidarsi delle persone che La amano. L'aiuteremo a trovare un compagno che possa mantenerLa.»

«Posso mantenermi da sola.» Forse prendevo decisioni di merda riguardo agli uomini, ma non avevo bisogno che mi trovasse un compagno. Avevo un piano per la mia vita. Incrociai le braccia. «L'ultima cosa di cui ho bisogno è un compagno.»

«Ha bisogno di sicurezza. Ho visto quella topaia in cui vive. Quella non è—»

«Madre.» La grande mano del mio fratello maggiore si posò sulla spalla della sua giacca.

«Ah. Jackson.» La sua voce divenne tutta dolce al nome di mio fratello, come non succedeva mai quando pronunciava il mio.

Lui si chinò per baciarle la guancia, ma il suo sorriso sbilenco era tutto per me. «Ho bisogno di Sam per un minuto.»

«Ma stavo per presentarla a William Winford. Sai, il banchiere d'investimento.» Arricciò le labbra verso di me.

«Potrà conoscere il tuo uomo più tardi. Ho in mente qualcun altro.»

Socchiusi gli occhi verso di lui. Mio fratello non mi faceva da pappone né cercava di usarmi come una pedina nei suoi giochi d'affari. Ma non tradì nulla sotto lo sguardo di mia madre.

«Va bene. Vi troverò più tardi, Samantha. Con William.» Si

allontanò a grandi passi, i tacchi che risuonavano sul pavimento di legno.

«Che diavolo, Jacks—»

«Non è che per caso hai portato qui quel ratto gigante che chiami cane, vero?» Diede un colpetto alla mia borsa.

Trattenni il respiro. «L'hai visto?»

«Laggiù, vicino al tavolo dei salumi.»

«Oh, no.» Con Jackson alle calcagna, corsi verso il tavolo pieno di vassoi di affettati e formaggi. Mi accovacciai e sollevai il drappo che lo copriva, ma lo spazio sotto il tavolo era vuoto. «Non è qui.»

«Sam, perché hai portato il tuo cane alla festa della mamma?»

Mi alzai e diedi un colpetto alla mia borsa come se Bilbo Baggins potesse essere magicamente riapparso dove doveva stare. Con il mio cane contro il fianco, le mie mani avevano smesso di tremare e la mia frequenza cardiaca era rallentata dalla velocità di un colibrì a quella di un coniglio spaventato. «Non lo so.» Ma non potei fare a meno di lanciare un'occhiata al manifesto gigante con il volto smisurato di mio padre.

Il suo sorriso si afflosciò. «Lo odio anch'io, Samwise. Ma la gente paga fior di quattrini per venire qui a mangiare formaggio raffinato, e i soldi vanno a una buona causa.»

La causa preferita di papà, non c'era bisogno di dirlo.

«Lo so, ma—» Gli eventi della Fondazione Jones erano i peggiori. La gente voleva parlare di libri, che non leggevo più, o di papà, cosa che mi faceva male al cuore come se se ne fosse andato solo da un anno e non da più di metà della mia vita. «Perché non possono semplicemente staccare un assegno e lasciarmi fuori da tutto questo?»

Fece spallucce. «Che ti piaccia o no, sei una Jones.»

Non potevo sfuggire al mio nome, non qui a San Francisco. Ma un giorno — tra un anno, se fossi riuscita a raddrizzare il mio progetto di tesi — sarei stata in grado di evadere. Avrei trovato una cattedra di ricerca da qualche parte lontano nel centro del paese, dove mia madre non sarebbe mai andata. South Dakota o

Iowa, o persino Arkansas. Non mi importava dove, purché non ci fossero boutique di lusso o donatori. Tutto ciò di cui avevo bisogno era un laboratorio informatico e un appartamento abbastanza grande per me e—

«Bilbo Baggins» sibilai di nuovo, a bassa voce. Con quelle sue orecchie giganti, avrebbe dovuto sentirmi anche sopra il chiasso dei commensali.

«Senti, ci dividiamo e cerchiamo. Tu copri questa metà della sala e io controllerò vicino al tavolo del buffet.»

«E se fosse corso fuori?» Nel parco circostante c'erano volpi e falchi, forse anche coyote.

«Quel cane non ti lascerebbe mai, Samwise. È solo andato a cercare uno spuntino. Lo troveremo.»

L'interno del mio naso bruciò un po' mentre allungavo la mano e stringevo il braccio di Jackson. «Grazie.»

«Non ti preoccupare. È molto più divertente che parlare con noiosi letterati. Ehi, ti ricordi quando andavamo a caccia di gnomi in quel gioco che abbiamo creato insieme?»

«Gnome Dome? Quello era anni fa.» Roba preistorica. «E Bilbo Baggins è molto più astuto degli gnomi che abbiamo programmato.»

«È piuttosto prevedibile quando ci sono di mezzo gli spuntini.» Mi fece l'occhiolino prima di dirigersi verso il buffet.

Mi voltai di nuovo verso i tavoli degli antipasti. Doveva essere lì, a elemosinare un bocconcino. Esaminai il pavimento. Nessuna traccia della sua pelliccia nera.

Una risata, ricca e profonda, catturò la mia attenzione. Non era la risatina educata che la gente usava per segnalare il proprio divertimento, solitamente falso, a questi eventi. Era pura e sfrenata. E rumorosa. Mi voltai per vedere chi avesse violato il contratto sociale.

Era grosso e... e luminoso, come se avesse un fuoco dentro. I suoi capelli erano dello stesso colore del cielo durante gli incendi dell'estate precedente, un profondo ruggine. Lentiggini dorate gli ricoprivano la pelle. Aveva il fisico di uno che praticava uno di quegli sport in cui si porta una palla su un campo, largo di spalle e affusolato sotto. Qualcuno che sarebbe sembrato più a suo agio con un mantello foderato di pelliccia e un'ascia in pugno che non con un abito grigio antracite e in mano un—

«Bilbo Baggins!» Mi fermai di colpo davanti al vichingo.

«Scusa?» Con una mano enorme e lentigginosa, strinse Bilbo Baggins più vicino al petto. Mi colpì con un paio di occhi azzurri. No. Erano verdi. Pagliuzze dorate li illuminavano come scintille. Le sue ciglia erano rosse. Esisteva un dio norreno della fiamma? Perché questo tizio era un falò, caldo e accogliente ma anche scoppiettante di pericolo.

Controllai a destra e a sinistra prima di avvicinarmi. Più dolcemente, dissi: «Quello è il mio cane. Bilbo Baggins.»

«Questo qui?» Abbassò lo sguardo negli occhi marroni e sporgenti di Bilbo Baggins. Bilbo Baggins tirò fuori la lingua rosa per leccare il mento ben rasato dell'uomo, poi si dimenò nella sua presa. «Assomiglia più a Toto che a un Hobbit.»

Non sapevo inarcare un sopracciglio come Natalie, ma li alzai entrambi. «E questo fa di te la Malvagia Strega dell'Ovest che rapisce il mio cane?» Con i riferimenti cinematografici, me la cavavo. Questo tizio sembrava più un linebacker che un bibliotecario; se fossimo rimasti in acque poco profonde, non avrei dovuto tradire la mia ignoranza letteraria.

Un sorriso si sparse come miele sul suo viso. «Rapimento? Più che altro custodia. Sembra che Bilbo Baggins fosse pronto per un'avventura. Per portare un po' di brivido nella sua vita monotona.»

«Il brivido è sopravvalutato.» Lo stomaco mi si chiuse. Non riuscivo nemmeno a guardare Bilbo Baggins negli occhi. «So che non avrei dovuto portarlo. È solo che—» Mi strinsi le labbra. Non potevo dire a questo sconosciuto che avevo bisogno del mio cagnolino per respingere le emozioni che mi minacciavano qui.

«Ehi, ehi.» Aspettò che lo guardassi di nuovo. «Va tutto bene. Adesso è al sicuro. Vedi? Ce l'ho io.» Bilbo Baggins sospirò e si strinse contro il suo petto.

Vorrei potermi accoccolare anch'io contro di lui.

L'uomo ridacchiò. «Certo, c'è un sacco di spazio per entrambi.»

«Merda, l'ho detto ad alta voce, vero?»

«'Nessuna eredità è così ricca come l'onestà'.» Diede un'occhiata alla sala. «Anche se non si direbbe da questa folla.»

Inclinai la testa di lato. «Sembra Benjamin Franklin.»

«Shakespeare, in realtà.»

«Oh.» Nonostante il suo aspetto, nonostante il suo giudizio sui partecipanti alla raccolta fondi, era uno dei tipi letterati. «Mi riprendo Bilbo Baggins adesso.»

Le sue sopracciglia rosse si aggrottarono, ma mi porse Bilbo Baggins, e il mio cane zampettò con le sue zampine pelose dritto tra le mie braccia. Lo strinsi forte contro il petto. Troppo forte, scoprii quando emise un rutto.

«Non è che per caso gli hai dato del formaggio, vero?»

Il vichingo aprì l'altra mano e mi mostrò un tovagliolo accartocciato che conteneva un singolo cubo arancione. «Solo uno o due pezzi.»

Feci una smorfia. «Lo porto fuori di qui prima che si c... prima che abbia un disturbo gastrico, voglio dire.» Arricciai il naso. «Non tollera i latticini.»

«Mi dispiace. Sembrava che gli piacesse.» La sua voce, come la sua risata, era bassa e ricca. Non biasimavo Bilbo Baggins per essere corso da lui. Diavolo, mi sarei accoccolata anch'io contro quest'uomo mentre mi dava da mangiare.

Una punta di odore di formaggio puzzolente mi arrivò al naso. Misi Bilbo Baggins nella mia borsa.

«Il formaggio gli piace, fino al momento in cui il suo piccolo intestino si scatena.» Era un'informazione di troppo? Probabilmente. Quando ero nervosa, la mia bocca era più sfrenata delle viscere di Bilbo Baggins dopo aver mangiato del Muenster.

Lui trasalì. «Mi dispiace davvero.»

«Non fa niente. Mi darà una scusa per andarmene prima.» Ma

i miei piedi rimasero piantati lì, davanti al gigante amichevole che aveva salvato il mio cane.

«Sono Niall Flynn.» Mi porse la mano destra.

«Samantha.» La mia mano scomparve nella sua, molto più grande, le sue dita così lunghe che sfiorarono la pelle sensibile del mio polso. Il mio battito cardiaco accelerò e inspirai bruscamente.

Fece una smorfia. «Scusa. Mani ruvide.»

Era vero. I calli gli irruvidivano il palmo e ciascuna delle dita che coprivano il dorso della mia mano. La maggior parte degli uomini a questi eventi non faceva niente di più faticoso che cliccare un mouse, e le loro mani erano più lisce delle mie. Niall doveva essere un atleta. La fondazione collaborava con alcuni giocatori professionisti.

«Non fa niente. Mi... mi piace.» Osservai come le maniche della sua giacca si tendevano sui bicipiti. La mia amica Marlee mi direbbe di buttarmi. Di flirtare. Di bere qualcosa con lui. Ma io non ero Marlee. Dovevo essere stata nel laboratorio di informatica quando davano lezioni su come scuotere i capelli e fare conversazione. Sulla scala di conversazione da "chiacchiera leggera" a "serietà mortale", di solito risultavo un undici: intensa.

Rendendomi conto che mi stava ancora stringendo la mano, la sfilai dalla sua presa. «Be', grazie per aver salvato Bilbo Baggins dall'essere infilzato dal tacco di qualcuno.»

«Aspetta.» Mi stava studiando, un lento esame del mio viso, come alcune persone guardano l'arte, non come il calcolo mentale che la maggior parte della gente faceva quando guardava una Jones.

Sbattei le palpebre. «Ho qualcosa in faccia?»

Scosse la testa. «Scusa, io... immagino di essere solo sorpreso di trovare qualcuno come te qui.»

«Qualcuno come me?» Arricciai il naso. «Che cosa dovrebbe significare?» Cosa aveva capito di me nei nostri dieci minuti insieme?

«Qualcuno di... reale. E allo stesso tempo no. È come se stessi per trasformarti in una creatura del bosco al calar del sole.» Il suo viso divenne rosso, persino le lentiggini.

«Come in Ladyhawke?»

«Sì, come—»

«Niall! Eccoti.» Una donna della mia altezza, con capelli scuri e ricci e la pelle ambrata, afferrò la manica di Niall. Una raffica di clic dietro di lei mi disse che aveva portato un fotografo. Rabbrividii e voltai le spalle al suono. «Cosa ci fai nascosto qui? Dobbiamo farti uscire a socializzare.»

«Stavo parlando con Samantha.» Mi tese la mano. Assolutamente no, non mi sarei lasciata trascinare nella sua photo opportunity. Ogni clic dell'otturatore aumentava il peso gelido nel mio ventre. Come avevo potuto sbagliarmi di nuovo così tanto? Non era un gigante gentile. Era una qualche celebrità di poco conto venuta a sborsare soldi per farsi pubblicità.

O peggio, era come Stephen, che mi attirava nella sua trappola, aspettando di farla scattare. In qualche modo, mi aveva collegata alla famiglia Jones anche se non gli avevo dato il mio cognome. Maledetto quel ridicolo ritratto di famiglia che mettevano su un cavalletto per questi eventi. Avevo dieci anni, con i capelli scuri e lisci con la riga a zig-zag, un sorriso a bocca chiusa che nascondeva l'apparecchio e gli occhi troppo grandi per il mio viso. Ora i miei capelli erano raccolti in una coda di cavallo bassa e l'apparecchio non c'era più, ma assomigliavo ancora a quella ragazzina preadolescente troppo ingenua per sapere che stava per perdere suo padre.

Lo sguardo della donna si posò su di me, ancora più penetrante di quello di Niall. «Qual è il tuo cognome, Samantha?»

«Gabi» disse Niall, «ho bisogno di un altro minuto con Samantha.» Di solito non mi piaceva il mio nome completo, ma il modo in cui scivolò fuori dalla sua voce bassa mi fece rabbrividire. O forse era una scossa di avvertimento da parte di Bilbo Baggins. A cosa poteva servire a Niall un altro minuto? Per spazzolarmi i peli di cane dal tailleur per una foto? Una volta, ero stata disposta a fare da decorazione al braccio di un uomo, sorridendo per foto che non volevo. Mai più.

Alzai i palmi davanti al petto come se potessi respingerli entrambi. «Tranquilli. Abbiamo finito. Piacere di conoscerti, Niall.» Mi diressi a grandi passi verso l'uscita, lasciando Niall e il suo entourage davanti ai salumi.

Quando raggiungemmo una zona erbosa fuori dal museo, Bilbo Baggins saltò fuori dalla mia borsa per liberarsi del formaggio malefico, fissandomi come se lo avessi tradito. «È stato il tuo nuovo amico, Niall, ad avvelenarti» dissi mentre pulivo il casino. «E non ne valeva assolutamente la pena. È proprio come quel Winford Chissàchi. Vuole usarmi come un badge per entrare a feste di merda come quella.» Scossi il sacchetto di plastica con la cacca del cane. «Non sono il biglietto d'oro di nessuno. Prenderò il dottorato e me ne andrò da qui. Capito?»

Bilbo Baggins inclinò la testa.

«Lo so. Tu capisci.» Gettai il sacchetto nel cestino e mi spalmai del gel igienizzante sulle mani.

Mentre agganciavo il guinzaglio al suo collare, il mio telefono vibrò dalla tasca esterna della borsa. La suoneria del Dr. Martell. Di solito rispettava i miei fine settimana. Forse si era dimenticato di alcuni test che doveva far correggere.

«Salve, Dr. Martell.»

«Samantha. Pensavo di trovare la segreteria telefonica. Non aveva una specie di festa questo pomeriggio?»

«Ho... ho finito.» Condussi Bilbo Baggins a una panchina e mi sedetti, sfilandomi i tacchi.

«Bene. Bene.» Potevo quasi sentire il suo cervello tornare in modalità ricerca. Mi era sempre piaciuta la capacità del mio relatore di concentrarsi su ciò che era importante.

«Dobbiamo parlare della Sua ricerca. Lunedì mattina alle nove, nel mio ufficio.»

Il mio stomaco gorgogliò come se avessi mangiato anche io il formaggio andato a male. «So che non sta andando molto bene, ma—»

«Non si preoccupi, Samantha. È un'opportunità.»

L'ultima opportunità che mi aveva dato mi aveva trascinato in un vicolo cieco, e stavo ancora cercando di rimettere il progetto nella giusta direzione. «Un'opportunità.»

«Le piacerà. A lunedì.»

Non c'era alcun dubbio nella sua voce. Supervisionava non solo la mia borsa di studio ma anche il mio dottorato. Senza la sua firma sulla mia tesi, sarei stata la versione senza PhD di Samantha Jones, incapace di ottenere la posizione di ricerca di cui avevo bisogno per fuggire. «Ok» dissi.

Aveva già riattaccato.

Lasciai cadere il telefono in tasca. «Andiamo a casa, Bilbo Baggins.» Mi reinfilai le scarpe e mi alzai. Superando la fila di Mercedes e Bentley nere e la sgargiante Lamborghini gialla di Jackson, mi avviai faticosamente verso la fermata dell'autobus più vicina.

2

NIALL

NON POTEI NEGARLO mentre entrai nella mia suite d'albergo e gettai la key card sul bancone dell'angolo cottura.

Le dita mi formicolavano.

Eppure, non osai sperare. Poteva essere stato lo champagne che avevo bevuto o il soffocante abito da sera.

Mentre mi tiravo la cravatta che Gabi non mi aveva permesso di togliere, nemmeno in macchina, lei gettò la borsetta accanto alla key card e picchiettò sul telefono. «Stai ancora tenendo il muso?»

«Certo che no.» Giocherellai con i bottoni della camicia elegante e provai a sorriderle, ma lei non alzò lo sguardo dal suo dispositivo. Aveva fatto così tanto per me: il contratto per il libro, il programma TV. Mi era rimasta accanto durante questo lungo e faticoso tour promozionale. Non avrei dovuto essere arrabbiato con lei. Finché non mi ricordai di come i grandi e splendidi occhi di Samantha si erano fatti di ardesia quando quel fotografo aveva iniziato a scattare foto.

Grandi? Splendidi? Ero uno scrittore; potevo fare di meglio. O forse non ero più uno scrittore. Eri ancora uno scrittore se non scrivevi una parola da più di un mese? Era una qualifica che dovevi rinnovare, come una certificazione di agricoltura biologica? O era qualcosa che ti restava addosso per tutta la vita, come lo status di veterano del nonno? Mi sembrava un muscolo che avevo lasciato atrofizzare per il disuso, troppo debole per funzionare come prima.

Tranne che… le dita mi formicolavano.

«Bene, bene, bene.» Gabi mi squadrò da capo a piedi, finalmente distratta dal suo telefono. «Non è che non ti abbia mai visto così, ma la maggior parte dei miei clienti preferisce rimanere vestita davanti al proprio agente.»

Senza nemmeno pensarci, mi ero sfilato giacca, camicia e scarpe, e me ne stavo in mezzo alla stanza d'albergo indossando solo i pantaloni dell'abito.

«Merda. Scusa.» Raccolsi i vestiti gettati a terra ed entrai nella camera da letto più piccola della suite. Quando fui vestito con un paio di jeans, una morbida T-shirt e una camicia di flanella sbottonata sopra, come una giacca, uscii nel soggiorno.

Gabi era seduta sul divano, ancora con il suo vestito rosso peperoncino. Picchiettava sul telefono. «Abbiamo fatto delle belle foto oggi. Qiana sarà al settimo cielo. Tu, Audrey e Natalie Jones, tu con quella scrittrice di fantascienza…» Schioccò le dita.

«Tamarah Starr.»

«Esatto. Anche se vorrei che tu fossi riuscito a farne una con quella tale Samantha. Credo sia anche lei una Jones. Aveva quell'aria.»

«Una Jones?»

Lei alzò gli occhi al cielo. «La famiglia a capo della fondazione per l'alfabetizzazione? Il padre, Jasper, è morto giovane prima che la sua azienda decollasse davvero, ma ora nuotano nell'oro. Dicono che al padre piacessero i libri, e che per questo abbiano creato la fondazione. O forse è solo per scaricare le tasse. Chi lo sa? Comunque, la madre, Audrey, gestisce la fondazione. Le figlie sono delle socialite, e i figli lavorano nel settore tecnologico come il padre.»

Samantha non sembrava una socialite. Sembrava a disagio

quanto mi ero sentito io. Quel suo minuscolo cane che mi si era avvicinato trotterellando e si era arrampicato sulle mie caviglie era stato il momento clou del mio pomeriggio, finché Samantha stessa non era arrivata di corsa.

Non parlava nemmeno come una socialite. Era spontanea, aperta. A differenza di tutte quelle persone di plastica, come bambole a carica, che erano lì. Me compreso.

Finché Gabi e il suo fotografo non si erano avvicinati, e lei si era irrigidita come un cervo spaventato. Cosa sarebbe successo se Gabi non ci avesse interrotti? Avremmo scavato un po' più a fondo, esposto una piccola parte di noi stessi, creato una vera connessione che non riguardasse ciò che avrei potuto fare io per lei e lei per me? Sinergia. Era quella la parola che si lanciavano qui come io e i miei amici ci lanciavamo le pigne nei boschi.

A proposito di gente di plastica… «Nessuna email da… da lui?»

Gabi smise di picchiettare sul telefono e alzò lo sguardo; la pietà le addolcì gli occhi castani. «No, scusa, tesoro. Ma ho ricevuto la notifica di spedizione che la copia del tuo libro è stata consegnata nel suo ufficio.»

Scossi la testa come Sally, la nostra capra, scacciava le mosche. «Non importa. Sono sicuro che sia impegnato.»

«Ne sono sicura.» Strinse le labbra per un secondo, poi sbottò: «Ma è tuo padre. Avrebbe potuto mandare un messaggio.»

Ironico. Mio padre era l'amministratore delegato di una delle più grandi aziende di tecnologia telefonica del mondo, e non si degnava di mandare un messaggio a suo figlio. O meglio, non aveva mandato un messaggio alla mia agente, dato che i resti dell'ultimo telefono che mi aveva dato erano in fondo al laghetto della nostra fattoria.

Accanto a Gabi, sul tavolino sotto una copia di Publisher's Weekly e il romanzo giallo che stava leggendo, spuntava la copertina rossa, troppo nuova e troppo rigida, del mio taccuino. Le dita mi formicolavano.

Camminai verso il tavolo, con cautela, come mi sarei avvicinato a un vitello spaventato o a un cane ferito. Qualcosa che avrebbe potuto scagliarsi contro di me e ferirmi se non fossi stato attento. Misi una mano sul libro e sulla rivista e sfilai lentamente il taccuino.

Gabi mi guardò farlo. Forse anche lei trattenne il respiro.

«Hai intenzione di scrivere stasera?»

«Non lo so.» Meglio non portare sfortuna, al diavolo le dita che formicolavano. Mi avevano già ingannato in passato.

Lei si sporse in avanti e prese una delle mie penne preferite dal tavolino da caffè, di quelle con l'inchiostro ad asciugatura rapida che non sbava mentre trascino la mano sulle parole. «Tieni.» Poi esitò per un secondo, come se non volesse rompere la bolla di magia che mi circondava. «Vuoi che vada da qualche altra parte?»

«No, io…» Non avevo pensato a dove avrei portato il taccuino. Ma un'effusione di eucalipto, reale o immaginaria, mi fece decidere. «Vado al parco.»

Lei guardò fuori dalla finestra. «Restano solo poche ore di luce.»

«Basteranno.» Non avrei osato presumere che la mia musa sarebbe rimasta con me per più di qualche secondo, e certamente non per ore.

«Comunque, meglio che ti porti una torcia.» Saltò in piedi, andò in camera sua e ne uscì con una torcia tascabile. Me la porse. «Non si sa mai.»

Annuii come se mi avesse dato il detonatore della bomba che avrebbe fatto saltare in aria il covo del genio del male. Anche se avevamo dato la colpa all'accordo con la TV e alla consulenza che avevo fatto per le sceneggiature, sapevamo entrambi quanto fosse stato serio il mio blocco dello scrittore. Già in ritardo di un mese con le mie pagine, le avevo chiesto di negoziare una proroga con il mio editor. Sfortunatamente, ciò significava un ritardo nel nostro anticipo. Mamma e nonno avevano bisogno di quei soldi per comprare fertilizzante biologico. Gabi avrebbe avuto bisogno della sua parte per l'affitto e la spesa quando finalmente avessimo finito questo tour. E lei non l'avrebbe detto, non ora che avevo preso in mano il taccuino per la prima volta in un mese, ma quelli della TV stavano iniziando a innervosirsi. Senza un secondo libro, non potevano fare piani per una seconda stagione dello show. E sapevamo entrambi cosa avrebbe detto Heidi se avessimo chiesto un'altra proroga.

Infilai la torcia nella tasca dei jeans e feci scivolare la penna all'interno della spirale. Presi la key card dal bancone e scivolai fuori, muovendomi furtivamente lungo il corridoio e fuori dalla porta come se qualsiasi rumore potesse spaventare la mia musa.

Fuori, il sole si era posato a un paio di palmi dalle cime degli alberi nel parco di fronte. Colsi un'altra zaffata di eucalipto. Gli alberi mi chiamavano.

Schivando le auto, attraversai la strada. Non mi preoccupai di cercare un ingresso; invece, scavalcai la scarpata ed entrai direttamente nel bosco. Gli alberi mi accolsero con le carezze dei loro rami frondosi. A meno di un minuto di cammino nel parco, i suoni della città si attenuarono.

I passeri si richiamavano a vicenda. Gli scoiattoli cinguettavano. Vagai tra spinose querce vive e profumati eucalipti, facendomi strada tra le felci, riempiendomi le narici dell'odore pungente di pino e humus.

Una farfalla mi sfiorò una spalla e potei quasi immaginare che fosse una silfide venuta a sussurrarmi all'orecchio. Si allontanò volteggiando nella penombra, lasciandomi solo.

Il tronco profondamente fessurato di un pino di Monterey, non così diverso dai pini bianchi di casa, implorava di essere accarezzato. Le mie mani si erano ammorbidite, i calli del lavoro agricolo c'erano ancora ma erano più lisci dopo mesi senza lavori manuali. Rimaneva solo il callo sul lato del dito medio sinistro, e anche quello si era rimpicciolito.

Mi appoggiai con la schiena al tronco e scivolai giù fino a sedermi alla sua base. Premetti la schiena contro le creste della corteccia. La terra umida mi inzuppò i jeans e, se ignoravo l'eucalipto, l'odore era proprio quello dell'estate nei boschi della fattoria. Da bambino, ogni volta che potevo, correvo nei boschi per sdraiarmi sul suolo della foresta e sognare elfi dei boschi, silfidi e troll.

Se solo uno di quegli elfi dei boschi fosse saltato fuori a dirmi come finire la storia.

Inclinando la testa, scrutai la chioma degli alberi. Una persona di città come Gabi avrebbe potuto scambiare quella macchia screziata per la luce del sole che filtrava tra gli alberi, ma quella era una civetta maculata. Se ne stava perfettamente immobile sul ramo.

Fino a quel momento, non avevo inserito nessuna civetta nella storia. Una di loro avrebbe potuto volare in soccorso di Nieven, che, nell'ultima scena che avevo scritto, era caduto con il suo cavallo, Winter, attraverso un buco nella tana di un ragno gigante. Ugh, no. Potevo già sentire le parole dei critici: privo di ispirazione, prevedibile, derivativo. Pigro. In più, c'era il cavallo. La sospensione dell'incredulità era una cosa, ma i lettori non avrebbero mai creduto a una civetta che tira fuori un cavallo da un buco.

Le macchie della civetta, bianche su marrone, smossero qualcosa nel mio cervello. Non bianche su marrone, ma marroni su bianco. Lentiggini. Una costellazione di lentiggini, senza trucco a nasconderle, sul naso di Samantha. Quel naso che aveva arricciato quando avevo paragonato il suo cane a Toto.

E i suoi occhi.

Nessuno che avesse incontrato Samantha avrebbe potuto dimenticare i suoi occhi. Blu scuro. No, dannazione, ero uno scrittore, un artigiano delle parole. Non avevo bisogno di una stramaledetta tessera o di una certificazione. Indaco. Viola. Le montagne in lontananza. Il cielo notturno sopra la fattoria. Le lobelie che straripavano dai vasi che mamma piantava ogni primavera.

Lobelia. Un nome appropriato per un'elfa. No, una fata. Samantha avrebbe potuto esserlo, con la sua corporatura esile e i lineamenti delicati. Il tailleur nero che indossava come un'armatura. Un po' più di pelle, e forse un mantello, e si sarebbe inserita perfettamente in una delle mie storie. Una fata? Un folletto? Ci stavo arrivando.

Una silfide. Una silfide dei boschi. Ecco cos'era. E se avessi dato le ali alla silfide, avrebbe potuto volare giù nella tana del ragno.

Cosa direbbe Lobelia a Nieven? Io e Samantha avevamo parlato di formaggio. Del suo cane. E, brevemente, di Ladyhawke. Solo il più grande film fantasy di sempre. Forse, se Gabi non mi avesse trovato così presto, avremmo potuto parlare di libri. O del perché fosse alla raccolta fondi, apparentemente controvoglia. Delle nostre speranze e dei nostri sogni. Qualcosa di reale. Se il fotografo non l'avesse fatta scappare, avrei potuto chiederle il suo numero.

Ma ormai era andata, e, merda, mi ero dimenticato — di nuovo — di Winter. Come avrebbe fatto una minuscola silfide a tirare fuori dalla trappola un elfo adulto e il suo destriero?

Fissai la civetta che stringeva il ramo con i suoi artigli. Una silfide dei boschi avrebbe avuto una sorta di magia degli alberi, forse. Le silfidi aiutavano gli alberi a germogliare in primavera e coloravano le foglie in autunno. Avrebbe potuto far crescere una radice d'albero giù nel buco e creare una scala — no, una scalinata — che Nieven e Winter avrebbero usato per fuggire. Aggiungi il grande ragno peloso alle loro calcagna, e…

Aprii il mio taccuino, lo girai in modo che la spirale metallica non mi si conficcasse nella mano mentre scrivevo, e posai la penna in cima alla pagina. Capitolo 17, scrissi, La Fuga. Ma nemmeno il mio rituale riuscì a farmi concentrare su Nieven e la sua situazione, non riuscì a dissipare l'immagine dei suoi occhi blu che ridevano guardandomi. Così cominciai a scrivere di loro. Di lei.

Con le mani che formicolavano, le parole fluirono.

Come il ruscello gorgogliante della fattoria, come il vento salmastro dell'Oceano Pacifico che si insinuava tra gli alberi del parco, le parole si riversarono dalla mia penna nel taccuino. Forse Lobelia era lì nella foresta, a sussurrarmele all'orecchio. In quel momento, non me ne fregava un cazzo di chi fossero quelle parole.

Erano parole.

Quando incisi una parola su una pagina che resisteva alla mia penna, strizzai gli occhi per mettere a fuoco il taccuino con lo sguardo bruciante e annebbiato. Avevo raggiunto la copertina rigida. La fine del grosso taccuino. Sfogliai all'indietro le pagine di parole scarabocchiate che non riuscivo a leggere. Il cielo era diventato viola negli squarci della chioma frondosa sopra di me, e fitte ombre nascondevano il suolo della foresta. La civetta maculata non c'era più.

Quando mi alzai in piedi, l'aria fresca colpì i miei jeans, umidi di terra. Il freddo mi era penetrato nei muscoli, e mi stiracchiai per sgranchirli, scuotendo la mano sinistra. Ma il freddo, i dolori, il formicolio che si placava nelle dita erano tutti il miglior tipo di disagio. Quello ben meritato.

Ma non avevo finito. Avevo bisogno di più pagine. Mentre tornavo di corsa verso l'hotel, il mio cervello rimase nella foresta mitica con Nieven, che ora doveva la vita a Lobelia e stava per perdere anche il cuore per lei.

3

SAM

FICCAI la gruccia con il completo nero in fondo all'armadio, nella parte con i vestiti sciocchi e da ragazzina che mia madre mi costringeva a indossare per il brunch della domenica e con il lucido abito da sera nero che non volevo mai più dover mettere. Dal centro dell'armadio, tirai fuori un paio di pantaloni cargo, comprati di seconda mano e già ammorbiditi dall'uso, di un nero talmente sbiadito che si sarebbe potuto definire grigio.

Indossavo già una maglietta nera a maniche lunghe, anch'essa lavata e sbiadita. Dopo essermi infilata i pantaloni, mi allacciai gli anfibi.

Bilbo Baggins danzò vicino alla porta del mio appartamento. Sapeva cosa significavano gli stivali.

«Oggi dobbiamo fare in fretta, d'accordo, Bilbo Baggins? Devo andare al campus.» Per l'incontro con Martell. Riguardo all'opportunità. Il peso che sentivo nello stomaco vuoto mi diceva che quella opportunità non mi sarebbe piaciuta.

Bilbo Baggins fremette mentre gli agganciavo la minuscola pettorina. Saltellò lungo il corridoio, le sue zampette corte si muovevano così velocemente che dovetti trotterellare per stargli dietro. Mi guidò giù per le scale e fuori in strada, dove la gente gli sorrideva e lo salutava. Per lo più ignoravano me. Ero solo colei che teneva il guinzaglio dell'affascinante cane dalla personalità esuberante.

Lo misi in fretta e, quindici minuti dopo, lo chiusi nel mio appartamento con acqua fresca e la sua cuccia posizionata dove sarebbe stata riscaldata dal sole. Poi mi trascinai per i pochi isolati fino al campus.

Di cosa poteva volermi parlare Martell? Probabilmente voleva un aggiornamento sul mio progetto, visto che lo avevo evitato. La mia I.A., CASE, avrebbe dovuto prendere i risultati di una ricerca e trasformarli in un articolo accademico. Avevo immaginato accademici di tutto il mondo caricare i loro dati su CASE, che avrebbe prodotto un articolo pronto per la pubblicazione in pochi secondi. Niente più settimane o mesi passati a scrivere, sottraendo tempo prezioso alla ricerca. Quanto più efficienti avrebbe potuto rendere i ricercatori, CASE? Quanto più rapidamente sarebbe avanzata la scienza? Mi ero sbalordita da sola con le possibilità.

Ma CASE aveva una mente propria. Invece di un risultato accettabile come La struttura sferica cava del C60, con 30 doppi legami carbonio-carbonio coniugati e l'orbitale molecolare più basso non occupato, gli permette di rimuovere i radicali liberi in eccesso, scriveva, La struttura stranamente bella del C60 potrebbe essere stata progettata solo da creature mitologiche.

Caricare sull'I.A. opere di narrativa per darle una comprensione più solida della lingua poteva essere stato un errore.

Poi, una notte, avevo dimenticato di caricare i dati fittizi. Mi svegliai la mattina dopo e trovai un romanzo vero e proprio che CASE aveva intitolato Il Mago nella Macchina. Quando CASE me lo lesse ad alta voce, risi della storia senza senso, incentrata su un mago che viveva nel panorama della CPU di un computer e combatteva un malvagio negromante e la sua armata di zombie. Il Mago era morto alla fine della storia, anche se non prima di aver eroicamente sconfitto Il Negromante. Gli zombie erano sopravvissuti e avevano conquistato il regno di silicio.

Lo avevo mandato a Martell per scherzo. Ma il giorno dopo, mi trovò nel mio minuscolo ufficio e mi chiese se CASE potesse produrre altre storie come quella. Avevo alzato le spalle. Che senso aveva? L'unico modo in cui Il Mago nella Macchina avrebbe potuto aiutare i ricercatori era aiutarli ad addormentarsi la notte, così da avere la mente più lucida quando riprendevano il loro lavoro.

Martell non poteva star per cancellare la mia borsa di studio, vero? Lo stomaco mi si strinse in una morsa. Ma, come mi diceva sempre papà riguardo alle sfide a scuola, l'unico modo per uscirne era affrontarle. E dovevo superare questo incontro con il mio relatore per sfuggire alla portata del nome Jones.

Mostrai il mio badge all'ingresso del rassicurante e anonimo edificio di informatica e salii le scale fino al terzo piano. Mentre marciavo lungo il corridoio con i miei anfibi, Kyle si affacciò dalla porta del nostro ufficio condiviso.

«Ehi, Sam, un gruppo di noi esce più tardi. Vuoi venire?»

«Non credo.» La mia risposta era diventata automatica. Nell'esatto istante in cui mi ero rotolata giù da lui il mese scorso, mi ero resa conto che aggiungere dei benefit all'amicizia con il mio compagno di ufficio era stata un'idea terribile. Certo, preferivo gli orgasmi che non richiedevano batterie, ma andare a letto con Kyle non era come le mie avventure di una notte dall'altra parte del campus.

Il rimpianto mi aveva pervasa non appena la scarica di endorfine era svanita. Avevo provato qualcosa guardando nei gentili occhi di Kyle. Affetto, forse. Ma l'affetto era un sentimento e io avevo smesso con i sentimenti. Non mi sarei mai più permessa di essere vulnerabile. L'inevitabile dolore non ne valeva la pena.

Stephen mi aveva sviata a tal punto che per poco non mi ero laureata. Era per questo che ero ancora in California per il dottorato e non sulla East Coast come avevo programmato. Come potevo sapere che Kyle non volesse qualcosa da me, qualcosa che avrebbe usato le mie barriere abbassate dal sesso per ottenere? Niente, né Kyle né nessun altro, mi avrebbe impedito di finire la mia tesi e ottenere il mio primo posto di ricerca post-dottorato a centinaia di chilometri dal più vicino volo diretto da SFO.

«Ok, magari la prossima volta.» Con un sorriso ironico, tornò alla sua scrivania e io mi trascinai fino in fondo al corridoio, verso la porta di Martell.

Bussai e, al suo burbero «Avanti», girai la maniglia ed entrai.

Il dottor Martell aveva spostato di lato i quattro grandi monitor del computer per avere una visuale libera sulle sedie per gli ospiti dall'altra parte della sua scrivania. Quella a destra era vuota. Ma qualcuno era seduto in quella a sinistra.

Si alzò quando entrai, il suo caschetto sale e pepe ondeggiò mentre si voltava. Era più bassa di me, minuta, ma un'energia le aleggiava intorno come un'aureola.

«Samantha.» Anche Martell si alzò. «Le presento la mia amica, Heidi Lentz. Heidi e io abbiamo frequentato l'università insieme...»

«Non parliamo di quanti anni fa fosse.» Il sorriso di Heidi era tagliente. «Diciamo solo che John e io ci conosciamo da molto tempo.»

Le strinsi la mano gelida. «Lavora anche Lei in informatica?» Il mio relatore aveva menzionato un'opportunità. Che Heidi fosse una investitrice di venture capital che voleva darci dei soldi per CASE?

«No.» Emise una risatina cristallina che sarebbe stata perfetta a uno degli eventi di mia madre. «Mi sono data all'editoria quando John ha iniziato il dottorato. Ho fatto carriera in diverse case editrici più grandi fino a quando ho fondato la mia qualche anno fa.»

«Oh?» La mia attenzione aveva già iniziato a spostarsi sulla pila di fogli rilegati con un elastico sulla scrivania altrimenti pulita di Martell. Avrei fatto fatica a leggerla comunque, ma sottosopra non c'era speranza.

Martell indicò la sedia vuota e, mentre mi sedevo, disse:

«Samantha, Heidi dirige la Happy Troll, una casa editrice di fantascienza e fantasy piccola ma in crescita.»

«Siamo all'avanguardia. Innovativi. Oltre i confini», aggiunse Heidi, alzando le sopracciglia verso di me come se capissi perché fosse lì a parlarmi.

Non capivo. «Bene.»

Le narici di Heidi si dilatarono. «John ha condiviso con me un manoscritto molto interessante. Il Mago nella Macchina.»

Il fiato mi mancò come se mi avesse dato un pugno nello stomaco. «Cosa?»

«Capisco che sia stato generato dall'intelligenza artificiale. È uscito dal computer così? Non l'ha editato, o fatto editare da un amico?»

«No, io...» Cosa stava succedendo? «Lo ha prodotto CASE, esattamente come l'ho inviato al dottor Martell.»

«E CASE è la sua I.A.?»

«È l'acronimo di Computer Analysis and Synthesis Engine. Per produrre articoli accademici.»

«Ma ha prodotto Il Mago.»

«Sì.» Arricciai il naso. Stavamo girando in tondo.

«Capisco» —Heidi si picchiettò il mento— «che la maggior parte dei programmatori usa materiale di partenza per insegnare all'I.A. a scrivere. È così che ha programmato CASE?»

«Ehm, sì. Cioè, sì.» Heidi era terribilmente intelligente per essere una che non studiava informatica.

«Gli autori di questo materiale di partenza» —alzò le sopracciglia scure— «sono morti?»

«Sì.» I preferiti di papà erano stati i classici, J.R.R. Tolkien, C.S. Lewis, Octavia Butler, Madeleine L'Engle, così avevo caricato quelli. «Tranne...» L'ultimo che avevo inserito, quello che mi aveva consigliato la bibliotecaria dell'università, era un titolo recente. Le lettere sulla copertina mi vorticarono nella memoria. «Qualcosa sugli elfi. Di Nail Flying.»

Le sue labbra si incurvarono in un sorriso. «I Segreti degli Elfi dei Boschi di Niall Flynn, intende?»

Il mio viso si accese mentre lottavo con le lettere nella mia memoria. Conoscevo quel nome. L'immagine di un uomo robusto e dai capelli rossi che teneva in braccio Bilbo Baggins alla raccolta fondi dello scorso fine settimana mi bloccò il cervello. «Niall Flynn l'...atleta?»

«No, è uno scrittore.»

Uno scrittore? Avevamo parlato di film. Ladyhawke.

La voce acuta di Heidi mi riportò nell'ufficio di Martell. «È l'unico autore vivente che ha usato?»

«Esatto.»

«Nessun problema, allora. Vorrei pubblicare Il Mago nella Macchina. Avere il primo romanzo al mondo interamente generato da un'I.A. sarebbe perfettamente in linea con il marchio Happy Troll.»

«Pubblicarlo? Intende un articolo a riguardo in una rivista accademica?»

Le sue narici si dilatarono di nuovo. «No, Samantha. Intendo metterlo sugli scaffali di narrativa delle librerie. Vendere l'ebook online. Produrre un audiolibro con una voce generata al computer, se riesco a farlo.»

Il dottor Martell disse: «Poiché CASE gira sui server dell'università, Il Mago nella Macchina tecnicamente appartiene all'università. Ho già acconsentito a che la Happy Troll lo pubblichi.»

«Oh. Okay.» Potevo quasi sentire la vibrazione della sala server nel seminterrato attraverso i pavimenti. Migliaia di server ronzavano laggiù e uno di essi eseguiva il codice di CASE. Quindi ero lì per una comunicazione di servizio?

«Probabilmente si starà chiedendo perché l'abbiamo chiamata qui», disse Heidi, la sua voce si addolcì in un modo che sapevo preannunciava la richiesta.

Annuii. Volevano che CASE scrivesse un altro libro? Un sequel? Sarebbe stato un problema interessante da risolvere, dato che Il Mago nella Macchina era nato per caso e i personaggi principali erano tutti morti. E se io...

«Non sono ancora pronta a rivelare la provenienza del

romanzo. Voglio assicurarmi che abbia successo prima di farlo. Quindi ho bisogno di un autore.» Si appoggiò allo schienale della sedia.

Sbattei le palpebre, scacciando i pensieri sull'impostazione dei parametri del sequel. «Lei è un'editrice. Non ha un sacco di autori?»

«I miei autori stanno tutti scrivendo altri libri. Ho bisogno di Lei.»

Ogni mia parte, dalla punta del naso a quella dei piedi, divenne insensibile, come se mi avesse immersa in acqua ghiacciata. «Di me?»

«Ho bisogno di un nome d'autore da mettere sulla copertina.»

«Perché deve essere il mio nome?»

Scambiò un'occhiata con Martell. «A causa della sua connessione con il libro. È più semplice così.»

Strinsi gli occhi. «Cosa è più semplice?» Le cose semplici di mia madre — come la raccolta fondi di sabato — avevano sempre una complicazione, come Winford Tiziocaio.

«Come incentivo», Martell si sporse in avanti, «sarei disposto ad accelerare l'approvazione della sua tesi. Non ci sarebbe bisogno di completare l'ambito originale del suo piano. Potrebbe iniziare a scrivere la sua tesi ora, basandosi su ciò che ha fatto.»

«Ora?» Mi massaggiai le dita per far tornare la sensibilità. Mi sarei risparmiata mesi di lavoro su CASE, a trovare e correggere i bug che lo portavano a scrivere parole così fiorite. Non ci sarebbero stati dubbi sul fatto che avrei sfilato sul palco la prossima primavera, prendendo il diploma dalle mani del rettore dell'università, per poi salire su un aereo con Bilbo Baggins — due o tre aerei sarebbero stati anche meglio — verso una qualche remota università, dove avrei potuto ricominciare. Senza la storia oscura e la sfiducia, sarei stata libera di fare la differenza nel mondo alle mie condizioni. Se fossi riuscita a risolvere i bug di CASE, forse avrebbe aiutato i ricercatori.

Bonus: sarei sfuggita per sempre alle macchinazioni di mia madre.

Il pensiero felice dovette essere visibile sul mio viso, perché Heidi si appoggiò indietro. «C'è una condizione al nostro accordo.»

«Una condizione?» Mi sporsi in avanti.

«Lei dirà di aver scritto il romanzo. Non farà alcuna connessione tra Il Mago nella Macchina e CASE o l'intelligenza artificiale finché non lo annuncerò io.»

Odiavo mentire. Inoltre, nessuno che mi conoscesse ci avrebbe creduto. Immaginai il viso di mia madre dall'altra parte del tavolo al brunch della domenica che diceva: «Samantha, come hai fatto tu a scrivere un romanzo?»

Ma alla fine, la bugia mi avrebbe evitato un sacco di brunch domenicali. E di incontri combinati con tizi come Winford. Come Stephen.

«Possiamo usare un nome finto?»

«Certo che possiamo usare uno pseudonimo. Ho solo bisogno che sia Lei la persona dietro il nome.» Heidi unì le punte delle dita sotto il mento.

Era per la scienza. Per CASE. Potevo portare la mia idea originale in un altro laboratorio, molto, molto lontano, e trasformarla in ciò che avevo immaginato: uno strumento per far risparmiare tempo agli scienziati. Avrebbe accelerato così tante ricerche. Come la prevenzione delle malattie cardiache. Per evitare che altre bambine perdessero i loro papà.

«Okay. Lo farò.»

Le labbra di Heidi si arricciarono in qualcosa che assomigliava a un sorriso. «Eccellente. Manderò le carte a John per la sua firma.»

Mi suonò come un congedo. «Posso andare ora?» chiesi a Martell. Sentivo la pelle tirare, come quando ero corsa fuori dall'appartamento di Kyle mentre lui, in boxer, stava sulla porta con le sopracciglia aggrottate.

«Certo, Samantha. Sono sicuro che converrà che questa sarà un'eccellente opportunità per il dipartimento e per l'università.»

«Certo.» A quel punto, non mi importava del dipartimento o

dell'università. Ignorai il peso che sentivo nello stomaco. Per la scienza.

Ma avrebbe dovuto importarmi. Avrebbe dovuto importarmi delle carte che stavo per firmare senza leggerle e delle bugie che stavano già iniziando ad avvolgermi come una preda nella tela di un ragno.

4

NIALL

SEGUII GABI attraverso il labirinto di tovaglie bianche del ristorante sulla baia, verso il tavolo vicino alla finestra dove Heidi era seduta e salutava con la mano. Le note frizzanti della canzone degli anni Novanta "Breakfast at Tiffany's" facevano da contrappunto al tintinnio delle posate sulla porcellana.

Accelerando il passo per raggiungere Gabi, le sussurrai all'orecchio: «Non dire che avevo il blocco, okay? Ora è tutto a posto.» Era solo una mezza bugia. Le dita mi avevano formicolato per qualche giorno dopo quella raccolta fondi. Ma la mia musa era volubile, incline ad abbandonarmi quando ne avevo più bisogno.

«Farai fottutamente meglio a stare bene adesso. A ottobre mi serve il mio quindici per cento. I miei nipoti vogliono i regali di Natale da tía Gabi.»

Mi si strinse il petto. Gabi la stava buttando sullo scherzo, ma sia la mia famiglia che la mia migliore amica nonché agente avevano bisogno di soldi. Mi sarei chiuso in uno sgabuzzino per una settimana con una cassa di Red Bull piuttosto che accettare un'altra proroga che avrebbe rimandato di nuovo il giorno di paga.

«Niall!» Heidi si alzò quando raggiungemmo il suo tavolo e mi fece cenno di avvicinarmi per un abbraccio. Mi chinai e le diedi delle leggere pacche sulle spalle delicate. Eppure era forte, e le sue braccine esili mi si strinsero attorno al petto. Dopo aver abbracciato Gabi, presi la sedia più vicina alla finestra, da cui potevo lanciare occhiate alle nuvole che si abbassavano all'esterno. Il lato inferiore era scuro, prometteva pioggia. Stava piovendo alla fattoria? Dovevo chiamare a casa presto.

Nell'albero in vaso dall'altra parte del vetro, un passero melodico si appollaiò e aprì il becco. Peccato che non potessi sentire il suo canto, sovrastato dalla musica ad alto volume del ristorante, che passò a "Take On Me" degli A-Ha. Gabi si accomodò sulla sedia accanto a me, di fronte a Heidi.

«Grazie per avermi incontrata prima del mio ritorno a New York» disse Heidi, controllando il telefono. «Qual è la sua prossima meta?»

Gabi ticchettò sul suo telefono. «Partiamo per il Comic-Con sabato.»

«Meglio lei che io. Devo stare in ufficio per riuscire a lavorare.» Heidi alzò lo sguardo dal telefono. «Come va il libro, Niall?»

Mi andò di traverso l'acqua che avevo osato sorseggiare, e Gabi mi diede una pacca sulla schiena. Alla fine, balbettai: «Bene.»

«Bene, bene. È in linea con la scadenza?»

«Ce la farò.»

Al mio ringhio, Heidi distolse lo sguardo dal telefono.

«Certo che ce la farà.» Gabi mi fulminò con lo sguardo prima di rivolgere un sorriso smagliante a Heidi. «Adorerà il nuovo personaggio che ha introdotto. Sta solo aggiungendo quegli ultimi, magici ritocchi.»

«Ah, sì?» Heidi mi trafisse con il suo sguardo più sagace. «Un interesse amoroso per Nieven?» Insisteva per una sottotrama romantica da quando aveva comprato il mio primo libro.

«Forse.» Non ne ero ancora sicuro. Dopo che Lobelia aveva liberato Nieven e Winter dalla tana del ragno, era diventata fredda e silenziosa. Nieven procedeva goffamente come al solito, ma finora Lobelia non aveva avuto niente da dire né all'elfo dei boschi né a me.

«Pensavo che Nieven sarebbe finito con Greva.» Il telefono di Heidi vibrò e lei gli diede un'occhiata.

Non guardai Gabi. Invece, presi il menù. Sapeva che avevo modellato l'amicizia tra Nieven e Greva sulla nostra. E sebbene fossimo usciti insieme al college — per un breve periodo, fino a quella sfortunata visita alla fattoria senza wi-fi — funzionavamo meglio come amici. E come soci in affari. Come Nieven e Greva. «Chi dice che ci debba essere per forza un interesse amoroso?»

Iniziò la sigla di Friends. Quella musica mi avrebbe fatto passare l'appetito.

«Nessuno» disse Heidi, con tono neutro. «Non vedo l'ora di leggere di questo nuovo personaggio.»

«L'uscita è ancora prevista per la prossima estate?» chiese Gabi.

«In realtà…» Il sorriso di Heidi nascondeva un segreto. «Vi stiamo anticipando.»

«Anticipando?» Gabi lasciò cadere il menù sul tavolo e prese il telefono. «Mi mandi il nuovo programma?»

«Di quanto?» Il cuore mi balzò in gola, tagliandomi il respiro.

«Abbiamo l'opportunità di fare un colpo doppio.» Heidi pigiò sul suo telefono. Avrei voluto scaraventarlo fuori dalla finestra. «Non posso dire nulla finché non sarà annunciato ufficialmente, ma ho messo sotto contratto un Libro Molto Emozionante.» Heidi aveva quel modo di mettere le maiuscole quando parlava. «È un crossover urban fantasy/fantascienza, e creerà Sinergia con la sua fanbase. Uscirà tra qualche mese e mi aspetto un grande Clamore. Forse anche un Contratto Cinematografico. Il suo studio lo sta leggendo ora e hanno accettato di cofinanziare un Tour Congiunto. Ho chiesto a Qiana di organizzarlo. A febbraio. È un'eccellente opportunità per lei.»

Non riuscivo a deglutire. Sarei svenuto se non avessi preso un po' d'aria al più presto.

«Febbraio?» ripeté Gabi.

«Stiamo già promuovendo Il tradimento degli elfi dei boschi. Dovremo accelerare i tempi, ma non voglio perdere questa Opportunità.»

«Certo che no.» Gabi sorrise raggiante, ma sotto il tavolo mi diede un calcio sullo stinco. Forte. Sussultai, e quello mi fece riprendere a respirare.

Tracannai l'ultimo sorso d'acqua e posai il bicchiere con un tonfo. Febbraio era tra nove mesi. Non potevo mancare una sola scadenza, nemmeno di un giorno. Mi alzai. «Vado a darmi una rinfrescata.»

Passando davanti al podio della hostess, suonava "Torn". Guardai con desiderio la strada fuori, le foglie verdi degli alberi striminziti che spuntavano dal marciapiede. Ma non sarei scappato. Non potevo. Il nonno, la mamma e la fattoria dipendevano da me, dal fatto che finissi quel dannato libro in tempo.

In più, dovevo troppo a Gabi per fallire. Lei aveva creduto in me. Anche dopo che ci eravamo lasciati, era venuta al mio tavolo in biblioteca dove scarabocchiavo le mie storie. Le leggeva. Alcune le piacevano; altre, me le faceva gettare nel distruggidocumenti.

Dopo la laurea, mi scrisse — mi scrisse delle vere e proprie lettere perché sapeva che odiavo le e-mail — e mi spinse a finire il mio romanzo. Quando avrei voluto buttarlo nel cumulo del compost, mi costrinse a spedirglielo, lei lo revisionò e me lo rispedì. Poi parlò con alcune persone che conosceva. Prima che me ne rendessi conto, avevo un contratto per tre libri con la Happy Troll e l'interesse di Hollywood. Le dovevo così tanto.

Incluso l'infarto che stavo per avere. «Febbraio» ansimai nel corridoio fuori dal bagno degli uomini.

«Non andare nel panico, Niall.» La piccola mano di Gabi strinse la mia. Potevo sempre contare su di lei per controllare come stavo. «Ce la puoi fare.»

«Non… non lo so.»

«Sì che puoi. Hai solo bisogno di ispirazione. Ti riporteremo fuori a rotolarti nella natura e cazzate varie. Qualsiasi cosa serva, okay?»

«Non credo di dovermi proprio rotolare nella merda per trovare l'ispirazione.»

Lei sorrise. «Qualsiasi cosa ti serva, dimmelo, okay?»

Puoi trovarmi Samantha e i suoi occhi viola? No, non potevo chiederglielo. Perché l'avrebbe fatto, e sarebbe stato incredibilmente imbarazzante. Aveva ragione. Avrei passato il pomeriggio al parco a cercare di incanalare la mia musa.

Dovevo farlo. Per Gabi. E per il nonno. E la mamma. E, dannazione, anche per me stesso. Non ero una meteora come Natalie Imbruglia. Avevo un contratto per tre libri e una serie TV di cui volevano una seconda stagione. Mi asciugai i palmi sudati sui pantaloni.

«Starò bene. Lo prometto.»

Il sopracciglio alzato di Gabi mi disse che nemmeno lei mi credeva.

5

SAM

BATTEI gli stivali sullo zerbino appena dentro il caffè e mi passai le mani sulle maniche per scrollarmi di dosso un po' d'acqua. Sbirciai nella mia borsa di tela, che avevo infilato sotto la giacca.

«Stai bene, Bilbo Baggins?» sussurrai.

La borsa si scosse per la forza del suo culetto scodinzolante.

«Bene. Anch'io.» Finora.

Scrutai il locale ma non vidi ancora né Heidi né il dottor Martell. Lo stomaco mi si rilassò un po' mentre sceglievo un tavolo lontano dal gruppo di adolescenti che ridevano e vicino a una finestra e al rumore bianco della pioggia battente. Forse non si sarebbero presentati. Dopotutto, di cosa potevamo parlare? Avevo firmato le carte, proprio come mi avevano detto di fare.

La porta si aprì e alzai lo sguardo, ma era solo una coppia, con le mani nelle tasche posteriori dei pantaloni l'uno dell'altra. Presero posto nell'angolo opposto, vicino agli adolescenti. Avrei dato a Martell e a Heidi quindici minuti. Non era quella la regola per i professori? Lui era sempre puntuale, quindi non aveva mai avuto importanza. Controllai l'orologio e gettai un biscotto per cani nella mia borsa. Bilbo Baggins lo sgranocchiò con i suoi dentini.

Dieci minuti dopo, Heidi entrò, scrollando un ombrello nero. Quando mi vide, sfoderò un sorriso tagliente e si diresse a passo svelto verso il tavolo.

«Samantha!» Allargò le braccia.

Rimasi immobile per il suo abbraccio e le lasciai schioccare sonori baci a vuoto vicino a entrambe le guance. Dove stavo andando con il mio dottorato di ricerca, non ci sarebbero stati baci a vuoto. Niente caffè. Solo il mio laboratorio silenzioso e Bilbo Baggins ad aspettarmi a casa.

Fece un cenno al cameriere prima di sedersi dall'altra parte del tavolo rotondo. Dopo che facemmo le nostre ordinazioni, sbottai: «Dov'è il dottor Martell?».

«Non è necessario che sia qui per questo. La nostra discussione di oggi riguarda solo me e lei.»

Deglutii. «Ha tutto ciò di cui ha bisogno? Devo inviarle il manoscritto in un formato diverso? O, uhm, fargli il controllo ortografico?» Non che CASE facesse mai errori di ortografia. Ma non sapevo nulla di editoria. I pochi articoli accademici a cui avevo lavorato con il dottor Martell avevano comportato un sacco di pignolerie su formato e grammatica, che era una delle cose che stavamo — che avevamo — cercando di semplificare con CASE.

«No, no.» Fece una risatina cristallina e scacciò le mie domande con un gesto della mano, come se stesse allontanando una mosca. «Dobbiamo parlare della promozione.»

«Promozione?» Il mio cervello si mise a mulinare per trovare un contesto a quella parola, ma tornò a mani vuote.

Premette le labbra l'una contro l'altra come se stesse cercando di trattenere le parole e un sorriso allo stesso tempo. I suoi occhi scintillarono. «La manderemo in tour promozionale la prossima primavera.»

Il mio cervello si arrampicò di nuovo in cerca di un appiglio, ma scivolò su quelle parole senza senso. «Un... un tour promozionale? E ha bisogno che ci vada io?»

«Il libro non può andare in tour da solo.» La sua risata tintinnò di nuovo come un vetro infranto. «I lettori vogliono incontrare l'autrice.»

«Ma io non sono...» Il dottor Martell conosceva le mie difficoltà di lettura, quindi mi aveva indicato le clausole del contratto che specificavano le conseguenze per la violazione dell'accordo di riservatezza. E siccome avevo donato il mio fondo fiduciario al compimento dei venticinque anni, non avevo i soldi per combattere contro nessuno in tribunale. I nervi mi si arrampicarono dallo stomaco fino alla gola, facendomi sussurrare. «Non sono io l'autrice.»

Gli occhi scintillanti di Heidi diventarono letali. «Certo che lo è, Samantha. Il suo pseudonimo sarà stampato sulla copertina. Lei è Sam Case.»

Il cameriere tornò con le nostre tazze di caffè, e strinsi la mia tra le mani per nascondere quanto tremassero. «Cosa dovrei fare?»

Spense la fiamma nei suoi occhi. «Stiamo ancora definendo il programma. Direi una dozzina di città in tre settimane. La maggior parte degli eventi si svolgerà nelle librerie. Farà una presentazione del libro, poi il firmacopie.»

«Una presentazione del libro?» Non avevo nulla da dire sui libri. I miei polmoni avevano dimenticato come funzionare. Stavo annegando proprio lì, nel caffè.

I suoi occhi si spalancarono. «Ho quasi dimenticato di dirle la parte migliore! Avrà un compagno di tour, Niall Flynn.»

Quello spaziocò i miei polmoni e li rimise in funzione. «Cosa? Ma io...»

«Niall è un autore della Happy Troll, e uscirà con un nuovo libro questa primavera.» Infilò una mano nella sua borsa firmata e tirò fuori un grosso volume rilegato. La copertina mi sembrava familiare, un'illustrazione di una persona dalle orecchie a punta che indossava un mantello verde scuro ed era in sella a un cavallo bianco come la neve. Una lunga spada scintillava al suo fianco. Impiegai qualche secondo per decifrare il titolo in alto. I segreti degli elfi dei boschi. «Questo l'ha letto, vero?»

«Oh. Merda.» Certo che non l'avevo letto. Non avrei mai provato a leggere qualcosa di così spesso. Non più. Avevo solo caricato il file in CASE. Stava cercando di punirmi per questo? Quanto imbarazzante sarebbe stato quando mi sarei presentata al tour e avessi detto: Allora, ehi, il tuo libro ha contribuito a creare questo romanzo che non ho assolutamente scritto, ma facciamo finta di sì?

Come se potesse leggermi i pensieri in faccia, disse: «Non si preoccupi di Niall. Mi occuperò io di lui. Si ricordi solo dell'accordo di non divulgazione. Sarebbe meglio se non parlasse con lui di...» — il suo sguardo sfrecciò per la caffetteria prima che sussurrasse la fine della frase — «...I.A. Suo padre è Paul Swift, il creatore dello Swiftphone, sa.»

Avevo incontrato Paul Swift un paio di volte agli eventi a cui mia madre mi trascinava. I personaggi del mondo della tecnologia gli orbitavano attorno come pianeti intrappolati nel campo gravitazionale del sole. Non c'era da stupirsi che Niall fosse così brillante. Anche suo padre lo era.

Sorrise di nuovo. «Quindi, come stavo dicendo, lei e Niall vi farete domande a vicenda e parlerete dei vostri libri. Qiana, la nostra addetta stampa, le invierà un elenco di argomenti. E poi accetterete domande dal pubblico. Oh, ma prima leggerà un breve estratto del libro.»

«Leggere? Ad alta voce?» La parte pensante del mio cervello si spense, lasciando funzionante solo la parte che fa battere il cuore, sudare i palmi delle mani e tremare il corpo. La parte che si ricordava di quando leggevo davanti alla classe a scuola. I sogghigni. Le risatine. Lo sguardo impaziente dell'insegnante.

«Certo, ad alta voce. Solo un breve passo. Se vuole, può memorizzarlo. Speriamo di attirare un paio di centinaia di persone a ogni evento. Niall è bravissimo in queste cose. Non ha nulla di cui preoccuparsi.»

Nulla di cui preoccuparmi? Ogni singola parte di questo tour era qualcosa di cui dovevo preoccuparmi. Per nascondere il tremore delle dita, aprii il libro alla fine. Sul risvolto posteriore c'era un paragrafo o due di testo, e sopra c'era una foto in bianco e nero. Un uomo accovacciato in un campo accanto a un cane. Se non l'avessi visto dal vivo, avrei pensato che fosse un uomo castano con un cane di taglia normale. Ma conoscevo quel viso e i capelli rosso fuoco che lo incoronavano. E considerando quanto fosse alto Niall, quel cane doveva essere una specie di bestia infernale perché era alto quanto l'uomo accovacciato accanto.

Strinsi forte gli occhi. Niall era un autore famoso che avrebbe distolto la maggior parte dell'attenzione da me, il che era una buona cosa. Ma ci sarebbe stata attenzione, e ci si sarebbe aspettato che parlassi — che leggessi — in pubblico. Due cose terrificanti.

«Bilbo Baggins viene in tour con me.» Era l'unico modo in cui sarei sopravvissuta.

«Chi?» Finalmente, ero riuscita a mettere Heidi in svantaggio.

Mi chinai e tirai la borsa in grembo. Le orecchie pelose di Bilbo Baggins spuntarono per prime, e poi il suo musetto sorridente. «Bilbo Baggins.»

Arricciò il labbro. «Non è un roditore, vero?»

«È un incrocio di Chihuahua. E viene dove vado io.» La mia voce era più forte di quanto mi aspettassi.

«Non credo sia possibile.» Quando guardò storto Bilbo Baggins, lui si rintanò nella borsa, tremando.

«Le serve un'autrice. O viene lui o non vengo io.» Non avevo basi legali su cui appoggiarmi, e Martell si sarebbe infuriato con me se mi fossi tirata indietro. Eppure, sollevai il mento e tenni la testa alta, nello stesso modo in cui avevo fatto quando l'avvocato di famiglia aveva cercato di dissuadermi dal donare il mio fondo fiduciario.

«Bene. Ma non tutte le sedi accetteranno i cani. Dovrà restare nella sua camera d'albergo.»

«Okay. E inoltre, niente foto.»

«Cosa intende con niente foto? Intende niente scatti pubblicitari, o intende anche…»

«Niente selfie. Niente foto con i lettori. Niente social media. Nessuna mia immagine sarà pubblicata in relazione al tour.»

Sbatté le palpebre. «Non so se sia...»

«Lo faccia accadere, o non ci vado.» Avevo giurato di non farmi mai più fotografare dopo quello che era successo con Stephen. Non importava che questa volta sarei stata intelligente e avrei avuto i vestiti addosso. Qualsiasi foto poteva essere ritoccata. Sapevo esattamente cosa poteva fare l'I.A.

Storse le labbra. «Bene. Ma basta condizioni. Se solo oserà chiedere un cuscino in più, la citeremo in giudizio per violazione del contratto.»

Accidenti. Adesso sì che avrei voluto aver letto il contratto. Mia madre mi avrebbe uccisa se avesse saputo che avevo firmato documenti che il suo team legale non aveva esaminato. Ma mi ero concentrata solo su una cosa — il mio dottorato — e sul percorso più breve tra me e la libertà.

Oltre a saltare del tutto il tour, portare con me Bilbo Baggins ed evitare le foto mi avrebbe dato la migliore possibilità di sopravvivenza.

Annuii. Avevo esaurito tutto il mio coraggio. Abbracciai Bilbo Baggins dentro la borsa. Ero intelligente. Potevo trovare un modo per uscire dal casino in cui mi ero in qualche modo cacciata.

6

NIALL

IMPOSTORE.

Era questa la parola scritta sul cartello che immaginavo di avere appeso al collo. Ogni volta che rispondevo a una delle domande degli studenti, diventava più pesante, gravandomi sulle spalle. Come potevo parlare a quei ragazzi di scrittura? Dopo quel giorno glorioso dello scorso fine settimana, la mia musa mi aveva abbandonato.

Il giorno prima, avevo vagato, irrequieto, per il parco. La foresta. La spiaggia. La prateria. Nessuno di quei luoghi mi aveva ispirato. Nessuno mi aveva sussurrato le parole di Lobelia. Avevo scarabocchiato qualche idea su una pagina del mio taccuino, ma alla fine l'avevo strappata e gettata via. Erano tutte pessime.

Eppure, quegli studenti universitari si aspettavano che dicessi loro come scrivere.

Come potevo, se non sapevo più come farlo io stesso?

Quando il mio intervento terminò e gli studenti si dispersero, uscii a grandi passi dall'auditorium e attraversai la biblioteca fino a raggiungere l'esterno, dove inspirai l'aria fresca a pieni polmoni, come se fosse una cura per la mia impostura.

Colsi un lampo di nero con la coda dell'occhio e l'indice sinistro ebbe un fremito. Esaminai il portico della biblioteca. Un paio di studenti salivano faticosamente i gradini. Uno scoiattolo grigio era aggrappato al tronco di un albero vicino. Scossi la testa. Mi stavo immaginando le cose. Avrei trovato un altro parco. Forse Lobelia mi avrebbe parlato lì.

Ma prima che potessi uscire da sotto il portico della biblioteca, una piccola barriera con una marea di capelli scuri mi si parò davanti.

«Salve, Niall, sono Kari Singh e gestisco un blog sulle celebrità qui al campus.»

Aggrottai la fronte. «Non saprei dirLe molto sul blogging, ma immagino che scrivere sia sempre scrivere. Qual è il Suo problema?»

Lei arricciò le labbra. «Io non ho problemi. Ma ho qualche domanda per Lei.»

«Per me?» Socchiusi gli occhi. «Non sono una celebrità.»

«Senta, Lei è la cosa più vicina a una celebrità che abbiamo avuto da mesi, da quando una delle sorelle di Mark Zuckerberg si è persa ed è finita nel campus. Questa è una scuola per nerd. Sanno chi è Lei.»

«Oh. D'accordo.» C'era una notevole sovrapposizione tra i nerd e i lettori di fantasy. Inoltre, Qiana e Gabi mi avevano preparato. Dovevo essere positivo ma vago: Sì, il libro è quasi finito. Sì, rivedrete tutti i vostri personaggi preferiti. Sì, ci saranno nuovi personaggi e sorprese. Sì, i produttori della serie ne riceveranno una copia non appena sarà terminato.

Come autore, avrei dovuto essere elettrizzato all'idea che mi facessero domande su una serie TV basata sui miei libri. Avrei dovuto essere estasiato di avere questa opportunità che tanti altri scrittori non avevano. Ma la paura che si attorcigliava nel mio petto soffocava il mio entusiasmo. E se non fossi riuscito a finirlo?

«Ha visto Suo padre di recente?»

«Mio... cosa?» Feci un mezzo passo indietro. Nessuno mi faceva domande su di lui. Non da molto tempo.

Lei sorrise, predatoria. «Lei è a San Francisco, e lui è proprio qui vicino, nella Silicon Valley. Lo ha visto?»

«No.» La voce mi si incrinò come l'ultima volta che lo avevo visto alla fattoria, quando avevo dodici anni o giù di lì. Mi schiarii la gola. «No, non l'ho visto. Non siamo in buoni rapporti.» Un eufemismo. Se n'era andato dalle nostre vite e si era costruito una nuova famiglia, una legittima, da abbinare alla sua azienda tecnologica multimiliardaria.

Un movimento dietro di lei attirò la mia attenzione, ma quando mi voltai in quella direzione, non c'era altro che lo scoiattolo.

«E come mai, Niall?» Mi puntò contro il telefono per registrare la mia risposta. Era uno dei suoi. Lo riconobbi dall'icona argentata di un uccello in volo sul retro. «Perché Lei e Paul Swift non siete in buoni rapporti?»

Non avevo intenzione di spiegare a quella perfetta sconosciuta come fosse svanito dalle nostre vite così lentamente che quasi non me n'ero accorto. Come i suoi viaggi di lavoro si fossero allungati sempre di più. Come, invece di presentarsi a Natale come aveva promesso, avesse spedito una scatola. Dentro c'erano tre Swiftphone nuovi di zecca, l'ultimo modello.

Uno dei miei amici aveva messo il mio in vendita a un'asta online per me, e alla fine avevo convinto nonno ad accettare i soldi per le sementi di quella stagione. Anche a dodici anni, avevo apprezzato l'ironia di far pagare a mio padre per la vita rurale che odiava.

Ero stato più arrabbiato ed egoista quando aveva mandato il secondo, a quindici anni. L'avevo fatto in pezzi, avevo usato il telefono di un amico per scattare una foto e l'avevo inviata a mio padre. Non ne aveva mandati altri.

Ma niente di tutto ciò era affar di quella blogger. Feci spallucce. «Le persone si allontanano. Lui ha la sua vita e io la mia.»

La sua bocca si contrasse, ma un lampo le attraversò gli occhi. «Sta uscendo con Lulu Bridges?»

Feci un altro mezzo passo indietro e urtai una delle colonne della biblioteca. Era stata un'idea di Gabi farmi vedere in un ristorante con un'attrice quando ero a L.A. il mese scorso. L'entourage di Lulu era stato d'accordo — Qiana, l'addetta stampa della Happy Troll, l'aveva organizzato — così ci eravamo seduti a un caffè all'aperto e avevamo lasciato che i paparazzi scattassero foto.

«No, non sto vedendo nessuna, e Lulu è un'amica.» Era un'esagerazione. Erano state due ore di noia. Voleva parlare della mia routine di esercizi, della mia dieta, dei miei stilisti preferiti. E, naturalmente, della serie e se potessi procurarle un'audizione. Le dissi che avrei messo una buona parola per lei la prossima volta che avessi visto i produttori, e lei mi diede il nome del suo guru della meditazione.

Gabi aveva cercato di nascondermelo, ma una rivista aveva pubblicato una nostra foto accanto a un'immagine ancora più grande di mio padre su un palco, con una delle sue camicie nere abbottonate ricamata con il logo SwifTech, un microfono wireless curvo lungo la mascella.

Quella volta, colsi il lampo nero mentre attraversava lo spiazzo del quad. E sebbene l'avessi vista solo una volta, avevo rivissuto la nostra interazione così spesso nella mia immaginazione che riconobbi quella figura esile. Quei lunghi capelli scuri raccolti in uno chignon scomposto. Se si fosse voltata, avrei visto una costellazione di lentiggini e gli occhi più sbalorditivi che avessi mai incontrato.

Lobelia. No, Samantha.

«Mi scusi, Kari.»

«Aspetti, io ho…»

Ma stavo già scendendo a volo i gradini della biblioteca e percorrendo il sentiero che costeggiava il quad. Non potevo lasciarla sparire in uno di quegli edifici ad accesso riservato. Fortunatamente, le sue falcate non erano all'altezza delle mie gambe lunghe, e la raggiunsi proprio mentre svoltava dal quad in uno stretto marciapiede. «Samantha.»

Si fermò, con le spalle curve. Corsi per altri due passi fino a pararmele di fronte. «Ciao di nuovo.»

«N-non ti sto perseguitando.»

Sentii le mie labbra arricciarsi in un sorriso. «Ah no?»

«No. Studio qui. Ti ho visto mentre passavo.»

«Mentre passavi, eh?» Non le credetti, non del tutto. Ma la piccola possibilità che non mi avesse cercato di proposito mi provocò una fitta allo stomaco.

Si sistemò lo zaino sulla spalla. «Non mi hai detto che eri uno scrittore.»

Feci spallucce. «Lo sono.»

Mi fulminò con lo sguardo. «Uno scrittore famoso. Con una serie TV basata sul tuo romanzo.»

Incrociai le braccia. «Non so quanto sia famoso. Tu non sapevi chi fossi.»

Lei imitò la mia posa. «Non hai nemmeno detto di essere il figlio di Paul Swift. O che esci con le attrici.»

Allargai le braccia. «Abbiamo parlato per meno di mezz'ora. Non ho avuto il tempo di raccontarti la storia della mia vita. E non esco con le attrici. Era una mossa di PR, niente di più.» Non sapevo perché sentissi il bisogno di dirlo. Conoscevo a malapena Samantha. Non dovevo darle spiegazioni.

Era il modo in cui si era raddrizzata. Era una creatura minuta, rispetto a me, ma riusciva a sembrare più alta, come se si trovasse su un piedistallo sopra di me e io fossi un servo della gleba che chiedeva una grazia a milady. Le dita mi formicolarono.

«Chi sei?» borbottai, più a me stesso che a lei. Non era una socialite, non importava cosa avesse detto Gabi.

«Sono una dottoranda. Stavo andando nel mio ufficio quando ti ho visto.» Sollevò il mento.

«Davvero?» Sembrava una dottoranda. Pantaloni cargo neri, una maglietta nera, anfibi. Non corrispondeva al ritratto da socialite che Gabi mi aveva dipinto.

«Informatica.» Agitò una mano, e la grazia di quel gesto mi tolse il fiato.

«Ah.» Le dita mi formicolarono di nuovo. Diedi un'occhiata

all'edificio basso e color beige, con troppe poche finestre. Non era un palazzo fatato.

Una mente analitica. Era anche lei dipendente dalla tecnologia, come Gabi? Cercai di sovrapporre l'immagine odierna di Samantha — diffidente, concisa, guardinga — alla donna affascinante e divertente con cui avevo parlato all'evento. E poi cercai di aggiungerci quello che Gabi mi aveva detto sulla sua famiglia di socialite. Fallii. Finora, Samantha Jones era un enigma.

«Come sta il tuo cane?»

«Bilbo Baggins?» Un lento sorriso le si allargò sul viso. «Si è ripreso dall'incidente del formaggio. Ora sta bene.»

«Bene.» Dondolai sui talloni. Era un rompicapo, e non riuscivo a far combaciare tutti i pezzi. Forse potevo scuoterli un po' per vederli da una prospettiva diversa.

«Conosco il tuo segreto.»

Le sue guance impallidirono, e la spruzzata di lentiggini sul naso sembrò scurirsi. «Quale segreto?»

«La tua identità segreta.»

«Come hai…»

«Me l'ha detto Gabi. Sei Samantha Jones, della famiglia della Jasper Jones Literacy Foundation.»

Si sgonfiò. «Jasper Jones era mio padre.»

Feci una smorfia. Nel mio desiderio di essere Hercule Poirot, avevo dimenticato che potesse sentirne la mancanza. «Mi dispiace per la tua perdita.» La mia voce suonò legnosa. Probabilmente Jasper Jones era stato un padre migliore del mio. Non ci sarebbe voluto molto.

«Grazie.» Ma non mi guardò. Il suo sguardo era assente, come se vedesse qualcosa che gli altri esseri umani — io — non potevano vedere.

Le dita mi formicolarono di nuovo. Dopo, dissi loro. Samantha era più di un'ispirazione. Era qualcuno che volevo conoscere.

«Ehi, posso offrirti il pranzo? O un caffè?» Se avessi potuto passare un po' più di tempo con lei, avrei potuto svelare i suoi segreti.

Lei sbatté le palpebre e guardò di nuovo l'edificio prima di incontrare il mio sguardo. Non avevo mai visto occhi di quel colore. Se fossi stato un pittore, quali tinte avrei mescolato per replicarlo? E come avrei fatto a renderli così limpidi e intelligenti e vigili, come se mi stessero giudicando e trovandomi carente?

«Io... ah. Non credo...» Fece una smorfia. «Certo che no. O tu... Vorrei poterlo fare. Ma devo proprio andare a lavorare. Ho una pila di esami che non si correggeranno da soli.» Mi rivolse un sorriso. Un angolo si sollevò più dell'altro, come se dei segreti appesantissero l'altro lato.

Volevo scoprirli tutti.

«Domani, allora. Merda, no, partiamo domani.» Quando sarei tornato a San Francisco? Non per un po', non fino a... «La prossima primavera. So che è tra molto tempo, ma sarò in tour per il mio prossimo libro, e sono sicuro che faremo tappa qui.»

Le serrande calarono su quegli occhi opachi appena prima che abbassasse lo sguardo sulla punta del suo stivale. «Io... potrei avere un impegno allora. Sto cercando di liberarmene, ma...»

Mi si strinse il petto. «Non ti ho nemmeno detto le date.»

«Lo so, ma è quel genere di impegno, sai, che si sovrapporrà di sicuro. Ma se posso, verrò a trovarti quando sarai di nuovo a San Francisco. Lo prometto.»

«Se mi dai il tuo numero o la tua... la tua email» — mi sarei ricordato come accedere alla mia email per allora, no? — «ti manderò il programma. Possiamo organizzarci per vederci.»

«Verrò a cercarti io. È più emozionante così, no?»

«L'emozione è sopravvalutata.» Quando ci eravamo conosciuti, aveva detto di volersi accoccolare contro di me. Da dove veniva questa nuova freddezza?

Arricciò il naso, eclissando alcune delle sue lentiggini. «Credo che il mistero ti attiri, Niall Flynn. Lasciamo le cose così.» E senza nemmeno un bacio sulla guancia o una stretta di mano, si allontanò da me verso l'edificio beige.

Il mio cervello impiegò qualche secondo a rimettersi in moto. Alla fine, sbattei le palpebre e la guardai avvicinarsi all'ingresso, passare il tesserino sul sensore, aprire la porta e sparire all'interno, tutto senza mai voltarsi a guardarmi.

Aspettai mezzo minuto, aspettandomi che lei... facesse cosa, esattamente, Niall? Saltasse fuori di nuovo e mi urlasse il suo numero di telefono? Uscisse dalle porte nel suo costume da supereroe dopo essersi liberata del suo travestimento da mite dottoranda?

Le dita mi formicolarono di nuovo, la sensazione questa volta acuta. Notando una panchina sotto un albero a poche decine di metri di distanza, mi diressi verso di essa, estraendo già il taccuino dalla borsa a tracolla. Aveva ragione. Non era la comprensione di Samantha a ispirarmi; era il mistero. Con la mia immaginazione, potevo risolvere l'enigma da solo.

Voltai il taccuino alla pagina bianca successiva, e prima ancora di posarvi la penna, un'immagine si formò. Una principessa sotto mentite spoglie, in cerca di avventura. Che proteggeva non solo la sua identità, ma anche il suo cuore.

Riempire le pagine del taccuino, una dopo l'altra, finché la mano non mi si indolenzì. La scossi e continuai a scrivere nonostante il dolore, finché Lobelia non rivelò i suoi segreti a Nieven — e a me, il suo creatore.

7

SAM

MI STRINSI il cappotto addosso per proteggermi dal freddo umido di gennaio e arrancai su per il vialetto in pendenza fino alla casa di mia madre e Charles. Sembrava che fosse stata un'altra Sam a passare gli anni delle medie e del liceo nella camera da letto al piano di sopra che mia madre chiamava ancora la mia.

L'unica volta che mia madre era venuta a trovarmi nel mio monolocale vicino all'università, mi aveva chiesto perché insistessi a vivere in una topaia. Nonostante le crepe sul soffitto, il rubinetto del bagno che perdeva e l'occasionale cigolio spettrale delle tubature, io lo adoravo perché era mio, pagato con la mia borsa di studio e non dall'azienda che alla fine aveva avuto successo solo dopo che papà ci si era ammazzato di lavoro.

Salii i gradini fino alla porta d'ingresso e mi concessi un attimo per farmi coraggio. Dando la colpa al lavoro, avevo saltato il brunch per mesi. Ma la mia tesi di dottorato era nelle mani del dottor Martell ormai, lo era da subito dopo Capodanno. Erano passate settimane. Quando gli chiesi a che punto fosse, disse che era un'ottima prima bozza, ma che voleva vedere se potevamo ottenere più "risultati dal mondo reale". Le vendite erano andate bene, secondo Heidi, da quando Magician in the Machine era uscito tre mesi prima, ma Heidi si aspettava un "boom" dal tour.

Per quanto l'avessi supplicato, Martell non mi avrebbe tirata fuori da quella situazione. Vedeva il tour come una parte fondamentale dell'esperimento, volendo misurare come la gente reagiva a un libro che pensava fosse stato scritto da un essere umano e come quella reazione cambiava quando scopriva che era stato scritto da una macchina. Era un'osservazione valida.

Ma aveva ignorato l'aspetto personale per me. Quanto sarebbe stato imbarazzante il tour dopo che non avevo menzionato il mio pseudonimo a Niall Flynn, quella volta che l'avevo seguito come una stalker nella biblioteca del campus l'estate scorsa? A quel punto, Heidi o l'addetta stampa, Qiana, dovevano avergli detto che io ero Sam Case. Non gli avevo dato il mio numero, quindi almeno non avevo ricevuto una sfilza di messaggi accusatori da parte sua. Ma incontrarlo alla nostra prima tappa in Ohio tra un paio di settimane sarebbe stato un casino bestiale. Specialmente quando avrei provato a leggere.

Ma prima di poter arrivare a quell'incubo, dovevo superare questo: dire alla mia famiglia che avrei lasciato la città senza violare l'accordo di riservatezza.

La porta si aprì e la mia amica Marlee uscì.

«Che ci fai qui?». Mia madre non considerava Marlee, che lavorava per Jackson, parte della cerchia del brunch domenicale.

«Ciao anche a te». Marlee si strinse il cappotto rosa al collo.

«Scusa, io…». Feci una smorfia. «Stavo pensando a un'altra cosa e mi hai sorpresa».

Lei sorrise. «Non preoccuparti. Ricorda, lavoro per tuo fratello. So come operate voi geni. Dovevo consegnare dei documenti. Da parte di Weston». Aggrottò la fronte.

«Niente di terribile, spero?». Jackson mi aveva raccontato delle storie sul suo acerrimo nemico, il CEO della sua azienda.

«Non ne ho idea. Non è di mia competenza. Ehi, mi sei mancata da quando è finito il tuo tirocinio. Dovremmo vederci a pranzo. Magari la prossima settimana? No, non la prossima. Scadenza importante al lavoro. La settimana dopo?».

Il tour iniziava quella settimana. Lo stomaco mi si stringeva in una morsa ogni volta che ci pensavo. «Scusa, non posso. Vado in viaggio». Ti prego, non farmi domande.

«Un viaggio? Dimmi che è in un posto caldo e soleggiato così posso vivere indirettamente attraverso di te. Be', fino alla nostra luna di miele la prossima estate. Te l'ho detto? Andiamo alle Hawaii!». Agitò la mano e il suo anello di fidanzamento scintillò.

«Sembra divertente. Come sta Tyler?». Se fossi riuscita a farla parlare del suo fidanzato, sarei stata al sicuro dalle sue domande.

«Alla grande». Guardò dietro di me e salutò con la mano. «Mi ha accompagnata lui. E, a dire il vero, dovrei andare. Abbiamo, ehm… dei piani». Le sue guance si arrossarono.

Normalmente, le avrei chiesto dei loro piani, ma la facile via di fuga dal dover nascondere il tour del libro era troppo allettante.

Mi abbracciò. «Mi chiami dopo il tuo viaggio?».

«Certo». Forse per allora Heidi avrebbe fatto l'annuncio e avrei potuto parlargliene. Marlee amava sia i libri che l'informatica. Sarebbe stata interessata a ciò che CASE aveva fatto.

Con un cenno della mano, trotterellò lungo il vialetto verso il passo carraio, dove una Mustang blu era ferma con il motore acceso.

Quando mi voltai di nuovo verso la porta, Jackson mi sorrise dall'alto. «Entri o hai intenzione di restare là fuori tutto il giorno?».

«B. Decisamente restare».

Lui diede un'occhiata alle proprie spalle. «Vorrei essere potuto rimanere fuori anch'io, ma di questi tempi Madre ha un radar per i nipoti. Sente quando Alicia sta arrivando».

Allungai la mano e gli strinsi la sua. Aveva di nuovo quello sguardo smarrito negli occhi. «Sarai un padre fantastico, Jackson. Proprio come papà».

«Speriamo di poter restare in giro più a lungo». Cercò di sorridere, ma le labbra gli tremarono.

«Hai un equilibrio tra lavoro e vita privata molto migliore del suo. E tu e Alicia vi prendete cura l'uno dell'altra». Da quando si era messo con Alicia, avevo notato i piccoli gesti con cui si accertavano che tutto andasse bene, il modo in cui Alicia inclinava la testa verso di lui quando stava per prendere il bicchiere di troppo, il modo in cui lui le massaggiava via la tensione dalle spalle. Quasi lo invidiavo.

«È vero». Mi strinse la mano e la lasciò andare. «Spero solo di non...».

«Non lo farai». Era ben noto per il suo comportamento eccessivo quando era stressato. «E se ne hai la tentazione, chiamami. Ricorda, sono io quella ragionevole». Anche se, considerando quello che era successo con Stephen, e ora questo finto tour del libro, era davvero così?

Le sue lunghe braccia mi avvolsero e inspirai l'odore di cuoio mentre lui mi abbracciava fino a togliermi il fiato. «Grazie, Samwise».

Prese il mio cappotto umido, lo infilò su una gruccia e lo mise nell'armadio dell'ingresso. «Sei pronta per questo?».

Gli rivolsi un sorriso ironico. Anni fa, eravamo stati complici, le due pecore nere di Madre che facevano sempre la cosa sbagliata. Jackson si era preso il grosso della sua attenzione, superando le mie cazzate con una ancora più plateale. Ma ora anche lui era diventato il figlio prediletto. Non solo aveva fondato un'azienda di software emergente, ma era stato il primo a sposarsi e a produrre il primo futuro nipotino di Madre. Ora ero io l'unica delusione dei Jones.

«Non sarò mai pronta per un brunch con la famiglia», dissi. «Ma immagino che sia troppo tardi per tirarsi indietro, ora».

«Ti coprirò le spalle il più possibile».

«Stavolta non rovesciare il caffè sul pavimento, ok?».

«Devi ammettere che è stato efficace».

«Indossavo quelle stupide ballerine che mi aveva comprato e mi sono bruciata i piedi».

«Ma ha smesso di sgridarti per aver donato il tuo fondo fiduciario».

«Temporaneamente». Non me l'avrebbe mai perdonato. «E ne è valsa la pena, dovendole comprare un tappeto nuovo?».

«Samwise». Mi fermò appena prima che svoltassimo l'angolo per la sala da pranzo. «Qualunque cosa io faccia per te ne vale la pena».

Gli diedi un pugno sulla spalla come mi aveva insegnato, con le nocche piatte e il pollice fuori dal pugno.

«Ahi!». Si massaggiò la spalla. «Perché l'hai fatto?».

«Per aver cercato di farmi provare...». Arricciai il naso. «Sentimenti».

Prese la mia mano e la strinse una volta. «Va bene provare dei sentimenti. Non devi fingere che non esistano».

Era una bugia. Questa casa ne era la prova. Le emozioni che avevo represso – la tristezza per papà, l'umiliazione e il tradimento per quello che aveva fatto Stephen, la solitudine – trasudavano praticamente dalle pareti con le loro dita spettrali, facendomi cenno di tornare indietro.

Basta. Quelle emozioni non mi avevano mai fatto alcun bene, e avevo chiuso con loro tanto quanto con questa casa. Con questa famiglia. O con la maggior parte di essa, comunque.

Strinsi la mano di Jackson e poi la lasciai. «Facciamolo».

Tutti gli altri erano già riuniti nella sala da pranzo quando entrammo. «Jackson, dove ti eri... Samantha». Il viso di mia madre fece una cosa strana quando mi vide. Forse si era fatta di nuovo il botox.

«Madre». Mi diressi verso il capotavola e le baciai la guancia morbida e liscia. Aveva un leggero tono dorato dal loro viaggio di Natale alle Hawaii. Profumava di cotone appena stirato e lavanda, come sempre.

Charles non aspettò che arrivassi dall'altra parte del tavolo. Quando mi allontanai da Madre, lui era lì, con il palmo della mano un peso caldo tra le mie scapole. Sorrise, la sua pelle scura che si adagiava nelle sue solite rughe. Quando ero venuta due mesi prima per il Giorno del Ringraziamento, avevo notato qualche capello grigio in più tra i suoi riccioli neri. Lo faceva apparire distinto, come la foto di repertorio di un dirigente di successo. Che era esattamente ciò che era. «È un piacere vederla, Samantha».

«Ehi, Charles. Come va il, ehm, golf?». Charles era stato una presenza amichevole nella mia vita da quando aveva sposato Madre un anno dopo aver perso papà. Avevo provato a odiarlo – avevo dodici anni – ma nessuno poteva odiare Charles. Era troppo gentile. Eppure, non parlavamo mai di niente di più sostanziale del golf o dei suoi affari.

«Non ho giocato da quando siamo tornati da Lanai. Vorrei che Lei fosse venuta con noi».

«Ti avrebbe fatto bene, Samantha. Hai un aspetto così… sciupato». Madre allungò una mano verso la mia guancia, ma mi scostai e mi diressi verso la mia sedia all'altro capo del tavolo.

«Ehi, Nat», dissi passando davanti alla sua sedia.

«Sam». Teneva le mani in grembo, esattamente dove dovevano essere, e le sue spalle sottili premevano contro lo schienale della sedia come se avesse una barra d'acciaio al posto della spina dorsale. I suoi setosi capelli biondi le ricadevano su una spalla del suo tubino rosa antico. Madre non si sarebbe mai sognata di chiamarla sciupata.

«Sam!». Andrew si alzò e mi tese il pugno perché glielo toccassi. Dopo che le mie nocche sfiorarono le sue, mi tirò fuori la sedia e mi aiutò a spingere la pesante seduta di nuovo sotto il tavolo.

Feci un cenno a Noah, che sedeva tra Alicia e Jackson dall'altra parte del tavolo. Aveva dodici anni, quindi provò a farmi uno di quei cenni col mento e poi tornò a guardare in grembo. Doveva avere un telefono o una console per videogiochi lì sotto. Vorrei averla potuta passare liscia anch'io.

Sorprendendo tutti, Madre aveva accolto il nipote di Alicia in famiglia come un nipote di sangue. Ed era così estasiata per il bambino che Alicia portava in grembo che Alicia si era spostata al posto d'onore alla destra di Madre. Jackson prese posto di fronte a me al capo del tavolo di Charles.

Diede una gomitata a Noah. «Ricordi cosa abbiamo detto sui libri a tavola».

«Cosa sta leggendo, Noah?», chiese Charles. Charles aveva spesso un libro in mano, specialmente dopo cena in biblioteca con gli occhiali da lettura appollaiati sul naso e un bicchiere di qualcosa di scuro nell'altra mano.

«Questo nuovo libro, Magician in the Machine». Sollevò la familiare copertina verde e il mio cuore mi balzò in gola.

«Parla di computer?». Charles strizzò gli occhi verso la copertina, osservando il motivo a circuito stampato sotto il titolo.

«In un certo senso. È narrativa. È un po' difficile da capire, ma lo stanno leggendo tutti».

«Tutti?». La mia voce uscì come un gracchiare, e allungai la mano verso la tazza di caffè più vicina, che si rivelò essere quella di Andrew.

«Lascia che te ne versi una tazza fresca». Andrew si accigliò e andò verso l'urna sul buffet.

«Sì, per lo più i ragazzi delle classi superiori».

Jackson gli scompigliò i capelli. «Noah legge a un livello di seconda superiore».

«L'ho letto anch'io». La voce di Natalie risuonò sopra il tavolo. «Ha ragione. Lo stanno leggendo tutti».

«Cosa ne pensi?». Perché, perché, perché stavo attirando l'attenzione su di me in quel modo? Avrei spifferato il segreto, e poi Madre avrebbe fatto qualcosa di ridicolo come andare da Heidi a pretendere che io, e non l'università, ricevessi i diritti d'autore.

Natalie mi guardò da sopra la sedia vuota di Andrew. «Perché ti interessa? Tu non leggi».

Presi la forchetta e punzecchiai le uova nel mio piatto per non mostrare il dolore. «Solo per fare conversazione».

«Sono d'accordo con Noah», annunciò lei. «Lo stile di scrittura è denso. Ma solleva alcune questioni interessanti sulla nostra ossessione per la tecnologia».

Davvero? Pensavo parlasse solo del Mago e del Negromante. E di zombi.

«Sì», disse Noah. «E se l'intelligenza artificiale possa essere più intelligente degli umani».

Natalie si sporse in avanti. «Il Mago sembra dire di no, ma il Negromante ci crede. Penso che il messaggio sia che entrambi…». Si interruppe come se si fosse appena resa conto degli occhi puntati su di lei. Non avevo mai sentito Natalie parlare di libri, a meno che non si trattasse di qualche biografia di celebrità. Prese il suo caffè. «Dovremmo far venire questo Sam Case al prossimo evento di beneficenza della fondazione».

«Suppongo che dovremmo, se tutti stanno leggendo il suo libro», disse Madre.

Andrew mi mise davanti una tazza di caffè fumante e ne mise una seconda fuori dalla mia portata. «Come va l'università?».

Chiusi gli occhi e inspirai dal naso. Sapevo che stava per arrivare. Tanto valeva affrontarlo di petto.

«Sta andando bene». Non avevo intenzione di menzionare il ritardo nell'approvazione della mia tesi. «Sono in linea per laurearmi questa primavera».

«Grazie al cielo puoi chiudere questo capitolo e andare avanti con la tua vita». Madre sorseggiò dalla sua tazza di porcellana. «La miseria che guadagni è vergognosa. Ho provato a parlarne con John, ma ha detto che è quello che guadagnano tutti».

«Hai parlato con il mio relatore della mia borsa di studio?». Sentivo le narici dilatarsi per aspirare l'aria che era stata evacuata dalla stanza.

«Certo che l'ho fatto. Mi preoccupo per te».

«Cosa ha intenzione di fare dopo la laurea?». La voce di Charles rimbombò dall'altro lato.

«Sto cercando posizioni di ricerca». Mi morsi le labbra per evitare di dire loro che avevo ricevuto un'offerta per un postdottorato in un'università dell'Idaho la settimana prima. Avevo mesi per arrivare a quello.

«Beh, sono sicura che Charles o Jackson sarebbero entusiasti di averti con loro». Madre lo pronunciò come se fosse la risposta a un problema di matematica.

«Ricerca, Madre. Non programmazione».

«La ricerca non sembra molto… redditizia». La sua bocca si piegò all'ingiù come se avesse assaggiato qualcosa di cattivo.

«Ci sono altre ricompense che vale la pena avere. Oltre al denaro».

Il silenzio calò sul tavolo come una coperta. Bagnata.

«Come la famiglia». Jackson avvolse il braccio intorno alle spalle di Noah.

Trasalii.

Come volevasi dimostrare, Madre disse: «Stai vedendo qualcuno, Samantha?».

«No, Madre». Non avevo avuto nemmeno un'avventura di una notte da mesi. Non da Kyle. Tutto lo stress per CASE mi aveva prosciugato la libido.

«E l'amico di Jackson, Cooper? Ti ho vista parlare con lui alla festa di Natale della fondazione».

«Coop?». La risata di Jackson fu fragorosa. «Neanche per sogno».

«È come un altro fratello maggiore, Madre».

«È un ottimo partito. Forse più adatto a Natalie, però».

Mentre lei e Natalie discutevano se Cooper Fallon fosse troppo vecchio per Nat, finalmente ebbi la possibilità di mangiare le mie uova e i pancake ormai freddi. Ma la tregua non durò a lungo.

«Samantha, ti ho trovato l'abito perfetto per il ballo di San Valentino. Ho ordinato quello nero perché so che è l'unico colore che indosserai. Ma è disponibile anche in oro rosa, che sarebbe molto più festivo».

E ora la mia notizia doveva venir fuori. «Madre, non ce la farò ad andare al ballo quest'anno. Vado in viaggio».

«Un… viaggio?». Sbatté le palpebre. «Un'altra conferenza accademica?».

Quindi aveva prestato attenzione negli ultimi quattro anni. «No, questo è diverso». Dovevo scegliere le parole con cura. La clausola di riservatezza di Heidi non faceva eccezioni per la famiglia. «È una specie di viaggio on the road. Con un… amico».

«Un amico?». Le sue sopracciglia si inarcarono verso l'attaccatura dei capelli.

«O un collega?». Vorrei sapere le parole giuste da usare per non farla infuriare.

«Quale dei due: un amico o un collega?».

Esitai. «Un collega che è anche un amico».

«Un amico maschio?».

Feci una smorfia. «Sì».

«Samantha». La sua bocca si incurvò verso il basso. «Non è un'altra situazione alla Stephen, vero? Non sta puntando a una posizione nell'azienda di Jackson? O in quella di Charles? Deve sapere che non hai soldi tuoi».

Il mio petto si infiammò. «No, Madre. Non è così. Siamo amici. E colleghi. Niente di più. Viaggeremo insieme per qualche settimana per fare alcune cose legate all'università». Era una mezza verità. Il tour del libro era legato all'università per me.

La sua fronte non si corrugava più, ma le sue sopracciglia si contrassero. «Cose legate all'università».

«È molto tecnico. Vuoi che te lo spieghi?». Di solito, questo la toglieva di torno. Madre era portata per la finanza, non per i computer.

«Quanto dura questo viaggio?».

«Circa tre settimane. Puoi mandarmi un messaggio se hai bisogno di sentirmi».

«Stai attenta, Samantha. Non voglio che ti cacci in un'altra situazione spiacevole».

Non me l'avrebbe mai fatto dimenticare. Non che io potessi. «Non lo farò».

Con un'ultima occhiata da falco, si rivolse ad Alicia e le chiese qualcosa sulla nursery che lei e Jackson stavano allestendo.

Mi afflosciai sulla sedia. L'appetito era svanito e persino il mio caffè era troppo freddo per essere bevuto.

Senza alzare lo sguardo dai suoi pancake, Andrew borbottò:

«Se questo tizio prova a fare qualcosa, io e Jackson veniamo a prenderlo».

Alzai gli occhi al cielo. «Sono una ragazza grande, Andrew. So cavarmela da sola».

A quelle parole alzò lo sguardo. Il suo era pieno della stessa pietà che aveva avuto quella notte di sei anni fa, quando ero seduta al tavolo da pranzo di fronte alla mia famiglia, singhiozzando su come avessi bisogno di un accesso anticipato al mio fondo fiduciario per poter pagare Stephen, altrimenti avrebbe diffuso i nudi che ero stata così idiota da lasciargli fare. «Ne sei sicura?».

Spinsi le uova fredde nel piatto. «Sono passati anni».

«Hai un cuore così tenero, Sam. Non voglio che ti faccia di nuovo del male».

Una volta aveva avuto ragione. Avevo passato gli ultimi sei anni a costruire strato su strato su quella parte tenera di me. Ora il mio cuore era come una delle perle di Madre, forte all'esterno e con il difetto nascosto all'interno. Niente sarebbe passato.

Forse dopo aver conseguito il dottorato e essermi trasferita lontano da qualsiasi luogo in cui i Jones fossero un nome familiare, avrei lasciato che qualcuno si avvicinasse abbastanza da scalfirlo. Ma fino ad allora, dovevo concentrarmi sui miei obiettivi.

Obiettivo numero uno: superare il tour senza rendermi ridicola.

8

NIALL

SPINSI la porta sul retro per entrare nella cucina di mia madre, lasciando cadere i miei stivali incrostati di neve sullo zerbino accanto al suo paio più piccolo. Thorin mi sfrecciò accanto, le zampe bagnate che slittavano sul pavimento di legno graffiato finché non fece presa e rallentò un attimo prima di schiantarsi contro i mobili della cucina. Trottò per sedersi ai piedi di mia madre davanti ai fornelli. L'aroma di pancetta che friggeva e di panini imburrati ci diede il benvenuto.

Così come il sorriso di mia madre quando si voltò. «Niall. Ti sei alzato presto per scrivere?»

Serrai la mascella. «Ci ho provato.» Mi sfilai il cappotto e lo appesi al gancio accanto alla porta sul retro. Posai il mio quaderno quasi vuoto sul bancone e misi la caraffa di latte fresco in frigorifero.

«Non te ne preoccupare.» Fece scivolare il mio quaderno lontano dagli schizzi di grasso bollente. «Hai appena finito il tuo libro. Dovresti goderti questo periodo di riposo prima di dover tornare in tour.»

«Certo, mamma.» Le diedi un bacio sulla guancia, segnata e

indurita dall'inverno. Avevo consegnato Il tradimento mesi prima. Era ormai tempo di avere almeno una bozza per il terzo libro, La battaglia degli Elfi dei Boschi. Avevo buttato giù qualche idea. Nessuna era buona. Di certo non abbastanza epocale per il libro che avrebbe potuto concludere la serie.

Avevo pensato che tornare a casa alla fattoria mi avrebbe ispirato. Ma il mio cervello era sterile come i campi innevati all'esterno. Persino il ruscello che scorreva accanto al mio posto preferito per scrivere era opaco e pigro. Avevo bisogno di qualcos'altro. Un paio di occhi viola sfrecciò nella mia immaginazione come una rondine. L'avrei rivista quando il tour si sarebbe fermato a San Francisco. Sicuramente la mia musa avrebbe acceso la mia immaginazione allora.

«Hai visto tuo nonno là fuori?»

Sbattei le palpebre per scacciare l'immagine di quegli occhi e delle ciocche di capelli scuri che le erano ricadute sopra quando l'avevo vista al campus l'estate scorsa. «Arriverà presto. Stava parlando con Sally della sua produzione di latte.»

«Papà e quelle capre.» Il suo viso si increspò in un sorriso affettuoso.

«L'ultima volta ha funzionato. Ha una specie di magia con le capre.»

Spense i fornelli e si voltò verso di me. «Questa è una delle cose che amo di te, Niall. Hai sempre visto la magia ovunque guardassi.»

Non di recente. Le ombre della foresta non assomigliavano ad artigli, spade o troll. Sembravano solo rami spogli su foglie secche e cadute.

«Frank Turner è passato poco fa. Ti ha portato un pacco dall'ufficio postale.» Fece un cenno verso il tavolo della cucina.

«Un pacco?» Era una piccola scatola marrone, grande più o meno quanto un dizionario completo. L'indirizzo del mittente era di New York. Probabilmente Qiana. Tirai fuori il mio coltellino e tagliai il nastro adesivo.

Sopra c'era un biglietto scritto con la grafia svolazzante di

Qiana. Sotto, un fascio di fogli pinzati. E in fondo, due libri, uno in brossura e uno con copertina rigida. Quello con la copertina rigida, spesso circa il doppio dell'altro, aveva l'illustrazione di copertina ormai familiare, sui toni del rosso, il mio nome e Il tradimento degli Elfi dei Boschi in cima. La mia prima copia per l'autore. Un calore si diffuse dal centro del mio petto fino alla punta delle dita mentre accarezzavo le parole in rilievo.

«Cos'è?» domandò la mamma, posando il piatto con la pancetta.

«La mia copia per l'autore.» Presi il libro e glielo porsi.

Alzò le mani. «Lascia che mi lavi prima. Non voglio ungere la copertina.»

Andando al lavandino, aprì l'acqua. «Cos'altro ti hanno mandato?»

«Il programma del tour. E il libro del mio compagno di tour.» Lo tirai fuori dalla scatola. La copertina del tascabile era verde. Non verde foresta come I segreti, ma un verde velenoso, acido. Come il pitone arboricolo che avevo visto allo zoo di Columbus durante una gita scolastica tanto tempo prima. Il titolo, Mago nella macchina, si estendeva su un'immagine di qualcosa di spigoloso e dall'aspetto tecnologico. Il nome dell'autore, in bianco in basso, era Sam Case. Lo girai. Nessuna foto dell'autore, solo la quarta di copertina e le informazioni dell'editore. La scorsi. Un techno-thriller fantastico? Heidi pensava davvero che i nostri pubblici si sarebbero sovrapposti?

Mia madre tornò al tavolo, asciugandosi le mani. Le porsi il mio libro. Il primo scricchiolio del dorso quando lo aprì fece riaffiorare il calore dentro di me. Il mio libro. Ce l'avevo fatta di nuovo. Le mie parole riempivano le pagine. Presto, la gente le avrebbe lette. Il nervosismo si fece strada attraverso il calore, come bolle in una pentola d'acqua bollente.

«È bellissimo, Niall. Non vedo l'ora di leggerlo.» Mi prese l'altro. «Questo sembra... interessante. Molto diverso dal tuo.»

«Heidi ha detto qualcosa sulla sinergia. Immagino che dovremo leggerlo per capire cosa intendesse.»

Presi il programma e lo esaminai. Iniziavamo da Columbus, proprio come aveva detto Qiana. Avrei voluto lanciare il libro presso la biblioteca della Foresta Incantata come avevamo fatto per il mio primo romanzo, ma Qiana disse che il posto non era abbastanza grande. La sala polifunzionale della biblioteca poteva ospitare venticinque persone. Quanti lettori pensava che sarebbero venuti alla mia presentazione? Per I segreti degli Elfi dei Boschi ce n'erano stati quattro: mamma, nonno, Gabi e il mio professore di lettere del liceo. Forse si aspettava che Sam Case attirasse una folla più grande con il suo romanzo d'esordio.

Sfogliai le pagine. Chicago, East Coast, Sud-Ovest, California. Non saremmo arrivati a San Francisco fino alla fine del tour. Che sfortuna. Avrei dovuto aspettare per la mia dose d'ispirazione. Sempre che Samantha fosse venuta. Era riuscita a liberarsi dal suo impegno? Mi avrebbe aspettato alla libreria di San Francisco?

La voce di mia madre mi strappò dalla mia riflessione sulla spolverata di lentiggini sotto quegli occhi incantevoli. «Tuo nonno ci sta mettendo un po' a parlare con Sally. Ti dispiacerebbe andare a controllarlo?»

«Sai com'è scorbutica. Probabilmente gli sta rispondendo per le rime.» Misi i fogli nella scatola e tornai alla porta sul retro. Nessuna traccia del nonno fuori. Mi avvolsi la sciarpa al collo, infilai il cappotto e cacciai i piedi nei miei stivali gelidi. «Torno tra poco.»

Chiusi bene la porta alle mie spalle per mantenere il calore all'interno, attraversai i campi innevati, seguendo le mie impronte fino al fienile. Feci scorrere il portone per aprirlo, entrai e lasciai che la vista si abituasse al passaggio dalla luce troppo intensa dell'esterno all'oscurità interna.

«Nonno?»

Sally e Susie mi risposero belando. Strofinai le loro orecchie morbide con la mano guantata. Il nonno non era nel loro box. Andai ai recinti degli alpaca e li trovai vuoti. Li avevamo lasciati uscire al pascolo quella mattina. Mi girai su me stesso, perlustrando il fienile. «Nonno!»

Un gemito provenne dall'angolo, accanto alla scala a pioli che non c'era quando ero uscito.

«Nonno!» Corsi verso la scala. Sotto di essa, il nonno giaceva a pancia in giù, un braccio sotto di sé e l'altro disteso di lato, le dita che coprivano il manico di una vecchia scopa. «Nonno!» Gli afferrai la spalla.

«Sono scivolato,» gracchiò. La sua schiena si alzò, ebbe un fremito e si abbassò.

Gli toccai il collo, delicatamente. L'angolazione sembrava giusta. «Ti fa male qui?»

«No. Il braccio.»

Il braccio che potevo vedere sembrava a posto. Lo palpai.

«L'altro braccio.» Gli uscì come un grugnito.

Gli afferrai spalla e fianco e lo tirai verso di me, cullando il suo corpo con il mio. Non era affatto fragile, ed era più pesante di quanto sembrasse. Sbuffò quando atterrò sulla schiena.

Feci una smorfia. Il braccio piegato sul petto era storto. Il polso ciondolava come quello di una marionetta. «Nonno.» La parola sgusciò fuori da me come da uno dei giocattoli cigolanti di Thorin un attimo prima che lo facesse a pezzi.

Mi rimisi in piedi a fatica. «Sai che togliere le ragnatele è compito mio.» Il compito che avevo dimenticato di fare quella mattina, troppo concentrato su come la mia storia non stesse prendendo forma. Recuperai il kit di primo soccorso dall'armadietto vicino alla porta del fienile e presi un pezzo di legno lungo trenta centimetri dal cesto.

«Riesci a metterti a sedere?»

I suoi occhi mi fulminarono. «Mi sono rotto un braccio, non la schiena.»

«Eccoti qua, vecchio mio.» Da dietro, lo spinsi su, facendo attenzione al braccio ferito. Poi, il più delicatamente possibile, gli immobilizzai il polso.

«Non ti sentivo imprecare così da quando ti sei incastrato il piede nella mietitrebbia.» Avvolsi la benda a rete un'ultima volta e fissai l'estremità con un pezzo di nastro adesivo.

«Sono anni che non mi rompo un osso. Dimenticavo quanto fa male. Hai un'aspirina in quel kit?»

Trovai una boccetta e la presi nel palmo della mano. «Sei sicuro di non voler aspettare qualcosa di più forte in ospedale?»

«Ospedale? Sto come nuovo.»

«Hai il polso rotto. Questo serve solo a evitare che tu faccia altri danni finché non potranno sistemarti l'osso e metterti il gesso.»

«Il gesso?» I suoi occhi erano spalancati e assenti. Forse aveva anche battuto la testa.

Passai la mano tra i suoi folti capelli bianchi. Non sentivo bozzi, ma ciò non significava che non avesse una commozione cerebrale. «Che giorno è oggi?»

«31 gennaio. Martedì.»

«Cosa stavi facendo quando sei caduto?»

«Toglievo le ragnatele. Bisogna farlo, specialmente vicino alle luci. Sono infiammabili. Un pericolo per gli animali.»

Ok, quindi non aveva perso la memoria a breve termine. «Da quanto tempo vivo alla fattoria?»

«Da quando eri un moccioso. Da quando tuo padre…»

«Il tuo cervello sta bene. Andiamo a metterti sul furgone.» Gli afferrai la mano e il gomito sani e lo tirai in piedi.

Molto più tardi, dopo l'ospedale, dopo cena e le faccende serali, dopo che il nonno si era addormentato grazie ai forti anti-dolorifici, io e la mamma ci sedemmo sul vecchio divano davanti al fuoco. Ognuno di noi aveva un libro — Il tradimento per la mamma e quello di Sam per me — ma giacevano abbandonati sulle nostre gambe mentre fissavamo le fiamme. Thorin dormiva ai piedi di mia madre, muovendo nervosamente le sue zampe giganti.

Ruppi per primo il silenzio. «Non credo che dovrei andare in tour. Chiamerò Qiana domani e annullerò.»

Lei si scosse e voltò i suoi grandi occhi su di me. «No, Niall. Non puoi.»

«Non posso lasciare te e il nonno qui. Non mentre il suo braccio guarisce. Cercherà di fare troppo. Lo farete entrambi.»

«Abbiamo dei soldi da parte. Possiamo assumere uno dei figli di Frank Turner perché venga ad aiutare con le faccende.»

«Quei soldi sono per i semi di primavera. E per il conto dell'ospedale del nonno.»

Lei tracciò il titolo in rilievo del mio libro. «Il modo migliore per aiutare è andare in tour. Vendere libri. Sei sempre così generoso con...»

«Non è generosità assicurarsi che la mia famiglia abbia un posto dove vivere, cibo da mangiare. Voler aiutare. Non sono come... non sono come lui.» Non nel modo in cui aveva abbandonato la sua famiglia, né nel suo successo. Ci sarebbero voluti più di un paio di libri e uno show televisivo per diventare un nome conosciuto da tutti come quello di mio padre.

Lei sorrise, ma il dolore le adombrava gli occhi. «Assomigli a lui più di quanto credi.» Mi accarezzò la spalla. «Bello. Di talento. Pieno di fuoco e determinazione. Chiunque vi incontri, entrambi, se ne innamora.»

Sbuffai. «Se fosse vero, non sarei...» Avevo quasi detto solo. Ma non ero solo. Avevo la mamma e il nonno. La mia amica Gabi. Solo mi faceva sembrare ingrato per le persone che mi amavano e mi sostenevano.

«Si può essere circondati da persone — persone che ti amano — e sentirsi comunque soli, Niall.»

«Ti senti sola, mamma?»

Rimboccò una gamba sotto di sé e si girò verso di me. «A volte. Ma ho degli amici. Tuo nonno. Mio figlio, quando non è in giro a fare lo scrittore famoso.» Sorrise e mi strinse la spalla, ma poi il suo sorriso svanì. «Non mi sento mai sola come quando stavo con tuo padre. Anche quando era con me, teneva per sé una parte di sé stesso. Pensava sempre al suo lavoro, al futuro.»

Quando veniva a trovarmi, sembrava enorme — anche se sapevo di essere più alto ora — e pieno di vita. Parlando il suo gergo tecnologico straniero, era così alieno alla quiete della fattoria, dove non avevamo né televisione né computer. L'unica volta che sentivo la mancanza della tecnologia era quando papà veniva e passava la maggior parte del tempo rannicchiato sul suo portatile. Forse se ne avessi avuto uno anche io, avremmo potuto sederci fianco a fianco. Forse non avrebbe deciso che non valevo la pena di restare.

Ero stato così ingenuo da non pensare, neanche quando i suoi viaggi alla fattoria divennero così rari da limitarsi a una volta all'anno, che avrebbe smesso di venire, quindi non avevo mai considerato che ogni volta che vedevo papà avrebbe potuto essere l'ultima. Se l'avessi fatto, avrei provato a conservare i ricordi? A rendere l'ultima volta speciale?

Il palmo caldo di mia madre mi accarezzò la guancia come aveva fatto quando mi diede la notizia che papà non sarebbe più tornato. Aveva sposato una modella ungherese di dieci anni più giovane di mia madre, e avevano comprato una villa a Monterey. «Ti ha amato a modo suo. So che non era il modo in cui volevi essere amato. E questo ti ha reso esitante nel donare il tuo amore. Un giorno troverai la tua persona. La persona a cui potrai affidare il tuo cuore. E spero che ti permetterai di essere aperto. Che rischierai il dolore. Perché l'amore ne vale la pena.»

«Ne vale la pena, mamma?» Era una domanda crudele da fare, ma non potei impedirle di sgorgare da dentro di me.

Una luce le brillò negli occhi. «Quei primi anni, quando ci eravamo appena conosciuti, quando era così carismatico, così pieno di passione e grandi idee? Quelli sono stati gli anni più emozionanti della mia vita. E poi abbiamo avuto te. Lo vedevo ogni volta che ti guardavo in faccia. Lo sentivo ogni volta che tenevo le tue piccole dita nelle mie. Sei cresciuto e sei diventato la tua persona, una persona che amo con tutto il cuore. Non mi sarei persa niente di tutto ciò. Non l'amore, e nemmeno il dolore. Il dolore ne fa parte, vedi. Senza di esso, non apprezzerei i momenti felici.»

Fissai il fuoco. Ci credevo? Trovare qualcuno che non mi avrebbe fatto del male sembrava una strategia più sensata. Qualcuno che sarebbe stato felice di vivere una vita tranquilla qui alla fattoria. Che non avesse bisogno della fama — la mia fama — o nemmeno della propria.

«In questo momento, sono felice di essere qui.» Il mio sorriso era quasi genuino.

«Ma andrai comunque in tour? Non annullerai?»

Aveva ragione su molte cose. Promuovere il mio libro era la cosa migliore che potessi fare per lei e per il nonno. Quello, e scrivere il prossimo libro. «Non annullo. Purché sappia che voi due starete bene.»

«Staremo bene. Domani parlerò con Frank per avere un paio di mani in più da queste parti. Non preoccuparti per noi. Goditi solo il tour. Sai molto del tuo compagno di tour? L'hai conosciuto?»

«No. E il suo libro...» L'avevo portato con me in ospedale. Forse erano state l'ansia e la distrazione a impedirmi di immergermi completamente nella storia. Il linguaggio sembrava sconnesso, ogni frase aperta a molteplici interpretazioni, più simile a un'opera di narrativa letteraria che a un fantasy di genere. «Il suo libro è insolito.»

«Dovrebbe essere un tour insolito, allora.»

Probabilmente no. Le città e i tour erano tutti uguali. Libreria dopo libreria, a leggere le stesse parole trite e ritrite finché non perdevano il loro significato. Non vedevo l'ora di lasciarmelo alle spalle e tornare alla fattoria, a cui appartenevo.

Solo che questa volta avevo qualcosa da attendere con ansia: vedere Samantha a San Francisco. E ritrovare la mia musa.

9

SAM

MI ASPETTAVO l'uomo bianco dall'aria annoiata appena fuori dall'area di controllo di sicurezza dell'aeroporto di Columbus, con in mano un cartello con la scritta «S. CASE». Non mi aspettavo la donna nera in piedi accanto a lui, che saltellava sulla punta dei piedi, con le sue treccine dalle punte rosse che si sollevavano in un'aureola intorno al viso, illuminato da un sorriso entusiasta.

Quando alzai timidamente una mano, quella che non stringeva il trasportino di Bilbo Baggins, lei spalancò le braccia. «Sam!» strillò.

Non aspettò che facessi gli ultimi passi verso di loro. Mi corse incontro e mi strinse in un abbraccio da spezzare le costole. La strinsi a mia volta. Da quanto tempo non ricevevo un abbraccio confortante come il suo? Troppo.

Mi lasciò andare e fece un passo indietro. «Sono Qiana. Ci siamo scritte, tipo, cento volte. E non vedevo l'ora di conoscerti, quindi... sorpresa!» Incorniciò il viso con le mani in un gesto teatrale. «Preferisci Sam o Samantha?»

«Sam, per favore.»

«Tutto bene il volo? Nessun problema? Non hanno fatto storie per il signor Baggins, vero?» Si chinò e sbirciò Bilbo Baggins attraverso la retina. La sua coda scodinzolante faceva dondolare il trasportino. «Oh, piccolino prezioso! Ti tireremo fuori di lì al più presto. C'è un'area per animali domestici proprio qui fuori, e poi saremo alla presentazione del libro di Niall in un baleno.»

Dato che era l'evento di Niall, non avrei dovuto fare altro che firmare qualche copia di Magician nel retro. Ne ero contenta. Eppure, non ero entusiasta di incontrare Niall per la prima volta come Sam Case. Soprattutto non in pubblico, di fronte a decine di smartphone. Avevo detto niente foto, ma la Happy Troll non poteva controllare tutto.

Quando Niall e io ci fossimo trovati di nuovo faccia a faccia, si sarebbe arrabbiato per il fatto che avevo usato il suo lavoro per CASE? Avrebbe fatto una scenata? Alla raccolta fondi era sembrato un tipo alla mano. Ma lo era sembrato anche Stephen, fino al momento in cui aveva tradito la mia fiducia. Sarebbe stato molto meglio incontrare Niall per la prima volta in albergo, preferibilmente in qualche angolo tranquillo della hall.

«Hai davvero bisogno di me alla presentazione?» Finsi uno sbadiglio da slogarsi la mascella. «Sono piuttosto stanca dopo il volo. Anche Bilbo Baggins lo è.»

Sentendo il suo nome, Bilbo Baggins emise una serie di guaiti acuti e si mise a grattare la porticina di rete del trasportino. Traditore.

Gli occhi scuri di Qiana si spalancarono. «Certo che abbiamo bisogno di te! Questo è il vostro tour congiunto. Ora siete una squadra e vi sostenete a vicenda. Puoi fare un pisolino durante il tragitto. Prometto che starò zitta. Be', forse non proprio zitta — non è nel mio stile — ma cercherò di lasciarti dormire. Ok?»

«Okay.» Potevo nascondermi dietro Qiana e il suo muro di parole. Niall non avrebbe avuto la possibilità di urlarmi contro se lei avesse continuato a parlare.

Dopo aver detto all'autista come era fatta la mia valigia, Qiana mi condusse a una zona erbosa all'esterno e feci uscire Bilbo

Baggins dal suo trasportino. Fece i suoi bisogni, poi si mise a zampettare sulle caviglie di Qiana finché lei non lo prese in braccio.

Lui le leccò il mento. «Ehi, piccolino. Attento al rossetto. Oggi non ho messo quello a prova di bacio. Non mi aspettavo di dover baciare nessuno.» Lo tenne un po' più lontano dal corpo e lui si protese verso di lei. «Ok, va bene. Lo sistemo prima di entrare.» Lo strinse a sé.

Il mio piccolo cuore di pietra si allargò di tre taglie. Forse il tour non sarebbe stato così male. Non se tutti fossero stati gentili come Qiana.

Un'auto nera si fermò al marciapiede. «Shawn è qui» disse lei. «Forza, andiamo!»

Si sedette dietro con me, continuando ad accarezzare Bilbo Baggins, che si era raggomitolato sul suo grembo. «Allora. So di averti mandato un sacco di informazioni. Che domande hai sul tour?»

Avevo scorso il fascicolo, sperando ancora di non doverci andare. Il migliore amico di Jackson, Cooper, diceva sempre che la speranza non era una strategia. L'avevo imparato a mie spese. «Verrai con noi?»

Le sue labbra rosse si incurvarono in un broncio. «Magari! Sarebbe divertentissimo. Niall è un portento, e so che io e te diventeremo migliori amiche. Sono qui solo per la presentazione. Ci vedremo a New York, però. Sarò a tutti gli eventi lì.»

Vedendo la mia espressione, disse: «Ma non preoccuparti! Niall è favoloso. Strepitoso. Non ho mai visto nessuno esibirsi per le telecamere... cioè, i lettori... come fa lui. Naturalmente non ci saranno telecamere agli eventi, secondo le tue richieste.» Il suo sorriso si allargò ancora di più. «Voi scrittori tendete a essere un gruppo di timidi. Niall no. Lui sta al gioco. E si prenderà cura di te. È il ragazzo più gentile che ci sia...»

Il ronzio nelle mie orecchie era diventato troppo forte per sentirla. Voi scrittori. Quindi Heidi non le aveva detto di me. Non le aveva detto che ero lì solo per dimostrare che CASE poteva scrivere un romanzo che la gente voleva leggere. Che non ero affatto una scrittrice, e nemmeno una gran lettrice. Se Qiana avesse saputo chi ero veramente, le sarei piaciuta ancora? Probabilmente no. Se non avevamo i libri in comune, cosa restava? Mi scostai di qualche centimetro da lei e mi voltai verso la parte anteriore dell'auto.

«Ehi, Sam, tutto bene? Mi dispiace. Hai detto che eri stanca, ed eccomi qui a chiacchierare a vanvera.»

«Va tutto bene.» Feci un gesto vago con la mano. «Non preoccuparti per me.»

Lei strinse le labbra. «In un certo senso è il mio lavoro. Preoccuparmi per te. Prendersi cura di te. Se hai bisogno di qualcosa, fammelo sapere, okay? Non sarò sempre con te, ma avrai un assistente in ogni città. Sono responsabile di te mentre sei in questo tour, e se succede qualcosa, me ne occuperò io.»

Ero abituata a persone che cercavano di prendersi cura di me. Quando lo faceva mia madre, lo odiavo. Ma avere Qiana dalla mia parte era una bella sensazione.

«A proposito di questo...» Frugo nella sua borsa e tirò fuori una minuscola pettorina rossa con la scritta CANE DA ASSISTENZA ricamata in bianco su toppe nere su ogni lato. «Così, Bilbo può venire agli eventi con te.»

«Ma non è davvero...»

«Ah-ah. È il tuo cane da supporto emotivo. Hai bisogno di lui, no?» I suoi occhi castani mi scrutavano, come se potessero vedere la parte del mio cervello che Bilbo Baggins calmava.

Posai lo sguardo sulla sua setosa pelliccia nera. Anche solo quello rallentò il mio cuore che batteva all'impazzata. «Sì, ne ho bisogno. Ma mi sento in colpa a fingere che sia un animale da assistenza addestrato.»

«È un bravo cane.» Qiana gli grattò sotto il mento. «Ed è solo per farti superare questo tour.» Gli infilò la pettorina dalla testa e gliela allacciò intorno alla pancia. «Stai benissimo, Bilbo.» Gli passò le dita sulle orecchie sproporzionate, lisciandogli il pelo lungo.

«Grazie.» Le parole mi uscirono come un sussurro, superando il nodo che avevo in gola.

«Ci penso io, bella.»

Se era vero, sarebbe stata l'unica persona a farlo oltre a Jackson e al dottor Martell.

10

NIALL

FISSAI la libreria a due piani di Columbus, nella periferia, attraverso il parabrezza del camioncino. Grossi fiocchi di neve scendevano fluttuando, sciogliendosi non appena toccavano il vetro. Le mani mi tremavano, e strinsi il volante più forte per nasconderlo.

«Scendiamo o hai intenzione di presentare il libro dal camioncino?» Il nonno si sporse in avanti tra i sedili anteriori. «Fuori farà anche un po' freschetto, ma immagino che potresti stare nel cassone e fare il tuo discorso da lì».

«Papà, dagli un minuto. Ha solo bisogno di darsi un contegno. Vero, tesoro?» La fronte di mamma era corrugata, ma i suoi occhi brillavano d'orgoglio.

Un contegno. Mi raddrizzai sul sedile. Raddrizzai le spalle. Annuii. «Sono pronto». Se lo dicevo, poteva anche diventare vero.

Saltai giù e aprii la piccola portiera posteriore del camioncino per il nonno, restandogli vicino nel caso in cui avesse perso l'equilibrio. Era ancora un po' instabile con il braccio al collo.

Anche il suo umore era instabile. «Fatti indietro, figliolo. Non sono un vecchio bacucco decrepito».

«Certo, certo. Devo solo prendere la borsa». Quando fu in piedi stabile accanto al camioncino, afferrai la mia borsa a tracolla malconcia dal sedile posteriore e me la misi in spalla.

Mamma ci raggiunse davanti al camioncino e attraversammo l'ampio parcheggio. Era pieno di macchine, ma era condiviso con un paio di ristoranti e un Tractor Supply. La libreria si ingigantiva man mano che ci avvicinavamo, fino a riempire il mio campo visivo, illuminata a giorno e affollata di clienti in un martedì sera. Perché, perché, perché non avevano programmato la presentazione alla biblioteca di Enchanted Forest? Non c'era modo che potessi riempire un qualsiasi spazio in quella mostruosità. Forse avevano una piccola sala eventi, da qualche parte, che non avrebbe fatto sembrare minuscolo il mio sparuto gruppo di sostenitori.

Tenni la porta aperta per mamma e il nonno ed entrai dopo di loro.

«Niall, guarda». Mamma indicò un cartello. La gigantografia della mia faccia ci sorrideva. Avevo davvero così tante lentiggini? Feci una smorfia. Forse non avremmo dovuto realizzare la copertina sui toni del rosso. Il poster sembrava Enchanted Forest in autunno, tutto rosso, arancione e oro. Mi bruciavano gli occhi a guardarlo.

«Un giorno avrai i capelli bianchi come me» disse il nonno. «E ti mancherà tutto quel rosso».

«Non è ancora quel giorno, nonno».

«Dice che siamo di sopra» disse mamma. Su per l'ampia scalinata, le voci ronzavano come quel nido di calabroni che avevamo trovato nel fienile qualche estate prima.

Facendo un respiro profondo, salii le scale con la stessa trepidazione con cui ero salito sulla scala per togliere il nido. Speravo di ricevere meno punture.

«Niall!» Qiana mi travolse come una palla di cannone sul petto, le braccia che si stringevano attorno alle mie. «È così emozionante! Non è emozionante? Guarda quanta gente! E guarda i miei capelli!» Scosse la testa, agitando le punte rosse. «Mi sono abbinata alla tua copertina! Aspetta, dov'è Gabi?» Si guardò intorno, come se la mia agente potesse mai nascondersi dietro di me.

Il petto mi si strinse al ricordo. «Non ce la fa. Un imprevisto con un altro cliente».

«Oh. So che ti piace averla qui con te. Elaine! E Jerry! Siete qui! Vi sto tenendo dei posti in prima fila. Prima però vi presento Sam».

Sam. Fu un'altra scossa alla torre del mio nervosismo. Quando avevo finito il suo libro, ero un disastro di invidia e irrazionalità. Come diavolo aveva fatto? Scrivere un capolavoro letterario che era anche un'opera fantasy sbalorditiva? Non avrei mai potuto produrre niente del genere, nemmeno se avessi faticato per vent'anni. Nemmeno con una stanza piena di assistenti e dattilografi. Avevo atteso con impazienza questo giorno — ok, e un po' anche temuto — per poter dare un volto, una persona, a quello straordinario talento letterario.

Ma quando Qiana attirò la persona nel nostro cerchio, il mio cervello andò in tilt. Quello non era Sam Case. Era qualcuno che conoscevo. Qualcuno i cui bellissimi occhi avevano perseguitato i miei sogni, la mia immaginazione, il mio maledetto manoscritto, per mesi. Lobelia. Ma lei aveva un altro nome. Samantha. Samantha Jones. Era qui in rappresentanza della fondazione?

«Niall!»

Sbattei le palpebre.

«Niall, stai bene?» Qiana mi afferrò il braccio. «Hai vacillato per un attimo. Ti serve una sedia? Un po' d'acqua? Oli essenziali? Credo di avere un po' di lavanda in borsa».

Sbattei di nuovo le palpebre, con forza. Samantha era ancora lì. «Sto bene. Che sta succedendo? Dov'è…»

«Ciao, Niall». Mi tese la mano, pallida e tremante. «Si ricorda di me, Samantha Jones? Ma per questo tour sono Sam Case».

Adesso sì che mi serviva una sedia. «Tu sei Sam Case». Era una specializzanda, non una scrittrice. Non era nemmeno iscritta a lettere. Aveva detto informatica. Non poteva avere più di venticinque anni. Quando aveva avuto il tempo, o la formazione, per scrivere un capolavoro come Il mago nella macchina? Il mio cervello era bloccato in folle, incapace di elaborare le nuove informazioni. La fissai a bocca aperta, cercando di riorganizzare ciò che pensavo di sapere prima di entrare in libreria.

«Sam». Mamma mi diede una gomitata nel fianco mentre si faceva avanti e stringeva la mano ancora tesa di Samantha, quella che non avevo toccato. «Molto lieta di conoscerLa. Ho letto il Suo romanzo. È molto interessante. Mi piacerebbe molto sapere come Le è venuta l'idea».

Se possibile, Samantha diventò ancora più pallida. «Grazie. Ma stasera l'attenzione è tutta per Niall e il suo libro».

«Già, è vero, no?» Mamma lasciò la mano di Samantha e mi circondò la vita con un braccio. A Samantha e Qiana probabilmente sembrò una coccola tra madre e figlio. A me parve più una stretta del tipo "datti-una-regolata-subito-mascalzone". Lì vicino, il finto scatto di un otturatore provenne dal telefono di qualcuno. Qiana si voltò per mormorare qualcosa a quella persona.

Sfoggiando il mio sorriso da evento pubblico, lo stesso che avevo usato per il mio primo piano da autore al piano di sotto. Tesi la mano, e il palmo piccolo e morbido di Samantha si posò sul mio. Gliela strinsi una volta e la lasciai andare. «Piacere di rivederLa. Scusi, non mi aspettavo... Lei non ha detto che avrebbe... Mi ha colto un po' alla sprovvista».

«Aspetta, voi vi conoscete?» Lo sguardo acuto di Qiana non si perdeva nulla. Non la goccia di sudore che mi scivolava lungo l'attaccatura dei capelli. Non la mia mano destra che avevo chiuso a pugno perché pulsava ancora come se avessi toccato un filo scoperto nel motore del trattore. Non il mio respiro che mi raschiava la gola. Non gli occhi sbarrati di Samantha, che mi fissava come se fossi una vipera, arrotolata e pronta a colpire.

«Ci siamo conosciuti a San Francisco. A una raccolta fondi» disse Samantha.

«E di nuovo all'università di Samantha. Non ha menzionato di aver scritto un libro. Non è una cosa che uno penserebbe di dire quando parla con qualcuno che sa essere uno scrittore?»

«Niall». Mamma mi diede un pizzicotto sotto la giacca, come se potesse farmi uscire dal mio comportamento sgarbato.

«Sto solo cercando di capire». Samantha era sembrata aperta, onesta. E anch'io avevo scritto Lobelia in quel modo. Era questo il mio problema? Me l'ero immaginata in un modo, e quando si comportava in un altro, mi arrabbiavo? Non vedevo l'ora di vederla a San Francisco e... aspetta. Aveva detto che stava cercando di sottrarsi a un impegno. Si riferiva a questo tour?

Glielo avrei chiesto dopo. Quando non mi avrebbe guardato con la stessa espressione che aveva mostrato quando tutti quei fotografi ci si erano avvicinati alla raccolta fondi l'anno scorso. Dovevo rimediare.

«Scusa». Feci una smorfia e mi indicai. «È l'agitazione pre-presentazione. Lascia che ci riprovi. Ciao, Samantha. Sono felice di rivederti».

Diffidente, mi scrutò il viso. Poi aprì la borsa e una testolina nera e pelosa spuntò fuori. «Quando sono nervosa, Bilbo Baggins mi aiuta». Lo tirò fuori e me lo passò.

Me lo strinsi al petto mentre mia madre gli accarezzava l'orecchio sproporzionato. Il mio battito cardiaco rallentò. Questa, questa era la mia Lobelia. O Samantha. Che offriva aiuto quando ce n'era bisogno. Sorrisi. «Grazie».

«Nessun problema».

«Niall, è l'ora X». Qiana tese le mani per prendere il cane e lo restituì a Samantha. «Perché non vi sedete tutti — sono i posti in prima fila con il cartellino Riservato — mentre io microfono Niall?» Qiana mi afferrò il polso. Anche le sue lunghe unghie erano abbinate alla copertina del mio libro.

«Venga, Sam. O è Samantha?» chiese mamma.

«Sam. Per favore».

«Una volta avevamo un gallo di nome Sam...» La voce del nonno si spense mentre si facevano strada tra la folla verso la parte anteriore della stanza.

Qiana mi tirò giù per il polso finché il mio orecchio non fu accanto alle sue labbra rosse. «Che diavolo sta succedendo? Non ti ho mai visto comportarti così con nessuno, e di certo non con un'altra autrice. Un'autrice esordiente al suo primo tour».

Mi fulminò con lo sguardo per un secondo, aspettando.

«Credo di essere rimasto solo sorpreso. Di conoscerla. Che lei…»

«Hai considerato, Niall, che potesse essere un po' intimidita da un autore bestseller con un accordo televisivo? Specialmente da uno con così tanta» — fece una pausa per squadrarmi da capo a piedi — «presenza scenica come te?»

Un'ondata di gelo mi attraversò come il torrente a gennaio. Mi sentii alto un palmo. Qiana avrebbe potuto schiacciarmi con i suoi tacchi a spillo neri e lucidi.

«Mi dispi…»

«Non scusarti con me. Scusati con Sam. Dopo. Ora devi ricomporti».

Per la prima volta, mi guardai intorno mentre mi trascinava verso il podio. Un mare di sedie allineate di fronte a una parete del piano superiore. Dovevano essercene duecento. Ed erano quasi tutte occupate. Da dove era venuta tutta quella gente?

Qiana mi lasciò andare quando raggiungemmo il podio. Mi porse il pacco batterie, che agganciai alla cintura. Impugnò il microfono. «Sei sicuro di non aver bisogno di qualcosa che ti aiuti a calmarti?»

Scossi la testa. Il cane di Samantha — e la sua disponibilità a condividerlo con me — mi aveva calmato.

Stringendo di nuovo le labbra, picchiettò sul microfono per controllare che fosse spento prima di agganciarlo al mio colletto. «Sai cosa leggerai, vero?»

Tirai fuori la mia copia d'autore dalla borsa. Un segnalibro a nastro rosso spuntava dalle pagine.

La sua espressione si rilassò leggermente. «Sei un professionista, Niall. Ora comportati come tale». Mantenne un sorriso tirato e digrignò le frasi successive tra i denti. «Ci sono, tipo, dieci book blogger tra il pubblico. E due troupe televisive locali. Non voltarti. La loro copertura potrebbe essere ripresa dai blog di libri e dai siti di lifestyle nazionali. Non lasciare che qualunque cosa stia succedendo tra te e Sam mandi tutto a rotoli. Chiaro? Questa è una serata importante per te».

Annuii, contento di avere le spalle al pubblico e alle telecamere. Aveva ragione: era una serata importante per me. Non solo stavo presentando il mio libro, ma ero di nuovo in presenza della donna che aveva ispirato Lobelia, che mi aveva ispirato a finire il libro.

Fissai il dipinto sui toni del rosso sulla copertina. In un angolo, che svolazzava vicino all'orecchio di Nieven, c'era la forma minuta di uno spiritello dei boschi. La determinazione della sua piccola bocca mi rassicurò. Coraggio, Niall.

Potevo farcela. E ora, con la fonte della mia ispirazione in viaggio con me per le prossime tre settimane, avrei potuto fare ancora di più. Mentre accarezzavo le piccole punte delle ali di Lobelia, le dita mi formicolavano.

Potevo scrivere.

11

SAM

LA GIORNATA DI IERI, a Columbus, era stata dedicata a Niall. Quella di oggi era per entrambi. O meglio, per Niall e per Sam Case, chiunque lei fosse.

Dalla macchina, la libreria di Chicago aveva un aspetto assolutamente accogliente. Nella vetrina a destra della porta, un orso di peluche sedeva su una sedia a dondolo con un libro illustrato appoggiato tra le zampe, circondato da pile di altri libri per bambini. Dato che era febbraio, la vetrina a sinistra esponeva dei romanzi rosa: alcuni con copertine vivaci, altri con donne avvolte in gonne di seta, le scollature degli abiti che ricadevano sulle spalle.

Mi tirai su i baveri della giacca. Mancava il bottone in cima. A casa non ne avevo avuto bisogno. Ma per sopravvivere a un tour con Niall Flynn mi serviva ben più di un cappotto migliore. Tipo, un'armatura completa con tanto di spada. E forse anche una cintura di castità.

La sera prima, dopo la presentazione del suo libro a Columbus, era sembrato che volesse parlare. Ma io, da codarda, me l'ero svignata con Qiana, dicendo che ero stanca. Ed era vero. Ma in realtà, ero rimasta sconvolta dalla vampa nei suoi occhi e dalla scintilla del nostro tocco. Avevo fatto una cazzata a non parlargli del libro e del tour quando l'avevo incontrato al campus. All'inizio sembrava arrabbiato. Ma poi, il suo sguardo aveva preso a bruciare di un'intensità che non sembrava rabbia.

E la mia libido scomparsa? Boom, ritrovata. Ma lo stesso valeva per ogni donna in quella stanza che non fosse la madre di Niall. Una donna dietro di me aveva provato a fare una domanda, ma poi si era persa, ridacchiando troppo forte per riuscire a parlare. E la folla di donne attorno al tavolo dopo il firmacopie? Non sarei riuscita ad avvicinarmi a lui nemmeno se avessi voluto.

Avrei voluto parlargli del tour quando eravamo al campus. O almeno avrei voluto provare a contattarlo da allora. Ma fino all'istante in cui io e Bilbo Baggins eravamo saliti sull'aereo a San Francisco, avevo sperato di potermi tirare fuori dal tour e da tutte le bugie.

Come quella di spacciare il libro per uno scritto da me. Soprattutto dopo aver usato il libro di Niall come input per CASE. Heidi aveva detto che se ne sarebbe occupata lei e che non avrei dovuto parlare con Niall dell'I.A. E ora che Heidi aveva il potere di decidere se avrei attraversato o meno il palco a giugno per ricevere il tocco e la pergamena di dottorato, dovevo fare ciò che diceva.

Un foglio di carta roteò davanti alla libreria. Mi infilai Bilbo Baggins sotto un braccio e mi preparai per lo scatto dall'auto all'ingresso.

Si sentì un suono simile a fuochi d'artificio in lontananza, scoppiettante e crepitante. Mi chinai. «Cos'è quel rumore?»

«Solo un po' di nevischio. Se vai veloce, non te ne accorgerai nemmeno.» Kathy, la nostra accompagnatrice, fece un cenno verso il parabrezza, dove minuscoli fiocchi bianchi colpivano il vetro per poi rimbalzare via.

Ma fuori, senza la protezione della macchina, il nevischio era come un nugolo di piccoli pugnali sulla mia pelle esposta. Misi una mano sugli occhi di Bilbo Baggins e corsi verso la porta.

Niall, con le sue gambe lunghe, arrivò per primo, senza

nemmeno il fiatone. Lottando contro la folata di vento che voleva richiuderla, spalancò la porta e me la tenne aperta mentre io mi fiondavo dentro con Bilbo Baggins. Aprii la porta interna e rimasi a bocca aperta.

Dall'esterno la libreria sembrava piccola, ma dentro lo spazio centrale era stato liberato da tavoli e scaffali per far posto a file e file di sedie. In fondo alla sala, una pedana rialzata sosteneva due poltrone e un paio di felci in vaso. Proprio di fronte, c'era un lungo tavolo con due sedie e due pile di libri, una con le copertine verdi e l'altra con quelle rosse.

Quasi tutte le sedie erano occupate. I miei occhi passarono in rassegna le decine di teste per posarsi dritti sulla coppia di microfoni ad asta sulla pedana, uno davanti a ogni sedia.

Avrei dovuto parlare in uno di quelli.

Strinsi forte gli occhi e cercai di dimenticare le risatine del mio gruppo di lettura alle elementari. Gli occhi al cielo dei miei compagni di liceo ogni volta che dovevamo leggere — ugh — Shakespeare. Il modo in cui le parole si confondevano sulla pagina mentre io mi affannavo per metterle a fuoco e recitarle.

«Non mi sento molto bene.» Strinsi Bilbo Baggins così forte che lui si divincolò.

«Andrà tutto bene. Starai bene.» La voce lenta e profonda di Niall era quasi rassicurante. «Qiana ti ha mandato la lista di domande, vero?»

«Domande?»

«Erano in fondo al mio itinerario. Non le hai ricevute?»

Avevo sperato di non dover mai salire su quell'aereo, figuriamoci rispondere a delle domande.

Lui aprì la sua borsa a tracolla ed estrasse un fascio di fogli. Ne sfogliò alcuni e me li porse. «Dagli un'occhiata. Non hanno niente di strano. E se ce n'è qualcuna a cui non vuoi rispondere, cancellala.» Mi tese una penna.

Potevo cancellarle tutte? Leggere il passaggio che avevo memorizzato e poi passare direttamente al firmacopie? Mi ero esercitata a firmare con il mio pseudonimo, Sam Case. Una S maiuscola, una C maiuscola, con lettere scarabocchiate dopo le iniziali. Veloce. Efficiente.

Facendo attenzione a non toccargli le dita, presi la lista e la scorsi. Alcune parole saltarono subito all'occhio. Ispirazione — era quello che mi aveva chiesto la madre di Niall la sera prima. Processo di scrittura. Prossimo libro. Come avrei potuto rispondere a una qualsiasi di quelle domande? Era ridicolo, considerando che Mago nella Machine era nato da un errore di CASE e che i miei piani prevedevano di nascondermi in un laboratorio di ricerca per il resto della vita.

Un uomo magro e bianco, con i capelli grigi raccolti in uno chignon sulla nuca, più ordinato del mio scompigliato dal vento, si affrettò a venirci incontro. «Benvenuti, benvenuti. Signor Flynn, La riconoscerei ovunque. E signorina Case.» Ci strinse vigorosamente le mani. «Sono Peter Pettingill, il direttore del negozio. Faremo prima un paio di foto, e poi—»

«Niente foto», dissi, con voce piatta e automatica. «È nel contratto.»

«Niente foto?» Scosse la testa. «Facciamo sempre le foto.» Indicò il muro dietro la cassa, dove dozzine di fotografie erano appese con delle puntine.

Mi si attorcigliò lo stomaco. Sembrava innocuo posare per una foto accanto a Niall. Probabilmente non sarebbe uscita dalla libreria. Peter Pettingill non sembrava uno capace di usare Photoshop per mettere la mia testa sul corpo nudo di qualcun altro.

«Vuoi farle?» La voce di Niall era un sussurro basso nel mio orecchio, il suo fiato che mi solleticava il collo. «Non sei obbligata.»

«Okay.» La mia voce era un sussurro appena percettibile. Mi schiarii la gola. «Okay.»

Pettingill sollevò il telefono. «Pronti?»

Il modo in cui il telefono nascondeva metà del suo viso mi catapultò indietro nel tempo. Non in una libreria affollata e ben illuminata, ma nella camera da letto dell'elegante appartamento fuori dal campus di Stephen. Ero una misera matricola, che ancora cercava di capire cosa ci trovasse in me quel sicuro studente dell'ultimo anno, uno che piaceva persino a mia madre. Così, quando mi aveva supplicato, avevo fatto un goffo spogliarello. I ricordi erano frammenti nitidi, come i video in loop sui social di Natalie. La lampada troppo abbagliante che illuminava le lenzuola bianche e la mia pelle nuda. I capelli scuri di Stephen e un occhio dietro il suo telefono, che scattava una foto dopo l'altra. Le sue suppliche di toccarmi e il mio imbarazzato cenno di diniego.

Ma non era importato a nulla. Dopo, quando Jackson era entrato nel computer di Stephen, non aveva cancellato le foto abbastanza in fretta. Avevo guardato da sopra la sua spalla e le avevo viste tutte. E sotto la fila di nudi reali, Stephen aveva photoshoppato la mia testa sul corpo di un'attrice in un fermo immagine di un porno. Accanto a quelle che gli avevo permesso di scattare, non avevano bisogno di essere realistiche per essere compromettenti.

«No. No.» Scossi la testa e indietreggiai finché la schiena non urtò un tavolo da esposizione. «No.»

«Ehi.» Niall era lì, di fronte a me, a bloccare la fotocamera dell'uomo. «Stai bene?»

Fissai il bottone bianco della sua camicia a quadri, un grigio che si incrociava con un grigio più scuro, sovrastato da coppie di sottili righe rosse. «Non posso.»

«Non puoi fare le foto? O non puoi fare la presentazione? Posso farla da solo se hai bisogno di andare in albergo.»

Per un secondo, fantasticai di saltare la lettura. Di non dovermi alzare davanti a tutta quella gente. Di ritirarmi in albergo e nascondermi sotto il piumone con Bilbo Baggins. Ma cosa avrebbe detto Heidi se lo avessi fatto? Martell si sarebbe schierato con lei o con me? Non era riuscito a farmi esonerare dal tour. Se solo ci aveva provato.

«Farò la presentazione. Solo... solo niente foto.»

«Sei sicura?»

A quel punto osai guardarlo. I suoi occhi verdi non erano del colore sgargiante della copertina di Il mago nella macchina, ma tenui e sbiaditi come un pezzo di vetro levigato dal mare. Forse avrei combinato un disastro. Ma dovevo provarci. Non solo per quello che mi avrebbe fatto Heidi se non l'avessi fatto, ma perché Niall Flynn pensava che potessi farcela.

«Lo farò.»

«Bene.» Allungò una mano verso la mia spalla, come per accarezzarla, ma poi posò la sua grande mano sulla testa di Bilbo Baggins. «A Pettingill ci penso io. Tu prenditi un minuto. Respira.»

Niall sfoderò quel suo sorriso da copertina, gettò un braccio sulle spalle di Pettingill e lo portò in disparte. Mentre parlavano, il direttore mi lanciava occhiate furtive.

«Posso accarezzare il tuo cane?» Le parole arrivarono insieme a un leggero strattone al bordo della mia giacca. Abbassai lo sguardo sul viso di un bambino sormontato da riccioli neri.

«Certo. Si chiama Bilbo Baggins.» Allentai la presa per esporre una porzione più ampia del suo pelo. Lui si agitò in attesa.

Il bambino affondò una manina nella pelliccia setosa di Bilbo Baggins. «Come lo Hobbit? È così morbido.»

«Lo è. Quando sono nervosa, toccarlo mi fa sempre sentire meglio.»

«Sei nervosa?» Occhi tondi e scuri mi guardarono.

«Sì. Devo salire lassù» — indicai la pedana con un cenno del mento — «e leggere.»

«Io e mio papà siamo venuti a sentire gli autori. Abbiamo letto insieme Segreti dei Wood Elves. Non sei tu quell'autrice, vero?»

«No, è lui.» Il mio sguardo si posò su Niall, che si piegava come un albero sul più basso direttore della libreria, e gli occhi del bambino lo seguirono. «Non pensavo fosse un libro per bambini.»

«Papà mi ha aiutato con le parole difficili. Dice che non dobbiamo leggere solo libri per bambini. Possiamo leggere qualsiasi libro vogliamo.»

«Anche mio padre mi leggeva delle storie. Spero che tu e tuo padre continuiate a leggere insieme per molto tempo.» Provai a ricordare i momenti felici, quando mi rannicchiavo contro il mio papà e, per pochi minuti ogni sera, il suo tempo non era per il lavoro o per i miei fratelli e mia sorella, ma solo per me. Provai a non pensare a come, senza di lui, leggere non valesse più la fatica.

«Se ti innervosisci, fai come Nieven e pensa a casa. Ti farà sentire meglio.»

Chi diavolo era Nieven? E pensare a casa mi avrebbe resa più nervosa, non meno. Cosa direbbe mia madre se sapesse che oggi dovevo leggere, parlare a braccio, davanti a tutta questa gente?

Eppure, dissi: «Grazie.»

Niall si frappose tra noi. «Pronta a salire?» Doveva aver rabbonito Pettingill, perché il direttore aveva messo via il telefono.

«Ho conosciuto un tuo fan.» Tesi una mano verso il bambino.

Lui si accovacciò per avvicinarsi all'altezza del piccolo. «Ehi. Come ti chiami?»

«Hero.»

«Ah, i tuoi genitori devono essere fan di Shakespeare. Molto rumore per nulla, giusto?»

Il bambino annuì.

«"Se è così, l'amore è un caso: alcuni Cupido uccide con le frecce, altri con le trappole."» Lo sguardo verde di Niall si posò su di me e poi guizzò via così in fretta che non fui sicura l'avesse fatto apposta. Shakespeare suonava incredibilmente vibrante nella sua voce profonda, per nulla come quando lo leggeva il mio professore d'inglese.

«Mi piace I segreti degli Elfi dei Boschi più di Shakespeare. I personaggi parlano come persone normali.»

Niall sorrise al bambino. «E qual è il tuo personaggio preferito?»

«Greva. Arriva sempre a cavallo giusto in tempo per salvare Nieven.»

«Anche a me piace questo di lei. È stato un piacere conoscerti, Hero. Ci rivediamo quando ti firmerò il libro, okay?»

«Okay.» Lo sguardo adorante di Hero splendeva su Niall.

Un po' lo adoravo anch'io, per quella sua conversazione seria con il bambino. E per Shakespeare. E per il modo in cui aveva respinto il direttore del negozio e il suo telefono come un cavaliere d'altri tempi.

«È ora di andare in scena.» Niall mantenne il mio sguardo. «Sei pronta?»

Rabbrividii. Un tempo, prima di commettere quel terribile errore con Stephen, avevo sperato che i ragazzi mi ammirassero. Volevo diventare una programmatrice e un'imprenditrice come Jackson. Non volevo la notorietà che lui si era creato come meccanismo di difesa, ma volevo che le ragazzine vedessero ciò che avevo fatto e pensassero: Potrei farlo anch'io.

Ma era tutto nel passato. La fama non faceva per me. Dopo aver terminato questo tour e una volta che la verità fosse stata rivelata, il dottor Martell e l'università avrebbero potuto prendersi il merito per CASE, lasciandomi fuori. Non avrei mai più voluto trovarmi di fronte a un auditorium pieno di accademici a spiegare quello che avevo fatto.

E questo mi riportò bruscamente alla realtà. Non volevo essere in quella libreria, a parlare di un libro che non avevo scritto.

«No.» Non ero pronta. Tutta quella gente. I loro sguardi. Le loro risatine quando avrei inciampato sulle parole. I miei piedi erano incollati al pavimento.

«Quando siamo lassù, guarda me. Ascolta me. Andrà tutto bene. Proprio come adesso. Okay?»

«Non lo so.» Lanciai uno sguardo carico di desiderio verso la porta d'ingresso. Persino le temperature sottozero e il nevischio sembravano meglio che avere tutti quegli occhi e quelle orecchie puntati su di me.

«Lo faremo insieme. Uno.» Fece una pausa. «Due.» Mi guardò profondamente negli occhi. «Tre.»

E come se fossero mossi da qualcun altro, i miei piedi iniziarono a muoversi verso la pedana. La mano di Niall si posò sulla mia schiena, calda, stabile e sicura. Forse, dopotutto, potevo farcela.

$$12$$

NIALL

LE LENTIGGINI DI SAM, di solito una spolverata così sottile, come granelli di sabbia sparsi sulla pagina di un tascabile in spiaggia, spiccavano nette sulla sua pelle troppo pallida. Mentre leggeva il passo del suo libro, la sua voce tremava e il suo sguardo non si staccava dallo schermo del tablet. Eppure non mi parve che girasse mai pagina. Stringeva il microfono, con le nocche bianche.

«Credo stia per vomitare», borbottai.

«No», Kathy mi posò una mano sul braccio per trattenermi. «Ha quel cagnolino adorabile lassù con lei. Andrà benissimo».

Sulla piattaforma rialzata, Sam sedeva sulla sedia con i piedi rannicchiati sotto di sé, come se cercasse di sembrare ancora più piccola. Il cane le era accoccolato accanto.

Come diavolo avesse fatto Sam a convincere la Happy Troll a permetterle di portare il suo cane in tour andava oltre la mia comprensione. Anche se, data la superiorità di Il mago nella macchina, probabilmente avrebbero fatto qualsiasi cosa per accontentare la loro autrice di punta. Persino lasciarla comportare da diva.

Lassù non sembrava affatto una diva. Quando la sua voce era rimbombata attraverso l'impianto audio, era sobbalzata come un topo spaventato. Aveva iniziato a parlare così piano, con tanta esitazione, che il pubblico si era sporto in avanti sulle sedie. Ma mentre leggeva, lentamente, con attenzione, le sue spalle si erano abbassate. Presto prese velocità e, sebbene non sarebbe mai diventata una narratrice di audiolibri e nemmeno una bibliotecaria che legge favole ai bambini, la sua voce assunse un ritmo più sicuro.

Il pubblico ne andò pazzo. Avevamo attirato una folla enorme nella libreria vicino al lungolago di Chicago. La gente sedeva, silenziosa e immobile, ad ascoltare le sue parole. Forse erano le parole stesse, o forse era il contrasto tra la storia desolata e scarna, piena di spigoli e dialoghi crudi, e la bellezza elfica che l'aveva scritta ed eseguita per loro.

Ero incantato tanto quanto loro.

Prima di quanto mi aspettassi, il pubblico applaudì. Ottimo lavoro, Qiana, a consigliarle di leggere un breve estratto per la sua prima volta.

Avanzai verso il palco e accesi il mio microfono. «Grazie, Sam. Non dimenticate che, se non avete ancora acquistato la vostra copia di Magician in the Machine, ne avremo altre sul tavolo che Sam firmerà alla fine. Ora leggerò un passo da Il tradimento degli Elfi dei Boschi.»

La differenza tra le mie descrizioni fiorite e la crudezza della prosa di Sam non avrebbe potuto essere più marcata. Il passo di Treachery era ricamato, in stile rococò, con dettagli: l'odore del sudore dei cavalli, il tuono dei loro zoccoli, il dolore acuto che si irradiava dalla pugnalata al fianco di Nieven dopo la battaglia che concludeva il primo libro. Avrei dovuto tagliare tutto per concentrarmi sull'azione come aveva fatto Sam?

Troppo tardi ormai. Scacciai il dubbio e, prendendo spunto da Nieven, tirai dritto.

Durante la sessione di domande e risposte, Sam avvizzì come una rosa colpita dal gelo, con le spalle curve e la voce bassa e monotona. Qiana non l'aveva preparata? Si bloccò quando una persona del pubblico le chiese: «Da dove ha preso l'ispirazione?»

Sapevo per certo che quella domanda era sul foglio di Qiana. Era un assist perfetto. Potevi dire letteralmente qualsiasi cosa: la vita di tutti i giorni, i sogni, la struttura socio-politica dell'Impero Ottomano. La fissai intensamente, quasi spingendola con la forza del pensiero a dire qualcosa, qualsiasi cosa.

«Altri libri, immagino?», disse alla fine. «Mio padre mi leggeva delle storie». Catturò lo sguardo di un ragazzino in una delle prime file. Hero, quello con cui aveva parlato prima che salissimo sul palco.

«Qualche titolo in particolare?», chiesi. Non avrei dovuto farlo. Avrei dovuto passare alla domanda successiva e darle tregua. Ma ciò che una persona legge dice molto su di lei. E io volevo imparare il più possibile sulla mia compagna di tour, la mia musa.

Abbassò lo sguardo e accarezzò il cane. «Tolkien. Ricordo che leggemmo insieme Lo Hobbit. Anzi», prese il cane e se lo mise in grembo, «questo signorino si chiama Bilbo Baggins. Ha cinque anni e l'ho preso alla SPCA di San Francisco. Gli piacciono le lunghe passeggiate, le cosce di pollo disossate e non condite, e farsi asciugare con il phon dopo un bagno caldo. Odia le spiagge — la sabbia tra le dita delle zampe — e stare da solo».

Le due domande successive furono sui cani, e Sam rispose con una disinvoltura che non aveva avuto quando parlava del suo libro.

Poi la domanda arrivò a me, la stessa che era stata fatta a Sam pochi minuti prima. «Da dove prende la sua ispirazione, Niall?»

Avevo una risposta, ovviamente. Non ero un novellino come Sam. Ma quando aprii la bocca, mi bloccai. Quando l'avevo preparata, non mi ero aspettato che la risposta alla domanda fosse seduta accanto a me. Mi si seccò la gola e la lingua mi si impastò inutilmente in bocca. Alzai un dito e presi la bottiglia d'acqua accanto alla mia sedia per bere una lunga sorsata.

Sam inclinò la testa di lato. Doveva star pensando anche lei alla dedica. Perché non ne avevamo discusso la sera prima a Columbus? Perché non mi aveva rimproverato per quella cosa?

Perché non l'avevo presa da parte la sera prima, prima che fuggisse con Qiana, per scusarmi?

Mi ero comportato da codardo, ecco perché. E dovevo smetterla. Ora. Oggi.

Posai la bottiglia d'acqua. Tuttavia, non dovevo per forza farlo davanti a tutti quegli estranei. Così tirai fuori la risposta che avevo usato nel mio primo tour. «C'è un piccolo bosco nella fattoria della mia famiglia, attraversato da un torrente. Da bambino, ci correvo dopo aver finito i miei compiti, mi sdraiavo sul suolo della foresta e sognavo le creature magiche che la abitavano».

Proprio come al mio primo tour, se la bevvero. A tutti piace sentire la storia di un ragazzo di campagna con dei sogni che poi trova il successo. A volte, pensavo che fosse la mia storia personale, e non i miei libri, ad avermi portato dove ero oggi. E odiavo quel pensiero. Volevo essere apprezzato per quello che producevo, non per chi ero. Specialmente considerando chi era mio padre.

Conclusi la sessione di domande e risposte subito dopo, non volendo rispondere a ulteriori domande, e scendemmo al tavolo per il firmacopie.

Ogni volta che firmavo il frontespizio, la pagina successiva, quella con la dedica, minacciava di bruciarsi da sola. Grazie a Dio c'era Kathy, che apriva il libro di ognuno alla pagina giusta, così che io non finissi inavvertitamente su quella e non prendessi fuoco spontaneamente. Gocce di sudore mi imperlavano l'attaccatura dei capelli e mi scivolavano lungo la schiena sotto la camicia di flanella.

Finalmente, la fila di Sam si assottigliò e lei si allontanò dal tavolo. Quasi finito. La mano non mi si era ancora indolenzita — era in ottima forma grazie alla scrittura a mano dei miei manoscritti — ma i muscoli mi dolevano per essere stato seduto così a lungo. Mi stiracchiai e sorrisi al lettore successivo.

Quando l'ultima persona si fece avanti, una scossa elettrica mi attraversò. Sam era in piedi, china su di me, stringendo al petto una copia del mio primo libro, I segreti degli Elfi dei Boschi, con lo scontrino infilato dentro.

«Non dovevi comprarne una copia», dissi. «Qiana te ne avrebbe procurata una dall'editore».

Un angolo della sua bocca si sollevò. «Sarò anche nuova, ma so come funziona: non si guadagna sulle copie gratuite dell'editore».

«Vero».

«Ho pensato di leggere prima questo. Prima di iniziare il tuo nuovo libro».

Un'ondata di sollievo mi travolse. Non aveva letto la dedica. E potevo darle una spiegazione prima che lo facesse.

Mi porse il libro. Per quante ne avessi firmate, non ero ancora diventato insensibile all'odore di carta fresca e colla, il profumo celestiale dei libri. Ma questo aveva qualcosa in più, un sentore legnoso, erbaceo, stratificato su… rosmarino.

«Senti, mi dispiace», disse. «Avrei dovuto dirti qualcosa quel giorno all'università. Ma speravo di potermela cavare. A questo». Fece un gesto con la mano verso la libreria, quel gesto incantevole che ricordava il volo di un passero. «Speravo di non dovermi rivelare come Sam Case. Di poter essere solo Sam Jones, e che noi potessimo essere… amici». Si morse un labbro, e non riuscii a smettere di fissarlo. Le sue labbra erano rosa come petali di rosa. Sembravano anche morbide come petali. Toccabili. Baciabili.

No. Strinsi gli occhi. Niente pensieri sconci sulla mia compagna di tour.

Mi schiarii la gola. «Perché non avresti…». Certo. Parlare in pubblico. Era una di quelle scrittrici che volevano rimanere nella loro caverna a sfornare parole. Come Cormac McCarthy o Harper Lee. Non voleva incarnare il suo marchio, come mi spingeva sempre a fare Gabi. «Capisco. Devo scusarmi anch'io».

«Per cosa?» Arricciò il naso.

La voce di Lobelia, bassa e melodica, mi sussurrò all'orecchio. Coraggio. Lei era stata coraggiosa. Potevo provarci anch'io.

«Guarda». Presi una copia di Treachery dalla pila e la aprii alla pagina della dedica. «Leggila. È per te».

Prese il libro e studiò la breve iscrizione. La lesse lentamente, esitando sulle parole più lunghe. «'Dedicato alla mia musa dagli occhi viola, senza la quale questa storia non avrebbe trovato la sua anima'». Le sue sopracciglia scure si aggrottarono proprio come avevo temuto. «Questa sarei io? Ma i miei occhi sono azzurri, non viola».

Allargai le mani davanti a me, con i palmoi rivolti verso l'alto. «Sono uno scrittore. Un poeta. Posso concedermi qualche licenza poetica». Ma si sbagliava. I suoi occhi erano più che azzurri. Erano la notte stellata. La parte più profonda dell'oceano. Fiori con petali delicati che, se schiacciati, ti avrebbero macchiato le dita di viola.

«Mi hai dedicato il libro?»

«In un certo senso». Messo di fronte alla realtà di Sam, sapevo di averla abbellita, proprio come avevo fatto con i suoi occhi. Avevo conosciuto una persona nuova, e questo aveva creato delle connessioni nel mio cervello che avevano fatto sgorgare nuove parole. L'avevo trasformata in quello che volevo che fosse: la mia musa eterea, che fluttuava in quello spazio crepuscolare tra il sogno e la coscienza.

Ma Sam non esisteva per la mia ispirazione.

«Ho incontrato una donna inaspettata e intrigante in un museo, e di nuovo in un campus universitario. La versione idealizzata che mi sono fatto di lei mi ha ispirato. Ma tu sei una persona reale. Con un talento e una creatività tutti tuoi. Mi dispiace».

Inclinò la testa, come un uccellino. «Dispiaciuto per…?»

«Per averti trasformata in qualcosa che non sei. Per aver reso le nostre interazioni a San Francisco tutte incentrate su di me». Per provare qualcosa di un po' troppo intenso per Lobelia. «Normalmente, sono più bravo a distinguere tra fantasia e realtà. Ma avevo una scadenza». Feci spallucce, come se non fosse niente di che il fatto che mi avesse tirato fuori dal mio blocco creativo, ispirato un personaggio completamente nuovo, letteralmente salvato la fattoria. Sforzai un sorriso anche mentre lo stomaco mi si attorcigliava. Non le avevo detto tutta la verità. Forse non avrebbe iniziato Treachery mentre eravamo ancora in tour. Forse non si sarebbe riconosciuta in Lobelia. Forse anche a Sally la capra sarebbero spuntate le ali e avrebbe imparato a volare.

Serrò le labbra. «Forse ci siamo ispirati a vicenda». Posò il libro sul tavolo. «Me lo firmi, per favore? Scrivi solo per Sam».

Sopra la dedica, scarabocchiai A Sam e firmai sotto. Soffiai sull'inchiostro per farlo asciugare, poi chiusi il libro.

Lo prese, sfiorandomi leggermente la punta delle dita. I suoi occhi erano davvero il cielo notturno dell'Ohio in estate, blu inchiostro e trapuntati di stelle.

Sbattei le palpebre e afferrai il disinfettante per le mani. Tenendo la boccetta sopra le mani di Sam, versai del liquido sul suo palmo impeccabile prima di fare lo stesso con il mio, ruvido. No, non volevo strofinarle il gel sulla mano e sentire di nuovo quanto fosse liscia.

«Andiamo, ragazzi». La voce di Kathy spezzò il momento. «Niall ha un'intervista presto e Bilbo ha bisogno di sgranchirsi le zampe».

Avevo bisogno di sgranchirmi anch'io. E di uno schiaffo sulla nuca per aver confuso di nuovo Samantha e Lobelia.

Infilai il cappotto. Chicago era più fredda dell'Ohio, e il cappotto di Sam non era adatto nemmeno per l'Ohio. Era fatto per il clima mite e senza stagioni della California del nord, e di certo non per il vento e il nevischio.

Presi la mia sciarpa di lana, quella verde che mamma mi aveva fatto a maglia per Natale, e la porsi a Sam. «Prendi questa». La mia voce era ruvida come le mie mani.

«Ma non posso—»

«Fa freddo fuori. Non posso rischiare che ti prenda qualcosa e stia male per il resto del tour».

«Ma non è così che—»

Le presi la sciarpa dalle mani e gliela avvolsi intorno al collo. Le ciocche setose del suo chignon scomposto mi accarezzarono le dita e rabbrividii. «Assecondami, okay? Sono solo un ragazzo del Midwest che sa che è importante stare al caldo».

«Credo che tu sia più di questo». Quegli occhi viola brillarono.

«Credo che entrambi siamo più di quello che sembriamo, Sam Jones».

Il suo sorriso vacillò e si voltò per armeggiare con Bilbo. «Forse».

13

NIALL

NON SO chi avesse pensato che fosse una buona idea—Qiana, Dio, l'universo—mettere due persone che erano state insieme tutto il giorno—aeroporto, aereo, auto, firmacopie, auto, una cena imbarazzante—in stanze comunicanti nell'hotel di Chicago.

Di certo non io.

Mentre armeggiavo alla ricerca della mia chiave elettronica, Sam entrò nella sua stanza con Bilbo sotto braccio, trascinandosi dietro la valigia senza degnarmi di un secondo sguardo.

Forse era più arrabbiata di quanto avesse lasciato intendere per la dedica. O forse era semplicemente stanca come me.

Infilai la tessera nella fessura. Luce rossa. La sfilai e la reinserii. Rossa. Di nuovo. Un lampo verde, ma la tessera mi scivolò di mano e, quando premetti la maniglia, la porta si era già richiusa. Inserimento. Rossa. Inserimento. Rossa. Inserimento. Verde, e stavolta, sbattei giù la maniglia e aprii la porta. Scivolai dentro e la richiusi con un calcio. Maledetta tecnologia. Perché non potevo avere una dannata chiave?

Mi lasciai cadere sul letto, con le palpebre che mi si chiudevano da sole. Doveva essere un brutto segno il fatto che fossi già esausto al secondo giorno del tour. Datemi una stalla piena di box da pulire o un campo da arare, e potevo andare avanti tutto il giorno. Mettetemi su un volo la mattina presto, scarrozzatemi in macchina e fatemi rispondere a una o due domande, e mi sentivo come se mi avessero passato in una mietitrebbia.

La mia borsa era posata accanto a me, il suo familiare odore di cuoio vecchio era un piccolo conforto in quella stanza sconosciuta. Gabi l'aveva riempita di taccuini nuovi di zecca. Non era così tardi e le dita mi formicolavano da tutto il giorno. Non avevo avuto un attimo per prendere una penna e catturare le parole che Lobelia e Nieven mi avevano sussurrato, e ora la mia mano era troppo pesante, i miei occhi troppo annebbiati per scrivere.

Un inatteso lampo di vetro attirò la mia attenzione. Il telefono che Gabi aveva insistito che portassi in tour. Non uno Swiftphone, ma pur sempre uno smartphone con le sue icone intimidatorie che mi ero rifiutato di decifrare.

Le avevo promesso che l'avrei chiamata quella sera per farle sapere come stava andando il tour finora. E, stanco o no, io mantengo le mie promesse. Afferrai il telefono e lo accesi, tirando via il pezzetto di nastro adesivo che Gabi aveva messo sul pulsante di accensione. Mentre aspettavo che si avviasse, sentii Sam mormorare nella stanza accanto. Stava parlando con il suo cane? La sua cadenza era rassicurante. Le palpebre mi si abbassarono.

Dei bip rabbiosi mi riscossero dal torpore. Messaggi non letti. Chiamate perse. Messaggi in segreteria. Il telefono era solo un'ulteriore seccatura.

Il numero di Gabi fu facile da trovare perché era la chiamata persa più recente.

«Era ora che mi chiamassi. Avevi il telefono spento?» La sua voce era più tagliente dei morbidi accenti del Midwest che avevo sentito quel giorno, con le loro O piatte e le A bisillabiche.

«Devo spegnerlo quando sono agli eventi».

«Lo sai che esiste la vibrazione, vero?»

«Anche la vibrazione mi distrae».

Emise un suono simile a quello di una lince frustrata. «Allora, com'è andata?»

«Bene. La mia parte è andata bene. Sam era nervosa, ma se l'è cavata».

«Bene. Cavata. Ma da dove ti escono le parole per i libri? Devo leggere i tuoi manoscritti con un dizionario a portata di mano e tu mi fai descrizioni di una parola per due giorni interi di eventi».

«Gli eventi erano molto partecipati. Il pubblico era solidale ed entusiasta. Contenta, adesso?»

«Meglio. Com'è Sam?»

«Non ci crederai mai».

«A cosa?»

Mi voltai, dando le spalle al muro che la mia stanza condivideva con quella di Sam. «Sam Case è in realtà Samantha Jones. L'ho incontrata a...»

«Oh. Mio. Dio. Samantha Jones la socialite? La dottoranda? Che diavolo? Non l'avevi vista due volte quando eri a San Francisco? E il fatto che anche lei sia una scrittrice, con il tuo stesso editore, non è mai saltato fuori?» In sottofondo si sentì il ticchettio di una tastiera.

«No, ma...» All'inizio, mi ero sentito allo stesso modo. Ma la rabbia era evaporata più o meno quando le dita avevano iniziato a formicolare. «Ha detto che pensava di potersi tirare indietro dal tour».

«Aspetta. Torna indietro. Lei ti piaceva. Hai detto che ti aveva ispirato. Le hai dedicato quel maledetto libro e ora sei in tour con lei?» Se la voce di Gabi fosse salita ancora di un'ottava, solo Bilbo sarebbe stato in grado di sentirla. «Forse è per questo che voleva tirarsi indietro. Fai la figura del maniaco».

Mi gettai all'indietro sul letto. «Lo so» gemetti. «Le ho chiesto scusa. Al firmacopie».

«Per tutto?»

«Per una parte. La dedica. Non ha ancora letto il libro. Sta leggendo prima Segreti. Forse smetterà di leggere prima di arrivare a Lobelia».

L'insolito silenzio di Gabi mi disse esattamente cosa pensava di quell'idea.

«Devo dirglielo, vero?»

«A me l'hai chiesto prima di trasformarmi in una nana armata d'ascia».

«Quello era diverso. Eravamo già amici. Quando ho scritto di Lobelia, non pensavo che avrei mai più rivisto Sam».

«E così l'hai trasformata nella tua manic pixie dreamgirl».

«Lobelia non è una manic pixie dreamgirl! Ha i suoi obiettivi, separati da quelli di Nieven. E non sono nemmeno sicuro che si piacciano. Sentimentalmente».

«Non è la ragazza dei sogni di Nieven, Niall. È la tua. Guarda questa foto».

«Quale foto?»

«Te l'ho mandata via messaggio. Allontana il telefono dalla faccia e guardala. È sul blog di Kari Singh».

«Kari Singh? L'ho conosciuta. Studia all'università di Sam».

«Non più. Si è laureata e ora lavora per Gossip Grrlz. Una stella nascente. Si è creata una specie di specializzazione su di te. E ora alcuni degli altri siti di gossip la stanno seguendo. E seguono anche te».

Toccai l'icona dei messaggi nella parte superiore dello schermo e poi aprii la foto che mi aveva mandato. Sam—anche se allora era Samantha—ed io eravamo in piedi davanti all'edificio beige del suo campus. Doveva averla scattata quella blogger, Kari Singh. Il viso di Sam era guardingo, come ricordavo. Ma io le sorridevo, completamente andato.

Oh, merda.

«Ti piace, Niall».

«No, non è vero». Le parole uscirono troppo in fretta per essere credibili. «È una patita di tecnologia. Non credo che il suo telefono le abbia mai lasciato la mano da quando l'ho conosciuta. Ha persino letto il suo brano su un tablet. Si è portata il cane da borsetta in questo tour come una diva. Non abbiamo niente in comune».

«Aspetta, questo film l'ho già visto. Entrambi dicono: 'Assolutamente no', nel primo atto, ma a metà del secondo atto sono innamorati».

«Ma vaffanculo». Mi passai una mano sugli occhi.

«Anch'io ti voglio bene, amico mio».

14

NIALL

MENTRE TIRAVO FUORI la valigia di Sam dal bagagliaio dell'auto, guardai verso il Centennial Park, dall'altra parte della strada. A Nashville faceva più caldo che a Chicago, e il sole del pomeriggio illuminava gli alberi ancora spogli. Sarei andato a correre. Magari la linfa che iniziava a risvegliarsi negli alberi avrebbe destato Lobelia e Nieven dal loro sonno invernale, e mi avrebbero parlato.

Ringraziai l'autista e sollevai la valigia di Sam sul marciapiede. Stringendo il trasportino di Bilbo, Sam allungò una mano verso la valigia.

La respinsi con un gesto. «Faccio io».

Lei irrigidì la mascella. «No, io...»

«Sam. Tu occupati del tuo cane. E della tua...», feci un cenno alla borsa del computer che pendeva dalla sua esile figura, «attrezzatura. A questa ci penso io». Era ricca. Doveva essere abituata al fatto che altri le portassero la roba.

Ma lei esitò. Anche con la borsa a tracolla che la appesantiva e il suo cane che si lamentava nel trasportino, mi fulminò con lo sguardo. «So badare a me stessa».

«Lo so». Strinsi la presa sulla maniglia della valigia. «Ma lascia che te la porti io. Mia madre mi staccherebbe la testa se non lo facessi».

Un accenno di sorriso le sfiorò gli angoli della bocca. «Tua madre mi è simpatica».

Allentai la presa. «Anche tu le sei simpatica. Ora entra. Ti seguo subito».

Lei lanciò un'altra occhiata alla pesante valigia, ma poi riassestò il peso sulle spalle, si voltò ed entrò in albergo.

Concentrato com'ero sulla sua schiena regalmente dritta mentre la seguivo all'interno, non lo vidi finché non mi chiamò per nome.

No. Non era possibile che lui fosse lì, in un Holiday Inn a Nashville. Non mentre trascinavo valigie come un facchino, stropicciato e sudato dal nostro volo del primo mattino. L'universo non poteva essere così crudele.

«Niall». Ma quella era la sua voce, che risvegliava ricordi lontani di me rannicchiato al suo fianco sul divano consumato del nonno, mentre lui e mia madre parlavano di cose da grandi.

Mi presi un secondo per neutralizzare la mia espressione, per raddrizzare le spalle, prima di voltarmi verso di lui. «Paul». Un tempo lo chiamavo papà, ma quella parola era scomparsa insieme alle sue visite alla fattoria. Gli porsi la mano per stringergliela.

Un'espressione di irritazione gli contrasse il volto, prima che mi rivolgesse un sorriso tirato. Mi strinse la mano, il suo palmo liscio contro il mio, ruvido. Indossava una delle sue tipiche camicie nere eleganti, con le maniche arrotolate, e un paio di jeans neri rigidamente stirati. «Bello vederti, figliolo».

«Cosa ti porta a Nashville, Paul?» Lo avevo visto qualche volta a San Francisco e a New York. Ogni tanto a L.A. Ma mai da nessuna parte nel centro del paese, non da quando aveva lasciato l'Ohio per l'ultima volta, quando avevo dodici anni. Non poteva essere venuto a vedere me, o sì? A meno che non avesse finalmente letto il mio libro. Non glielo avevo chiesto prima di inserirlo come antagonista.

Il suo sguardo saettò dietro di me. «Quella è Samantha Jones?»

Mi voltai, e lei era al mio fianco.

Lei gli porse la mano. «Piacere di rivederla, signor Swift».

Di nuovo? Oh, giusto. Sam e mio padre frequentavano gli stessi giri di ricchi del mondo della tecnologia. Mi spostai a sinistra per lasciarle più spazio.

Lui le strinse la mano. «Che sorpresa trovarla qui a Nashville con Niall».

«Siamo in tour per un libro, insieme. Lei è Sam Case». Lo osservai attentamente, e sebbene i suoi occhi si spalancassero in modo teatrale, la sorpresa non si estese al resto del suo volto. Lo sapeva. Perché era lì?

«Ho visto Audrey la settimana scorsa. Non ha menzionato la tua carriera di scrittrice».

«No, è…», abbassò lo sguardo sul suo stivale, le guance rosate, «una cosa che tengo per me».

«Capisco». E quegli occhi acuti e verdi, più duri dei miei, vedevano tutto. «Perché non ci sediamo e facciamo due chiacchiere?» Indicò alle sue spalle un salottino schermato da un camino a gas e da alcuni ficus in vaso.

«Certo, vado solo a fare il check-in». Sam fece un passo indietro verso il banco della reception.

«Si unisca a noi. La prego». E sorrise, mostrando i denti.

«Oh, ehm…» Il suo sguardo saettò verso il mio.

«Va bene», borbottai. La sua presenza mi infondeva coraggio, e speranza. Mi avrebbe finalmente concesso l'approvazione che agognavo? Raddrizzai la schiena e trascinai le valigie accanto al ficus, poi mi lasciai cadere sul rigido divano. Sam aprì la cerniera del trasportino di Bilbo e si sedette all'altra estremità, sistemandosi il cane in grembo.

«Come sta tua madre?» Mio padre sistemò la sua figura slanciata in una delle poltrone a orecchioni di fronte al divano.

«Sta bene». Probabilmente si stava sedendo per una cena semplice con il nonno, le mani ruvide e screpolate dal duro lavoro e i capelli scuri, screziati di grigio, che le ricadevano ricci sulle spalle. La chioma ramata di mio padre, lunga fino alle spalle e baciata dal sole, era raccolta in uno chignon. Erano colpi di sole? Strinsi un pugno sul ginocchio.

«Cosa posso fare per te, Paul?»

«Fare per me? Sono solo qui per vedere mio figlio». Mi puntò un dito contro. «Se mi avessi mandato un messaggio con le date del tuo tour, non avrei dovuto dare la caccia alla tua addetta stampa».

Le mie spalle si abbassarono. Era venuto a trovarmi. Finalmente avevo fatto qualcosa di giusto.

«Non uso i messaggi». Appiattii la mano e me la sfregaia sulla coscia.

Sorrise, in modo tirato. «Ho visto la notizia dell'inizio delle riprese della serie. Congratulazioni. Pensi che passerai più tempo a L.A. adesso?»

Sbattei le palpebre. Voleva davvero che ci vedessimo più spesso? «Non proprio. Non sono coinvolto nella serie, a parte per la consulenza, che posso fare per telefono».

«Nessun ruolo da produttore?» Il suo sguardo era acuto.

«No». Trattenni un brivido. Vivendo a L.A., lavorando alla serie, non avrei mai finito il mio libro. Perché mi stava chiedendo della serie? Non potevamo fare un product placement dei suoi telefoni in una serie fantasy.

«Dovresti negoziare per ottenerlo, la prossima volta. Solo un piccolo consiglio gratuito da parte di tuo padre». Ridacchiò.

Lo guardai, socchiudendo gli occhi. Dove voleva arrivare?

«Samantha». Si girò per fronteggiarla. «Qualche progetto in cantiere a Hollywood per lei?»

Le sue guance si tinsero di rosa. «No. I produttori cinematografici hanno detto che gli effetti speciali sarebbero stati troppo costosi. Quindi c'è solo il libro».

«Ah. Allora tornerà a casa a San Francisco?»

«Esatto». Si appoggiò allo schienale del divano. Ma la ruga tra le sopracciglia, quella che non c'era quando l'avevo conosciuta a San Francisco ma che le solcava la fronte da Columbus, rimase.

«Quindi si riunirà all'azienda di famiglia».

Lei strinse il cane al petto. «N-non proprio. Mi laureo questa primavera e ho intenzione di intraprendere una carriera nella ricerca».

Ricerca? Perché non avrebbe scritto altri libri?

«Ma una volta Jones, sempre Jones, eh?» Mio padre si chinò in avanti.

Lei si rannicchiò come un riccio, e le sue parole uscirono come uno squittio. «Immagino di sì?»

Vedere la sicurezza di Sam crollare aveva trasformato il mio orgoglio e la mia eccitazione nel vedere mio padre in un'irritazione crescente. Tirai il colletto della mia camicia di flanella.

«Senta», disse lui, «è da un mese che cerco di ottenere un incontro con suo fratello Jackson. Abbiamo sviluppato un dispositivo portatile da usare nelle fabbriche e, abbinato al software di Synergy, sarebbe una proposta vincente per i produttori di automobili. Lei può chiamarlo, far mettere in contatto la sua gente con la mia».

Spalancai gli occhi. Ecco perché ci aveva dato la caccia fino a Nashville. Per chiedere a Sam di proporre a suo fratello un affare?

Scattai in piedi. «No».

«Come?» Mio padre si appoggiò allo schienale e allargò i palmi. «È una situazione vantaggiosa per tutti. Jackson trova un nuovo modo per vendere il suo software, io vendo più unità. Darò anche a Samantha una parte del guadagno. Una commissione d'intermediazione, la chiameremo».

Sam voleva una commissione d'intermediazione? Il suo guardaroba da tour, fatto di pantaloni e magliette sbiadite, era più da artista squattrinata che da ereditiera della tecnologia. Avevo pensato che stesse cercando di passare inosservata. Ma se fosse successo qualcosa ai suoi soldi? Io di certo non avevo mai visto un centesimo della fortuna di mio padre. Non che lo volessi. Tutto ciò che avevo desiderato era la sua attenzione.

Sam si alzò, stringendo il cane al petto. «No, grazie, signor Swift. Non voglio mettermi in mezzo. Jackson gestisce i suoi affari come vuole». Gli rivolse un sorriso teso. «Buona serata». Si mise in spalla le borse e allungò la mano verso la sua valigia.

«Aspetta, Sam. Vengo con te». Mi voltai verso mio padre, che si era alzato. Era alto, ma io lo ero di più. Misi da parte il bambino che aveva cercato l'approvazione sfuggente di suo padre. «Sono abituato al fatto che tu mi tratti di merda. Ma non provare mai più a usarmi per arrivare ai miei amici. Mi hai capito?»

«Stai facendo un errore. E anche lei». I suoi occhi verde smeraldo brillarono.

«Non credo. Credo che l'errore lo abbia fatto tu venendo qui». Afferrai entrambe le valigie e mi diressi a grandi passi verso il banco della reception per fare il check-in. Il mio corpo vibrava come se fossi stato colpito da un fulmine.

Sentendo Sam al mio fianco, borbottai: «Stai bene?»

«Sì. Tu?»

«Credo di sì». Mi sfregai il petto, proprio nel punto che mi faceva male perché avevo scoperto, di nuovo, che a mio padre non importava un cazzo di me.

«Sei stato grande a tenergli testa. Ci sarà voluto molto coraggio».

«Vorrei…», mi interruppi. Sam si intendeva di tecnologia come lui. Non avrebbe capito.

Ma lei mi guardò con quegli occhi ultraterreni, gli stessi che mi avevano stregato tutti quei mesi fa a quella raccolta fondi dove nessuno di noi due c'entrava niente, e posò la mano sul mio avambraccio. Le scintille mi corsero lungo tutto il braccio fino al petto e mi fecero battere il cuore all'impazzata. Chiese: «Cosa vorresti, Niall?»

Doveva essere un incantesimo che mi aveva lanciato, perché la mia bocca si aprì e dissi: «Che fosse venuto per me». L'ultima volta che l'avevo detto avevo dieci anni, e piangevo sulla spalla di mia madre perché Babbo Natale non aveva riportato a casa mio padre per Natale. Non l'avevo mai, mai detto a un altro adulto. Nemmeno a Gabi.

Sam si sollevò sulla punta dei suoi anfibi e mi avvolse le

braccia intorno alle spalle. La stretta del suo abbraccio mi rese difficile respirare. O forse era il profumo di bosco dei suoi capelli. Quando abbassai la testa per inseguire quel profumo, lei mi sussurrò all'orecchio: «Paul Swift è uno stronzo che non ti merita».

Una risata sorpresa mi sgorgò dal petto, e la strinsi a mia volta. «Grazie».

Non mi lasciò andare subito, e mi concessi di assaporare quel momento di contatto umano. Dovetti chinarmi un po', ma combaciavamo perfettamente, la sua testa contro la mia spalla, la sua schiena curva in modo che il suo torso premesse contro il mio. I brividi si diffusero dal cuore fino alla punta delle dita. Poteva sentirli anche lei, dove le mie mani le formicolavano sulla schiena?

Forse sì, perché si divincolò dolcemente dal mio abbraccio. Chinò la testa per armeggiare con il trasportino di Bilbo, ma il suo petto si sollevava e abbassava proprio come il mio, come se avessimo corso invece di stare fermi nella hall dell'hotel.

Una corsa. Era esattamente quello di cui avevo bisogno per dissipare quella strana energia.

L'addetto alla reception ci consegnò le tessere magnetiche e io seguii Sam verso gli ascensori, trascinando le nostre borse.

Chi diavolo era la mia compagna di tour? Non era una frivola mondana come Gabi aveva cercato di dipingerla. Non era un'affarista del settore tecnologico come pensava mio padre. Era intelligente. Indipendente. E morbida come un letto caldo in una notte di neve. Se non fosse stata la mia compagna di tour, le avrei chiesto di bere qualcosa con me, e avremmo parlato finché non l'avessi decifrata.

Ma era la mia compagna di tour. E sebbene la mia pelle formicolasse di nuovo quando mi porse la mia tessera magnetica, la infilai maldestramente nella serratura ed entrai nella mia stanza, da solo.

15

SAM

LASCIAI che l'acqua calda mi scorresse sulla pelle, cercando di scaldarmi dall'esterno verso l'interno. Nashville non era gelida come Chicago, ma era comunque più fredda e secca di quanto fossi abituata. E poi c'erano le cose che mi gelavano dentro: leggere davanti a degli sconosciuti, temere di incepparmi e che loro ridessero. Per non parlare del fatto che Paul Swift mi aveva ricordato che l'unica cosa a cui servivo era creare contatti. Come un router.

Aveva trattato suo figlio allo stesso modo. Aveva usato anche lui. Sapevo cosa volesse dire non essere altro che una merce di scambio per un genitore. Lui aveva tenuto testa a Paul come io avrei voluto tener testa a mia madre. A Heidi. E al Dottor Martell. Avevo abbracciato Niall per ammirazione.

Stronzate. Non era stata l'ammirazione a farmi indurire i capezzoli contro il suo petto.

Mi versai lo shampoo al rosmarino sulla mano e me lo massaggiai tra i capelli. L'attrazione che avevo provato mi aveva colto di sorpresa. Se non gli avessi mentito, Niall sarebbe potuto essere un buon amico. Gentile. Solidale. Guardami. Andrà tutto bene.

Bene? Difficilmente. Altri quattordici giorni passati in mostra, in stanze sconosciute, tra l'aria degli aerei e i secchi scatti delle macchine fotografiche. Mi tolsi lo shampoo dai capelli strofinando, come se potessi lavare via tutto: il pizzicore del nevischio sulle guance, gli sguardi degli sconosciuti, lo sfioramento della mano di Niall che mi faceva venire la pelle d'oca.

I latrati acuti di Bilbo Baggins mi fecero trasalire.

«Ehi, Bilbo Baggins, va tutto bene. Ho quasi finito», gridai attraverso la porta aperta del bagno. Non potevo lasciarlo abbaiare troppo a lungo. Il direttore dell'hotel che ci aveva fatto il check-in aveva lanciato un'occhiataccia a Bilbo Baggins. Aveva detto che vigeva una politica che vietava gli animali domestici ma che avrebbe fatto un'eccezione per il mio animale di servizio, a patto che si comportasse bene.

Ma Bilbo Baggins si era dimenticato di quell'avvertimento e si stava sgolando ad abbaiare. Chiusi l'acqua e mi avvolsi in un asciugamano prima di uscire nella stanza.

Bilbo Baggins guaì di nuovo e si mise a raspare alla porta. Merda, l'avrebbe graffiata, e allora saremmo stati nei guai. Mi diressi verso di lui. «Va tutto bene, piccoletto. Non è un intruso. È solo la nostra cena». Quando avevo fatto l'ordinazione, avevo scritto tra i commenti che avrebbero dovuto lasciarla fuori dalla porta senza bussare, proprio per questo motivo. Ma non sempre leggevano i commenti.

Presi in braccio Bilbo Baggins e aprii la porta per afferrare il cibo. Il cibo non era lì sulla moquette del corridoio. C'erano solo un paio di scarpe da ginnastica. Calzini bassi. Un paio di polpacci muscolosi, con il sudore che gocciolava attraverso la foresta di peli ramati. Un paio di pantaloncini da ginnastica in nylon, piuttosto lunghi ma abbastanza corti da mostrare il bordo inferiore di un bel paio di quadricipiti sodi.

Una maglietta, umida e appiccicata al busto. E quelli erano... il mio sguardo si bloccò lì... addominali? La maglietta non era abbastanza attillata da permettermi di contarli, ma c'era decisamente della definizione.

E porca miseria, che pettorali. Squadrati, con i capezzoli a punta. Ai lati, le maniche a malapena contenevano i bicipiti che si gonfiavano al di sotto. Tutti i fattorini di Nashville erano così scolpiti? La pelle mi formicolò. Se era così, forse sarei rimasta per un po'. E avrei ordinato un sacco di cibo thai.

Qualcuno si schiarì la gola, ricordandomi che c'era una persona in corridoio, non solo un sexy manichino da fitness. Alzai lo sguardo sul suo viso.

«I-io... ah... non sapevo se sapessi... ah... il tuo asciugamano... cioè, il tuo cibo. Il tuo cibo è qui». Il viso di Niall era diventato rosso come i suoi capelli. Quando mi porse il sacchetto di plastica, i muscoli del suo avambraccio si gonfiarono. Mi venne l'acquolina in bocca, e non per l'aroma dei miei drunken noodles.

Glielo presi, ma stavo ancora fissando il suo avambraccio nudo. Avevo visto le sue braccia solo coperte da quelle camicie a quadri che indossava sempre. Non avevo idea che nascondesse tutto... questo. Era affascinante nel suo completo a quella raccolta fondi quando l'avevo incontrato la prima volta, ma ora? Delizioso. Le mie dita sfiorarono accidentalmente le sue, e sentii una scossa dritta al centro del mio essere.

Il suo petto si gonfiò di colpo. «Apri sempre la porta in asciugamano?». La sua voce era roca.

«Pensavo... non importa. Bilbo Baggins stava abbaiando».

«Dovresti stare attenta». Distolse lo sguardo dal mio busto – stava fissando Bilbo Baggins o il mio petto coperto dall'asciugamano? – al mio viso. «Quel cane non ti proteggerà da qualcuno con intenzioni malvagie».

Strinsi Bilbo Baggins al petto, bloccando l'asciugamano. «Ci sei solo tu alla mia porta. Hai intenzioni malvagie?».

Si leccò il labbro inferiore. «No». Le sue lentiggini erano scomparse contro la sua pelle arrossata.

Mi appoggiai allo stipite della porta, lasciando che il sacchetto del cibo penzolasse dalle mie dita. Era passato un po' di tempo dalla mia ultima botta e via. Con Kyle. Ok, quella era stata una pessima idea. Ma in generale, le avventure erano fantastiche. Tutto il piacere, nessuna vulnerabilità. «Sei sicuro?».

«No. Cioè, sì! Sono sicuro. Non lo farei mai. Non con...». Borbottò qualcosa che suonava come inopportuno.

«Davvero?». Non vedevo nulla di così inopportuno. A parte il fatto che fossi quasi nuda sulla soglia della porta. L'asciugamano, bagnato in cima dai miei capelli umidi, si allentò sul petto. Posai a terra il cibo per avere una mano libera per tenerlo chiuso.

Il suo sguardo seguì la mia mano per un istante e poi schizzò di nuovo verso i miei occhi. «Sam, io ti rispetto. Sei una mia collega. So che ci sono stati alcuni casi di molestie sessuali nell'industria editoriale, ma non sono uno di quei tipi».

Arricciai il naso. «Non sto parlando di molestie sessuali. Sto parlando di due adulti consenzienti che si tolgono uno sfizio». Quella voglia di Niall che avevo da quando l'avevo abbracciato poco prima. Era stato decente con me. Chi se ne importava di quella stupida dedica?

Non mi avrebbe fatto del male. Non poteva. Non glielo avrei permesso. Un tour promozionale con benefici non era come scoparsi il mio collega d'ufficio. Solo un po' di sesso occasionale in hotel e poi, bam, due settimane dopo, fine, e non l'avrei mai più rivisto. Nessun sentimento incasinato. Anzi, più ci pensavo, più mi piaceva l'idea. Il negozio di souvenir dell'hotel venderà preservativi?

«Ma sei la mia partner del tour. Non potrei...».

«Cosa, sei una specie di monaco? O uno di quelli tipo niente sesso fuori dal matrimonio? Il tuo corpo è un tempio e tutto il resto?». La cosa del tempio funzionava per lui. Volevo entrare e distendermi sul suo altare. Strinsi le cosce.

«No, non è quello che... credo che dobbiamo mantenere i nostri confini». Si passò una mano sul petto, facendo mettere i capezzoli sull'attenti. Che provocatore. I miei fecero lo stesso per solidarietà.

«Confini. Okay». Feci spallucce, stringendo forte l'asciugamano. Il suo corpo poteva dire di sì, ma lui aveva detto di no, e dovevo rispettarlo. Avevo portato il mio vibratore e un sacco di batterie. Esaminai il suo corpo sudato post-allenamento un'ultima volta, archiviandolo nella mia banca dati delle fantasie. Rispettando quei confini, sai. «Potresti fare il secondo lavoro come istruttore di fitness. La gente paga un sacco per avere un aspetto come» – lasciai brevemente l'asciugamano per indicare il suo corpo – «tutto quello. Hai pensato di fare video su TikTok?».

«Su cosa?».

«TikTok». Buffo, non sembrava così vecchio. «Sai, la piattaforma di condivisione di brevi video?».

L'espressione vacua sul suo viso mi disse che non lo sapeva. «Non faccio allenamenti, in realtà, tranne correre quando sono in tour. Lavorare in fattoria mi tiene in forma».

Dannazione, ora avrei fantasticato su di lui mentre lanciava grosse balle di fieno. Ooh, o quei grossi quadricipiti stretti attorno ai fianchi ansimanti di un cavallo. Anche se sarebbe un peccato coprirli con un paio di jeans. Forse un kilt, come Jamie in Outlander? Mmm, sì. Strinsi le cosce più forte. Avrei dovuto occuparmi prima di quei bisogni, prima di cena.

«Beh, se non c'è altro, probabilmente dovrei, uhm…». Inclinai la testa verso la mia stanza.

«Oh. Giusto. Il primo evento domani è a mezzogiorno. Ci vediamo nella hall alle undici?».

«Certo». Anche se ne avevamo già parlato durante il viaggio dall'aeroporto.

«'Notte. Notte, Bilbo». Con un dito, accarezzò Bilbo Baggins sulla testa, proprio tra le orecchie, nel modo che lui adorava. Quel gesto portò il suo dito pericolosamente vicino al mio petto. Per un secondo, immaginai quel dito scivolare sulla cima del mio asciugamano, trascinandolo giù, prima che lui premesse il suo corpo sudato contro il mio pulito.

Wow. Dovevo davvero tirare fuori quel vibratore.

«Notte, Niall». L'asciugamano si aprì un po' quando mi chinai a raccogliere il mio sacchetto da asporto, e non me ne importò. Lasciai che la porta si chiudesse dietro di me, escludendo la sua mascella a penzoloni e le pupille dilatate. Il gioco della provocazione si poteva fare in due.

16

NIALL

ERA DECISAMENTE TROPPO PRESTO quando mi trascinai fuori dall'ascensore dell'hotel a Miami. Avevo anche solo dormito, dopo Chicago? A Nashville non l'avevo fatto. Speravo che la corsa mi avesse rilassato abbastanza da permettermi di scrivere. Non vedevo l'ora di farmi una doccia calda e passare qualche ora con il mio taccuino, ma poi avevo dovuto bussare alla sua porta.

Avrei potuto tirare dritto. Probabilmente sapeva che la sua cena era lì. Ma volevo controllare come stesse. No, non avrei mentito, nemmeno a me stesso. Volevo vederla. Lontano dallo stress della folla, volevo catalogare ancora qualcuno dei suoi movimenti, confrontarli con ciò che avevo immaginato facesse Lobelia.

Ottenni molto di più. Due giorni dopo, ce l'avevo ancora impressa a fuoco nelle retine come un'immagine residua. Una distesa di pelle pallida, di qualche tono più scura del bianco asciugamano dell'hotel. Goccioline d'acqua ancora attaccate alle guance, alle spalle, al dorso dei piedi. I capelli scuri, bagnati e non pettinati, che le scendevano fino al seno, che l'asciugamano conteneva a malapena. E io l'avevo fissata come un maniaco mentre mormoravo parole come rispetto e limiti. Tutto ciò che avrei voluto fare era strapparle via quell'asciugamano, spingerla contro la porta e baciarla fino a togliere il fiato a entrambi.

Mi diedi una manata sulla fronte per scacciare i pensieri lascivi. Era la mia partner del tour. Una novellina del settore. Non importava che la gente lo facesse di continuo. Niall Flynn non faceva quelle cose. Non dopo l'esempio che mio padre aveva dato durante i suoi viaggi di lavoro. La strada era piena di opportunità, ma un'avventura in tour non era ciò che volevo. Aspettavo la cosa vera. Impegno. Rispetto reciproco. Vero amore. E vissero felici e contenti, proprio come nelle favole.

Fortunatamente, avevo incanalato la mia energia sessuale nella scrittura. Avevo riempito un intero taccuino. Peccato che avrei dovuto rileggerlo e cancellare tutte le allusioni sessuali prima di mandarlo a Gabi.

Una risata – no, una risatina – mi giunse all'orecchio. Sbattei le palpebre. La mia immagine mentale di Sam non quadrava con la donna che stava rannicchiata su un divano nella hall dell'hotel, con il cane in grembo e il telefono davanti a sé, ridacchiando.

Come sotto un incantesimo, mi avvicinai. Sam era concentrata sullo schermo e non si accorse di me. Bilbo sì, e si dimenò tra le sue braccia.

«E lì sono sbottata» disse lei, chiudendo gli occhi e scuotendo la testa. «Gli ho detto che dovrebbe fare video di fitness su TikTok!»

Sam ascoltò per un secondo. «No, mi dispiace, dovrai accontentarti delle foto pubblicitarie. Mi ha detto di no.» Fece spallucce. «Ci sono voluti due round con il mio coniglietto per calmarmi.» Fece una pausa per un secondo e poi ridacchiò di nuovo.

Stavo andando a fuoco. Avrebbero trovato un mucchio di cenere e la mia camicia di flanella se mi fossi lasciato immaginare lei distesa sul letto, con l'asciugamano gettato da parte, le gambe aperte e…

È la tua partner del tour, Niall. Non sarei stato uno di quei tizi che usano il proprio successo per adescare una novellina. Mi schiarii la gola.

Quando alzò lo sguardo, le sue guance si tinsero di rosa. Non del rosso fiammante che doveva avere tutto il mio viso, ma di un delicato rosa petalo di rosa. «Oh. Ehi, Niall. Vieni a salutare la mia amica Marlee.»

«Cosa?»

Bussò sul cuscino del divano. «Lo so che dobbiamo andare. Ci vorrà solo un minuto. Vuole conoscerti.»

Stregoneria. Mi sedetti accanto a lei.

«Più vicino.» Si sfilò uno degli auricolari, lo pulì sull'orlo della maglietta e me lo ficcò nell'orecchio.

«...così affascinante!» La bella donna bianca sullo schermo si portò una mano alla bocca. «Sam! Non hai... Salve, signor Flynn. O dovrei chiamarla Niall?»

Le feci il mio sorriso da copertina. Potevamo essere normali. Potevo fingere di non aver sentito la parte di conversazione di Sam. «Piacere di conoscerti, Marlee. Niall va benissimo.» Così vicino a Sam, potevo sentire l'odore di rosmarino nei suoi capelli. E l'alito di cane. Bilbo mi leccò il mento e gli accarezzai il pelo setoso. L'altro braccio era incastrato goffamente contro il mio fianco. Sam mi aveva fatto sedere così vicino che entrambi eravamo visibili sullo schermo, e non c'era spazio per la mia spalla. Mi voltai verso di lei e appoggiai il braccio lungo lo schienale del divano. La sua spalla si incastrò contro il mio petto come se quello fosse il suo posto.

«Ci credi che Sam non mi ha detto che stava scrivendo un libro? Stava facendo ricerca per il dottorato e anche il tirocinio. È incredibile, vero?» Marlee inarcò le sopracciglia.

Lanciai un'occhiata a Sam, che serrò le labbra. «Incredibile.» Io scrivevo a tempo pieno e non avevo prodotto un libro rivoluzionario come il suo. «L'hai letto?»

«Io... ah... l'ho iniziato.» Marlee giocherellava con le punte dei capelli con la mano che non teneva il telefono. «Non è il genere che leggo di solito.»

«Dovresti leggere il libro di Niall» disse Sam. «Gli farò firmare una copia e te la porterò quando torno.»

«L'hai letto?» Marlee inclinò la testa di lato. Che cosa significava? Perché Marlee era sorpresa che Sam avesse letto il mio libro? Mi voltai verso di lei, ma il suo viso era diventato inespressivo.

«L'ho iniziato. Piace a tutti.»

Oh. Lo odiava. Il mio viso andò di nuovo a fuoco. Almeno non dovevo preoccuparmi che Sam si riconoscesse in Lobelia. Guardai l'orologio. «Dobbiamo…»

«Devo andare, Marlee. Saluta Tyler da parte mia.» Sam sorrise allo schermo, ma sembrava sofferente.

«Lo farò. Chiamami questo weekend e raccontami come va. Sempre che non siate troppo impegnati a essere delle OTP.» Marlee arricciò le labbra e mosse le sopracciglia. «Non sabato mattina; è quando vado a trovare papà. Piacere di conoscerti, Niall.» Fece un cenno con la mano e lo schermo si spense.

Sam ficcò il telefono in una delle tante tasche dei suoi pantaloni cargo e tese la mano. Le lasciai cadere l'auricolare. Li pulì di nuovo entrambi con la maglietta e li lasciò cadere in una tasca diversa.

«OTP?» Le presi Bilbo così che potesse raccogliere le sue cose.

Si affaccendò con il trasportino del cane. «Unica Vera Coppia. Marlee è un po' una romanticona.»

«Pensa che tu e io siamo…» puntai un dito tra di noi.

Si alzò e mi prese Bilbo. Quando mi sfiorò la mano, la mia pelle fremette. «Le vede ovunque. Legolas e Gimli. Il Burger King e la sirena di Starbucks. Persino Bilbo Baggins e il Corgi della mia vicina. Non è niente.»

«Niente» ripetei. Ero contento che Marlee non fosse lì di persona a vedere il rigonfiamento nei miei jeans, causato dal sentire Sam parlare di masturbazione. Ma era solo una reazione fisica. Non significava niente. Di certo non che eravamo destinati a stare insieme.

«È ora di andare, giusto?» Senza guardarmi, si voltò verso l'uscita.

«Assolutamente.» Non avrei più pensato a Sam in quel modo. Non potevo. Era la mia partner del tour, e saremmo stati insieme per altre due settimane.

Non era la mia OTP.

A prescindere da ciò che pensava il mio corpo.

17

SAM

NEW YORK. Quando, dopo mezzanotte, facemmo il check-in in hotel, i miei nervi ronzavano come la sala server dell'università. Ma il resto del mio corpo si muoveva come se fossi immersa in una vasca di slime fatto in casa, di quello che io, Jackson e Andrew preparavamo con la colla vinilica e il borace quando Joelle era la nostra tata.

Avevamo trascorso la giornata a una convention fantasy giù in Florida. Tra il tenere d'occhio i cellulari con fotocamera, l'essere abbracciata da sconosciuti in spandex o pelliccia sintetica, e il fatto che Niall mi spruzzasse ogni pochi secondi del gel igienizzante sulle mani ricordandomi i pericoli dei "malanni da fiera", il mio firewall era a terra. Mi sentivo troppo vulnerabile, troppo esposta.

Mentre mettevo in tasca la chiave elettronica, chiesi all'addetto dell'hotel: «Potrebbe chiedere al facchino di portarmi su la valigia? Devo portare fuori il cane».

Il viaggio dalla Florida aveva distrutto il povero Bilbo Baggins. Sbatteva lentamente le palpebre guardandomi. Ma se non fosse uscito subito, si sarebbe svegliato a un'ora improponibile del mattino, anche se il giorno dopo non dovevamo alzarci presto per nessun evento.

«È quasi l'una di notte. Non puoi uscire da sola a New York City». Niall doveva aver sforzato troppo la voce alla convention. Era ruvida come ghiaia, e mi fece accumulare un certo calore nel basso ventre.

Sì, il modo in cui aveva cercato di prendersi cura di me alla convention mi aveva ricordato troppo Mamma. Ma era stato anche piuttosto adorabile ascoltare i suoi terribili avvertimenti sul non portare a casa troppi gadget. Poi, quando era salito sul palco e aveva detto cose brillanti sui libri, mi ero un po' scaldata, se capite cosa intendo, e non per il caldo della Florida. Peccato che fossi troppo stanca per farci qualcosa. Avrei portato fuori Bilbo Baggins e poi sarei crollata a faccia in giù tra le lenzuola pulite e bianche.

«Certo che posso. Ho un cane da guardia proprio qui. Mi proteggerai, vero, Bilbo Baggins?»

Lui si raggomitolò sulla moquette dell'hotel.

Inarcando le sopracciglia, Niall incrociò le braccia. «Quel cane è più gatto che Cerbero».

«Sta solo conservando le energie per tutte le volte che dovrà proteggermi. Andiamo, Bilbo Baggins». Lo presi in braccio e afferrai un sacchetto di plastica dal suo trasportino.

Una volta fuori, sul marciapiede reso scivoloso dalla pioggia, lo misi a terra. Mi stiracchiai, inspirando l'odore di ozono e di gas di scarico dei taxi. Il temporale passeggero aveva lasciato dietro di sé pesanti nuvole che correvano veloci da ovest a est sopra le nostre teste, la cui parte inferiore brillava delle luci riflesse di Manhattan.

Bilbo Baggins annusò un idrante. Mi sarei assicurata di portarlo a Central Park domani — ops, più tardi oggi — così avrebbe potuto giocare con altri cani. Lui era un estroverso, a differenza di me.

Si immobilizzò, inclinando la testa per ascoltare i passi pesanti che echeggiavano sugli edifici di pietra dietro di noi. Le sue zampette magre tremavano.

Sapevo bene di non dover mostrare paura per le strade della città. «Concentrati, Bilbo Baggins. Fai i tuoi bisogni così possiamo andare a letto». Tirai il guinzaglio e mi fermai davanti a un albero dall'aspetto triste che cresceva da una piccola zolla di terra sul marciapiede. Bilbo Baggins lo annusò, cercando di valutarne la dignità per la sua accovacciata. Poi alzò la testa, emise un unico guaito e premette il suo corpicino contro la mia gamba.

Mi voltai a guardare. Una figura scura e imponente si aggirava a pochi metri di distanza. Avrei voluto aver lasciato che Marlee mi convincesse a portare una bomboletta di spray al peperoncino. «Andiamo, Bilbo Baggins».

Lo trascinai verso l'albero successivo. La figura ci seguì. Un riflesso ramato brillò sotto un lampione.

Sospirai, e la tensione mi scivolò via dalle spalle. «Smettila di appostarti laggiù», esclamai. «Ci hai quasi spaventato».

Niall si avvicinò, lentamente. «Dovresti avere paura qui fuori a notte fonda».

Non appena parlò, Bilbo Baggins si mise a scodinzolare con tutto il corpo, danzando finché Niall non si chinò per grattarlo tra le orecchie.

«C'è gente ovunque». Feci un cenno a un trio di donne dall'altra parte della strada, che barcollavano sui tacchi alti. «E ora sembrerà pure amichevole, ma Bilbo Baggins diventa feroce quando si sente minacciato».

Niall sbuffò. «È per questo che l'hai portato? Per protezione?». Com'è che profumava ancora di cipresso ed eucalipto dopo essere stato abbracciato da tutti quei cosplayer sudati?

«Ah-ah. Non ho bisogno di protezione. Non potevo lasciarlo in una pensione per cani. Il suo posto è con me. È il mio migliore amico».

«Intendi tipo 'il migliore amico dell'uomo'?»

«No». Ero troppo stanca per ridacchiare e dire la solita bugia. «Voglio dire, è lui quello che mi è stato vicino durante... tutto». Agitai la mano in un debole tentativo di comunicare lo stress di tre anni di specializzazione, le mie frustrazioni con CASE e il dover gestire le aspettative di Mamma. Bilbo Baggins non si era mai aspettato niente da me, a parte croccantini e un posto al mio fianco. E i suoi sporgenti occhi marroni erano pieni d'amore sia che avessi fatto una brillante scoperta sull'I.A. sia che avessi fallito miseramente in tutto ciò che avevo tentato quel giorno. Avrei voluto averlo con me durante il corso di laurea, quando le cose con Stephen erano andate a rotoli.

Bilbo Baggins aveva fatto i suoi bisogni, e mi chinai per raccoglierli. Niall si accovacciò e tese il pugno. Bilbo Baggins gli trotterellò incontro, gli annusò la mano e gli leccò una nocca. Mentre Niall lo grattava dietro le orecchie, Bilbo Baggins scodinzolò e chiuse gli occhi.

Accidenti, ne volevo un po' anch'io. Ma a parte la mano sulla mia schiena a quella prima presentazione a Chicago, Niall non mi aveva toccata di proposito. Nemmeno una stretta di mano. Gli abitanti del Midwest non dovevano essere espansivi? Aveva abbracciato Qiana quella prima sera, a Columbus.

Ma non voleva toccare me.

La stanchezza mi colpì come un'onda devastante. Avrei potuto accoccolarmi sui gradini più vicini e fare un pisolino lì. Annodai il sacchetto e mi voltai verso l'hotel. «Andiamo».

Niall si alzò e si mise al mio fianco. Bilbo Baggins aveva altre idee. Fiducioso ora con Niall come suo protettore, si muoveva a passo di lumaca, annusando pezzetti di spazzatura sul marciapiede. A quel ritmo, ci sarebbe voluta mezz'ora per percorrere i due isolati fino all'hotel.

«Anche tu hai un cane, vero?». Mi ricordai di quello nella sua foto d'autore sul retro del suo libro. «Uno grosso, scuro e peloso?».

Lui sorrise, i suoi denti che lampeggiavano alla luce del lampione. «Un Levriero Irlandese. Thorin Scudodiquercia».

Risi, e il suono sorprese la strada silenziosa. «Che coincidenza».

«Non direi», disse. «Siamo entrambi fan di Tolkien. È logico che diamo ai nostri animali i nomi dei nostri personaggi preferiti».

«Credo di sì». Abbassai lo sguardo su Bilbo Baggins per

evitare che la mia espressione si incrinasse. Pensavo quasi sempre a papà poco prima di andare a letto. Ricordavo come mi accoccolavo contro il suo petto ampio, i suoi piedi con i calzini neri che pendevano dal lato del mio stretto letto singolo, il libro in grembo. Lui sedeva in silenzio, lasciandomi faticare per decifrare le parole prima che le gridassi in trionfo. Altre volte, quando la scuola o Mamma erano state troppo pesanti, le leggeva lui stesso, la sua voce bassa e ferma che tesseva storie di guerrieri, avventurieri e uno scassinatore.

«Tutto bene?», chiese Niall. «Ero sicuro che, tirando fuori Tolkien, avresti avuto qualcosa da dire».

Feci una smorfia, ricordando quella prima presentazione in cui non avevo saputo come rispondere alla domanda sull'ispirazione. Da allora, avevo imparato a parlare di Tolkien. Non era nemmeno una vera bugia, in fondo. Avevo caricato Lo Hobbit e la saga de Il Signore degli Anelli in CASE per insegnargli il linguaggio. Sebbene la risposta sembrasse risuonare con i lettori, non mi faceva sentire meno un'impostora. «Sono solo stanca».

«Allora andiamo a letto». Il suo corpo si irrigidì. «Nel tuo letto, voglio dire. Da sola. Merda», borbottò. Fischiò, un suono che spaccò i timpani nella strada silenziosa. «Andiamo, Bilbo».

Bilbo Baggins si avvicinò trotterellando e camminammo più velocemente verso l'hotel.

Mentre passavamo davanti alla Cattedrale di San Patrizio, Niall chiese: «Sei già stata a New York?».

«Un paio di volte». Papà veniva per lavoro e, quando un viaggio coincideva con una vacanza scolastica, a volte andavamo tutti insieme. Dopo che Mamma sposò Charles, ci venni una volta con loro, ma rifiutai il loro invito successivo.

«Hai programmi mentre sei qui? Quando non siamo impegnati con gli eventi?».

«Central Park. Ci porterò Bilbo Baggins domani».

«E per quanto riguarda shopping? Musei? Spettacoli?».

«Non sono esattamente posti adatti ai cani. Io e Bilbo Baggins non abbiamo passato molto tempo di qualità insieme questa settimana, quindi voglio rimediare».

Finalmente, varcammo la porta automatica entrando nella luce della hall dell'hotel. Niall disse: «Piacciono anche a me i parchi. Se hai bisogno di un... un accompagnatore, fammelo sapere. Sono bravo a lanciare la pallina da tennis».

La porta dell'ascensore era già aperta, ed entrammo. Niall premette il pulsante del nostro piano. Avevo smesso di farmi domande su tutte quelle stanze vicine. Doveva essere una politica della Happy Troll.

«Grazie per l'offerta. Ci penserò».

Lui sorrise, ma i suoi occhi erano vitrei per la stanchezza. Si era alzato presto quella mattina — ieri mattina — per un'intervista telefonica. Il tour era altrettanto duro, se non di più, per lui. Le aspettative erano più alte per lui che per una novellina. In più, si era accollato il compito di farmi da coach durante quelle miserabili sessioni di domande e risposte.

Le porte si aprirono al nostro piano e tirai fuori la chiave elettronica dalla tasca. «Beh, buonanotte».

Mi accompagnò fino alla mia porta. «Solo... solo dai un'occhiata dentro. Controlla che la tua valigia sia arrivata e che sia tutto a posto».

«Davvero?». Mi aveva protetta fin da quel primo giorno a Chicago, ma questo era qualcosa di più. «Abbiamo dormito in hotel ogni notte questa settimana. Sono sicura che va tutto bene».

«Questa è New York. Assecondami». Si appoggiò al muro.

Aprii la porta. Fin dove si spingeva questo suo istinto protettivo? «Vuoi entrare?».

I suoi occhi assonnati si spalancarono. Merda! Sembrava che lo stessi invitando a entrare per fare sesso. Cosa che lui aveva messo in chiaro di non volere.

«Intendevo per cercare troll o serial killer, o qualsiasi cosa tu pensi si nasconda sotto il letto nella spaventosa New York. Non, tipo, per il bicchierino della staffa. La gente lo prende ancora? Pensi che questo posto abbia un minibar?».

Si staccò dal muro con uno sbuffo che avrebbe potuto essere una risata o esasperazione. «Con i prezzi di New York, potresti essere più al sicuro con i troll che con il minibar». Fece due passi nella stanza e si ficcò le mani in tasca, come per evitare di toccare qualsiasi cosa nel mio spazio. La porta si chiuse alle sue spalle con un tonfo e un clic.

La stanza era minuscola, con spazio sufficiente solo per un letto a una piazza e mezza, un bagno compatto e un armadio poco profondo. Lasciai cadere il guinzaglio di Bilbo Baggins in modo che potesse ispezionarla e gettai il cappotto sul letto. Aprii la porta dell'armadio. Nient'altro che grucce vuote e una di quelle piccole casseforti con il tastierino. Accesi la luce del bagno e tirai persino indietro la tenda della doccia. Poi, controllai la serratura della porta comunicante.

Fu solo quando mi voltai e vidi Niall che mi guardava che mi ricordai che era la porta della sua camera. Le mie guance si infiammarono. «Scusa, io...»

«Va bene. Il tour comporta molta vicinanza. Abbiamo bisogno di confini».

La stanza era troppo piccola per i confini. La riempiva con la sua corporatura imponente, la sua flanella e quel profumo di bosco che si portava dietro.

«Immagino che sia tutto a posto, allora», sussurrai, non volendo disturbare la quiete notturna.

«Bene». Si grattò il mento, il suono che raschiava per la piccola stanza. Le maniche arrotolate della sua camicia a quadri lasciavano scoperti i peli rosso-dorati sul suo avambraccio. La flanella sembrava morbida. Così come i peli.

L'attimo dopo, gli stavo toccando il braccio. Solo un dito che scorreva attraverso la foresta di peli elastici dal suo gomito al suo polso. Erano setosi come avevo immaginato. La sensazione mi risalì lungo il braccio fino a scaldarmi il petto.

Mi bloccai. «Scusa, io...»

«Non fa niente. Puoi toccarmi».

Avida, feci scivolare la punta del dito sul dorso della sua mano e tracciai il contorno delle sue nocche.

Girò la mano, mostrando il palmo. Questo lato della sua mano era privo di lentiggini, ma era circondato da calli che si impigliavano nelle mie dita. Quando tracciai un percorso sulla pelle liscia all'interno del suo polso, rabbrividì.

Sganciò l'altro braccio e lo sollevò lentamente. Posò la mano sulla mia spalla, sopra la maglietta, le dita che si curvavano lungo la mia scapola. «Va bene così?».

«Sì». Se avesse stretto un po' di più, avrebbe potuto sciogliere il nodo di stress che portavo sulle spalle da quando avevo visto quella persona vestita da Il Mago alla convention.

Invece, la sua mano scivolò sulla mia schiena, sotto la coda di cavallo, fino alla nuca. Rabbrividii.

«Ancora bene?».

La sua mano era calda, quasi bollente, sul mio collo. Strinse, allentando i muscoli tesi. Un formicolio di sollievo mi percorse la schiena. Annuii.

Sfilò l'altra mano dalla mia e, con un dito, mi sollevò il mento. Da così vicino, la barba corta sulle sue guance e sul mento scintillava d'oro nella luce soffusa della lampada. Le sue labbra erano del rosa tenue delle scarpette da ballo. Odiavo il corso in cui Mamma mi aveva costretta a iscrivermi, ma amavo quelle scarpette.

Così comode. Così morbide. Così baciabili.

Quando mi alzai in punta di piedi, i miei stivali scricchiolarono. Eppure, non ero abbastanza alta da raggiungere la sua bocca. La sua bocca incredibilmente alta. Avrebbe dovuto piegarsi per incontrarmi.

Quando non lo fece, staccai lo sguardo da quelle labbra satinate e controllai i suoi occhi. Mi aspettavo che fossero concentrati sulle mie labbra. No, Niall Flynn non poteva essere trasparente come i ragazzi con cui ero andata a letto all'università. Invece, mi fissava negli occhi, emozioni che non riuscivo a leggere che si agitavano dietro il verde screziato d'oro.

Lasciò cadere la mano e fece un passo indietro finché la sua schiena non colpì la porta. Il mio mento sentì la mancanza del supporto del suo dito e il mio collo freddo si riempì di pelle d'oca.

«Io... sarò proprio qui accanto», disse.

Mi afflosciai contro il muro. «Oh. Okay».

Prima ancora che finissi di parlare, la porta si chiuse dietro di lui. Bilbo Baggins si svegliò sbuffando ed emise un mezzo abbaio assonnato.

Sbattei forte le palpebre e scossi la testa. Letto. Ero stanca. Era per questo che avevo interpretato male i segnali e avevo cercato di baciarlo.

Non era interessato. Non a me. Come tutti gli altri, aveva bisogno di qualcosa da me. Che mi esibissi alle presentazioni dei libri. Come Mamma aveva bisogno che mi esibissi ai suoi eventi sociali.

E, in realtà, anch'io stavo cercando di ottenere qualcosa da lui. Toglier-mi una voglia. In modo sicuro, senza il rischio di coinvolgermi sentimentalmente o di volere di più. Perché mancavano meno di due settimane alla fine del tour. Come questa stanza d'albergo, non c'era spazio per nient'altro.

Aprii la cerniera della valigia e tirai fuori un paio di pantaloni del pigiama. Dopo essermeli messi, allungai la mano per accarezzare la porta comunicante, quella che conduceva alla stanza di Niall. Immaginai di aprirla e di trovare la sua figura squadrata che ne riempiva l'apertura, appoggiato allo stipite con gli occhi socchiusi come lo erano stati prima che lo toccassi.

No. Mi lasciai cadere all'indietro sul letto. La stanchezza aveva abbassato le mie inibizioni, portandomi a pensare che Niall volesse baciarmi. Certo che non voleva. Lui era fatto per il consumo pubblico, per crogiolarsi nei flash delle fotocamere. Aveva bisogno di un trofeo da esibire al braccio, non di una che indossava pantaloni cargo e magliette informi e si nascondeva dietro il suo cane. Non aveva bisogno di qualcuno che distoglieva il viso dalle foto, che preferiva la solitudine di un laboratorio informatico alle affollate anteprime cinematografiche.

Inoltre, io avevo dei segreti. Segreti che rischiavo di rivelare se avessi lasciato che Niall si avvicinasse troppo. Segreti che sarebbero stati disastrosi per il tour, per CASE, per il mio futuro. Aprire quella porta era una cosa che non avrei mai potuto fare.

Scivolai sotto le coperte, ma per quanto fossi stanca, i miei occhi si rifiutavano di chiudersi. La mia gamba urtò la borsa del portatile.

Mettendomi a sedere, ci frugai dentro e tirai fuori la copia in brossura di I Segreti degli Elfi dei Boschi, quella che Niall mi aveva autografato a Chicago. Lo aprii alla prima pagina del Capitolo 2 e, quando le lettere smisero di turbinare, cominciai a leggere.

18

SAM

LE DITA MI DOLEVANO. La mia firma, quella finta, si era trasformata in uno scarabocchio irriconoscibile, in cui la S e la C erano le uniche lettere leggibili. Ma mi stavo impegnando. Alcune di quelle persone avevano atteso in fila per più di un'ora. Non sapevano che il libro era stato scritto da un'I.A. e che la sua autrice era più finta della superficie laminata effetto legno del tavolo.

La presenza di Qiana aiutava. Gestiva la fila della libreria e scriveva i nomi su dei post-it. Io rivolgevo a ogni persona un rapido sorriso, copiavo il nome dal bigliettino di Qiana e poi scarabocchiavo Sam Case. Dieci secondi. Quindici se la persona voleva dire qualcosa come: «Ho adorato il tuo libro» o «È un piacere conoscerti». Niente selfie, grazie.

La fila di Niall procedeva molto più lentamente.

Quando l'ultima persona si allontanò, stringendo al petto quindici dollari di carta rilegata e autografata di fresco, Qiana sprofondò nella sedia di legno duro accanto a me.

«Niente male per una domenica pomeriggio.»

Dal sorriso sul volto di Qiana, non solo "niente male", ma era andata piuttosto bene.

«L'editore è contento dei risultati del tour finora?» Avevamo bisogno dei dati di vendita per dimostrare il successo del primo romanzo al mondo generato da un'I.A. Con quei dati, Martell avrebbe sicuramente approvato la mia tesi.

«Contento? Il Troll è estasiato. Il libro di Niall sta vendendo bene; entrerà in classifica la prossima settimana. Ma anche le tue vendite stanno lentamente salendo. Stai avendo un ottimo passaparola.»

«Cosa sto avendo?»

«Passaparola. Le persone stanno dicendo ai loro amici quanto è bello il tuo libro, e lo stanno comprando.»

Strinsi il pugno e distesi le dita indolenzite. Le vendite erano ciò che Martell voleva per provare il successo di CASE. Parlare con tutti quegli sconosciuti, parlare in pubblico, persino il dolore alle mani... ne sarebbe valsa la pena, se alla fine ne fossi uscita con il mio dottorato. Il mio cuore ebbe un sussulto di speranza.

«Ti stai divertendo durante il tour?» domandò Qiana, raccogliendo le penne sparse sul tavolo.

«Uhm.» Lanciai un'occhiata a Niall, ma era occupato a chiacchierare con una fan. Aveva cercato di far finta che tra noi le cose non fossero strane. Le sue parole erano state le stesse di sempre: Buongiorno e Come hai dormito? e Cosa ne ha pensato Bilbo del parco? Ma i suoi sorrisi erano stati quelli pronti per la telecamera, e non mi aveva nemmeno sfiorato la spalla con la sua in macchina.

Qiana ridacchiò. «Lo so, è una bella faticaccia, specialmente con un programma serrato come questo. Hai avuto un po' di tempo per te per rilassarti, guardare Netflix, metterti lo smalto?»

In casa Jones-Hayes, mettersi lo smalto comportava una visita alla spa e precedeva la tortura di un evento sociale con pizzi pruriginosi o raso scivoloso. E la discussione con Madre sul fatto che lo smalto nero dovesse essere appropriato per un evento di gala, discussione che non vincevo mai. «Stamattina io e Bilbo Baggins siamo andati al parco.»

«Oh. Il piccolo Bilbo.» Qiana fissò lo sguardo su una vicina esposizione di libri di cucina. «Che ne dici di venire da me dopo? Il mio appartamento non è lontano da qui. E c'è un take-away indiano accanto. È fantastico.»

Non vedevo l'ora di rannicchiarmi a letto con Bilbo Baggins, una volta tornata in albergo. Non vedevo l'ora di svolgere l'altro mio compito: i messaggi ingannevoli. Ne dovevo uno a Madre per dirle che il "viaggio on the road" stava andando bene. Jackson mi aveva scritto, ma non avevo ancora letto il messaggio. Odiavo mentire a lui più di chiunque altro. Almeno potevo essere onesta nel mio messaggio al Dottor Martell. Lui sapeva già quanto poco volessi essere in tour, e non si aspettava che mentissi e gli dicessi che mi stavo divertendo.

Aprii la bocca per rifiutare il suo invito, educatamente, ovviamente, ma sotto il rossetto rosso, il sorriso di Qiana era irresistibile. Non sembrava un invito di circostanza per porre fine all'interazione, ma un'offerta di genuina... amicizia? Qiana voleva davvero essere mia amica?

Solo perché pensava che fossi qualcosa che non ero.

Scossi la testa. «No, io...»

«Andiamo. Sarà divertente. Ci rilassiamo un po'.» E mi fece gli occhioni da cucciolo e un broncio, come se volesse davvero che andassi.

Avevo bisogno di rilassarmi un po'. Specialmente dopo quel quasi-bacio della sera prima. Avere una scusa bella e pronta per evitare Niall sarebbe stato perfetto. «Okay.»

Qiana batté le mani. «Fantastico! Ho un color corallo baby che per me è troppo chiaro ma starà benissimo sulle tue unghie. Possiamo andare non appena parlo con Niall.»

Una donna era in piedi accanto a Niall, così vicina che doveva aver violato la sua bolla personale. Aggrottai la fronte. Certo, lui abbracciava i suoi fan, stringeva loro la mano, posava per le foto con loro, ma c'era qualcosa di naturale tra Niall e questa donna. E mi sembrava familiare. Lunghi capelli scuri che le scendevano ricci sulle spalle. Un tailleur magenta che in qualche modo sembrava divertente e casual invece che rigido e costrittivo. Curve da capogiro. I suoi occhi castani e acuti smentivano il suo sorriso luminoso e rilassato.

Qiana la conosceva. «Gabriela!» Si diresse verso di lei a braccia aperte e abbracciò la donna. Niall torreggiava su di loro, raggiante.

Un'amica, allora. Una fidanzata? Sentii un pizzicore allo stomaco. Merda, ecco perché si era allontanato da me la sera prima.

«Sam. Vieni a conoscere Gabi,» chiamò Niall.

I miei stivali volevano rimanere incollati al pavimento, ma non potei resistere ai sorrisi invitanti di Niall e Qiana. Mi costrinsi a sorridere, mi avvicinai, tesi la mano. «Sono Sam.»

La donna me l'afferrò, la sua mano castano chiaro in contrasto con la mia, pallida. «Gabriela Padrón. Sono l'agente di Niall.»

A giudicare da quanto stava vicina a Niall, era più di quello.

«Ci siamo conosciute a quella raccolta fondi per l'alfabetizzazione a San Francisco, ma non abbiamo avuto modo di parlare.» Gabriela mi scrutò, non dalla testa ai piedi, ma isolando dei dettagli ed esaminandoli per alcuni secondi come farfalle morte su un vassoio. «Si sta godendo il tour finora?»

«Va bene. Faticoso.»

«Sam è stata una roccia, però,» disse Niall. «È bravissima con i lettori, specialmente con i bambini.»

Lo sguardo di Gabriela si soffermò sulla mia maglietta della Storia Infinita. Poi sorrise come se conoscesse un segreto e si appoggiò a Niall. «Non tutti hanno la fortuna di farsi trainare dal successo di uno scrittore del calibro di Niall.»

La fronte di Niall si imporporò, poi il colore gli scese lungo il viso. «Il libro di Sam sta andando alla grande. Potrei essere io a sfruttare la sua scia.» Ridacchiò in un modo che non gli avevo mai sentito fare prima. Come se qualcuno lo stesse forzando.

Qiana, santa donna, disse: «Io e Sam andiamo a casa mia. Immagino che voi due passerete la serata insieme?»

«Sì,» rispose Niall, «visto che siamo liberi per il resto della serata.»

Il resto della serata? Odiavo il modo in cui Gabriela si drappeggiava su di lui. Mi aspettavo quasi che si strofinasse su di lui, come un gatto. O forse che gli pisciasse intorno in cerchio.

«Ottimo,» disse Qiana. «Passo a prenderti domani alle dieci.»

Con un cenno disinvolto della mano, Niall si voltò con Gabriela e uscì dal negozio.

«Rawr,» fece Qiana. «Si tirano fuori gli artigli.»

Quindi non me l'ero inventato. «Ma che le prende?»

Qiana fece un gesto vago con la mano. «Oh, sta solo proteggendo il suo ragazzo. Vuole assicurarsi che la giovane arrivista conosca il suo posto.» Sorrise. «Andiamo. Sto morendo di fame.»

Il suo ragazzo?

Due ore dopo, Qiana mi porse la boccetta di smalto color corallo. La guardai accigliata. «Non hai niente di meno... rosa?»

Qiana sorrise. «Ho un sacco di altre scelte. Un secondo.» Passò attraverso la porta della sua camera da letto.

Tornò un minuto dopo con un vassoio tintinnante di boccette colorate. «Abbiamo verde sirena, oro, blu scuro, viola, rosso. Vedi qualcosa che ti piace?»

Scorsi la selezione e presi la boccetta nera. «Questa.»

«Una ragazza gotica. Avrei dovuto immaginarlo.» Spinse lo smalto rosa al centro del gruppo e agitò una boccetta di color ciliegia scuro. Ripetei il suo gesto con la boccetta di smalto nero. Stese un foglio di giornale sul tavolino da caffè — piccolo ma solido, e molto più bello del mio, recuperato da un cassonetto — e stappò lo smalto.

Stese il rosso intenso sull'unghia del pollice. «Allora, parlami di te. Ho sentito tutto sul tour, ma ora voglio sapere degli altri venti e passa anni della tua vita.»

«Non c'è molto da dire.» Feci spallucce, come se non ci fosse davvero nulla, come se non fossi avvolta da strati di segreti. «Sono cresciuta a San Francisco, e ora sono una dottoranda.» Cercai di imitare le pennellate lisce di Qiana sulle mie unghie corte. Il nero lucido sulla mia pelle pallida mi fece sorridere.

«Com'è la tua famiglia? Grande? Piccola?»

«Davvero?» Non volevo che quella parola mi uscisse così di getto. Ma raramente incontravo qualcuno che non conoscesse i Jones. «Mio padre era Jasper Jones. Ha fondato una startup che è stata acquisita da Gurusoft. Mia madre dirige la Jones Literacy Foundation. Lavorano principalmente sulla West Coast. E mio fratello è Jackson Jones. Ha fondato la Synergy Analytics, ed è — era — spesso sui tabloid. Tu... tu non lo sai?»

Lo sguardo di Qiana era vuoto. «Non seguo molto le notizie di tecnologia.»

«Oh.» Il petto mi si alleggerì, come se mi fossi tolta uno di quei grembiuli di piombo che ti fanno indossare per le radiografie dal dentista. Non aveva una dozzina di preconcetti su come dovrebbe essere una Jones. «Fantastico. Credo che siamo una famiglia grande. Ho due fratelli e una sorella. In più altri parenti nella Bay Area.»

«Ah sì?» Qiana tese la mano, esaminando le sue unghie rosse lucide. «Siete uniti?»

«Credo di sì? Mia madre organizza un brunch ogni domenica. Ma può essere un po' troppo.»

Qiana alzò lo sguardo dalle unghie e sorrise. «Capisco. Devono essere molto orgogliosi di te.»

Wow. La pesantezza calò di nuovo. Strofinai via una macchia di smalto dalla cuticola e cercai di ricompormi.

Qiana soffiò sulle unghie. «Da quanto tempo scrivi? Da tutta la vita?»

«Non da tanto.» Qualcosa mi si attorcigliò dentro. Era peggio delle sessioni di domande e risposte. Questa volta, stavo mentendo a qualcuno che conoscevo. Che stava cercando di essere mia amica. «E tu? Hai sempre voluto fare l'addetta stampa?»

Qiana si passò il pollice sotto un'unghia. «Ho sempre voluto scrivere.»

«Perché non lo fai?»

Aggrottò la fronte. «Amavo leggere da bambina. Credo di non aver mai pensato che fosse qualcosa che potevo fare. Ma ora lavoro a contatto con autori e libri ogni giorno.» La sua fronte si spianò. «È un sogno essere pagata per mettere in contatto scrittori e lettori.»

Sapevo cosa significava essere scoraggiati dal perseguire i propri interessi. Madre sarebbe stata molto più felice se avessi fatto qualcosa che poteva capire, come finanza o economia. Fu per pura testardaggine — e per l'incoraggiamento di Jackson — che andai oltre la resistenza di Madre. «Ma puoi fare tutto ciò che ti metti in testa. Perché non scrivi un libro adesso? Non sei più vecchia di me.»

Qiana si mordicchiò il labbro tinto di rosso. «Forse. Io... ho pensato di tornare a studiare. Per un MFA. Belle arti,» aggiunse quando la fissai senza capire.

«Oh. Dovresti. Assolutamente. Se ti darà la fiducia per inseguire i tuoi sogni.» L'università era stata dura, ma era il trampolino di lancio per la mia indipendenza.

«Sto mettendo da parte i soldi. Con il successo che prevediamo per il tuo libro e quello di Niall, il montepremi dei bonus dovrebbe essere buono quest'anno. Forse l'anno prossimo potrò permettermelo.»

Fu come se Qiana mi avesse tirato un pugno nello stomaco. Non mi ero mai preoccupata dei soldi, nemmeno dopo aver rinunciato al mio fondo fiduciario. La mia borsa di studio mi garantiva ramen e vestiti di seconda mano, e se mai avessi avuto un'emergenza, la mia famiglia si sarebbe precipitata a salvarmi, che lo volessi o no.

Qiana non aveva quella rete di sicurezza.

La porta vibrò, e da dietro giunsero delle voci soffocate. «I miei coinquilini sono tornati,» disse Qiana. «Vuoi altro cibo prima che spazzolino via tutto?»

«No, grazie.» Mi alzai di scatto. Il pomeriggio con Qiana era stato... piacevole. Ma non potevo affrontare le chiacchiere con i suoi coinquilini. «Dovrei andare. Grazie per avermi ospitata.»

«Nessun problema. Possiamo rifarlo qualche volta.» Ed ecco di nuovo quel sorriso radioso.

Non era nemmeno una bugia quando dissi: «Mi piacerebbe.»

La porta si aprì, io salutai con la mano e scivolai fuori.

Mentre scendevo le scale con passo pesante, la conversazione mi rimase incastrata nel cervello come un errore di esecuzione. Vendite. Bonus.

Presto, Heidi e Martell avrebbero svelato l'intera storia di CASE e de Il Mago nella Macchina. Quando mi avevano parlato del piano, mi ero concentrata solo su quella pergamena appena fuori dalla mia portata. Non avevo pensato per un attimo a...

Mi immobilizzai, aggrappandomi alla ringhiera. Quando avessero rivelato la verità, cosa sarebbe successo a Qiana? Avrebbe ottenuto il suo bonus e il suo sogno dell'MFA, anche se il libro si fosse rivelato una bugia?

Sicuramente sì. Heidi aveva tutto sotto controllo. Allentai la mia presa mortale sulla ringhiera e continuai a scendere le scale più lentamente. Bugia o no, le vendite erano reali. Essere cresciuta con un padre imprenditore e un patrigno direttore finanziario mi aveva insegnato che di solito con i soldi non si discute.

Ma.

Quando avessi smesso di fingere di essere un'autrice, sarei tornata al mio mondo di programmazione in solitaria e — speravo — a una posizione di ricerca in un laboratorio tranquillo. Indipendentemente da ciò che diceva Heidi, le conseguenze della verità avrebbero lasciato un casino che qualcuno avrebbe dovuto ripulire.

Non sarebbe stata Qiana, vero? E quanto mi avrebbe odiata, anche se non fosse stata colpa sua? Le avevo mentito spudoratamente sul fatto di essere un'autrice, una persona interessata ai libri.

Questa storia dell'amicizia non poteva continuare. Non con Qiana. Avrebbe complicato la mia strategia di uscita.

Ma CASE era la macchina, non io, non importava quanto cercassi di sopprimere i miei sentimenti. E la voragine del Balrog nel mio stomaco mi diceva che era già troppo tardi per un taglio netto.

19

SAM

MENTRE USCIVO A FATICA DALL'ASCENSORE DELL'HOTEL, potevo quasi sentire il peso del soffice piumino bianco che avevo intenzione di tirarmi sopra la testa per escludere il mondo. Niente messaggi. Niente chiacchiere. Solo io e il mio senso di colpa.

E Bilbo Baggins.

Il piccoletto aveva dormito sodo dopo la nostra avventura a Central Park di stamattina, e non avevo voluto trascinarlo in un'altra libreria, così ero uscita in punta di piedi da sola. Anche se non avevo pianificato di andare da Qiana, dopo. La nostra fortezza di coperte avrebbe dovuto aspettare che lo portassi fuori a fare pipì.

Mi aspettavo che Bilbo Baggins sentisse i miei passi, ma non udii alcun rumore da sotto la porta mentre inserivo la scheda nella serratura. Stava ancora dormendo? Quando aprii la porta, controllai il letto. Solo qualche pelo nero sul piumino bianco. Un'altra occhiata frenetica per la minuscola stanza d'albergo mi confermò che Bilbo Baggins non c'era. Il cuore mi si fermò per un istante. Poi prese a battere all'impazzata. Forse era sotto il letto. In bagno. Nascosto dietro una tenda? Gli era successo qualcosa?

Stava vagando per le strade di New York, solo e terrorizzato? Strinsi le labbra tremanti e fischiai.

Rispose un latrato soffocato. Sembrava provenire dalla porta accanto. La stanza di Niall. Come aveva fatto a entrare lì? La porta comunicante era chiusa a chiave quando ero uscita.

Tolsi il catenaccio e spalancai la porta comunicante. Quella dalla parte di Niall era già aperta. La teneva sempre socchiusa?

Non importava, dato che Bilbo Baggins mi danzava tra i piedi. Inginocchiandomi, lo raccolsi e me lo strinsi al cuore, poi affondai il viso nella sua pelliccia setosa. «Bilbo Baggins, che ci fai qui?»

Poi mi bloccai. Oh no. Avevo fatto irruzione nella stanza di Niall, senza essere invitata. E se fosse stato a letto? E se fosse stato a letto con Gabriela? Chiusi forte gli occhi contro il fianco di Bilbo Baggins.

Percepii un corpo che mi sovrastava e dei passi pesanti sprofondarono, attutiti, nella moquette accanto a dove ero accovacciata. Il mio battito cardiaco rallentò.

La voce di Niall scese a cascata da molto più in alto. «Bilbo abbaiava. Avevo paura che qualcuno si lamentasse e lo segnalasse al personale dell'hotel. Così lo abbiamo, ehm, liberato.»

«Liberato?» Aprii gli occhi. Le ginocchia rigide dei jeans di Niall erano a mezzo metro dalla mia faccia. Almeno indossava i pantaloni.

«Sì, ehm.» Si mosse a disagio. «Gabi ha forzato la serratura.»

«Davvero, ragazzi, dovreste alloggiare in hotel con una sicurezza migliore.» La voce di Gabi proveniva dalla poltrona, non dal letto. Si era tolta le scarpe e aveva le gambe rannicchiate sotto di sé.

«Alloggiamo in stanze comunicanti proprio per questa ragione, Gabi» disse Niall.

«Cosa?» Le mie dita si fermarono sulla pelliccia di Bilbo Baggins.

«Sì, io…» Niall si passò una mano tra i capelli. «Dopo quella prima notte, a Chicago, quando avevamo le stanze comunicanti, mi è sembrata una buona idea. Più sicuro. Così ho chiamato Qiana e le ho chiesto se potevamo averle per il resto del tour.»

«Ci hai messo in stanze comunicanti?» Un'ondata di calore mi salì dal petto al collo.

Gabriela si alzò dalla poltrona e si mise accanto a Niall. «Se le vostre stanze sono comunicanti, significa che nessun altro può entrare da quella parte. Mentre siete qui, chiederò a mio cugino delle serrature portatili per le porte esterne. Quel tuo bastardino non è un cane da guardia. È andato dritto da Niall.»

E se avessi lasciato il portatile aperto? Prima stavo lavorando alla mia tesi. Avrebbe potuto vederla, scoprire il mio segreto. Heidi avrebbe fatto valere l'accordo di non divulgazione che avevo firmato. Martell mi avrebbe cacciata dal programma. Niente dottorato. Sarei dovuta tornare a vivere con mia madre e Charles. Il calore che mi ribolliva dentro non aveva sfoghi, così le parole uscirono dalla mia bocca come una mitragliatrice. «Sei entrato nella mia stanza. Hai invaso la mia privacy.»

«Ehi.» Niall alzò le mani come uno scudo. «Stavamo cercando di aiutare.»

Come la mia famiglia. Avevo pensato che lui fosse diverso. Voleva proteggermi, ma mi dava il mio spazio quando glielo chiedevo. Non oggi. Aveva calpestato proprio i confini di cui mi aveva detto che avevamo bisogno.

«Non ho bisogno del tuo aiuto. Non lo voglio. So badare a me stessa. E al mio cane.» Raccogliendo Bilbo Baggins, mi rimisi in piedi barcollando e tornai furiosa nella mia stanza, sbattendo entrambe le porte. Chiusi a chiave la porta dalla mia parte e feci scorrere la catenella.

Bilbo Baggins si divincolò dalle mie braccia e saltò sulla moquette. Starnutì due volte.

Caddi in ginocchio e gli accarezzai le morbide orecchie. «Scusa, Bilbo Baggins. Stavi solo cercando di essere amichevole» sussurrai.

Mi spinse il naso freddo contro il palmo. Se Niall non lo avesse salvato, forse sarebbe venuto il direttore dell'hotel a prenderlo. E probabilmente Bilbo Baggins preferiva essere rapito da Niall piuttosto che essere confiscato dal direttore.

Allora perché ero ancora così sconvolta?

Quando l'immagine di Gabi mi balenò in mente, la pelle mi si accese di nuovo. Gabi in piedi a non più di quindici centimetri da Niall, oggi in libreria… decisamente nella zona di intimità. I piedi nudi di Gabi sulla moquette della stanza d'albergo di Niall, le sue scarpe ammucchiate accanto a quelle di lui. Forse quando Gabi si era alzata in punta di piedi davanti a Niall, Niall non si era tirato indietro dal suo bacio.

La gelosia non era qualcosa che provavo spesso, almeno non di tipo romantico. Dai tempi di Stephen, non mi ero mai permessa di tenere abbastanza ai miei partner da provarla. Ma nella stanza di Niall, mi aveva controllata, mi aveva fatta scattare.

Merda! Quelle fitte di gelosia significavano che mi ero permessa di tenere a Niall. Anche se non c'era nulla di cui essere gelosa. Non gli piacevo in quel modo. Questo era chiaro. E non avrebbe dovuto. Aveva esattamente il tipo di vita che io non volevo. Pubblica. Fotografata. Tutto ciò che volevo era nascondermi in un laboratorio, lontano dai fan, dalle presentazioni di libri, dalla gente.

Il calore mi abbandonò di colpo, lasciandomi tremante sulla moquette. Sentivo la gola irritata. Forse avevo preso qualcosa alla convention o a uno dei firmacopie, nonostante il disinfettante per le mani obbligatorio di Niall.

Un tè. Un tè mi avrebbe lenito la gola. Forse ce n'era un po' nel minibar.

Mi ero appena alzata quando bussarono alla porta. Non quella interna, comunicante, ma quella esterna.

Un nodo mi si strinse nello stomaco. Potevo immaginare chi fosse.

20

NIALL

DOPO AVER BUSSATO alla porta di Sam, mi ficcai le mani in tasca. Volevo scacciare la stretta che mi attanagliava lo stomaco quando ricordavo lo sguardo tradito sul suo viso. Ero stato io a tirare in ballo i limiti la sera prima. Le avevo promesso che non li avrei superati. Mi ero tirato indietro dal bacio quando tutto ciò che volevo era stringerla a me e prendere le sue labbra morbide come petali.

E poi cos'avevo fatto? Mi ero fiondato dritto nel suo spazio personale. Ora avevo il suo numero di telefono. Avrei potuto chiamarla per dirle che il cane abbaiava e chiederle se potevo farlo uscire. Invece no, avevo voluto risolverle io il problema. E forse, in un angolo della mente, avevo voluto che fosse costretta a venire nella mia stanza. A venire da me.

Cos'aveva quella donna che mi sballottava dalle vette dell'entusiasmo agli abissi dell'umiliazione? Quegli sbalzi d'umore quando ero con lei mi avrebbero fatto venire le vertigini.

Gabi pensava che fossi pazzo. Pensava che Sam avesse reagito in modo esagerato. Ma lei non sapeva cosa era quasi successo la sera prima. Avevo molto più di cui scusarmi che non del furto del suo cane.

Dopo essermi scusato, dovevo tornare di filato in camera mia per non cadere in tentazione — di nuovo — di baciarla.

Ma quando aprì la porta, con le labbra all'ingiù e gli occhi lucidi, dimenticai ogni mia buona intenzione.

«Hai almeno controllato dallo spioncino?». Sarei potuto essere un maniaco con l'ascia, e adesso la sua porta era aperta. Nemmeno le serrature extra del cugino di Gabi l'avrebbero protetta dalla sua stessa mancanza di cautela.

Lei aggrottò la fronte.

Vacci piano, Niall. La mia reazione istintiva era esattamente il motivo per cui dovevo scusarmi. Tenni la voce bassa. Non c'era bisogno che tutti sul piano mi sentissero strisciare. Grazie a Dio Gabi aveva già preso l'ascensore per scendere. «Mi dispiace. Tendo a essere un po' iperprotettivo. Sono abituato a prendermi cura della mia famiglia. Non che sia una scusa. Capisco che non ti piaccia. Cercherò di non farlo più con te».

La ruga tra le sue sopracciglia si spianò, e lei sbatté le palpebre guardandomi. Significava che ero perdonato? O che avevo appena iniziato?

Feci ruotare le spalle all'indietro e flessi le mani per alleviare la tensione. «Tutto a posto?».

Arricciò il naso, come faceva quando pensava. «Vuoi un po' di tè?». Aprì di più la porta. Poi, mentre facevo un passo avanti, la richiuse a metà. «Aspetta, c'è ancora Gabriela? Non voglio…».

«No. È tornata a casa. Verrà al firmacopie domani. Posso comunque entrare?».

«Sì». Si allontanò dalla porta, andò verso la credenza sotto la TV e cominciò ad aprire gli sportelli. Quella mattina avevo trovato il caffè nella mia stanza, quindi sapevo dove lo teneva l'hotel, ma rimasi in silenzio. Le diedi tutto lo spazio di cui aveva bisogno. La lasciai trovare da sola.

La stanza di Sam era identica alla mia, solo speculare. Eppure, in qualche modo, sembrava più piccola. Forse era solo la tensione crepitante che la faceva sembrare affollata. Ignorando il letto sfatto — dovevo ignorare il letto — avevo due opzioni per sedermi: la sedia della scrivania o la poltrona accanto al letto. La borsa del computer di Sam era sulla scrivania, e il suo portatile aperto aveva un angolo ammaccato. Lo schermo era nero.

Acceso o no, non volevo darle l'impressione di star curiosando. Così attraversai la stanza fino alla sedia nell'angolo e mi infilai le mani in tasca per evitare di toccare il piumone bianco stropicciato.

Bilbo Baggins si sedette ai miei piedi, guardandomi con adorazione. Quando mi chinai per grattarlo tra le orecchie, si contorse per la gioia con tutto il corpo.

«Earl Grey o English Breakfast?».

Non ero affatto un amante del tè, ma si trattava di una tregua. «Scegli tu, io prenderò quello che rimane. Ti dispiace se mi siedo qui?».

«Fai pure. Ci metti qualcosa?».

«No, grazie». Mi accomodai sulla sedia. Cosa stava succedendo in quel suo cervello affilato come un rasoio? Stava elaborando qualcosa. Forse stava ancora rimuginando su come avevo fatto irruzione nella sua stanza. Cercai disperatamente qualcosa per smorzare la tensione. «C. S. Lewis diceva: "Una tazza di tè non è mai abbastanza grande, né un libro abbastanza lungo per soddisfarmi". Giusto?». Inarcai le sopracciglia, sperando almeno in un sorriso.

«Il tè diventa freddo se la tazza è troppo grande e, a mio parere, un sacco di libri potrebbero essere più corti». Mi porse la tazza di tè fumante. «L'Ulisse, per esempio. Persino la guida per imbroglioni era troppo lunga».

Merda. I miei libri erano troppo lunghi. Ecco perché non aveva ancora finito Secrets. Si stava annoiando. Avvolsi le mani attorno alla tazza. Il profumo erbaceo del tè mi solleticò il naso. Mi ricordava il giardino fiorito di mamma, che non era qualcosa che volevo bere.

In piedi di fronte a me, soffiò sul suo tè. «Mi dispiace. Non avrei dovuto sbottare in quel modo. Stavi cercando di aiutare. Oggi sono solo un po'… suscettibile. Dev'essere il tour. Il tuo ultimo tour ti ha fatto comportare in modo strano?».

Non come questo. Certo, il mio primo "tour" consisteva nel guidare la mia auto dalla fattoria a Columbus, a Cincinnati, a Cleveland, a Indianapolis. Mai più lontano di Chicago, mai in nessun posto dove dovessi fermarmi per la notte. La Happy Troll era un piccolo editore e io un autore esordiente. Non c'erano state faticacce di tre settimane tra aeroporti e librerie, giorno dopo giorno. Quello era venuto dopo, man mano che il mio libro aveva scalato le classifiche, guadagnato l'attenzione dei blogger, dei media e, infine, di Hollywood.

Non avevo mai provato a baciare qualcuno che avevo incontrato in tour, né avevo fatto irruzione nella sua stanza. Non prima di adesso.

«Questo tour è parecchio intenso. Capisco come possa farti sentire fuori sesto».

Si portò la tazza alle labbra, ma non bevve. «Sì. Comunque, sono stata sui nervi e questo mi rende più facile da far scattare. Non è una scusa, e mi dispiace».

«Aspetta. Sono io quello che dovrebbe scusarsi. Ho superato il limite».

Un angolo della sua bocca si sollevò. «Anch'io».

Stava parlando della sera prima? Quando si era sollevata sulle punte e le sue ciglia erano calate, ogni cellula del mio corpo aveva gridato di baciarla.

La paura mi aveva fermato. Non le avevo ancora detto tutta la verità. Le libertà che mi ero preso con la sua immagine. Lobelia. Dovevo dirglielo. Mi avrebbe pensato un verme? E cosa avrebbe detto Qiana quando l'avesse scoperto? Fritto. Sarei stato fritto. Si sarebbe tagliata le punte delle trecce che si abbinavano alla mia copertina, si sarebbe tolta quello smalto rosso e sarebbe passata al verde acido per il Team Sam.

Sam si sedette sul letto. Bilbo le saltò accanto, si raggomitolò a cerchio ed emise un sospiro plateale.

Sorseggiò il suo tè, fece una smorfia e lo posò sulla mensola accanto al letto. «Gabriela è la tua agente. È anche la tua...». Si infilò le mani tra le ginocchia. «...la tua ragazza?».

«No!». Forse la protettività spinosa di Gabi aveva aumentato lo stress di Sam? Era un nuovo pezzo del puzzle. «Cioè, siamo usciti insieme. Al college. Per un paio di mesi. Dopo che ci siamo lasciati, siamo rimasti amici. Mi ha aiutato anche con la scrittura, e quando ho scritto Secrets, ha venduto lei la serie per me. Quindi ora è mia amica e la mia agente. In più,» tanto valeva ammettere un'altra pecca, «trascrive i miei manoscritti e si occupa di tutta la parte delle email. Probabilmente avrai capito che non sono un fan della tecnologia».

«Oh? Non l'avevo notato». Le labbra rosee di Sam si curvarono di una frazione di millimetro.

Posai la mia tazza di amarezza sulla credenza. La sedia era così vicina al letto che non serviva nemmeno un passo per raggiungerlo. Più che altro una rotazione.

Rotai.

Cosa sto facendo? Il mio braccio le circondò la vita come se le appartenesse. Mi bloccai per un secondo, ma poi la sua testa cadde sulla mia spalla. Lei sospirò, e quello fu tutto ciò che servì. La strinsi più forte e appoggiai il mento sulla sommità della sua testa.

«Mi piaci, Niall. E mi ha fatto ingelosire vederla nella tua stanza».

«Co-cosa?». Il mio cuore martellava come se Sally, la nostra capra più bisbetica, stesse cercando di sfondarne le pareti a calci.

Lei risollevò la testa e mi guardò negli occhi. «Dovrei essere più circospetta? Vuoi che faccia finta di non essere attratta da te? Potrei farlo, ma che senso avrebbe? Saremo in tour per un altro paio di settimane, e poi probabilmente non ci vedremo più».

«Mi... mi hai solo preso alla sprovvista. No, voglio che tu sia te stessa. Immagino di non essere abituato a persone che dicono ciò che pensano. A parte la mia famiglia».

«Non staremo insieme abbastanza a lungo da perdere tempo a

girare intorno a ciò che vogliamo dire. Dovremmo dire ciò che pensiamo». Mi guardò dritto negli occhi.

Lo stomaco mi si stringeva ogni volta che mi ricordava che il nostro tempo insieme era breve. Significava che aveva ragione. Non potevo sprecare un minuto con quella donna straordinaria.

«Anche tu mi piaci». Alcune ciocche setose dei suoi capelli si erano impigliate nella mia barba corta, e gliele scostai, tracciandole la guancia con un dito. «Va bene così? Che ti tocchi?».

«Sì». Sollevò il mento. «Prometto che ti dirò quando non andrà bene». Posò la mano sul mio cuore al galoppo.

Mamma diceva sempre che quando mi si dava un dito, mi prendevo tutto il braccio. Feci scorrere la mano da dove poggiava sul suo fianco su per la schiena e poi le massaggiai il collo.

«E così?».

La tensione nei suoi muscoli si allentò. «È fantastico. Quando mi tocchi il collo, mi sento tutta calma e leggera».

Presi nota. Calma e leggera suonava bene, e volevo che si sentisse bene. Volevo essere io a farla sentire bene.

Con l'altra mano, le sollevai il mento, come avevo fatto la sera prima. Le presi la mascella nel palmo. Fissò le mie labbra, come aveva fatto la sera prima. Quando la sua lingua guizzò fuori per inumidirsi il labbro inferiore carnoso, il mio cervello rinunciò al pensiero razionale. Svanita era l'esitazione di baciare la mia partner di tour. Di cosa avrebbe pensato Qiana. Non riuscivo a ricordare un solo motivo per cui non avrei dovuto essere sul letto nella sua stanza d'albergo, a stringerla. L'unica cosa che esisteva in quel momento era il desiderio che mi bruciava dentro, scaldandomi la pelle. Desiderio per Sam.

La baciai.

Mi era rimasta abbastanza compostezza da renderlo un bacio delicato. Le sue labbra erano morbide come sembrava, e tenni con cura la mia barba corta lontana dalla sua pelle delicata. Eppure, le mie labbra pizzicavano dove toccavano le sue, desiderando di più. Aspetta. Mi ero spinto troppo oltre? Allontanai le labbra e cercai di raccogliere abbastanza aria nei miei polmoni sovraccarichi per parlare.

«Andava bene? Io… mi dispiace di non aver controllato prima. È solo che…».

Le sue labbra si schiantarono sulle mie, e non ci fu nulla di delicato nel nostro secondo bacio. Fu fame. Bramosia. Passione. Non ero sicuro di quale lingua fosse entrata per prima nella bocca dell'altro. I nostri denti cozzarono. La strinsi più forte, una mano sul suo collo, inclinandole la testa per incontrare le mie labbra, l'altra sulla sua schiena, premendo il suo petto contro il mio.

Le sue dita si aggrapparono alla mia schiena, creando punti di pressione acuta attraverso la mia camicia di flanella. Un contrappunto alla pressione che si accumulava contro la cerniera dei miei jeans.

Woah. Se non avessi rallentato, l'avrei messa sdraiata sul letto. E mi sarei meritato che Bilbo mi staccasse un pezzo di gamba a morsi. O di un'altra appendice.

Con delicatezza, lentamente, mi tirai indietro finché le nostre labbra non si separarono. Mi leccai il labbro inferiore palpitante. «Wow». Sbuffai un respiro, agitando i capelli setosi sfuggiti alla sua coda di cavallo. Se avessimo continuato così, sarei venuto nei pantaloni come un adolescente. «Forse dovremmo fermarci qui per ora».

«Vigliacco». Sorrise, un angolo della bocca più alto dell'altro. «La citazione preferita di mio fratello Jackson dice qualcosa del tipo: "Se tutto sembra sotto controllo, non stai andando abbastanza veloce". È un grande fan di Mario Andretti». Ma si spostò di qualche centimetro.

Il mio cuore batteva come il motore di un'auto da corsa. Per me eravamo andati abbastanza veloci. Avevo bisogno di un minuto — un'ora, forse tutta la notte — per elaborare come quel bacio avesse cambiato le cose tra di noi. «Mi dispiace, io…».

Mi posò un dito sulle labbra. «Non dispiacerti. Capisco». Si allontanò di un altro paio di centimetri. «Adesso ce la siamo tolta di dosso. Possiamo finire il tour da colleghi e non come due adolescenti arrapati».

Un brivido mi gelò il cuore. Colleghi?

«È tutto a posto. Siamo a posto, vero?». Le sue sopracciglia abbassate mostravano la vulnerabilità che le sue parole non esprimevano.

«Certo che lo siamo». Potevo fare il collega. Dovevo solo raschiare via quel pomeriggio dalla memoria per non pensare mai più alle sue labbra gonfie di baci. Ai suoi capelli scuri scompigliati dalle mie dita. Alle sue pupille dilatate che si mangiavano il viola. Per avermi baciato.

Buona fortuna, Niall.

21

SAM

OK, d'accordo. Volete sapere la verità? Me ne pentii un secondo dopo che le parole mi furono uscite di bocca.

Togliercelo dalla testa. Colleghi. Stronzate.

Scarabocchiai la mia finta firma su un altro frontespizio e porsi il libro alla lettrice. Finto sorriso. «Grazie per essere venuta.»

Mentre aspettavo che si allontanasse per fare spazio alla persona successiva, lanciai un'occhiata a Niall. Anche lui sorrise, ma non era il suo sorriso da "oh, ma figurati", da umile ragazzo di campagna diventato un autore di successo, che di solito rivolgeva ai lettori. Era il suo sorriso pronto per le telecamere e, stavolta, la sua mascella era così contratta che sembrava stesse cercando di spaccare una noce tra i molari.

Avevo voluto che fosse vero. Avrei dovuto immaginarlo. Niall non era una delle mie scappatelle occasionali che cercavano solo di sfogare un capriccio. Non era solo lussuria quella che restringeva le sue iridi verdi a una sottile corona. La sua mascella barbuta si era rilassata per qualche emozione travolgente – stupore? – quando mi aveva fissata negli occhi dopo il nostro bacio. Era stata una bugia. Avevo desiderato di più anche mentre lo dicevo. Quel rigonfiamento impressionante nei suoi jeans? Avevo voluto toccarlo, assaggiarlo, cavalcarlo fino alla tappa successiva del tour. Sospettavo che anche se avesse dormito nel mio letto ogni notte, non mi sarei mai tolta dalla testa i suoi tocchi attenti ma sicuri, i suoi sguardi adoranti e allo stesso tempo indecenti.

Così avevo staccato la spina, sperando che quando saremmo tornati operativi ci saremmo dimenticati di tutto.

Già, non aveva funzionato.

«Signorina Case.» La voce era terribilmente familiare, specialmente con pensieri a luci rosse che mi balenavano in testa. Distolsi lo sguardo da Niall e lo puntai sulla fibbia della cintura di mio fratello, un souvenir grande come un piattino di Austin, Texas, poi sulla sua maglietta degli ZZ Top e infine sul suo volto barbuto. Gli angoli della bocca erano rivolti all'ingiù, severi. I suoi occhi castani scintillavano come quarzo fumé. Era la sua espressione da *Che cazzo stai combinando, Sam?*

«Jackson.» Non aveva un libro in mano, quindi ne afferrai uno dalla pila. Feci una smorfia mentre scarabocchiavo *A Jackson* e *Sam Case* sulla pagina. Avrei potuto scrivere anche *Bugiarda*.

«Dobbiamo parlare.»

Sentii, più che vedere, Niall scattare con la testa accanto a me.

«Stai bloccando la fila,» dissi a denti stretti.

Jackson incrociò le braccia. «Posso restare qui tutta la notte.»

«Sam, stai bene?» chiese Niall, a bassa voce. «Quest'uomo sta—»

«Sto bene,» borbottai. Che diavolo ci faceva a New York?

«Cena. Alle sei.» Jackson nominò un ristorante che avevo visto sulla strada per la libreria. «Porta i tuoi amici.» Un sorriso malvagio gli increspò un angolo della bocca.

«Fuori dalla mia fila,» ringhiai.

Inarcò le sopracciglia. Qualcuno dietro di lui si schiarì la gola.

«D'accordo.» Tanto l'avrebbe scoperto prima o poi. «Ma vengo da sola.»

«Perfetto.» Il suo sguardo scivolò su Niall e poi di nuovo sul mio viso. «Ci vediamo alle sei.» Si voltò e si allontanò a grandi passi.

Niall si chinò verso di me. «Sei sicura di stare bene? Chi era quel tipo?»

«Il mio allibratore.» Feci un finto sorriso alla persona successiva in fila e tesi la mano per prendere il suo libro.

Più tardi, quando la gente se ne fu andata e stavamo mettendo via tutto, Niall si voltò verso di me, con le sopracciglia rosse aggrottate a formare una V, e disse a bassa voce: «Sei sicura di voler incontrare quel tipo stasera?»

Ma non abbastanza a bassa voce. O Qiana aveva un udito da supereroe. «Sam incontra un tipo?» Si avvicinò e mi diede una gomitata. «È carino?»

«Che schifo. È mio fratello.» Tenevo il viso basso, concentrata sul pennarello verde che avevo in mano.

Non avevo bisogno di guardare Niall per percepire la sua rigidità. «Tuo fratello?»

«Quale fratello?» Gabi si avvicinò con passo leggero e si appollaiò con un fianco sul tavolo. «Jackson o Andrew?»

A quelle parole alzai di scatto la testa. Conosceva i nomi dei miei fratelli? «Jackson.»

«L'imprenditore-filantropo. Sposato. Una volta era miliardario, ma ora che lui e sua moglie hanno donato così tanto – soprattutto a organizzazioni che sostengono i bambini neurodivergenti – è semplicemente favolosamente ricco.»

Rimasi a bocca aperta. «Mi stai stalkerando online?»

«Sto solo cercando di conoscerti.» Il sorriso di Gabi era pericoloso. «Non è difficile quando la tua famiglia vive sotto gli occhi di tutti.»

Stavo respirando, ma l'aria non entrava. Un peso mi schiacciava il petto, impedendogli di espandersi completamente.

«Vengo con te.» Niall mi sfilò il pennarello dalle dita intorpidite e lo porse a Qiana.

«Se va Niall, vado anch'io.» Gabi si alzò.

«Posso venire anch'io?» chiese Qiana. «Voglio conoscere la tua famiglia.»

No. No no no no no. Allarmi stridettero e luci rosse lampeggiarono nella mia testa.

«Sam, stai bene?» Niall era di fronte a me, le mani strette sulle mie spalle. «Sembri—»

«Non credo che la sua pelle dovrebbe essere di quel colore,» disse Qiana.

«Verde. Decisamente verde.» Gabi sembrava più affascinata che preoccupata.

«Sto bene.» Mi ricomposi. Potevo farcela. Lasciare che il mio finto, nuovo mondo dell'editoria si scontrasse con il mio mondo reale. Potevo camminare su questa corda tesa senza violare l'accordo di non divulgazione. «Non ho bisogno che veniate.»

«Ti accompagno,» disse Niall, lasciandomi finalmente le spalle. «Solo per essere sicuro che non svenga sul marciapiede.»

«Dove andiamo?» chiese Qiana.

Sconfitta, le diedi il nome del ristorante.

«Andiamo.» Ci condusse fuori e svoltò a sinistra.

Niall camminava al mio fianco, senza toccarmi ma abbastanza vicino che le nostre braccia si sarebbero sfiorate se non si fosse tenuto così rigido. In realtà, era meglio così. Meglio che fosse arrabbiato con me piuttosto che mi rivolgesse uno dei suoi sguardi dolci, come quello con cui mi aveva sciolta ieri quando si era scusato per essere entrato di soppiatto nella mia stanza.

Gabi camminava davanti a noi con Qiana, ma non mi persi le sue occhiate torve ogni volta che ci fermavamo a un passaggio pedonale. Anche se, il più delle volte, il suo sguardo affilato come un pugnale si posava su Niall, non su di me.

Arrivammo qualche minuto prima delle sei, ma Jackson era già lì, sprofondato su una sedia nell'area d'attesa, con gli occhi sul telefono. Alzò lo sguardo quando la folata d'aria gelida di febbraio ci investì.

Raggiò. «Samwise! Hai portato i tuoi amici.»

«No, loro stanno solo—»

«Ciao, sono Jackson Jones.» Strinse la mano a tutti, le nocche che diventarono bianche quando afferrò quella di Niall. «Tavolo per cinque,» disse all'addetto all'accoglienza, che ci scortò nell'oscuro interno fino a un tavolo rotondo in un angolo tranquillo.

Mi sedetti accanto a Jackson. Quando Niall cercò di sedersi dall'altra parte, Jackson scosse la testa. «Lei si sieda lì, dove posso vederla, Principe Harry.» Indicò il posto di fronte a lui. Gabriela e Qiana occuparono i posti ai lati di Niall.

Qiana mi strinse la mano sotto il tavolo. «Sta succedendo qualcosa di strano qui,» sussurrò. «Sembra una scena di Real Housewives.»

«Benvenuta a cena con i Jones,» borbottai.

Presi il menù e finsi di leggerlo. «Allora, Jackson, che ci fai a New York? Pensavo fossi in attesa del bambino.» Il loro bambino doveva nascere tra un paio di settimane, proprio verso la fine del tour. Era una delle tante ragioni che avevo addotto alla dottoressa Martell sul perché non potessi viaggiare. Anche se, quando avevo parlato ad Alicia del mio viaggio, mi aveva assicurato che probabilmente avrebbe partorito dopo il termine, dato che era il suo primo. Sarei tornata in tempo per la nascita.

«Un evento della fondazione oggi. Alicia mi ha detto che dovevo andare. A quanto pare, raccogliamo il dieci percento in più di donazioni quando ci sono io con il mio sorriso affascinante.» Lo sfoggiò al tavolo, quel sorriso abbagliante da pirata.

Dall'altra parte, Qiana sospirò. «Da svenire.»

«Torno a casa domani mattina, prima cosa. Ti ho scritto che sarei venuto.»

Probabilmente avrei dovuto leggerlo, quel messaggio. Ma avevo rinunciato al tempo per i messaggi per pomiciare con Niall. «Mi dispiace tanto che non ripeteremo questa riunione di famiglia,» mormorai, con gli occhi sul menù.

Il cameriere venne a prendere le nostre ordinazioni per le bevande, recitò i piatti del giorno e se ne andò.

Jackson posò il suo menù. «Ho una lettera di una fan per te.»

Si frugò in tasca e tirò fuori una normale busta commerciale con il mio nome scarabocchiato sopra.

Prendendola, sollevai il lembo e aprii il pezzo di carta all'interno. Era un disegno a matite colorate del Mago. La rigida veste bianca lo tradiva. La figura aveva i miei occhi azzurri e i capelli scuri, persino la mia spruzzata di lentiggini. In un disordinato stampatello in fondo, c'era scritto: Cara Sam, Tutti i miei amici pensano che Il Mago sia una figata. Io penso che tu sia fantastica. Con affetto, Noah.

Deglutii. Ero l'esatto opposto di fantastica. Avevo mentito a mio nipote. A mio fratello. A tutti a quel tavolo. Posai il disegno accanto al mio sottopiatto vuoto.

«Allora, Sam, parlami di questo libro.» Lo sguardo di Jackson era così appuntito che avrebbe potuto estrarre la verità dal mio cervello come un paio di pinzette.

«Ehm.» Sollevai un dito e afferrai il mio bicchiere d'acqua. Lo tracannai in un modo che avrebbe scioccato mia madre.

«Aspetta.» Gabi si raddrizzò. «Non sapevi del libro di tua sorella?»

«No, a quanto pare si è dimenticata di menzionarlo al nostro ultimo brunch di famiglia.»

Il ghiaccio tintinnò contro le mie labbra e posai il bicchiere. Si ricordava che Noah lo stava leggendo al brunch il mese scorso? Che persino Nat aveva detto di averlo letto e io non avevo detto nulla?

Lo scintillio nei suoi occhi mi disse di sì.

«Io, ah—»

Il cameriere arrivò con le nostre bevande. Per un istante folle, considerai di rovesciare il bicchiere di vino rosso di Qiana. Forse avrei potuto scappare durante il caos che ne sarebbe seguito.

Prima che potessi fare una mossa verso il suo bicchiere, lei mise la mano sulla base. «Dovresti leggerlo. È fantastico. Lo definiamo una miscela sovversiva di generi, tra narrativa letteraria e fantascienza con elementi di urban fantasy. Ha azione da cardiopalma, con una prosa che piega il linguaggio come lo conosciamo.»

«A Sam, allora.» Jackson alzò il suo bicchiere di tequila. «E alla sua carriera letteraria.» Bevve, e così fecero gli altri. Alzai il mio bicchiere d'acqua vuoto e un aiuto cameriere si affrettò a riempirlo.

Sollievata, sorseggiai la mia acqua e mi lasciai andare sulla sedia. Avrebbe lasciato perdere. Gli avrei confessato tutto il segreto – accordo di non divulgazione o meno – non appena fossi tornata a San Francisco. E l'avrei fatto mentre teneva in braccio il suo bambino, così non avrebbe potuto strangolarmi.

«Eppure—» Jackson posò il bicchiere. «—non riesco a ricordare che tu abbia mai scritto nulla prima. A parte codice.»

Bastò quello. Quella sola parola, codice. Sapeva. Aveva capito a cosa stavo lavorando con CASE e aveva collegato i puntini. Ora stava per sollevare la mano dalla pagina e mostrarci l'intero quadro.

Lanciai un'occhiata al bicchiere di vino di Qiana, ma l'aveva spostato fuori dalla mia portata.

«È il miglior romanzo d'esordio che abbia mai letto,» disse Niall, con un tono di sfida. «Talento puro, grezzo. Non vedo l'ora di vedere come evolverà il suo stile.»

Jackson spostò lo sguardo da me a Niall. «Niall Flynn.» Sfida accettata. «Sono più un giocatore che un lettore, ma persino io ho sentito parlare di Lei. Non ho visto che usciva con Lulu Bridges l'estate scorsa? Donna stupenda. Fa quel piccolo e delizioso squittio quando—»

Gli pestai un piede. Mio fratello conosceva un sacco di fatti disgustosi sulle attrici di serie B.

«—ride, stavo per dire.» Ma Jackson non mi guardò. Fissò Niall dall'altra parte del tavolo, le cui mani erano strette a pugno ai lati del suo sottopiatto.

La cameriera, che doveva avere il peggior tempismo del mondo – o il migliore – venne a prendere la nostra ordinazione.

Dopo averle consegnato il menù, Qiana mi lanciò uno sguardo sgranato. «Molto meglio di Real Housewives,» sussurrò.

Quando la cameriera se ne andò, Jackson si appoggiò allo schienale della sedia e continuò come se non fosse stato interrotto. «Dunque, Niall, dato che Lulu non ha mantenuto il Suo interesse, posso supporre che Lei sia» – facendo roteare il suo bicchiere di tequila scura, lanciò un'occhiata a Gabi e poi a me – «single?»

Niall mi fissò, incertezza nei suoi occhi scuriti dalla luce delle candele.

«Jackson—» Dovevo fermarlo subito, prima che si lanciasse nell'interrogatorio su "quali sono le tue intenzioni".

«Penso che Niall sia in grado di spiegare quegli sguardi da cerbiatto che continua a lanciarti. È uno scrittore, dopotutto. Un maestro del linguaggio.»

«Siamo colleghi.» Avvolsi le dita attorno al mio tovagliolo. «Amichevoli. Questo è tutto. Sai che non vado oltre.» E Jackson sapeva anche il perché.

I suoi occhi erano pieni di quella consapevolezza quando li rivolse di nuovo a me. «Sam, io—» Si accigliò e tirò fuori il telefono dalla tasca posteriore. «Scusatemi.» Allontanandosi dal tavolo, si portò il telefono all'orecchio. «Amore,» mormorò nel tono più dolce che gli avessi mai sentito usare.

Il viso di Niall era di pietra, inespressivo. Quella parola che avevo usato di nuovo - colleghi - giaceva come un uccello morto al centro del tavolo.

Lasciai passare qualche secondo, cercando di capire cosa avrei potuto dire per migliorare le cose, per fare in modo che non mi odiasse, per poter tornare alla nostra prima sera a New York, quando avevamo parlato e tutto tra noi era stato meno teso.

«Niall, io—» Ma le parole mi mancarono, come al solito.

Una mano pesante con una fede nuziale scintillante si posò sulla mia spalla. «Sam, un minuto?» Jackson inclinò la testa verso il bar. Mi alzai e lo seguii.

Mio fratello vibrava di qualcosa che avevo visto spesso quando eravamo piccoli: un bisogno di muoversi. E velocemente.

Allora, saltava in sella alla sua bici e correva via, cercando colline su cui potersi sfinire in salita per poi scendere a tutta velocità dall'altro lato, con il vento in faccia.

«Ad Alicia sono iniziate le doglie. Devo tornare a casa, subito. Cazzo!» Si passò una mano tra i capelli, quella che non stringeva il telefono. «Perché cazzo non ho preso il jet?»

«Aspetta, cosa? Adesso? Non deve partorire fino alla fine del mese.»

«Dillo al bambino.» Mi afferrò le spalle. «Ho pagato il conto. Voi restate e godetevi la cena. Presenta le mie scuse. Non scusarti a nome mio con quello lì, Niall. Scherzavo prima – più o meno – ma comunque. Sembra che tu stia facendo un gioco pericoloso. Stai calpestando il suo lavoro e gli stai spezzando il cuore? Abbastanza spietato, Sam.»

Calpestando il suo—Abbassai lo sguardo sui suoi stivali western, punta a punta con i miei anfibi. «Non era mia intenzione—»

«Lo so. Nessuno di noi due è poi così emotivamente consapevole. In sintonia con i sentimenti e cazzate simili. Pensa solo a quello che stai facendo, ok? E a come potrebbe influenzare i tuoi nuovi amici.»

Annuii. Mi strinse la spalla, e poi i suoi stivali non c'erano più, martellavano il pavimento per tornare a casa dai suoi cari il più velocemente possibile, con l'aiuto della sua ricchezza e delle sue conoscenze.

Guardai di nuovo il tavolo, dove Gabi e Qiana tornarono a parlarsi come se non ci avessero state a fissare. Niall non si prese nemmeno la briga di fingere. Sostenne il mio sguardo.

Non potevo. Non potevo tornare lì e affrontare le conseguenze delle granate che mio fratello aveva lanciato.

«Mi dispiace,» mimai. Girandomi, seguii il percorso che Jackson aveva fatto per uscire dal ristorante. Ma invece di tornare a casa da persone che amavo, trovai un taxi che mi riportasse in albergo. Dove Bilbo Baggins non aveva alcuna aspettativa su di me. Dove non stavo rovinando tutto ciò che era importante per lui.

22

NIALL

«SAM.» Bussai alla sua porta. Non forte — era tardi — ma con forza sufficiente perché mi sentisse. Non poteva essere addormentata. Non dopo quella cena. Ero così teso e nervoso che forse non avrei dormito per giorni. Suo fratello sapeva che avevo limonato con la sua sorellina la sera prima? Era due o tre centimetri più alto di me, non così massiccio, ma avrebbe combattuto come una serpe, distraendomi con la sua lingua tagliente per poi colpire all'improvviso. In ogni caso non sarei riuscito a reagire; non potevo ferire il fratello di una persona a cui stavo cominciando a tenere.

Cosa aveva detto a Sam per farla sbiancare in quel modo? Se le aveva detto qualcosa di offensivo, l'avrei trovato e messo al tappeto, fratello o no.

Bilbo annusò ai piedi della porta. Poi fece un guaito secco. Bene. Sarebbe dovuta venire ad aprire.

La catenella scattò. Poi il catenaccio. E infine il chiavistello extra del cugino di Gabi. La porta si socchiuse per rivelare uno spiraglio di Sam: capelli scuri sul viso, occhi stanchi, pelle pallida, canottiera e pantaloni del pigiama. Distolsi lo sguardo dalle sue clavicole e dalle spalle candide per concentrarmi sul suo viso.

«Dovevo vedere che tu... Stai bene?»

«Sì, solo... solo stanca.» Aprì la porta quel tanto che bastava a far sgusciare fuori Bilbo.

Quando mi graffiò le caviglie, mi chinai per prenderlo in braccio. Mi leccò il mento. «Lui... tuo fratello... non ha detto niente di crudele, vero?»

I suoi occhi si spalancarono. «Jackson non lo farebbe mai. Stava bene. È dovuto andare via. Sua moglie è in travaglio.»

«Oh. Wow.» Un'immagine mi balenò in testa: Sam che teneva in braccio un bambino, che ne guardava i grandi occhi azzurri, cullandolo un po', canticchiando. «Posso entrare?»

«No.»

La risposta arrivò troppo in fretta, come se non avesse avuto bisogno di pensarci. Merda, avevo mandato tutto a puttane l'altra sera, pressandola troppo. Voleva che fossimo colleghi. E io? Ero nel corridoio, fuori dalla sua stanza, a supplicarla di farmi entrare. I colleghi non facevano cose del genere. Solo le persone che ci tenevano. E non potevo più ingannarmi: io ci tenevo. Dovevo dirglielo. Essere onesto con lei. «Solo per parlare?»

Ci pensò su un secondo. «No. Sono davvero stanca e domattina abbiamo quell'incontro con l'editore.» Tese le mani per prendere il cane.

«Non chiudermi fuori, Sam.» Era una supplica.

Lei fissò il bottone centrale della mia camicia. «È tardi.»

Le misi delicatamente il cane tra le mani. «Allora ci vediamo domattina. Vuoi fare colazione prima?» Avremmo parlato allora.

«Non credo, Niall. Buonanotte.» Chiuse la porta e la catenella tintinnò.

Cazzo. Che cosa avevo fatto?

———

LA MATTINA DOPO, passeggiavo avanti e indietro davanti alle porte scorrevoli automatiche dell'hotel. Fui sul punto di andare alla reception una mezza dozzina di volte per assicurarmi che non avesse fatto il check-out. Era in ritardo di cinque minuti, era ancora l'ora di punta e... merda. Non me ne fregava niente se eravamo in ritardo. Era per Sam che ero preoccupato.

Le porte dell'ascensore si aprirono e lei ne schizzò fuori con Bilbo al guinzaglio. «Scusa. Scusa se sono in ritardo.» I suoi occhi non erano tormentati quella mattina; scintillavano. «Stavo aspettando la notizia. Sono zia! Di una neonata, stavolta.» Girò il telefono e mi mostrò la foto di una bambina, con il visino contratto sotto uno di quei cappellini da ospedale rosa e blu. Un tubicino trasparente le passava sotto le narici. «Non preoccuparti per l'ossigeno. Hanno detto che sta bene.»

Sorridente, allargò le braccia ed entrai nel suo abbraccio, stringendola forte. Inspirai il suo profumo di rosmarino. Forse potevamo tornare a essere amici, come eravamo prima di baciarci. Prima che andasse tutto a rotoli. «Congratulazioni.»

Si liberò dalla stretta. «È una femminuccia. L'hanno chiamata Valentine. Perché, sai, è San Valentino.»

Avevo perso il conto dei giorni. «Buon San Valentino.» Merda! Avrebbe pensato che volessi costringerla a fare qualcosa di romantico? «Cioè, per tua nipote.»

Lei arricciò il naso. «Hai ragione. Ora assume un nuovo significato. È il suo giorno. E conoscendo mio fratello, cercherà di far aggiungere Jones al nome della festa. È assolutamente al settimo cielo per lei. Merda! Siamo in ritardo. Scusa. Andiamo. C'è una macchina?»

«Ci aspetta fuori.» Stringendomi il cappotto addosso, la condussi fuori dalla porta automatica verso la berlina con autista al marciapiede. Lei scivolò dentro con Bilbo e io la seguii.

Sam riempì l'auto di chiacchiere sulla sua nuova nipote e mostrò all'autista e a me ogni nuova foto che arrivava. La bambina con sua madre, una bellissima donna bionda. La bambina con un ragazzino più grande, forse un preadolescente, che si sporgeva leggermente all'indietro, con gli occhi spalancati, come se la piccola fosse un lupo mannaro invece che un'adorabile neonata senza capelli. Jackson, che in qualche modo sembrava elettrizzato, esausto e felicissimo allo stesso tempo. La gelosia mi punse il petto. Aveva tutto: un'attività di successo, una donna che lo amava, una famiglia. E mi aveva fatto la ramanzina sulle mie intenzioni verso sua sorella.

Beh, sai che c'è? Intendevo baciarla di nuovo, se me lo avesse permesso.

Sam aveva appena ordinato un mazzo di rose gialle da inviare il giorno dopo — eravamo entrambi rimasti a bocca aperta per il rincaro di San Valentino — quando accostammo davanti all'edificio della Happy Troll.

Mentre salivamo in ascensore fino al più basso dei tre piani della Happy Troll, Sam arricciò il naso. «Perché siamo qui, comunque?»

Guardai i piani illuminarsi sullo schermo sopra la porta. «Un incontro di presentazione. Di solito passo a trovarli quando sono in città. Per ringraziare tutte le persone che hanno lavorato al mio libro. A loro piace vedere il volto dietro le parole.»

Nel silenzio dell'ascensore, la sentii deglutire. Allungai la mano verso la sua ma mi fermai a mezz'aria, poi la infilai nella tasca dei pantaloni. «Andrà tutto bene. Tutte queste persone ti sostengono. Nessuna domanda difficile oggi. Promesso.»

Il suo sorriso fu debole, ma annuì.

Quando la porta si aprì, c'era Qiana, che saltellava sulla punta dei piedi. «Sam!» L'abbracciò come se non la vedesse da meno di ventiquattro ore. «Niall! È così eccitante!»

«Cosa c'è di eccitante?»

«Oh.» I suoi occhi si spalancarono e si morse le labbra rosse. «Che… che siate qui. Oggi.» Si girò e si diresse lungo il corridoio. «Heidi è nell'area comune.»

C'era qualcosa sotto. Heidi aveva degli assistenti per prenderle il caffè, quindi il motivo più plausibile per cui si trovasse nell'area comune era per fare un annuncio. Era uscita la nuova classifica dei bestseller?

C'ero io? O Sam?

Seguii Qiana, camminando al fianco di Sam con Bilbo tra noi, che zampettava come se fosse il padrone del posto, fino all'area comune centrale dove, come previsto, sul bancone c'era una parata di coppe di champagne e un numero altrettanto grande di persone.

«Chi è tutta questa gente?» sussurrò Sam.

Il cuore mi prese a battere forte. «Assistenti editoriali... fanno il grosso del lavoro dopo che Heidi ha acquisito un libro. I grafici creano le copertine e curano l'interno. Quelli del marketing e delle vendite si assicurano che tutti i punti vendita vogliano vendere i libri.»

«Così tanta gente.»

«Già.» Non mi presi la briga di parlarle della contabilità o delle risorse umane o della direzione che facevano funzionare l'azienda. I suoi occhi spalancati mi dicevano che era già sopraffatta.

Doveva essere una buona notizia, no? Fanculo. Allungai la mano e le strinsi la sua. Lei ricambiò la stretta.

Heidi era in piedi in fondo alla stanza, da dove poteva osservare tutti. «Eccoli qui,» cantilenò. «Le Star dello Spettacolo!» Heidi aveva un debole per i colpi di scena.

Sam mi strinse la mano più forte.

«È una buona notizia. Deve esserlo,» sussurrai, tanto per me quanto per lei.

Degli assistenti passarono coppe di champagne tra la folla. Ne presi una, il bicchiere freddo tra le mie dita tremanti. Sam strinse il suo bicchiere, le nocche bianche.

«Ce l'avete tutti? Bene, bene,» disse Heidi. «Ora, ho una Notizia Fantastica da condividere. Ho ricevuto una chiamata stamattina dal comitato del Premio Tower. Abbiamo non uno ma Due Candidati qui con noi oggi.» Fece una pausa, un sorriso che sollevava il suo viso normalmente serio. «I nostri Niall Flynn e Sam Case sono stati candidati nella categoria Fantasy.»

Lo stomaco mi fece una capriola. La tensione si dissolse, lasciandomi le ossa leggere e sciolte. Un calore si diffuse nel mio petto. Era meglio della classifica dei bestseller. Una candidatura al Premio Tower, come direbbe Heidi, era una cosa molto importante.

Heidi si fermò per gli applausi e le grida di giubilo. Si schiarì la gola. «Inoltre, Mago nella Machine è stato candidato come Miglior Opera Prima.» Sollevò il bicchiere. «Congratulazioni, Sam e Niall.»

Lo spazio esplose di nuovo in applausi e fischi. Non provai nemmeno a bere lo champagne. Mi diedero delle pacche sulla schiena — ripetutamente — e dopo che Qiana lasciò Sam, abbracciò me, forte, proprio sotto le costole.

«Congratulazioni, ragazzi!» Ci sorrise raggiante, ma poi il suo sorriso vacillò. «Sam, non sei emozionata?»

Il sorriso svanì dal mio volto quando guardai Sam. Era sbiancata, il respiro superficiale e troppo veloce. «Hai bisogno di sederti?» Aveva preso l'influenza dopo la fiera, dopotutto?

«No, io... sto bene.» Il suo viso era duro e pallido come il marmo. «Solo sorpresa, tutto qui.»

Quasi ci credetti. Non aveva familiarità con i calendari delle varie nomination ai premi. L'anno prima, avevo aspettato vicino al telefono il giorno in cui venivano annunciati i candidati e, quando si era rifiutato di squillare, mi ero sdraiato sul divano, schiacciato dal peso opprimente della delusione. Oggi, ero stato troppo impegnato a preoccuparmi per Sam per ricordarmi dell'annuncio delle nomination.

Ma c'è differenza tra una sorpresa piacevole e una spiacevole. Io dovevo risplendere per il piacere del riconoscimento, della convalida.

Sam no.

Invece della sua normale postura dritta da militare, le sue spalle erano curve. Stringeva la coppa di champagne, lo sguardo che saettava per la stanza.

Bilbo si appoggiò alla sua gamba e guaì.

Misi il mio bicchiere di champagne in mano a Qiana. «Coprici. Ci serve un minuto.»

Avvolgendo un braccio intorno alla vita di Sam, la guidai nell'ufficio di Heidi. La feci accomodare su una delle sedie per gli ospiti e poi, delicatamente, le staccai le dita dallo stelo della sua coppa di champagne.

Le posai la mano sulla nuca come aveva detto che le piaceva. «Ti lascio tranquilla per un po'. Sarò appena fuori dalla porta, quindi chiamami se hai bisogno di me. Vengo a controllarti tra cinque minuti, va bene?»

Non disse nulla, a parte un cenno del capo appena percettibile.

Richiusi piano la porta e poi mi ci appoggiai. Incrociai le braccia. Nessuno sarebbe entrato. Aveva bisogno di un minuto con i suoi pensieri, cinque minuti lontana da tutti quegli sconosciuti e dal rumore. Sarebbe stata bene, no?

A meno che...

Solo un minuto prima, mi ero sentito rivendicato, convalidato, in cima al mondo. Riconosciuto per il mio lavoro da esperti del mio campo.

Ma, come al solito, Sam era un passo avanti a me.

Solo uno di noi poteva vincere.

E se fosse stata lei?

E se fossi stato io?

23

SAM

SEDUTA SULLA SEDIA per gli ospiti di Heidi, fissai il messaggio.

MARTELL

Congratulazioni, Samantha! Questa è la
conferma che stavamo cercando per CASE.
Presto, tutti vedranno di cosa è capace.

Il dottor Martell doveva essere in attesa dell'annuncio del Tower Prize. Io non sapevo nemmeno che quel premio esistesse fino a cinque minuti prima. Secondo Niall, era una cosa importante nella comunità della fantascienza e del fantasy.

E se Magician avesse vinto, e poi Martell e Heidi avessero annunciato che l'aveva scritto un'I.A., come si sarebbe sentita la comunità? Tutte quelle persone che avevo incontrato, che avevano letto e amato il libro. Scrittori come quelli sul palco alla convention. E Niall.

Niall. Mi torturai le dita tremanti in grembo.

Quell'uomo odiava la tecnologia. E come dargli torto, con un padre come quello stronzo di Paul Swift? Avrebbe odiato l'idea che io avessi "scritto" Magician programmandolo su un computer e poi commettendo un errore con gli input. Jackson aveva ragione. Avrebbe minacciato la sua fonte di sostentamento. Inoltre, l'idea che un computer potesse creare letteratura avrebbe offeso la sua sensibilità artistica.

Chiaramente, aveva sperato di essere nominato. E vedere quella candidatura rovinata da questo, da CASE? Non mi avrebbe mai perdonata. Non potevo sopportarlo. Vedere quegli occhi verdi e gentili diventare di ghiaccio, freddi e duri. Vedere il sorriso speciale che mi aveva rivolto poco prima, quando avevano annunciato il premio, trasformarsi in un rictus di shock e delusione. Dovevo dirglielo.

Bilbo Baggins guaì e mi leccò la guancia.

«Non preoccuparti, Bilbo Baggins» sussurrai. «Sistemerò tutto.»

Dietro di me, la porta si aprì. Perfetto. Glielo avrei detto lì, nel tranquillo ufficio dove nessuno ci avrebbe disturbati, e lui avrebbe potuto urlare quanto voleva. Mi voltai. «Ehi, Niall...»

«Samantha.» La bocca di Heidi era un taglio rosso. «Che notizia entusiasmante. Deve essere molto emozionata.»

Quello che sentivo nello stomaco era un macigno, non emozione. «Ehm. Non proprio. È tutto un po' troppo.» Accarezzai il pelo setoso di Bilbo Baggins.

Heidi mi passò accanto per sedersi dietro la scrivania. Dovetti strizzare gli occhi per distinguere i suoi lineamenti contro il bagliore grigiastro invernale della finestra. «Qiana dice che Le è andata bene durante il tour. Le cifre di vendita sono stellari. E con la candidatura al premio, ci aspettiamo che aumentino.»

«Oh. Immagino sia una buona cosa.»

«È eccellente. Siamo stati molto soddisfatti di Mago nella Machine. E di Lei, Samantha.» Appoggiò i gomiti sulla scrivania e unì le dita a cuspide.

«Grazie.» Immaginai che se non potevo fingere di essere un'ereditiera, avevo una futura carriera nel fingere di essere un'autrice. Mia madre ne sarebbe stata così contenta. «Ma, se la candidatura aumenta le vendite, non è tutto ciò che ci serve per dimostrare la validità di CASE? Non abbiamo bisogno del concorso. Potrebbe ritirare Magician in sordina? Prometto che non direi una parola.»

Si appoggiò allo schienale della sedia. «Samantha» l'unico segno del suo dispiacere fu un irrigidimento intorno alla bocca «perché mai dovremmo volerci ritirare dal concorso?»

«Perché il libro è un falso. Perché è una bugia. Perché avete un vero autore candidato.» Feci un gesto vago verso la sua unica libreria, dove i libri erano disposti per colore. Forse aveva una copia del libro di Niall tra i verdi? O il suo secondo libro tra i rossi? «Non vuole che vinca Niall?»

Liquidò le mie parole con un gesto della mano. «Niall può vincere l'anno prossimo con il suo prossimo libro. Questo è il Suo momento, Samantha. Il momento di CASE. Il momento di dimostrare che ciò che Lei ha fatto è speciale. Che Lei è speciale. Non c'è alcun lato negativo in tutto questo. Anche se Magician perdesse, è stato comunque nominato come uno dei migliori sei libri dell'anno. Abbiamo dimostrato che è altrettanto valido di un libro scritto e revisionato manualmente. Migliore della maggior parte.»

«E... e se vincesse?» strinsi Bilbo Baggins così forte che ansimò.

«Se Magician vincesse, avremmo dimostrato al mondo che CASE ha scritto il libro migliore. E la Happy Troll avrà la corsia preferenziale per pubblicare più libri prodotti da I.A.»

«Ma... ma Niall e i Suoi altri autori? E i Suoi assistenti editoriali? E Qiana?» Un'esplosione di dolore mi trafisse dietro un occhio.

Appiattì entrambe le mani sulla scrivania. «Posso riassegnare gli assistenti alla lettura dei risultati di CASE per trovare le storie migliori. Non mi aspetto che produca qualcosa di così notevole come Magician ogni volta. Be', non ancora. E ci sarà ancora spazio per Niall e alcuni degli altri autori. Anche se devo dire che non vedo l'ora di avere a che fare con meno prime donne in futuro. E con i loro agenti.

«Ora, con questo modo molto meno costoso e più efficiente di procurarci contenuti, possiamo finalmente superare i margini risicati che abbiamo sempre avuto.» Si spinse contro la superficie di vetro della scrivania e si alzò, dritta e gelida, di fronte al paesaggio urbano grigio e innevato oltre le finestre. «L'editoria tradizionale sta facendo la fine dei dinosauri. La Happy Troll sta per risorgere dalle ceneri come una fenice.»

«Aspetti. Sta pianificando di usare CASE per ridurre scrittori ed editor?» Tutte quelle persone là fuori che bevevano champagne. Quante sarebbero rimaste lì l'anno prossimo di questi tempi, se fossimo riusciti a tirar fuori un'altra dozzina di libri da CASE? Due dozzine?

La Happy Troll non avrebbe avuto più bisogno della mia faccia quando CASE non sarebbe più stato un segreto. Niente tour del libro significava niente Qiana.

E più libri di CASE significava meno spazio per i libri di Niall. Anche se non ero andata molto avanti con Segreti degli Wood Elves—la sua scrittura era magnifica, ma mi ci voleva così tanto a decifrarla—ero arrivata abbastanza avanti da sapere che era una storia che valeva la pena raccontare, che valeva la pena leggere.

E il fatto che avrebbe avuto meno opportunità di scrivere e meno soldi per ogni libro? Era tutta colpa mia.

«Samantha, sono affari.» Allargò le mani per comprendere l'ufficio, che mi ero appena resa conto essere arredato nei toni del nero e del grigio, a eccezione dell'unica libreria. «Lei viene da una famiglia di imprenditori. Dovrebbe capirlo.»

Un'ondata di calore mi divampò dentro e mi alzai anch'io. «Questi affari influiscono sulle carriere delle persone. No. Non lo farò. Deve ritirare Magician.»

«Non devo fare niente del genere.» Heidi si adagiò di nuovo sulla sedia. «L'unica persona che deve fare qualcosa è Lei, Samantha.»

Da un cassetto, estrasse un plico di fogli pinzati. Lo girò per mostrarmi le mie iniziali sulla prima pagina. «Questo è l'accordo di non divulgazione. Se lo viola prima che La svincoliamo, Le faremo causa. Potrebbe pensare di non avere abbastanza soldi perché ci prendiamo il disturbo, ma mi assicurerò che sia una causa molto pubblica.»

Trasalii. Il volto deluso di mia madre riempì la mia immaginazione.

Poi quello di Niall lo sostituì. Se glielo avessi detto ora, forse avrebbe potuto fare qualcosa. Trovare un altro editore. Concentrarsi sui diritti cinematografici e sul merchandising. Fondare un sindacato di scrittori? Forse mi avrebbe odiata lo stesso, ma almeno avrebbe avuto il tempo di pensare, di pianificare.

«Lasci che lo dica a Niall. Mi sento a disagio a tenergli nascosta questa cosa mentre siamo in tour insieme.»

Socchiuse gli occhi. «Capisco che Lei e lui siete diventati molto intimi. E Qiana La chiama amica.»

Non dissi nulla. Non avrebbe usato i miei amici contro di me, vero?

Sì che l'avrebbe fatto.

«No. Non voglio che questa notizia si diffonda prima che venga annunciato il Tower Prize. Non vorrei che il comitato di nomina ritirasse Magician. Ha già fatto così bene. Può tenere la bocca chiusa per un'altra settimana di tour. E poi potrà tornarsene di corsa nel Suo laboratorio. Le prometto che farò un buon resoconto a John. Potrei persino venire alla Sua cerimonia di proclamazione.»

Heidi era una donna intelligente e conosceva la mia kryptonite. Avrei attraversato quel palco, mia madre e il dottor Martell avrebbero sorriso, e poi avrei portato il mio dottorato di ricerca in Idaho. Speravo che l'università fosse in mezzo al nulla, dove non prendeva il cellulare. Forse il laboratorio di ricerca era nascosto sotto una montagna.

Strano, non mi sembrava più così allettante come una volta.

Nascondersi dai miei problemi mi sembrava improvvisamente da codardi.

E io ero una codarda. Il piombo si estese verso l'alto, nel mio petto. La pesantezza—l'inerzia—mi consumò. «Okay. Non dirò niente.»

«Sapevo che avrebbe ragionato. Ora torniamo di là e continuiamo i festeggiamenti.»

24

NIALL

PER LA SECONDA volta in altrettanti giorni, bussai alla porta di Sam, con una preoccupazione che mi si attorcigliava nello stomaco. Quella mattina era stata estasiata per la nipotina appena nata, ma all'Happy Troll tutto era cambiato. Perché non era entusiasta quanto me per la candidatura al premio?

Strinsi la bottiglia di champagne che Qiana mi aveva dato durante i festeggiamenti. Un paio di calici da vino dell'hotel tintinnarono nell'altra mano.

Anche se erano solo le cinque, Sam aprì di nuovo la porta in canottiera e pantaloni del pigiama. Le tende della sua stanza erano tirate.

«Dormivi?»

«No, lavoravo.» Lanciò un'occhiata al suo portatile, aperto sulla scrivania, e si precipitò di nuovo nella stanza per chiuderlo di colpo.

«Posso entrare? Ho portato questo.» Le mostrai la bottiglia.

Lei arricciò il naso. «Lo champagne non fa per me.»

«No?» Quando entrai nella stanza, la porta si richiuse con un botto. Trasalii.

«Mi ricorda troppe feste ingessate. Come quella in cui ti ho conosciuto.»

«Pensi che io sia ingessato?» Posai i bicchieri sul bordo della scrivania, lontano dalla sua delicata attrezzatura informatica.

Un angolo della sua bocca si sollevò. «Pensavo fossi uno di loro quando si è presentato il fotografo di Gabi. Sono contenta di essermi sbagliata.»

«Io... ah.» Era il momento delle confessioni. Non potevo continuare a frequentare Sam senza dirle la verità. «Anch'io mi sono fatto un'idea. Su di te. Anzi, non riguardava affatto te. Solo il tuo...» feci un gesto verso i suoi pantaloni a quadri stropicciati e la sua canottiera «aspetto.»

«Il mio aspetto?» Incrociò le braccia sul petto e una spallina le scivolò giù dalla spalla.

Distolsi lo sguardo. Perché la sua spalla era così tanto più sexy senza quel pezzo di elastico? «Che ne dici di una birra dal minibar?»

Lei sbuffò. «Ho controllato i prezzi. Dieci dollari per una Coors Lite? No, grazie.»

«Offro io. Penso che andrà meglio con un po' di alcol.» Aprii il minifrigo e tirai fuori due bottiglie. Gliele porsi e lei scelse la pilsner. Svitai il tappo della lager, la sollevai verso di lei in un mezzo brindisi e ne presi una lunga sorsata.

Trovò l'apribottiglie sopra il frigo, lo stappò e sorseggiò la sua birra. «Un dollaro. Ecco quanto è costato quel sorso.»

Aggrottai la fronte. «Perché ti preoccupi dei soldi? Magician sta vendendo bene, secondo Heidi. E poi sei un'ereditiera.»

Stavolta tracannò la birra. Le sue labbra si staccarono dal collo della bottiglia, lucide, rosee e bagnate. «Non più. Ho rinunciato al mio fondo fiduciario. Non volevo essere un bersaglio. Una vittima. Non di nuovo.»

«Una vittima?» Il cuore mi si fermò in petto. «Sei stata rapita? Ricattata?»

«Preferirei non parlarne.» Si sedette sul letto accanto a Bilbo, che era raggomitolato. «Cosa andrà meglio con l'alcol?»

Inarcai le sopracciglia indicando la sedia della scrivania. Dopo un'occhiata al suo portatile chiuso, lei annuì. Girai la sedia verso il letto e mi ci sedetti.

«Stavo attraversando un momento difficile quando ti ho conosciuto. Con la scrittura. Ero bloccato. E conoscerti ha smosso qualcosa nel mio cervello.»

Le sue labbra si incurvarono nel primo sorriso che le vedevo da quando mi aveva mostrato le foto della piccola Valentine quella mattina. «Mi hai chiamata la tua musa dagli occhi viola.»

Un'ondata di calore si diffuse dal collo alle guance. «Ma c'è di più. Io... ho creato un personaggio. Basato su di te. Sul tuo aspetto. E su cose che ho immaginato su di te.»

I suoi occhi si spalancarono. «Cose che hai immaginato su di me? Tipo fantasie?»

Il calore mi invase la fronte. «Non fantasie sessuali. Solo normali fantasie di genere fantasy. Ho immaginato un folletto dei boschi con i tuoi lineamenti. I tuoi occhi. La tua...» deglutii «pelle. Salvava Nieven dalla trappola in cui era caduto. E poi si univa a lui nelle sue avventure.»

«Come si chiama?»

«Lobelia. Come il fiore.»

Lei arricciò il naso.

«Non suppongo tu abbia ancora letto Treachery?» L'avevo vista leggere Secrets, ma chiudeva sempre il libro in fretta, come se fosse imbarazzata. Sarei dovuto essere io quello imbarazzato. Il suo romanzo d'esordio era di un altro pianeta rispetto al mio piccolo racconto d'avventura. Un tentativo giovanile al confronto della sua opera letteraria.

«Volevo prima finire Secrets.» Fece scorrere le sue dita delicate sul pelo di Bilbo. «Finora lo adoro, ma ho anche io una confessione. Io, ah, non sono una lettrice veloce. Sono dislessica. Mi ci vorrà letteralmente un'eternità per finire un libro così grosso. Potrei non arrivare a Treachery.» Si morse il labbro.

Ora alcune delle sue risposte durante la sessione di domande e risposte avevano un senso. Il fatto che non fosse mai in grado di nominare più di qualche autore che l'aveva ispirata. Il fatto che non sembrasse avere una conoscenza aggiornata della narrativa popolare. Il fatto che fosse sbiancata prima di ogni lettura pubblica.

«Deve essere stato molto da superare. Eppure sei riuscita ad arrivare fino alla fine della specializzazione.»

Alzò lo sguardo dal cane, con un sorriso contorto e amaro. «Non è qualcosa che ho "superato". È qualcosa con cui faccio i conti ogni giorno. Qualcosa che sarà con me per il resto della mia vita.»

«Mi dispiace. Non intendevo dirlo in quel modo.» Avevo voluto esprimere la mia ammirazione e poi avevo rovinato tutto.

«Lo so.» Si sporse in avanti, posando una mano sulla mia. «La maggior parte della gente lo dice. Ricorda, sono cresciuta con molti vantaggi. Scuole private. Insegnanti privati. Per me è stato più facile che per altri.»

«Scommetto che ti sei fatta comunque un mazzo tanto. Come hai fatto per migliorare nelle presentazioni dei libri.»

Si morse il labbro morbido e pieno. «Ci ho provato. Per mia madre, però, non era mai abbastanza. E quando finalmente ha accettato che non l'avrei superata, ha pensato di addestrarmi per essere una buona moglie per un uomo intelligente.»

Il sangue mi si scaldò. «Cioè che lui sarebbe stato la mente della vostra relazione?»

«Già.» Tracciò un disegno sul pelo di Bilbo. Lui si mosse nel sonno. «Non ero molto brava neanche in quello.»

Presi una grossa sorsata di birra, sperando che mi raffreddasse. Non funzionò. «Ma eri brava a scrivere.»

Lei esitò. «Non proprio. Ero brava con i computer, però. In qualche modo il codice non mi si confondeva davanti agli occhi come facevano le parole nei libri. Lo scoprì mio fratello Jackson, e mi incoraggiò. È stato una sorta di padre sostitutivo per me, dopo.»

Dopo che aveva perso suo padre. Forse io avevo uno dei padri peggiori del mondo, ma almeno ne avevo ancora uno. Avrei voluto saperlo di Jackson prima di essere così scontroso con lui a cena l'altra sera. Anche se non mi piaceva ancora il modo in cui le aveva parlato del suo libro. «Ma non ha sostenuto la tua scrittura.»

«Ha le sue ragioni. E sono ragioni piuttosto valide.» Giocherellava con l'etichetta della sua bottiglia.

Le misi una mano sulla sua. «Il tuo libro è fantastico. Pensa a tutte le persone che hai toccato. Al modo in cui Tolkien ha toccato il tuo cuore.» Aveva detto di non essere una grande lettrice, ma la prova che le piacevano i libri russava al suo fianco.

«Quello era in realtà mio padre. Amava Tolkien e L'Engle. O meglio, amava leggermeli. Quando divenni abbastanza grande, facevamo a turno a leggere, ed era così paziente con me. Mia madre si sarebbe arresa. Ma non mio padre. Lui non si arrendeva mai, per niente.»

Rimase in silenzio per un minuto.

«Vuoi parlarne? Di lui?»

«No. Non ora, comunque. Forse un'altra volta.»

Capivo il non voler parlare di crescere senza un padre. Ma poi mi venne un'idea. «Potrei leggerti io. Se vuoi.»

«Davvero? Sul serio? Lo faresti?» I suoi occhi si spalancarono. «Perché adoro sentirti leggere. Agli eventi. Vorrei sempre che continuassi.»

Risi. «È proprio quello il punto. E ora, solo per te, continuerò.»

Saltò in piedi e frugò nella sua borsa del computer finché non tirò fuori il libro. I bordi dell'edizione tascabile erano un po' arricciati e consumati, ma il dorso era ancora rigido.

«Vieni.» Inclinò la testa verso il letto.

Oh, cazzo. Non ci avevo pensato. Girai intorno al letto dall'altro lato, mi tolsi le scarpe e mi sedetti delicatamente sopra le coperte. Allungai le gambe sul letto e mi appoggiai alla testiera. Lei infilò le gambe sotto le coperte, sprimacciò un paio di cuscini e si appoggiò accanto a me.

Un segnalibro del negozio di Chicago segnava il centro di una scena nel terzo capitolo. «Inizio da qui?»

«Sì, va bene.»

Le lessi le mie parole. Avevo scritto la prima bozza di quel capitolo anni fa, quando ero ancora al college. Le parole sembravano immature, goffe. Come lo ero io allora. Niente a che vedere con la prosa elegantemente nebulosa di Sam. Avevo visto un minuscolo scorcio di lei stasera, ma per il resto, Sam era come il suo libro. Bellissima. Impenetrabile.

Dopo un po', la testa di Sam si appoggiò sulla mia spalla, e poi fu naturale per me cingerla con un braccio e stringerla più vicino. Cercai di non pensare a come suo padre probabilmente la teneva proprio così. Non mentre sentivo l'odore di rosmarino nei suoi capelli e mentre cercavo di tenere gli occhi sulla pagina e non sulla curva superiore dei suoi seni, dove sparivano nel tessuto della sua canottiera, sulla valle poco profonda in mezzo, sui capezzoli appuntiti che il tessuto sottile non nascondeva.

«Perché ti sei fermato?» Girò il viso verso il mio e deve averci visto il desiderio puro. «Oh.»

Feci cadere il libro sulle coperte. «Non ha funzionato.»

Si leccò il labbro inferiore. «Cosa non ha funzionato?»

«Togliermelo dalla testa. Ce l'ho ancora in testa.» Poetico, lo so. Ma il sangue aveva lasciato il mio cervello e si era raccolto altrove.

«Cosa hai in testa?»

«Te.» Abbassai la testa. Volevo schiantare le mie labbra sulle sue, prenderle, saccheggiarle come i miei antenati vichinghi. Ma ero un uomo del ventunesimo secolo, e avevo più freno di così. Be', di solito. Esitai, a un centimetro dalle sue labbra.

Lei allungò il suo lungo collo e mi baciò, le sue labbra non più morbide ma esigenti, urgenti. Lei prese, e io diedi. E diedi e diedi e diedi finché non fui senza fiato. Interruppi il bacio e le strinsi la testa sotto il mento, respirando come se avessi appena fatto di corsa i nove piani di scale fino al nostro piano.

Mi diede un bacio sul collo e rabbrividii. Le sue labbra si arricciarono contro la mia pelle. «E ora? Ti sono uscita dalla testa?»

Mai. Non ne sarebbe mai uscita. Non finché avessi potuto

tenerla nella mia immaginazione. Scossi lentamente la testa, strofinando il naso tra i suoi capelli setosi.

«Credo che ci vorrà più di qualche bacio, non credi?»

Annuii.

Si tirò indietro abbastanza da potermi guardare negli occhi. Le sue pupille avevano quasi consumato le iridi, ma la sua espressione era seria, quasi feroce. «Alla fine del tour, torno a San Francisco. Finisco la laurea, e poi farò un post-dottorato da qualche parte lontano da tutto. Niente più tour di libri, niente più…» il suo respiro si spezzò «niente. Tra me e te è finita quando finisce il tour. Capito?»

Probabilmente doveva tornare nella sua tana da scrittrice per produrre un altro libro, proprio come io dovevo tornare alla fattoria. Le serviva spazio per quello.

Il petto mi si strinse. Ma aveva detto più di questo. Tra me e te è finita. Sembrava una cosa permanente. Come se non volesse niente di permanente con me. Non era la prima. Il primo era stato mio padre. E poi tutte le ragazze che pensavano fosse divertente uscire con un poeta-contadino ma che poi scappavano al primo odore di letame fresco.

«Niall.» Il mio nome sulle sue labbra fermò i miei pensieri tumultuosi. «Mi piaci. Molto, ok? Ma abbiamo obiettivi diversi. Non funzioneremo a lungo termine. Ma vorrei godermi il tempo con te finché posso.» Si mosse e la spallina della sua canottiera scivolò di nuovo giù, rivelando la parte superiore del suo seno.

Ogni pensiero razionale svanì. «Sì,» ringhiai. Spingendola sulla schiena, le baciai la spalla dove era stata la spallina e poi tracciai una scia di baci lungo la curva superiore del suo seno. Scostando il tessuto che le copriva a malapena il capezzolo, lo leccai. Anche la sua pelle sapeva di erbe. Di terra. Come la foresta dopo una bella pioggia. Le presi il capezzolo in bocca e lo lambii.

Affondò le mani tra i miei capelli e mi tenne stretto a sé. «Sono contenta che siamo…» gemette «d'accordo sul piano.»

Mi sollevai un po', stirando il suo capezzolo, e lo lasciai scattare libero. «Il piano non-permanente.»

Si dimenò. «Esatto.»

Le tirai giù l'altra spallina. «Quando avrò finito, desidererai che fossi permanente.»

«Neanche per sogno.»

Ma questo era prima che mi avventassi sull'altro capezzolo, facendoci roteare la lingua intorno. I miei denti. Un piccolo morso sulla parte inferiore del suo seno che le fece inspirare. Poi un morso più forte proprio sul capezzolo.

Emise un suono incomprensibile che avrebbe potuto essere il mio nome, o forse «mai», ma mi tenne la testa e io continuai a dedicarmi al suo seno finché non mi lasciò andare, con il respiro affannoso.

Le diedi un bacio delicato proprio sullo sterno ansimante. «Sei sicura? Della cosa non-permanente?»

«Oh, bei discorsi per uno che crede di aver fatto centro ma ha colpito solo di striscio.» Le sue labbra si inclinarono in su, giocose.

«Colpito di striscio? Sto pensando di rubare la terza base.» Infilai una mano sotto le coperte, sopra i suoi pantaloni del pigiama, ma mi fermai alla cintura. Inarcai le sopracciglia.

«Niall Flynn.» Sbatté le ciglia. «Pensavo fossi un bravo ragazzo, tu che mi aprivi la porta, mi portavi le borse e mi proteggevi durante le passeggiate notturne.»

«Non credo tu voglia un bravo ragazzo.» La presi tra le gambe. Com'era prevedibile, il cavallo dei pantaloni era umido.

Scosse lentamente la testa. «No. Non lo voglio.»

Seguii le sue forme con un dito pigro. Si dimenò.

«Cosa vuoi, Sam?»

«Voglio te.»

Invertii la mano, addentrandomi nei suoi pantaloni del pigiama — non portava le mutandine — e trovando l'umidità calda all'interno. Feci roteare un dito tra le vette e le valli che avevo appena mappato. Poi le infilai un dito dentro. Lei gemette e inarcò i fianchi verso l'alto.

Sfilai il dito, sfiorandole il clitoride, e le mostrai l'umidità sul mio dito medio. Quando me lo misi in bocca e lo succhiai, il suo respiro si spezzò.

«Non sei affatto un bravo ragazzo,» sussurrò.

«No. Sono cresciuto in una fattoria. Ho imparato a scopare nei fienili. Nei capanni. Sotto gli alberi d'estate. Non nelle camere d'albergo. Ma ti farò sentire meglio di come abbia mai potuto fare uno di quei tipi della buona società. Vuoi questo, Sam?»

I suoi occhi erano scuri, socchiusi. «Sì.»

Le strappai le coperte e le sfilai i pantaloni del pigiama. Li gettai sul pavimento. La canottiera le si era ancora arricciata in vita, ma non potevo aspettare. La posizionai, con le ginocchia piegate e divaricate abbastanza da far passare le mie spalle. Tra le sue gambe, era di un rosa acceso e gonfia, la sua eccitazione le gocciolava addosso e il suo profumo mi riempiva le narici. Ma prima di abbassare la testa verso di lei, chiesi: «Sei a tuo agio con questo?»

Lei sollevò la testa e si mise un cuscino sotto. «Sì. Sì.»

La leccai, una lunga passata di lingua dalla sua fessura fino al clitoride.

«Sì.» La sua voce era ansimante.

Gliela aprii con i pollici e familiarizzai con il suo odore, il suo sapore, ciò che la faceva dimenare, ciò che le faceva inspirare e rimanere immobile. Passando un dito nella sua umidità, sostituii la lingua con il dito e mi addentrai, spingendo con lo stesso ritmo con cui mi stavo muovendo contro il materasso. I suoi fianchi scattarono. Infilai un secondo dito e lei gemette. Era stretta e bagnata, e non desideravo altro che spingermi dentro e sentirla, pelle contro pelle. Non ancora.

Sempre muovendo le dita, le tracciai con la lingua una scia lungo le labbra gonfie fino al clitoride. Lo circondai con la punta della lingua. Lei strinse le lenzuola con quelle dita delicate, le nocche che diventavano bianche.

Appiattii la lingua e ci passai sopra. Emise un gemito soffocato, come se avesse trattenuto il respiro. Le leccai il clitoride un'altra volta prima di succhiarlo, delicatamente, tra le labbra. Le sue gambe tremavano.

Controllai il suo viso. La testa era rovesciata all'indietro sul cuscino, i capelli scuri come l'inchiostro sparsi su di esso. La bocca era aperta, i respiri veloci, e gli occhi strizzati. «Guardami, Sam.» Volevo quegli occhi limpidi e intelligenti su di me. Forse non eravamo una cosa permanente, ma io ero qui, ora. A darle piacere. E la parte di me uomo delle caverne voleva che lei lo sapesse. «Guardami mentre ti faccio venire.»

I suoi occhi si aprirono di scatto, e il modo in cui guardò in basso, con le palpebre pesanti, dove io giacevo, prostrato sul letto, mi fece sentire come un servitore che si inchina davanti alla sua regina. Era bella come una delle regine elfe dei miei libri, dura come un diamante e scintillante. Ma avevo trovato una via per la sua camera più intima, dove era nuda, contorta e terrena. Ero io quello steso a pancia in giù davanti a lei, ma lei mi aveva dato il potere di compiacerla stasera.

La sfiorai con i denti e lei gridò. Bastò un'altra forte suzione e si inarcò, premendo forte contro il mio viso. Spinsi le dita dentro e fuori per qualche altro secondo e poi rallentai mentre le sue gambe si afflosciavano e si aprivano ai lati. Mi staccai dal suo clitoride ma continuai con una serie di lunghe e pigre leccate finché non gemette e mi toccò la testa. Dandole un'ultima leccata, le appoggiai la guancia sulla coscia. I suoi occhi non lasciarono i miei.

«Hai imparato a farlo in un fienile?»

Risi. «Non era esattamente nel programma del 4-H, ma a volte sgattaiolavamo via quando le riunioni diventavano noiose.»

«Cos'altro facevate in queste sessioni molto educative del 4-H?»

«Un po' di scienza veterinaria, un po' di cunnilingus. Qualche ora di analisi del suolo, una letterale rotolata nel fieno. Dovevamo solo fare attenzione a non spaventare gli animali di sotto. Niente di peggio del raglio di un asino testardo per rovinare l'atmosfera.»

Sorrise e mi arricciò una ciocca di capelli. «Vorrei averti conosciuto allora. Penso che saresti stato un buon amico.»

Le sue labbra rivolte all'ingiù dicevano che avrebbe avuto bisogno di un paio di buoni amici al liceo. Dopo aver perso suo padre, perseguitata da una madre con aspettative irrealistiche, con Jackson probabilmente via al college, doveva essersi sentita persa e sola. E i ragazzi del liceo hanno un modo per fiutare queste cose e sfruttarle.

«Mi dispiace, sei un po' troppo grande per il 4-H, ma possiamo essere amici adesso.» Un'idea mi solleticò in fondo al cervello. Avrei dovuto prima parlarne con mamma e nonno, però.

«Amici con benefici, come si dice?» Un angolo della sua bocca si sollevò.

Le feci scorrere un dito lungo l'interno dell'altra coscia, provocandole una scia di pelle d'oca. «I miei benefici sono molto più economici del minibar.»

Bilbo, che aveva evacuato il letto quando aveva iniziato a tremare, guaiti e grattò la porta.

Sam gemette. «Me n'ero dimenticata. È ora della sua ultima passeggiata. Solo un minuto, Bilbo Baggins.» Si mise a sedere su un gomito e si tirò su la canottiera.

Mi alzai e le posai una mano sulla gamba, fermandola. «Lo faccio io. Sono ancora vestito.» Anche se una passeggiata con un'erezione sarebbe stata a dir poco scomoda.

I suoi occhi si spalancarono, come se se ne fosse appena resa conto. «Sono venuta su tutta la tua faccia e sei ancora vestito?» Si coprì il viso con le mani. «Sono tipo la peggiore amica con benefici di sempre.»

«No.» Le afferrai il polso e le tolsi una mano dal viso. Le baciai il palmo. «Mi sono divertito. E ora io e Bilbo ci prenderemo un po' di tempo tra maschi. Tu rilassati, ok?» Ne aveva bisogno. E aveva bisogno di quell'orgasmo. L'annuncio del premio era stato troppo per lei. Tutta quella gente nell'ufficio dell'editore. Probabilmente stava immaginando i nuovi estranei che avrebbe dovuto incontrare alla cerimonia del premio. Sporgendomi in avanti, le sfiorai le labbra con le mie e poi scivolai giù dal letto.

Il guinzaglio di Bilbo era appeso alla maniglia della porta. Glielo agganciai al collare e chiusi dolcemente la porta dietro di me.

25

NIALL

SAM AVRÀ ANCHE DETTO di aver portato Bilbo con sé perché era il suo migliore amico, ma Sam non era l'unica amica di Bilbo.

Bilbo era un gran puttaniere.

Dal momento in cui uscii nella hall con lui, Bilbo attirò ammiratori come avvoltoi sulla carogna. Due anziane signore in tailleur di seta si chinarono sulle ginocchia scricchiolanti per accarezzargli la testa. Bilbo se la rise per tutto il tempo.

Il fattorino gridò: «Aspetta, Bilbo Baggins», e si affrettò ad avvicinarsi con un biscotto per cani. Bilbo lo sgranocchiò spargendo briciole su tutta la moquette dell'hotel e si lasciò grattare dietro le orecchie.

Fuori, Bilbo trotterellò per la strada come un boss in un film di gangster, accettando encomi e leccornie come se gli fossero dovuti. Donne con il computer portatile, donne con il tappetino da yoga e donne con passeggini gemellari lo seguirono e chiesero di accarezzarlo o di farsi un selfie con lui. Quel giorno Bilbo sarebbe finito in più post di Instagram di quanti ne avessi avuti io a quella convention fantasy.

Non che fossi geloso. Di un cane.

Sam attirava questo genere di attenzioni quando lo portava a spasso? Gli uomini che si tenevano a distanza ad ammirare Bilbo si sarebbero avvicinati a Sam se ci fosse stata lei a portarlo a spasso? Avrebbero cercato di chiederle il numero?

Quel dannato cane era pericoloso.

Quando un trio di turisti con più attrezzatura fotografica di Annie Leibovitz ci fermò appena dentro il parco, mi venne un'idea.

Tirai fuori il telefono per scattare la mia prima foto in assoluto con un cellulare. Avevo intenzione di mandarla a Gabi con un messaggio: un'altra prima volta.

Armeggiai con il telefono, premendo il pollice sullo schermo per riattivarlo. Cazzo, era scarico. O rotto.

O... spento.

Premei il pulsante di accensione e finalmente lo schermo si illuminò. E partì un minuto di musica e video elettronici. Quell'aggeggio era più una seccatura che altro. Nel frattempo, accettai una delle complicate macchine fotografiche dei turisti per scattare una foto di gruppo con il loro nuovo migliore amico, che sorrise persino per lo scatto, con la lingua a penzoloni.

Che attore.

La tasca mi vibrò. Dopo aver restituito la macchina fotografica al turista, tirai fuori il telefono. Sullo schermo lampeggiò il nome di Gabi.

«Ehi, ti stavo giusto pensando», dissi.

«A me? L'ultimo candidato al Premio Tower che pensa alla sua umile agente, dattilografa e un tempo migliore amica?»

«Un tempo?»

«È una delle tante parole che ho imparato trascrivendo i tuoi manoscritti. Vuol dire ex...»

«So cosa significa. Perché sarei il tuo amico di un tempo?» Mi sedetti su una panchina nel parco sotto un lampione, mentre il cielo sfumava dal rosa del tramonto al grigio del crepuscolo. Bilbo si stiracchiò ai miei piedi.

«Perché ho dovuto scoprire del Premio Tower da quel cazzo di internet? Il mio amico Niall mi avrebbe chiamato per condividere la buona notizia, magari sarebbe anche passato con una bottiglia di bollicine. Quindi, non avendo ricevuto nessuna chiamata, ho pensato: "Cazzo, l'hanno fregato di nuovo. Vediamo se quella finta principessa, Samantha, ha ricevuto una nomination". Ed ecco che, guarda un po', ci sono entrambi i vostri nomi sulla lista dei candidati.»

«Scusa. Se vinco, mi assicurerò di ringraziarti nel mio discorso di accettazione. Ero distratto.»

«Quando vincerai. Distratto dalla nomination o da qualcosa, o qualcuno, di diverso?»

«Sam era un po' frastornata dall'annuncio. Ho dovuto assicurarmi che stesse bene.»

«E?»

«Adesso sta meglio.» Gabi era la mia migliore amica, ma non avevo intenzione di dirle che avevo rilassato Sam leccandole la fica. «È stata tesa. Specialmente dopo quella cena con suo fratello. Non sono sicuro di cosa le stia succedendo.» Si era forse messa a nudo per me, ma la sua mente era ancora blindata come i gioielli della Corona.

«È un enigma, questo è certo. Non è neanche lontanamente snob e altezzosa come mi aspettavo. Sembrava piuttosto scossa per il disegno di quel bambino.»

«A Sam piacciono i bambini. Ci sa fare.»

«Davvero? Che coincidenza. Anche a te piacciono i bambini. Se non ricordo male, avevi un piano per riempire quella fattoria di...»

«No, Gabi, non ne parliamo adesso.»

«Sto solo dicendo che forse hai più cose in comune con Sam di quanto pensassi.»

Mi alzai e cominciai a camminare intorno alla panchina. «Cosa vorrebbe dire?»

«Ti piace.»

Bilbo abbaiò una volta. Mi bloccai e lo guardai. Bilbo scodinzolò. «Certo che mi piace.»

Bilbo abbaiò di nuovo.

«No, ti piace-piace. Hai visioni di te che la porti alla fattoria. Che le mostri la tua caletta segreta. Un grande matrimonio nel prato. Sfornare piccoli pargoli snob con gli occhi azzurri.»

«È ridicolo.» Come diavolo aveva fatto a indovinare? «Shh, Bilbo.» Smettendo di abbaiare, si diede una rapida occhiata al sedere e si mise a girare in tondo, inseguendosi la coda. Aveva bisogno di spazio per correre, non di passeggiate al guinzaglio.

«Non ci sei andato a letto, vero? Sai come diventi quando c'è di mezzo il sesso. C'è l'incontro con la famiglia e le gite alla fattoria e i discorsi sul per sempre...»

«No.» Poi, a voce bassa: «Non esattamente».

Trattenne il respiro in modo teatrale. «Che cazzo significa "non esattamente"? C'è stato un orgasmo?»

«Potrebbe esserci stato.» Come faceva a strapparmi sempre i miei segreti?

«Allora è stato sesso. Stai attento, Niall. La principessa ha dei segreti. Non farti coinvolgere emotivamente finché non sai quali sono.»

«Tutti hanno dei segreti.» La dislessia di Sam non era un segreto che spettasse a me condividere.

«So che ti piace. Ma ti farà a pezzi il cuore quando se ne andrà.» Sapevo cosa stava pensando, anche se non l'avrebbe mai detto. Che ero sensibile alle persone che mi lasciavano. Per quello che aveva fatto il mio stronzo di padre.

Ma Sam non era come lui. «Starò attento.»

«Bugiardo. Custodisci quel tuo cuore tenero, Niall.»

Ecco perché eravamo rimasti amici dopo esserci lasciati. Le premure. «Custodiscilo tu. Ce l'avevi tu l'ultima volta.»

Gabi sbuffò. «Figurati. Se mi avessi voluta, mi avresti seguita in città. Non cercare di cambiare argomento. Questo è importante.»

«Cosa?»

«Niall.» Allungò il mio nome come se fossi un bambino o un

cucciolo molto cattivo. «Siete entrambi candidati al Premio Tower. Questo vi rende rivali.»

«No!»

«No? E allora? Uno di voi si ritirerà dal concorso?»

«Certo che no. È una cosa fantastica per entrambi.» Ma... avremmo dovuto? Cosa sarebbe successo se uno di noi avesse vinto? Ciò avrebbe significato che l'altro avrebbe perso. Il perdente ne sarebbe stato amareggiato? Io lo sarei stato? Avrei dovuto ritirarmi per risparmiarmi il dolore?

«Niall. Non. Ti. Ritirare.»

«Non lo farò. Probabilmente. Essere candidati è un onore. È un'enorme spinta per le nostre carriere. Sono sicuro che io e Sam staremo bene, chiunque vinca.» Anzi, appena tornato in albergo, mi sarei esercitato davanti allo specchio a fare il mio sorriso da "sono-così-felice-che-tu-abbia-vinto".

«Questa sono io che alzo gli occhi al cielo, Niall.»

Bilbo si mise a sedere e abbaiò. Gli diedi una pacca sulla testa.

«Devo riportare indietro Bilbo.»

«Ci vediamo domani al firmacopie. Riposati un po', ok?»

Tirai il guinzaglio di Bilbo per dirigerlo verso l'hotel. «Lo farò.»

«Bene. E, Niall?»

«Sì?»

«Se ti candidano per un Pulitzer o un Nobel, mi chiami, d'accordo?»

«Ci puoi contare.»

Bilbo aprì la strada verso l'hotel, la coda che sventolava dietro di lui come una bandiera.

———

BUSSAI PIANO alla porta di Sam, nel caso si fosse addormentata. Quella giornata era stata pesante per lei. Per entrambi.

Ma rispose, indossando dei pantaloni del pigiama e quella

canottierina che mi faceva impazzire. La mia erezione, che ero finalmente riuscito a smaltire camminando, si risvegliò di colpo.

«Grazie per esserti preso cura di Bilbo Baggins.»

Lo prese in braccio e lo cullò, facendogli domande senza senso come se potesse rispondere, mentre entrava nella sua stanza. Lasciai cadere il guinzaglio, che strisciò sul tappeto dietro di loro.

Si guardò alle spalle. «Non entri?»

Senza collegare il cervello, i miei piedi mi portarono nella sua stanza. La porta si chiuse con un tonfo dietro di me.

Sganciò il guinzaglio di Bilbo e lo posò sul pavimento. Lui corse in bagno e si mise a bere rumorosamente dalla sua ciotola.

«Quel cane è pericoloso», brontolai. «Non hai idea di quante persone ci abbiano fermato per accarezzarlo.»

Rise, un po' troppo forte per essere un risolino da alta società, ma la musica c'era ancora. «Adora le attenzioni. Sarà così triste quando...» Il suo sorriso svanì.

Il mio cuore accelerò. «Quando cosa, Sam? Quando il tour sarà finito?» C'era una possibilità che neanche lei fosse pronta a lasciarmi andare?

Fece una smorfia. «Quando lasceremo San Francisco e andrò a fare il mio post-dottorato. È in una piccola università molto selettiva che fa cose fichissime con i computer, ma non avrà altrettante opportunità di farsi degli amici.»

«Hai scelto una piccola università?»

«Sì. Da Google Maps, sono per lo più campi di mais, una cittadina e l'università. Nient'altro per chilometri.»

«Sembra il posto dove sono cresciuto io. Tranne per l'università. Per quella devi andare in città.» Cazzo. Avevo finalmente incontrato una donna a cui piacevano gli spazi aperti e le piccole città, e le serviva un'università di livello mondiale. Enchanted Forest era la città più bella del mondo, ma non era nota per le sue capacità informatiche, a meno di non contare le due antiche postazioni pubbliche della biblioteca.

«Ti è piaciuto crescere lì?» Si strofinò un braccio nudo con l'altra mano, come se avesse freddo.

«Più di ogni altra cosa.»

«So che l'università mi piacerà. Il fattore chiave è che si trova a mille miglia da casa e a due ore dall'aeroporto più vicino. Finalmente avrò un po' di spazio.»

Non riuscii a trattenere l'idea improvvisata che mi uscì di bocca. «Ehi, se hai bisogno di spazio, abbiamo un paio di giorni liberi in arrivo. Avevo intenzione di tornare a casa a Enchanted Forest per vedere la mia famiglia.»

Lei sorrise. «Ancora non posso credere che tu viva in una città che si chiama davvero Enchanted Forest.»

Feci spallucce. «Merita il nome che porta. È il posto migliore sulla terra. Potresti venire anche tu. È tranquillo. Ti prenderesti una pausa da tutta questa gente. Dallo stress. E Bilbo potrebbe correre e giocare quanto vuole.»

Al suono del suo nome, Bilbo uscì trotterellando dal bagno e scodinzolò.

«Oh. Ehm, pensavo di rimanere in albergo. Portarmi avanti con del lavoro.» Indicò il suo portatile sulla scrivania.

«Certo. Nessuna pressione. Puoi pensarci.»

«Certo.»

Era un certo da "grazie, ma no grazie". E probabilmente aveva ragione. Forse era meglio che rifiutasse l'invito che non avevo nemmeno avuto intenzione di farle. Le parole di Gabi mi risuonarono in testa. L'incontro con la famiglia e le gite alla fattoria e i discorsi sul per sempre. Sam mi aveva assicurato di non essere una persona da "per sempre".

«Dovrei andare. Domani mattina presto ho quel talk show.»

«Un talk show?»

«Sì.» Mi strofinai la nuca, che era diventata bollente. «Qiana mi ha chiamato questo pomeriggio. Un ospite ha dato buca. E dopo la nomination, hanno chiesto a me di sostituirlo.»

«È meraviglioso, Niall. La televisione.» Sembrava sincera. I suoi occhi viola brillavano.

«Non sarà strano, vero? Entrambi candidati al Premio Tower?»

Impallidì, e quella fu tutta la risposta di cui avevo bisogno. Certo che sarebbe stato strano.

«Non voglio pensare al Premio Tower. Non stasera.» Si avvicinò a me e mi mise i palmi delle mani sul petto. «Sei stato così bravo a distrarmi prima. Vuoi farlo di nuovo?»

Doveva aver sentito il mio cuore che batteva all'impazzata sotto le sue mani. Il mio respiro affannoso. I miei coglioni, che mi dolevano da un'ora, da quando avevo affondato il viso in lei, formicolarono. Certo che volevo farlo di nuovo. Ma misi le mie mani sopra le sue e le tolsi dal mio petto traditore. Custodisci quel tuo cuore tenero, Niall.

«Non sono sicuro che sia una buona idea.» Le parole sembrarono schegge di vetro nella mia gola.

Lei sorrise. «Perché è San Valentino? Giuro che non sono una di quelle persone ossessionate dall'amore che ti si attaccheranno addosso come una patella se facciamo sesso il quattordici febbraio.»

«No, certo che no.» Se avessi creduto nella magia di San Valentino, avrei fatto l'amore con lei proprio lì dove eravamo. Se solo fossi riuscito a farla aggrappare a me e a non volermi gettare via non appena il tour fosse finito.

Il suo sorriso scherzoso svanì. «Per via del premio? Perché io...»

«No.» Le strinsi le mani. «Il premio non ha niente a che fare con noi.» Cercai di formulare le parole giuste nella mia testa prima di dirle.

«Allora perché?»

«Sto iniziando a provare... dei sentimenti per te. Sentimenti che so che non ricambi. E il sesso complicherà le cose.»

«Ma abbiamo già fatto sesso.»

Un dolore mi esplose sopra il sopracciglio sinistro. Gabi aveva detto la stessa cosa. «Ed è stato fantastico. Ma devo fermarmi qui. A meno che tu non abbia cambiato idea sul chiudere la nostra storia quando finirà il tour?» Odiai il tono speranzoso della mia voce. Assomigliava troppo alle cento volte in cui avevo chiesto a mio padre di tornare a casa.

Scosse la testa. I suoi occhi si erano spenti, come se avesse tirato una tenda di velluto su di essi.

La baciai, dolcemente, brevemente. «Buonanotte, Sam. E l'invito alla fattoria? Puramente platonico. Penso che potresti aver bisogno di una pausa.»

Abbassò lo sguardo sulle dita nude dei piedi.

Quando le baciai la sommità della testa, dovetti trattenere il respiro per evitare il suo profumo invitante. Grattai il mento a Bilbo e uscii dalla sua stanza, chiudendo la porta dolcemente dietro di me.

Platonico. Non appena la parola mi uscì di bocca, risuonò falsa. A parte i miei amici di Enchanted Forest, non avevo mai invitato lì nessuno di cui non pensassi di essere innamorato. La fattoria era troppo speciale, troppo vicina al mio cuore, per ingombrarla di semplici conoscenti.

Sam apparteneva a quel luogo. Si era fatta strada a pugni nel mio cuore e si era accampata. E io l'avevo lasciata entrare, pericolosamente vicino a tutto ciò che ritenevo sacro.

26

SAM

MENTRE RIMUGINAVO sul sedile posteriore della berlina ferma davanti agli studi televisivi, allentai la stretta dei pugni per poter telefonare a un'amica.

«Oh. Mio. Dio» dissi non appena Marlee rispose alla mia videochiamata.

«Che succede?» Quando si spostò con il telefono, intravidi una spalla nuda e muscolosa e delle lenzuola dietro di lei. Bilbo Baggins, accoccolato vicino a me nella berlina, inclinò la testa al suono della sua voce.

«Merda, mi sono dimenticata del fuso orario. Ti ho svegliata?» Mi coprii gli occhi con una mano.

«La sveglia sarebbe suonata tra pochi minuti. Non preoccuparti. E puoi scoprire gli occhi. Indosso una camicia da notte. Stai bene?» Accese una luce e si sedette al tavolo della sua cucina. In sottofondo, una caffettiera borbottava.

«Io...» D'un tratto, la rabbia che mi aveva spinta a telefonare alla mia amica si affievolì, trasformandosi in un dolore sordo nei polmoni. «Immagino di essere un po' turbata, e volevo vedere un volto amico.»

«Turbata per…?»

Avrei potuto dire qualsiasi cosa. Il viaggio. Il mio dottorato. Ma ciò che venne fuori fu la verità. «Per Niall.»

«Il tuo splendido compagno di tour?» I suoi occhi si spalancarono. «Lui è la tua OTP!»

«Cosa? No.» Infilai goffamente gli auricolari nelle orecchie.

«Ma, Sam, hai detto di essere turbata. Non hai provato niente per nessuno con cui sei… aspetta! Siete andati a letto insieme?»

Mi coprii il viso, felice che la voce di Marlee mi arrivasse attraverso le cuffie e non dall'altoparlante del telefono. Quello che avevamo fatto sul mio letto a malapena contava, dato che ero stata l'unica a godere. E dopo, quando avrei voluto ricambiare il favore, lui mi aveva respinta. «Più o meno.»

«Oh, dolce, dolce Stephen Hawking. Ed è stato…?»

«Sì, certo.» Le mie guance presero fuoco. «Magia da ragazzo di campagna» mormorai.

«Allora cosa…?»

«I sentimenti fanno schifo.» Abbassai la voce perché l'autista non dovesse fare così tanta fatica a fingere di non sentirmi. «Ha fatto un'intervista stamattina in uno dei talk show, e…»

«Quale?»

Le dissi il nome e lei distolse lo sguardo dallo schermo, digitando qualcosa su un portatile. Mi ero sentita come quando ero entrata nella sua stanza e c'era Gabi. Un subbuglio nello stomaco e il bisogno di colpire, di incenerire quella sensazione sgradevole con una scarica di energia cinetica. Avevo premuto il pulsante di spegnimento del telecomando della TV con una tale forza che si era incastrato nella sua fessura.

Accarezzai il pelo di Bilbo Baggins. «Comunque, l'intervistatrice era tutta moine e… e sorrisetti, e lui se l'è goduta un mondo, e poi mi è venuto il bruciore di stomaco e ho dovuto prendere, tipo, un milione di antiacidi.»

«Brandi Brewer. Sì, è carina. Ma lui va a letto con te.»

Trasali

i, ricordando come mi aveva respinta la sera prima. «Non esattamente.»

«Oh. Oh.» I suoi occhi diventarono teneri e liquidi, come caramello. «Ma tu vuoi.»

«Solo… solo per il sesso.»

Marlee scosse la testa. «Se lo volessi solo per il sesso, non ti importerebbe se flirtasse con Brandi Brewer. Ci sei dentro fino al collo.»

«Dentro cosa?»

«Innamorata.» E emise un sospiro di pura e semplice felicità. Alzò lo sguardo, e il suo fidanzato, Tyler, le diede un bacio sulle labbra. Poi si allontanò dall'inquadratura.

«Posso garantirti al cento per cento che non sono innamorata di Niall Flynn.» Anche se come sarebbe stato avere qualcuno che ti baciava così al mattino? Che ti metteva una tazza di caffè alla tua destra? Sbattei le palpebre per inumidire gli occhi che pizzicavano. Certo, sarebbe stato bello. Ma io ero brava in informatica, non nelle relazioni. Stephen ne era stata la prova.

«Ma…»

La portiera si aprì e Niall scivolò dentro l'auto. «Scusa il ritardo. Io…»

L'ondata di calore che provai fu solo la felicità di poter terminare la conversazione con Marlee, che non era andata affatto come avrei voluto. Non era per Niall. «Ehi, Marlee, devo andare.»

«Aspetta, no. Non abbiamo finito. Devi lasciarti…»

«Ci sentiamo dopo, ciao» dissi tutto d'un fiato e premetti il pulsante di fine chiamata. Provai a sorridere a Niall, ma le onde ramate dei suoi capelli impomatati mi ricordarono quanto fosse affascinante in camera. Accanto a Brandi.

«Ehi, scusa.» Gli occhi di Niall erano socchiusi, e delle ombre violacee erano solo parzialmente nascoste dal trucco tolto con noncuranza. «C'è voluto più di quanto pensassi.»

Certo che c'era voluto. Per tutto quel flirtare. Tirai fuori il sorriso che usavo alle funzioni di mia madre. «Non preoccuparti.»

Afferrai un fazzoletto dalla scatola nella console e strofinai via le tracce di fondotinta dal suo viso.

«Ehi, un po' di quella pelle mi serve.» Mi bloccò la mano e mi prese il fazzoletto, pulendosi più delicatamente di come avessi fatto io. «C'è qualcosa che non va? Sei arrabbiata perché sono in ritardo?»

«No. Non voglio nemmeno farlo.» La lettura di quel giorno si teneva in un'università locale. Essendoci dentro anch'io, sapevo che gli studenti si sarebbero lanciati in una gara a chi faceva la domanda più difficile. Non sarei riuscita a cavarmela con le mie risposte vaghe su Tolkien e L'Engle. E Niall non avrebbe dovuto salvarmi.

«Allora cosa c'è che non va?»

Si strofinò la guancia, e il mio sguardo si fissò su un punto appena a sinistra della sua bocca. «Quello è rossetto?»

«Cosa?» Ma doveva aver capito di cosa stavo parlando perché si pulì quel punto.

«È il tuo o il suo?»

«Il suo?» Le sue sopracciglia rosse si inarcarono.

«Quella... quella intervistatrice. La bionda. Come-si-chiama.» Certo che sapevo il suo nome. L'aveva ripetuto solo un centinaio di volte durante l'intervista.

«Brandi Brewer. Quindi l'hai guardata.»

«Ce l'avevo accesa mentre mi vestivo.» Feci spallucce e guardai fuori dal finestrino.

«Non sarai mica arrabbiata, vero?»

«Certo che no. Per cosa dovrei essere arrabbiata? Non è che noi siamo... Comunque, non ho trovato professionale da parte sua flirtare con te in quel modo.»

«Flirtare con me?»

Fissai gli edifici che passavano, ma mi immaginai le sue sopracciglia rosse sollevate quasi fino all'attaccatura dei capelli.

Mi odiai anche mentre alzavo la voce imitando in modo nasale Brandi-Brewer-l'intervistatrice. «"Non intervisto molti scrittori con un fisico come il tuo. Ti va di condividere la tua routine di allenamento?" "C'è qualche possibilità che tu faccia una comparsata nella serie?" "Stai frequentando qualcuno?"» Come mi si era contorto lo stomaco quando glielo aveva chiesto. Ovviamente lui aveva detto di no. E i baci mandati per aria. Ugh.

Perché mi stavo comportando così? Sentendo così? Non ero mai stata gelosa. Ok, ero stata gelosa della ragazza con cui Stephen era uscito dopo di me. Anche se sapevo che era un serpente, gli avevo dato il mio cuore e non ne avevo recuperato tutti i pezzi dopo che me l'aveva spezzato. Ed era esattamente per questo che non potevo darne nessuna parte a Niall. Se avessi perso altri pezzi, avrebbe potuto continuare a battere? Un nodo freddo e pesante mi opprimeva lo stomaco.

«Sam.» Aspettò che riportassi lo sguardo su di lui. «Non significava nulla. Non mi importava di lei. Non come...» L'rossore partì dal suo collo e si diffuse fino alle guance.

Il nodo nel mio stomaco si sciolse. Okay, allora.

«Oh. Ehi. Mi è venuta un'idea.» I suoi occhi scintillarono. Tirò fuori il telefono dalla tasca posteriore, lo guardò accigliato e digitò qualcosa.

Il mio telefono vibrò nella mia mano. «Mi hai mandato un messaggio?» Mi aveva chiamato per questioni logistiche, ma non mi aveva mai scritto.

«Meglio di un messaggio.» Sorrise, a bocca chiusa, come se nascondesse un segreto.

Guardai lo schermo. Una notifica apparve in alto.

```
Niall Flynn ti ha regalato l'audiolibro I
      Segreti degli Elfi dei Boschi.
```

«Un audiolibro?»

«Sì, ho pensato che ti sarebbe piaciuto ascoltarlo invece di leggerlo. Come abbiamo fatto ieri pomeriggio.»

La sessione di ieri pomeriggio aveva il bonus di un orgasmo. Non importava quanto fosse buona la narrazione professionale, non pensavo che mi avrebbe fatto godere. Comunque, era un gesto carino. Premuroso. Molto da Niall. «Grazie.» Mi sporsi e gli baciai le labbra, solo un bacio a stampo, in realtà. Avrei voluto indugiare per averne di più.

«Prego.» Si leccò le labbra. «Fammi sapere quando sei pronta per il secondo.» Le sue labbra lucide si piegarono in un sorriso malizioso.

Un calore sbocciò tra le mie gambe. Ora, ora, ora, cantilenava il mio corpo.

«Okay.» La mia voce era troppo acuta e ansimante. Mi schiarii la gola. «Scusa se prima sono stata strana. Il tour mi sta mettendo a dura prova, immagino.»

Fece un respiro profondo. Lo espirò. «Non suppongo tu abbia pensato ancora alla proposta di venire a casa con me.»

Pensato? Ci avevo fatto un sacco di pensieri. La maggior parte erano Pericolo e Non fare la stupida. Ma lui l'aveva fatto sembrare un nirvana, libero da pressioni e folle. Lontano dal wi-fi, dove non avrei dovuto rispondere ai fastidiosi promemoria di Heidi e del dottor Martell sull'accordo di non divulgazione e sul fatto che il Tower Prize fosse l'obiettivo finale di tutta questa farsa.

«In modo platonico, giusto? Staremo solo insieme e mi mostrerai il famoso allenamento da ragazzo di campagna che hai tanto decantato con Brandi?»

«Platonico. E lo farai anche tu. In una fattoria lavorano tutti.»

«Non ho paura del lavoro.» I muscoli indolenziti avrebbero potuto distogliere la mia mente da tutto il resto.

No. Non appartenevo alla fattoria di Niall, invito platonico o no. Con le bugie che avevo detto, non meritavo di essere sua amica. Eppure, non riuscii a fermare le parole che mi uscirono di bocca. «Okay, allora. Verrò.»

Il sorriso di Niall fu migliore di qualsiasi altro avesse rivolto a Brandi durante quell'intervista.

27

SAM

ABBRACCIAI STRETTO BILBO BAGGINS MENTRE, il venerdì mattina, Niall parcheggiava l'auto a noleggio davanti alla casa colonica bianca a due piani. Era il set di un film di Hallmark, con il suo portico avvolgente e le sedie a dondolo. Mancavano solo un sacco di margherite che crescevano sul davanti. Ma in Ohio, febbraio era troppo presto per i fiori.

Niall sfilò la chiave dal quadro di accensione. Un sorriso spontaneo gli increspò gli angoli della bocca. «Tutto bene finora? Non è così terribile?»

Era terribile. Io ero terribile per avergli permesso di convincermi a venire. Anche se Niall non l'aveva ancora accettato, la nostra amicizia sarebbe finita non appena fosse finito il tour. Perché, se così non fosse stato, le bugie che avevo accumulato tra di noi sarebbero crollate schiacciandoci entrambi. Non c'era alcun motivo di legare di più con lui. E venire alla sua fattoria era quanto di più vicino a Niall potessi arrivare.

Così gli raccontai un'altra bugia. Per essere una pessima bugiarda, le raccontavo con sempre maggior facilità. «Va tutto bene. Sto bene.»

«Allora andiamo dentro. Salutiamo la mamma e il nonno, e poi ti faccio fare il gran tour.»

Quando aprii la portiera, Bilbo Baggins saltò giù e si mise a correre in cerchio, annusando il terreno. Mettendomi lo zaino in spalla, colsi l'aroma di mentolo – non più eucalipto, ma pino – e cedro. L'Ohio odorava di Niall.

Lui fece il giro dal davanti dell'auto e fece scivolare la sua mano nella mia. Mi trascinò su per i gradini del portico e attraverso la porta d'ingresso, che era aperta.

«Mamma, sono a casa» gridò nel tradizionale ingresso. Una fila ordinata di stivali – quasi tutti infangati – era sistemata su un vassoio accanto alla porta. Bilbo Baggins li annusò. «Non preoccuparti di toglierti le scarpe» disse Niall. «Staremo dentro solo un minuto.»

Il profumo di pane appena sfornato si diffondeva per tutta la casa. Attraversammo una porta sulla destra ed entrammo in una cucina giallo brillante con i mobili dipinti di bianco. La madre di Niall – la riconobbi dalla presentazione del suo libro – si asciugò le mani su uno strofinaccio a quadretti blu e bianchi, sbiadito.

«Niall. E Sam.» Allargò le braccia e Niall lasciò la mia mano per stringersi in quella di sua madre. Dopo un lungo abbraccio, lei lo lasciò andare e aprì le braccia verso di me. Era più morbida di mia madre, meno ossa spigolose e più muscoli flessuosi, e le sue mani callose si impigliarono sul retro del mio cappotto di tela. Da vicino, odorava di lievito e limoni. Bilbo Baggins danzava ai nostri piedi, le unghie che ticchettavano sul linoleum.

Il nonno di Niall si alzò da dove era seduto al tavolo della cucina e abbracciò Niall. Mi tese la sua ruvida mano destra e io gliela strinsi. Aveva il braccio sinistro ingessato.

«È un piacere rivederLa, signor Flynn. Signora Flynn.» Cercai di sorridere come se lo pensassi davvero.

Il sorriso di lui era più cauto, meno spontaneo di quello della madre di Niall.

Lei tolse una briciola dal bancone. «Ti prego, chiamami Elaine. O Laney. E mio padre è Jerry. Avete fame?»

«No...» cominciai a dire. Avevamo mangiato pasticcini e preso un caffè all'aeroporto, in attesa del nostro volo di primo mattino.

Ma Niall parlò sopra di me. «Voglio portare Sam a fare un giro della fattoria. Ti dispiace se ci prepariamo dei panini? Prometto che torneremo per cena.»

La risata di Elaine risuonò in cucina. «Se avessi un dollaro per ogni volta che ti sei perso in quei boschi e hai saltato la cena.» Diede una pacca sulla spalla di Niall. «Il pane di oggi è ancora in forno, ma ne ho un po' di ieri. Sai dove si trova tutto.» Si accovacciò per accarezzare Bilbo Baggins, che si lasciò cadere sul pavimento mostrando la pancia.

«Non è un cane da guardia, questo» disse lei.

Con la testa nel frigorifero, Niall disse: «No, è più un rompighiaccio. Quel cane ha amici in sei città diverse. È più estroverso di entrambi noi.»

Elaine sorrise e si alzò, appoggiando un fianco al bancone. «Ti sei divertita finora con il tour del libro, Sam?»

«Credo di sì?»

Lei ridacchiò. «Non riesco a immaginare quanto debba essere estenuante. Tutti quei viaggi. Tutta quella gente.»

Niall posò una caterva di roba sull'isola con il tagliere. «Non è poi così male. L'adulazione dei fan. Pasti al ristorante. Pulizie giornaliere. E una netta mancanza di letame da spalare.» Mi lanciò un'occhiata. «Anche se Sam è una ragazza di città. Non credo abbia mai provato la gioia di una bella spalata di letame.»

«Ho preso una o due lezioni di equitazione, e i miei genitori ci portavano in una fattoria fuori città. Non ho paura del tuo fienile. O del tuo bestiame.» Quella fattoria era stata una delle gite preferite di papà. E anche la mia.

Sorridente, Niall impilò il tacchino su spesse fette di pane.

«Ho capito come vanno le cose» disse Jerry. «Arrivate troppo tardi per le faccende del mattino e ve ne starete tutto il giorno a poltrire nei boschi.» Afferrò un pezzo di tacchino dal contenitore.

Il sorriso di Niall si tese agli angoli. «Ti prometto che ti aiuterò con le faccende serali. E se hai una lista di cose da farmi fare, me ne occuperò prima di partire domani.»

«Nah.» Jerry diede una pacca sulla schiena a Niall. «Ti stavo solo prendendo in giro. Il figlio dei Turner ci sta aiutando. Goditi la giornata con la tua amica.» Mi lanciò un'occhiata maliziosa.

Niall avvolse i panini nella carta oleata. «Davvero, voglio fare le faccende. Ho promesso a Sam che poteva aiutare anche lei.»

Lo sguardo acuto di Jerry si posò sulle mie mani, e il suo viso segnato dalle intemperie si corrugò in un sorrisetto. Rannicchiai le dita nei palmi. No, non avevo i calli per aver tenuto in mano una pala o un forcone o che so io, ma sapevo lavorare. Lo guardai, stringendo gli occhi.

Niall non si accorse di nulla. «Pronta per il nostro tour, Sam?»

«Le dispiace se uso prima il bagno?»

«Possiamo fare tappa alla latrina come prima fermata del nostro tour.»

Sbattei le palpebre. Latrina?

«Non prenderla in giro così.» Elaine gli diede un colpetto sul braccio. «Da questa parte, Sam.»

Elaine mi ricondusse all'ingresso e indicò la fine del corridoio. «Sempre dritto. Sarà un po' rustico, ma abbiamo l'impianto idraulico interno.»

Mentre mi lavavo le mani nel lavandino a colonna rosa vintage, mi guardai allo specchio. Le mie lentiggini spiccavano sulle guance pallide. Cosa avevo fatto? Avvicinarmi a Niall mi avrebbe fatto sentire di più la sua mancanza quando, alla fine del tour, avremmo preso strade diverse. Se la verità fosse venuta a galla prima di allora, avrei dovuto guardare la scintilla lasciare i suoi occhi e il suo sguardo diventare piatto e freddo. Mi avrebbe spezzato il cuore in due.

E che cos'aveva il nonno di Niall? Era sembrato diffidente quasi dal momento in cui ero entrata. Che cosa sospettava?

Mi asciugai le mani sull'asciugamano ricamato e tornai in cucina, con gli stivali che facevano scricchiolare il pavimento. Quando attraversai la soglia, Niall sussurrò qualcosa a sua madre, e lei gli accarezzò la guancia coperta di barba rossa. Una borsa di tela gli pendeva da una spalla, e teneva un paio di coperte piegate sotto l'altro braccio.

«È una bella giornata per farlo. Dovremmo arrivare sui quindici gradi» disse Elaine. «Divertitevi.»

«Non perdetevi. E fate attenzione agli orsi» gridò Jerry da dietro il suo giornale.

«Nonno! Non cercare di spaventare Sam.» Niall si mise uno zaino in spalla e mi tese la mano.

«Non ci perderemo davvero, vero?» mormorai mentre mi conduceva alla porta laterale.

«Nessuna possibilità. Ma usavo molto quella scusa quando ero più giovane per spiegare perché ero in ritardo.»

«E gli orsi?»

«Non ce ne sono troppi da queste parti, e la maggior parte di loro è in letargo in questo periodo dell'anno.»

Bilbo Baggins saltò giù dai gradini del portico e corse davanti a noi verso il bosco.

«Bilbo Baggins!» gridai. «Torna qui!» I suoi guaiti avrebbero potuto svegliare un orso. O attirare l'attenzione di un coyote affamato.

«Non preoccuparti. Lo seguiremo. E Thorin lo terrà a bada.»

Una bestia nera e irsuta, più Chupacabra che cane, balzò verso Bilbo Baggins. Abbaiò una volta, facendo immobilizzare il mio cane.

«È al sicuro, vero?» Non sarebbe stata la prima volta che dovevo salvare il super amichevole Bilbo Baggins da un cane più grosso e più cattivo. Mi affrettai verso di loro.

«È un tenerone.»

E infatti, Thorin si avvicinò a Bilbo Baggins, gli girò intorno, annusandolo, e poi si accovacciò, con il sedere per aria. Bilbo Baggins starnutì e si sedette.

Quando Thorin balzò in piedi e galoppò verso di noi, Bilbo Baggins lo seguì di corsa.

A un dito alzato di Niall, Thorin si fermò di colpo e si sedette, ansimando, con il corpo che tremava. Bilbo Baggins, dopo un abbaio interrogativo, si accucciò lentamente al suo fianco.

«Bravo ragazzo.» Niall coprì la distanza e grattò Thorin dietro le orecchie corte e flosce. «Vuoi accarezzarlo?»

I denti del cane erano visibili mentre ansimava, i canini superiori lunghi quanto l'ultima falange del mio dito. Esitai.

«Non ti fidi di me?» Niall si mise le mani sui fianchi.

Mi fidavo di Niall per un sacco di cose – scrivere storie fantasy avvincenti, dimenticare di accendere il telefono e baciare come se fosse il suo mestiere – ma non ero sicura riguardo a quel suo cane enorme, dal pelo folto e dalle zanne spropositate. Ma siccome ero finita in una sorta di mondo alla rovescia dove andavo a casa della famiglia di un uomo che conoscevo da due settimane e passavo il mio giorno libero a passeggiare in una fattoria invece di lavorare alla mia tesi, allungai una mano. Quando il cane non me la staccò con un morso, lo accarezzai dietro l'orecchio. Lui chiuse gli occhi e spinse la testa contro il mio palmo.

«Ora siete amici. Andiamo» disse Niall, prendendo l'altra mia mano.

L'aria fresca, profumata di pino, mi sfiorò le guance mentre Niall mi trascinava verso gli alberi. Superammo alcune chiazze di neve, che si scioglievano sotto il sole. I cani zigzagavano davanti a noi, fiutando le tracce di altri animali.

Niall indicò un fienile rosso sbiadito. Il profilo dello stato era dipinto di bianco su un lato con la parola Ohio in corsivo sopra uno stendardo rosso e blu. Sulla facciata, un quadrato era dipinto come una trapunta nei colori rosso, blu e oro, allegro contro il cielo azzurro e tenue dell'inverno. «Andremo a vedere gli animali più tardi. Voglio che tu veda il torrente con la luce del mattino.»

Oltre il fienile, campi bruni si estendevano fino a un'altra lontana linea di alberi. «Cosa coltivate qui?»

«Soia e mais da vendere. Fieno per il bestiame. La mamma ha un orto dove coltiva verdure per la famiglia. E gli animali non sono da compagnia. Vendiamo la lana degli alpaca, il latte delle capre e le uova quando le galline depongono. A volte facciamo scambi con le altre famiglie. I Turner allevano api per il miele e maiali. Cerchiamo di essere autosufficienti quando possiamo.»

Non pensavo quasi mai da dove provenisse il cibo. Mi ero immaginata Niall come una specie di gentiluomo di campagna di un film di Jane Austen, che passava le sue giornate a scrivere in una biblioteca rivestita di pannelli di quercia mentre la fattoria si occupava di se stessa. Non in questa fattoria.

«Ma questa» disse, entrando sotto la volta della foresta, «è la mia parte preferita della fattoria.»

Quando raggiungemmo il secondo albero, i suoni – il ruggito lontano di un trattore, il rombo dei pick-up sulla strada in fondo al viale, le grida dei falchi – si attutirono. Quando arrivammo al terzo albero, la luce del sole si era affievolita fino a diventare crepuscolo. Il profumo pungente delle piante in crescita e della materia organica in decomposizione mi riempì le narici.

«Prima che arrivassero i coloni europei, tutta l'area era così, boscosa. Hai visto quanta ne è stata disboscata durante il tragitto dall'aeroporto.»

«Città, poi quartieri residenziali, poi terreni agricoli. Non sapevo che prima fosse una foresta.»

«Rimangono solo piccole aree. Siamo fortunati che abbiano lasciato questa.» Accarezzò il tronco di un albero. «Vieni. Ti mostrerò il posto migliore.»

L'acqua gorgogliava lì vicino e Niall si diresse in quella direzione. Gli alberi si piegavano l'uno verso l'altro e quasi si toccavano sopra le nostre teste, ma alcuni raggi di sole penetravano la volta per scintillare sull'acqua limpida del ruscello poco profondo sottostante. Le rocce rivestivano il letto del torrente, e alcune erano rotolate giù dai lati fungendo da passaggi naturali.

Un masso piatto grande quanto una Fiat deviava il corso del ruscello. Niall saltò su e mi tese una mano. Gliela afferrai e mi arrampicai sul lato, con gli stivali infangati che slittavano, fino a ritrovarmi in piedi accanto a lui. I cani bevevano dal torrente sottostante. Thorin vi si sdraiò dentro, rinfrescandosi la pancia.

«Durante l'Era Glaciale, i ghiacciai in ritirata hanno scavato questo ruscello e lasciato questo masso.» Posò la borsa e scosse una coperta. Vi si sedette sopra e si appoggiò sulle mani. «Quando ero bambino, venivo qui e immaginavo i mammut lanosi che passavano pesantemente, quando era tutto ghiaccio e neve.»

Mi lasciai cadere accanto a lui, immaginando le giganti bestie pelose. «Venivi qui spesso?»

«Quasi ogni giorno. Anche d'inverno.»

Nella mia mente, un Niall adolescente e allampanato lanciava sassolini nell'acqua. «Da quanto tempo vive qui la tua famiglia?»

«Da generazioni. La mamma si è trasferita in città per il college, dove ha conosciuto mio padre.» Fissò l'acqua.

«Quando i suoi affari hanno iniziato a decollare, ha cominciato a viaggiare di più. California, soprattutto, ma anche Asia e la East Coast. Tornava nei fine settimana, ma poi i suoi viaggi si sono allungati. La mamma non voleva crescermi in California. Così è tornata a casa, alla fattoria.» Sorrise, tirato. «Anche da piccolo, non mi piaceva stare chiuso in un appartamento in città. Comunque, le sue visite qui si sono fatte sempre più brevi. Poi si è sposato, ha messo su una nuova famiglia e ha smesso di venire del tutto.»

Trovai la sua mano e gliela strinsi. Sapevo cosa significasse perdere un padre. Anche se non sapevo cosa volesse dire averne uno cattivo. «Mi dispiace.»

Fece spallucce. «Lui ha la sua vita, io ho la mia. Vorrei…» Scosse la testa. «Sono felice qui.» Si sdraiò sulla schiena, incrociando le braccia dietro la testa e chiudendo gli occhi contro il sole.

Mi chinai su di lui, proiettando un'ombra sul suo viso. «Capisco perché. È bellissimo.»

«Dovresti vederlo in…» Aprì gli occhi. Le sue pupille si allargarono, restringendo il verde. Si tirò su e mi baciò.

Fu un bacio lento, incerto. Una prova. Mi sarei tirata indietro? La ragazza di città avrebbe pensato che fosse strano baciarsi nel bosco con il fango, gli uccelli e gli scoiattoli che chiacchieravano sopra le nostre teste? A questa ragazza di città non importava.

Quando posò i palmi freschi sulle mie guance e mi tirò dolcemente giù verso di lui, mi appoggiai al suo petto e ricambiai i suoi baci morbidi e pigri. Le sue dita si infilarono tra i miei capelli, facendomi venire un brivido al cuoio capelluto. Presto, il brivido si diffuse su tutta la pelle, fino alla punta dei piedi. La foresta era incantata.

L'acqua sciabordava e la brezza frusciava tra i rami dei pini. Baciare Niall qui, nel suo posto speciale, con il sole che mi scaldava la schiena, era a dir poco perfetto. Il tempo perse il suo significato. Così come lo spazio tra di noi. Entrambi volevamo la solitudine, ma questa solitudine condivisa era persino meglio che stare da soli.

Si allontanò per primo. I suoi occhi erano quasi neri, con solo un sottilissimo anello verde, come muschio su una pietra. Fece una smorfia. «Mi dispiace, ma io… ho un'idea. Ti dispiacerebbe se la scrivessi?»

Ah. Forse ero l'unica a sentire l'incantesimo. Mi tirai su sulle mani. «Un'idea. Che ti è venuta baciandomi?»

«Beh…» Si mise a sedere anche lui. «Questa è la casa degli elfi dei boschi. Qui mi parlano. E quando ci sei tu con me, parlano ancora più forte.»

Sbuffai. «D'accordo.» Poi qualcosa mi rosolò dentro. «Non ti dà fastidio che io sia qui, vero?»

«No.» Allungò una mano e mi accarezzò la guancia. «Tu mi ispiri.»

«Certo. Lobelia.» Esaminai la superficie ruvida del masso.

Mi curvò un dito sotto il mento e me lo sollevò finché non incrociai il suo sguardo. «No. Tu, Sam. Come ho detto nella dedica, tu sei la mia musa.»

Sentii un calore dentro di me. La sua musa. Lo ispiravo. Mi sporsi in avanti e lo baciai. «D'accordo, tu scrivi. Io vado a controllare i ragazzi.» Scivolai giù dalla roccia nel fango e fischiai per chiamare Bilbo Baggins.

Trovai un sacco di bastoncini da lanciare. I cani ne riportarono indietro alcuni. Ogni tanto, sbirciavo Niall. A volte era sdraiato sulla pancia, a volte rannicchiato con il taccuino sulle ginocchia, socchiudeva gli occhi sulla pagina e spingeva goffamente la mano sinistra sul foglio.

Il mio telefono non aveva campo nella foresta. Così lo spensi e mi misi ad ascoltare l'acqua, gli alberi, gli uccelli. Invece di controllare le email, osservai il luccichio del sole sull'acqua; i rami degli alberi, alcuni spogli, altri sempreverdi, che ondeggiavano; il sole giallo pallido che tracciava un arco basso nel cielo. Non mi era mai piaciuta la meditazione, ma se mai avessi voluto provarci, quello sarebbe stato il posto giusto. I suoni pacifici incoraggiavano la concentrazione interiore, l'immobilità.

Anche se, quando mi concentrai su me stessa, non mi piacque quello che vidi.

Segreti.

Niall mi aveva portata nel suo posto preferito al mondo, il suo rifugio segreto. Stava aprendo la sua vita a me come uno scrigno del tesoro. Ma io? Io ero ancora chiusa a doppia mandata.

Sarebbe stata la cosa peggiore se avessi parlato a Niall del CASE e di Magician, anche se Heidi mi aveva detto di non farlo? Sembrava il tipo di persona in grado di mantenere un segreto. Anche se mi ero già sbagliata su questo in passato. Rabbrividii, ricordando lo shock gelido, come essere gettata nel torrente gelato, quando avevo letto il messaggio di Stephen che mi chiedeva soldi per le foto.

Peggio ancora, cosa avrebbe detto Niall quando gli avessi parlato del CASE? La scintilla sarebbe scomparsa dai suoi occhi, il sorriso dalle sue labbra. Avrebbe odiato il modo in cui avevo stravolto la sua arte. Il modo in cui gli avevo mentito fin dal primo giorno del tour. Anche prima.

Non sarebbe stato meglio fare quello che mi aveva detto Heidi, tenere tutto nascosto finché il tour non fosse finito e non fossimo andati ognuno per la sua strada?

Avevo ascoltato abbastanza I Segreti degli Elfi dei Boschi da sapere cosa avrebbe detto a riguardo la sempre onesta Greva. Mi avrebbe definita una codarda. E avrebbe avuto ragione. Ma non ero abbastanza forte da guardare Niall in faccia e dirgli la verità.

«Hai fame?» La voce di Niall era roca per il disuso, e si schiarì la gola.

«Sì. Un secondo.» Feci un respiro profondo e affondai le mani sporche nell'acqua limpida. Sapevo che sarebbe stata fredda, ma merda, mi fece squittire un po' e affilò i miei pensieri fino a una chiarezza glaciale. Era meglio continuare a fingere per il poco tempo che ci restava insieme.

Scrollai l'acqua dalle mani arrossate e poi mi arrampicai accanto a lui. Aveva già preparato il pranzo sulla coperta: panini, mele, bottiglie d'acqua, un thermos di caffè e persino un paio di biscotti fatti in casa. Addentai voracemente un panino e mi sforzai di dare un tono leggero alla mia voce. «Hai scritto bene?»

«Sì.» Aveva ancora un'espressione sognante e assente sul viso.

«Hai detto che è qui che hai creato gli elfi dei boschi?»

Sorrise, misterioso. «Non sono sicuro di potermi prendere il merito di averli creati. Ho sempre immaginato che ci fossero degli esseri qui fuori. Credo per via delle fiabe che mia madre mi leggeva. Li cercavo sempre. A volte portavo loro un biscotto o un po' di latte. Ho iniziato a scrivere storie sulle loro avventure e, alla fine, le storie sono diventate un libro.»

«Scrivi sempre a mano?»

«Sì. Spedisco i taccuini a Gabi e lei li trascrive. Mi rimanda le pagine stampate e poi io le correggo. Lo so, sono un luddista.» Chinò la testa. «Immagino sia iniziata come una piccola ribellione contro mio padre. E poi è diventato naturale.»

«Non so come fai. Io firmo libri per mezz'ora e mi fa male la mano.» Avevamo finito i nostri panini, così gli presi la mano sinistra e gliela massaggiai dolcemente dai palmi fino alla punta delle dita. Lentamente, la tensione si allentò. Strinsi e mossi ogni dito. Poi scesi lungo le ossa di ogni dito fino al polso, dove feci dei piccoli cerchi.

Lui gemette. «Che sensazione piacevole.»

«Prima di andare al college, Jackson mi ha insegnato a massaggiare le mani di mio padre. Si indolenzivano a furia di programmare. Di scrivere al computer. Lavorava così tanto.»

«La fondazione porta il suo nome. È morto un po' di tempo fa?»

Tenni lo sguardo fisso sul dorso lentigginoso della mano di Niall. «Sì. Quando avevo undici anni. Infarto.»

Mise la sua mano sulla mia, fermandola. «Mi dispiace. Sembra che foste molto legati.»

Ricominciai, lavorando tra le sue dita. «Lui mi capiva. Un po' come Jackson ma non così tonto, sai?»

Ridacchiò. «Tuo fratello è un uomo acuto.»

«Su certe cose. Su altre no. Quando...» Deglutii. «Ho avuto un ragazzo che mi ha fatto del male.» La mano di Niall si strinse a pugno, e io la distesi, massaggiandogli il dorso. «Non fisicamente. Emotivamente. Pensavo che fossimo innamorati, ma mi stava usando. Lui... ah.» Mi schiarii la gola. Non avevo raccontato questa storia a nessuno da quando era successo. Nemmeno a Marlee o Alicia. «Mi ha ricattata. Ha usato delle foto che mi aveva scattato, dei nudi, per chiedermi dei soldi. Giocava d'azzardo. Su internet. Aveva accumulato un sacco di debiti sulla carta di credito e i suoi genitori non glieli volevano pagare. Io non avevo ancora accesso al mio fondo fiduciario, e ho dovuto chiedere alla mia famiglia. Mia madre glieli ha dati, ovviamente. Non poteva permettere che quelle foto rovinassero l'immagine perfetta dei Jones.» Gli massaggiai la mano in silenzio per un minuto. «Da allora, Jackson non si fida più che io prenda decisioni intelligenti riguardo ai ragazzi. Riguardo a qualsiasi cosa. Nessuno di loro si fida.»

Mi bloccai. Perché diavolo gli avevo raccontato tutto? Certo, tendevo a parlare troppo quando ero nervosa. Ma non ero nervosa. Forse era stata quella magia della foresta a cullarmi in quello stato. C'era qualche incantesimo che potevo usare per riavvolgere il tempo e rimangiarmi tutto?

«Come si chiama?» La voce di Niall era ringhiosa come quella di Jackson quella notte.

Dov'era quel pulsante per riavvolgere? Aveva reagito esattamente come la mia famiglia. «Non ti preoccupare. Jackson e l'altro mio fratello, Andrew, si sono occupati di lui.» Mantenni un tono leggero, come se non fosse niente di che se avevano rotto il naso a Stephen e gli avevano reso impossibile trovare lavoro da Sonoma a Los Angeles. Avevo sentito dire che si era dovuto trasferire in Arizona. La gente si occupava sempre delle cose per me. E la parte peggiore era che io glielo permettevo.

«Ehi.» Stavolta non mi toccò il viso, ma aspettò che incrociassi il suo sguardo. «Sei agguerrita. Forte. Di successo. Puoi prendere le tue decisioni da sola.»

Alzai lo sguardo. Nessuno me l'aveva mai detto. Ci credeva davvero? Perché io non ne ero sicura.

Mi strinse la mano. «Sei stata fantastica in questo tour. Vincerai il Tower Prize.»

Tutte le bollicine di felicità scoppiarono e il mio stomaco si riempì di cemento. «Non roviniamo questa giornata parlando di quello.»

«Okay.» Si portò la mia mano alla bocca e la baciò. «Di cosa vuoi parlare?»

Niente più confidenze. Mi avrebbe tentata a condividere troppo. A infrangere l'accordo di non divulgazione. A rovinare questo momento perfetto, questo posto perfetto che amava. No.

Mi sforzai di sfoggiare un sorriso scherzoso. «Mi sono stati promessi degli animali da fattoria carini.»

Sbuffò. «Non so quanto siano carini. Ma sono animali da fattoria.» Lanciò un'occhiata al sole. «Andremo a vederli prima di cena.» Ripose tutto nella borsa di tela mentre io piegavo la coperta.

Scivolò giù dal masso e mi tese le braccia. Prima ero scesa da sola, ma quando caddi tra le sue braccia e atterrai contro il suo petto duro, il cemento era sparito, sostituito da farfalle. Inspirai il suo profumo, ricordando il sapore della sua pelle, la carezza delle sue labbra, e le mie viscere si contrassero. Mi sollevai sulle punte per baciarlo di nuovo.

Scintille infuocate scoccarono dove le nostre labbra si incontrarono. Tracciarono una scia ardente lungo la mia spina dorsale e accesero un fuoco tra le mie gambe. Le mie mani vagarono dal suo petto e scesero lungo i suoi addominali fino alla cintura dei jeans.

«Ehi.» Si allontanò. «Frena l'entusiasmo. Aspetta che siamo in un posto più caldo.»

Quando lo tirai più vicino a me, la sua dura lunghezza premette contro il mio stomaco. «Ho già abbastanza caldo,» mormorai.

Alzò gli occhi al cielo. «Dio, io... Sam.» Sospirò. «Animali della fattoria. Cena. Faccende. E poi ti riscalderò di nuovo io.»

«Così tradizionale,» brontolai.

Mi baciò la fronte. «Varrà la pena aspettare, te lo prometto.»

Fischiò per chiamare i cani e, mano nella mano, ripercorremmo i nostri passi fuori dal bosco. Una volta superati gli alberi, virammo a destra verso il fienile e Thorin partì di scatto, superando facilmente Bilbo Baggins con le sue lunghe falcate. Io e Niall camminammo lentamente, facendo oscillare le nostre mani unite, respirando i profumi terrosi della fattoria, osservando il sole scendere verso la lontana linea degli alberi.

In confronto al sole splendente di fuori, il fienile era buio e ci volle un momento perché i miei occhi si abituassero. Mentre aspettavo che la mia vista si mettesse a fuoco, lasciai che gli odori mi avvolgessero. Fieno dolce, letame terroso e un odore muschiato di animali.

Niall mi condusse verso alcuni recinti lungo il lato destro. «Recinti delle capre. Anche se sono ancora fuori. Riporteremo dentro tutti gli animali dopo cena.» Svoltò l'angolo. «Stalle degli alpaca.»

«Dove sono le galline?»

«Nel pollaio.» Fece un gesto oltre l'altra parete, verso la casa.

«E dov'è il famigerato fienile?» alzai le sopracciglia.

Tornò verso i recinti delle capre, verso una scala dall'aspetto solido che non avevo notato al primo passaggio. «Dritto lassù.»

Seguii il suo dito puntato verso un soppalco sopra di noi, aperto sull'interno del fienile.

Posai le mani sul legno liscio della scala. Poi misi un piede sul piolo più basso.

Niall sogghignò. «Ti avverto, probabilmente ci sono più ragni e meno romanticismo di quanto ti aspetti.»

Gli lanciai un sorriso malizioso da sopra la spalla mentre salivo. «I ragni non mi spaventano. E il romanticismo posso portarmelo io.»

Aprì la bocca, ma non uscì nessuna parola. Mi concentrai sulla scala e continuai la mia ascesa.

Si sbagliava sul fienile. Sembrava che fosse stato riordinato di recente con fieno fresco. Ma quando provai a sedermici sopra, capii cosa intendeva. Il fieno mi pungeva attraverso i pantaloni cargo. Per niente romantico.

Sbirciai oltre il bordo verso Niall, che stava in piedi, guardando in su, con le mani sui fianchi. «Mi lanci una coperta?»

Si diresse dove avevamo lasciato le nostre cose vicino alla porta e tornò con una trapunta. Ma invece di lanciarmela, se la infilò sotto un braccio e si arrampicò, con una mano sola. I cani lo guardarono per un minuto e poi corsero verso le stalle degli alpaca.

Io, d'altra parte, osservai ogni suo movimento. Le sue dita forti che afferravano i pioli della scala. La flessione del suo avambraccio mentre si tirava su. Il luccichio del sole sui suoi capelli di fuoco. Romanticismo? Chi ne aveva bisogno? Avevo un ragazzo di campagna grosso e forte che eccelleva nel baciarmi fino a togliermi il fiato. Non avrei aspettato fino a dopo le faccende. Mi sarei fatta una bella scopata vigorosa in un fienile, e poi Niall Flynn, la sua magia della foresta e tutte quelle ridicole sensazioni che avevo provato prima sarebbero uscite dal mio sistema.

Quando Niall raggiunse la cima, mi porse la coperta e poi si issò nel soppalco. «Niente male qui sopra. Il figlio dei Turner deve aver pulito.» Aprì le imposte, lasciando entrare il sole del tardo pomeriggio. «Abbiamo qualche minuto. Questo è un buon posto per guardare il tramonto.» Si voltò verso di me e, anche se era in controluce contro i raggi rosa che filtravano dalla finestra aperta, potei vedere la sua mascella cadere.

Avevo steso la trapunta sulla parte più spessa del fieno e mi ero sfilata il cappotto e gli stivali. Lanciai la maglietta di lato e aprii la cerniera dei pantaloni. Rabbrividii quando l'aria fresca mi colpì la pelle.

«Cosa stai facendo?» I suoi respiri erano superficiali e corti.

«Cosa sembra che stia facendo? Sto per rotolarmi nel fieno.»

«Non abbiamo diciassette anni. Ci sono posti migliori per...» deglutì, «...farlo.»

«Ti ho detto che mi sarei portata io il romanticismo. Se scegli di non unirti a me, mi rotolerò nel fieno da sola.» Mi tolsi i pantaloni con un calcio e feci scivolare una mano dentro le mutandine. Avevo poca biancheria pulita, quindi avevo indossato un paio di pizzo che non ricordavo nemmeno di aver messo in valigia. Il suo sguardo seguì le mie dita sotto il pizzo. Si leccò le labbra.

«Non abbiamo tempo.» La sua voce era scesa a un sussurro roco. «O preservativi.»

Con la mano che non stava cerchiando la mia entrata, afferrai i miei pantaloni cargo dal fieno e ne estrassi una bustina di preservativi da una delle tante tasche. La sollevai, facendola brillare alla luce del sole, e la lanciai sulla coperta accanto a me. Visto? diceva il mio sogghigno.

Mi infilai due dita dentro, e poi le estrassi per spargere il mio liquido lubrificante intorno. «Ti unisci a me?»

Come uno zombie, fece due passi incerti verso di me. Con la mascella allentata, il suo sguardo seguiva la mia mano che si muoveva sotto il pizzo. Poi scosse la testa. «Ho un letto perfettamente funzionale. Dentro. Dove fa caldo. Possiamo riprendere da dove abbiamo lasciato dopo che avrò finito le mie faccende.»

Scossi la testa. «Qui. Ora. Fa abbastanza caldo se ti muovi.» Con la mano sinistra, abbassai la coppa del reggiseno e mi pizzicai il capezzolo. Una sensazione fulminante mi percorse la spina dorsale e inarcai la schiena.

«Cazzo.» Al suo sussurro roco, seppi di aver vinto. Tuttavia, allargai le gambe per dargli una visuale migliore.

Cadde in ginocchio davanti a me e mi sfilò le mutandine lungo le gambe. Continuai a muovere la mano, facendo scivolare le dita dalla mia entrata al clitoride e ritorno, portandomi sempre più in alto. Allungò la mano dietro di me per slacciarmi il reggiseno. Interrompii la mia masturbazione solo per un momento per permettergli di togliermelo. Quando fui nuda e mi stavo toccando, si sedette sui talloni e imprecò sottovoce.

Mi allargò le ginocchia e si chinò in modo che il suo respiro mi sussurrasse sulla mano. Gemetti. Per quanto desiderassi di nuovo la sua bocca, questa volta volevo qualcosa di diverso. Volevo vederlo, dorato dal sole al tramonto. «No. Spogliati.»

«Spogliarmi?» Si guardò come se fosse sorpreso di indossare ancora i vestiti.

«Voglio vederti.»

Lanciò un'occhiata oltre il bordo del soppalco verso la porta del fienile. Poi, rapidamente, si liberò dei suoi molti strati: cappotto, camicia di flanella, maglietta, stivali, jeans e calzini, finché non si ritrovò davanti a me in un paio di boxer, un rigonfiamento che tendeva il tessuto sul davanti. Il sole al tramonto illuminava ogni pelo del suo corpo. Era consumato dalla luce e dalla fiamma. Mi leccai le labbra.

Qualcosa si sistemò dentro di me, come una chiave in una serratura o l'ultimo pezzo di un puzzle che scatta al suo posto.

No. Non è per me. Ma non importava quante volte me lo ripetessi, quel pezzo dentro di me, quello che ora si sentiva completo, insisteva, Mio mio mio.

Non era mio. Non per sempre. Ma per oggi. Per la prossima settimana, fino alla fine del tour. E, stronza egoista qual ero, mi sarei presa ciò che volevo.

«Preservativo,» sussurrai.

Quando si abbassò i boxer, il suo cazzo scattò libero, rigido e arrossato. Si inginocchiò di nuovo e prese il preservativo. In un attimo, fu inguainato.

«Sei pronta?» sussurrò, a bassa voce.

«Oh, sì.» Avevo continuato a sfiorarmi il clitoride durante il suo insoddisfacente spogliarello sbrigativo, ed ero a un soffio dal venire.

Si posizionò alla mia entrata, spingendomi con la larga punta del suo cazzo. Mi sfregai il clitoride più velocemente. Con poche brevi spinte dei fianchi, fu dentro, e quando scivolò dentro fino in fondo, urtando le mie dita, venni con un gemito lamentoso.

Coprì le mie labbra con le sue, divorando i miei suoni mentre la mia spina dorsale si illuminava di piacere e le mie gambe tremavano contro le sue.

Thorin emise un profondo latrato e Bilbo Baggins abbaiò. Un secondo dopo, la porta al piano di sotto si aprì con un tonfo e una voce burbera chiamò: «Niall!»

28

NIALL

CAZZO. Letteralmente.

Ero affondato in Sam fino all'elsa, e lei era appena esplosa come un fuoco d'artificio. Continuava a stringersi attorno al mio cazzo, facendomi desiderare di affondare i colpi dentro di lei, ancora e ancora, fino a venirle dentro. Il sole al tramonto le accendeva le ciocche di un magenta infuocato contro il color terra d'ombra.

«Niall!» gridò di nuovo mio nonno. Sentivo i cani, quei traditori, che gli annusavano intorno.

Appoggiai la fronte contro quella di Sam per un secondo, poi mi voltai per rispondergli. «Siamo quassù, nonno. Io e Sam stiamo… guardando il tramonto». Non riuscivo a vederlo. Sperai con tutto me stesso che non riuscisse a vedere il mio culo nudo.

Sotto di me, Sam cominciò a tremare. Stava ridendo. Le lanciai un'occhiataccia di avvertimento e le posai un dito sulle labbra.

«Tua madre mi ha mandato a cercarvi. La cena è quasi pronta». La sua voce tremò un po'. Stava ridendo anche lui? Non riuscivo a vedere il lato comico della faccenda.

«Arriviamo subito» risposi.

Sam scosse la testa sotto la mia mano e spinse i fianchi verso di me. «Cazzo» borbottai, mentre i miei occhi si rovesciavano all'indietro.

«Cos'hai detto, figliolo?» disse mio nonno.

Posai una mano sul fianco di Sam, tenendola ferma. «Niente, nonno. A tra poco».

Al suono della porta che sbatteva, mi lasciai cadere contro Sam. «Se n'è andato un anno della mia vita». A malincuore, mi sollevai sulle mani e cominciai a scivolare via da lei.

«Non ci provare!» Mi afferrò il culo con entrambe le mani. «Mi è stata promessa una rotolata nel fieno».

«Non credo di…»

Fermò la mia protesta con un morsetto sul lobo dell'orecchio e il suo respiro caldo sul collo. «Scopami, Niall. Ti prego».

Non aveva nemmeno finito di dire prego che mi ero già scaraventato di nuovo dentro di lei. Avrei fatto praticamente qualsiasi cosa mi avesse chiesto quella donna. Ero completamente andato. Innamorato.

Lo sapeva? Era così evidente? Mi aveva detto di non volere sentimenti. Mi aveva anche parlato di quel suo fidanzato criminale che le aveva spezzato il cuore. Di come nessuno si fidasse di lei. Ma avevo sentito quello che non aveva detto: che Sam non si fidava di se stessa. Sarei riuscito a convincerla che poteva fidarsi di questo, di noi, che poteva lasciarsi andare questa volta, che non l'avrei mai ferita?

Scrutarla il suo viso. Anche lei mi stava osservando. Si intrappolò un labbro tra i denti. Alla spinta successiva, strusciai contro il suo clitoride, e lei trattenne il respiro. Avvolse una gamba intorno alla mia schiena, tenendomi stretto a sé. Lo feci di nuovo, più lentamente stavolta, la spinta dentro e poi il lento strusciare. Gemette, inclinando il mento verso il soffitto ed esponendo il suo lungo collo. Le passai la lingua lungo la pelle impeccabile, fino a raggiungere la spalla. Gliela morsi.

«Niall» sussurrò, «sto per…»

Le roteai i fianchi contro e spinsi di nuovo. Andò in frantumi, il suo busto si immobilizzò e la sua gamba prese a tremare. Quando la sua fica mi strinse forte, non riuscii più a trattenermi. Mi svuotai nel preservativo, la vista che si restringeva e la schiena che si inarcava per il piacere.

«Wow» sussurrò, posandomi una mano sul cuore. Doveva sentirlo galoppare per lei. «Ora capisco perché se ne fa un gran parlare».

«Donna del diavolo». Avevo già scopato nei fienili, prima. Ma non ero mai stato così selvaggio, così perso nella mia partner. Appoggiai la fronte contro la sua, cercando di rimettere sotto controllo il respiro. Tutto ciò che volevo era restare lì con lei a guardare il sole scendere dietro gli alberi, la luce svanire nel blu e le stelle accendersi. Volevo tenerla stretta tutta la notte, accarezzando la sua pelle liscia, le nostre labbra che si univano e i nostri corpi che si fondevano a nostro piacimento.

Ma l'aria invernale mi gelava il culo nudo, e sarebbe diventata solo più fredda. Afferrando la base del preservativo, mi sfilai, lo annodai e lo ficcai nella tasca dei jeans. Trovai le sue mutandine di pizzo e, a malincuore, gliele porsi. Vorrei aver avuto il tempo di toccare, di assaporare ogni centimetro della sua pelle setosa. Ma avevo promesso di fare le faccende, e ci avevano chiamati per cena. Feci una smorfia. «Non ce lo perdoneranno mai».

«Non dirmi che è la prima volta che qualcuno ti becca qui nel fienile». Lentamente, si infilò le mutandine su per le gambe.

Il mio cazzo ebbe un fremito. Immaginai la faccia ridente di mio nonno a tavola, e si afflosciò. Mi infilai i jeans. «La prima volta da quando non sono più un adolescente».

«Oh. Povero Niall». Ma la sua voce aveva perso il tono scherzoso.

Mi fermai, a metà del gesto per prenderle il reggiseno, e la guardai. Si era rannicchiata sulle ginocchia, stringendosi le tibie e fissando le dita dei piedi.

Cazzo. Ero un idiota. «Sam. Sam». Caddi in ginocchio accanto a lei. Ahi. Ero decisamente troppo vecchio per queste storie da fienile. «Ho adorato quello che abbiamo appena fatto. Adoro...»

Ehi, vacci piano. «Mi dispiace che non abbiamo tempo per, uhm, le coccole post sesso. Mi farò perdonare stasera. Dopo le faccende. Andremo nel prato a guardare le stelle, e ti riempirò di coccole fino a scoppiare. Okay?»

Mordendosi il labbro, annuì.

Raccolsi il suo reggiseno e glielo porsi. «L'ora di cena e le faccende del dopo cena non sono negoziabili da queste parti».

Inclinò la testa mentre si infilava le spalline del reggiseno. «È solo questo? Non sei… deluso?»

«No, tesoro. Non potrei mai essere deluso da te».

«Promesso?» Quei suoi grandi occhi imploranti mi risucchiarono.

Cazzo! Cosa le aveva fatto quel fidanzato di merda? Feci schiantare le mie labbra sulle sue e la baciai, più a lungo di quanto avrei dovuto, più a lungo di quanto ci fosse concesso. La baciai finché non fummo entrambi senza fiato. Quando ci separammo, ansimanti, le sfilai un filo di paglia dai capelli scompigliati. «Promesso».

Mi fece un mezzo sorriso. «Okay, allora».

Piombammo in cucina, troppo tardi, ovviamente. Sia mio nonno che mia madre ci rivolsero un sorrisetto.

«Ti sei perso di nuovo, Niall?» Mia madre si alzò e andò verso il forno. Tirò fuori due piatti avvolti nella stagnola.

«È facile perdere le cose lassù in quel fienile, eh, Niall?» Mio nonno scoppiò in una risata fragorosa.

«Cosa ci ha perso lassù?» ridacchiò Sam. «Non credo che lo riavrà mai indietro».

Mentre ridevano, diedi le spalle a tutti e mi lavai le mani al lavandino. Lei stava scherzando, ma era la verità. Sam, ormai, aveva il mio cuore. E non l'avrei mai più riavuto indietro.

29

NIALL

I LAVORI in una fattoria non sono come le faccende di una casa normale. Dimentichi di lavare i piatti dopo cena? Nessun problema. Certo, magari impuzzolentiranno la cucina, ma non sono in gioco la vita o il sostentamento di nessuno. Una volta, a diciassette anni, stavo sbrigando le mie faccende in tutta fretta, perché volevo andare a vedere una partita di basket del liceo — la ragazza per cui avevo una cotta era nella squadra femminile — e mi ero dimenticato di chiudere il chiavistello del pollaio. Il cane di un vicino era entrato, e sembrava la scena dopo l'ascensore insanguinato di Shining. Non solo piansi tutte quelle galline per mesi, ma non avemmo uova fresche da vendere fino all'estate successiva.

Ma per quanto mi sforzassi, quella notte la mia mente non era concentrata sulle faccende. Era tutta per Sam. Su come la sua pelle era diventata perlacea al tramonto. Su come i suoi capelli si erano sparsi sulla coperta come cioccolato fuso. I suoi occhi, che tradivano un accenno di... qualcosa mentre veniva. Non vedevo l'ora di farla venire di nuovo per cercare di decifrare quella sua emozione segreta.

Contai le galline raggruppate vicino al pollaio. C'erano tutte. Alzai la porticina e le contai di nuovo mentre si riversavano dentro, pronte per i loro nidi.

Avrei portato Sam con me il giorno dopo. Avevamo passato troppo tempo nel fienile e non aveva conosciuto nessuno degli animali. Le sarebbero piaciute le capre con le loro orecchie vellutate. E passare le dita tra la lana ruvida degli alpaca. Le avrei presentato ogni gallina con le sue stranezze. Immaginai l'espressione estasiata sul suo viso.

Sarebbe stata contenta, no?

Gabi di certo non lo era stata. La nostra era una coppia che funzionava. Ci eravamo conosciuti nella redazione del giornale del college e avevamo legato grazie alla letteratura fantasy e a vecchi film come Labyrinth, The Dark Crystal e Scontro di titani. Il sesso era bello e pensavo che avessimo un futuro insieme. Finché non l'avevo portata alla fattoria e, dopo due ore di visita, una delle capre le aveva mordicchiato la giacca costosa. Aveva preteso di essere riaccompagnata all'aeroporto. Subito.

Sam non era affatto così. Aveva sguazzato nel fango e aveva tremato, nuda, nel fienile. Aveva lavato i piatti con la mamma e aveva chiesto di aiutarci a dare da mangiare agli animali la mattina prima di partire. Poteva Sam, una ragazza di città, essere felice in una fattoria?

Poteva essere felice con me?

Non mi ero mai sentito così per nessuna… mai. Non con Gabi. Sam mi aveva incendiato e non volevo che quel fuoco si spegnesse. Ero completamente infatuato. Ossessionato.

Innamorato.

Poteva anche lei amarmi, dopo solo due settimane insieme? Quando ci restava meno di una settimana di tour?

Avevamo bisogno di più tempo. Tempo insieme, per uscire. Tempo separati, con aria per respirare, spazio per riflettere, al di fuori della vicinanza forzata del tour.

Le avrei chiesto se potevo restare a San Francisco. Non con lei, ma abbastanza vicino da poterci vedere. Certo, sarebbe stato più costoso e meno produttivo che tornare alla fattoria come avevo programmato, ma pensare alla fine del tour, alla fine del nostro tempo insieme, mi faceva sentire come se avessi ingoiato uno dei massi del fiume.

Cazzo.

Ero innamorato.

Del tipo non corrisposto.

Sam voleva un'avventura. Una vera e propria rotolata nel fieno.

Ma era troppo tardi per fermare la mia caduta.

Quando chiusi la porticina dietro l'ultima gallina, queste chiocciarono. Chiusi il chiavistello, poi lo ricontrollai, prima di tornare lentamente verso la stalla, girando intorno al recinto. Quando entrai nella luce abbagliante della stalla, il nonno si voltò a guardarmi dallo sgabello da mungitura.

«Ce ne hai messo di tempo.»

«Scusa. Credo che stessi pensando.»

«Stavi sognando a occhi aperti, piuttosto.» Il nonno si girò di nuovo verso il fianco bianco di Sally. «Pensavi alla tua Sam.»

La mia Sam. Magari. «Era così evidente?»

Il nonno ridacchiò. «Ti conosco da quando sei nato, figliolo. I pensieri ti si leggono in faccia.»

Mi avvicinai lentamente per accarezzare l'orecchio lungo e floscio di Sally. «Cosa ne pensi di lei? È fantastica, vero?»

Il nonno tenne lo sguardo fisso sul secchio del latte. «Più difficile da decifrare, lei.»

«Ah, sì?» Quando il nonno era di umore scontroso, dovevo lasciargli tirare fuori le parole con i suoi tempi.

Prese il secchio e poi fece un cenno con la testa. Slegai Sally e la condussi alla sua posta. Avevo impiegato troppo tempo con le galline e il nonno aveva già munto Susie.

Filtrò il latte in un barattolo e pulì l'attrezzatura prima di dire la frase successiva. «Nasconde qualcosa. Qualcosa di grosso, a quanto pare. È sposata?»

Indietreggiai. «Ha solo venticinque anni. Va ancora all'università.»

«Io ero sposato e avevo già tua madre a venticinque anni.»

«No, Sam no.» Non sarebbe venuta a letto con me nel fienile se fosse stata sposata. O forse sì? Avevo dato per scontato che tenesse i suoi pensieri per sé perché era un'introversa, ma ora che il nonno l'aveva menzionato, mi ricordai che non aveva parlato a suo fratello del suo libro. Che ci fosse qualcosa che teneva nascosto anche a me? Forse il nonno aveva ragione e il suo silenzio era pieno di segreti come un alveare al crepuscolo.

«Allora è qualcos'altro. La ragazza è cotta, ma c'è qualcosa che la frena.»

«Cotta, eh?» Un palloncino di calore mi si gonfiò nel petto.

«Figliolo, tu sei più che cotto.» Mi posò la sua mano ruvida sulla spalla. «Fa' attenzione.»

Misi la mia mano callosa e macchiata d'inchiostro su quella del nonno. «Ci proverò. Ma quando le sto vicino, non riesco a controllarmi.»

Il nonno alzò gli occhi al soffitto. «Sei sotto il suo incantesimo, eh? Come in uno dei tuoi libri.» Fece un sorriso storto. «Dimmi, alla fine della serie Nieven si metterà con Lobelia?»

Fissai le larghe assi del pavimento. «Non lo so, nonno. Sai che non pianifico prima di scrivere. La storia mi arriva da sola. Ma…»

«Ma?»

«Non so come sia possibile. Sono amici, persino anime gemelle, ma Nieven è un elfo. E Lobelia è» — allontanai i palmi di una trentina di centimetri — «una fatina. Minuscola. E una principessa. Sono molto diversi.»

«La procreazione sarebbe una bella sfida, eh?»

«Già.» I miei occhi bruciavano dalla voglia di dare un'occhiata al fienile sopra di noi. Per me e Sam non era stato un problema. Anzi, il contrario.

«Finiamo il tour a San Francisco. Io… sto pensando di restare lì. Dopo il tour. Ho scritto parte del mio ultimo libro mentre ero in viaggio. Posso finire questo lontano da qui.» Soprattutto con Sam come ispirazione.

«Ti ha chiesto di andare in California con lei?» Il nonno controllò il chiavistello della posta.

«Non ancora.»

«Pensi che sia quello che vuole?»

«Ha detto che la storia finirà quando finirà il tour. Ma è quello che voglio io.» Le avrei chiesto di uscire per un vero appuntamento. Avremmo potuto ricominciare da capo e costruire una relazione come fanno le coppie normali.

Quando fosse stata pronta, mi avrebbe rivelato ciò che nascondeva.

Il nonno si fermò davanti alla porta della stalla. «Sta' attento ai tuoi sentimenti, figliolo. Dopo quello che è successo con tuo padre, puoi essere sensibile a queste cose.»

Aveva ragione. Se fossi stato furbo, l'avrei lasciata andare prima di cadere ancora più in basso. O il buco che si era spalancato nel mio cuore quando mio padre se n'era andato si sarebbe riaperto.

Ma io non ero furbo. Non secondo mio padre. E il mio cuore aveva di nuovo sopraffatto il mio cervello.

Il nonno uscì per primo dalla stalla. «Sembra che tu abbia una settimana per farle cambiare idea.»

Chiusi il chiavistello della porta della stalla e lo ricontrollai. Far cambiare idea a Sam non sarebbe stato facile. Avrei voluto poter far andare tutto a posto con la forza di volontà, come facevo nei miei libri.

Ma Sam non era una principessa delle favole. I suoi dialoghi se li scriveva da sola. E io dovevo lasciarle scrivere la prossima scena.

30

SAM

SFREGAIA LA TEGLIA, guardando le schegge del mio smalto nero mescolarsi con i residui di glassa incrostati. La base delle unghie era ancora di un nero lucido, ma le punte erano quasi tutte bianche. Le unghie di Qiana erano sempre così perfette. Avevo bisogno di uno dei suoi abbracci. E di parlarle di Niall, per districare i miei sentimenti per lui. O sarebbe stato strano, visto che era anche amica sua?

Non avrei dovuto aver bisogno di parlare con nessuno di lui. Sapevo quale fosse la cosa giusta da fare. Chiudere tutto insieme al tour, come avevo pianificato fin dall'inizio. Sapevo di non dover venire nel rifugio segreto di Niall, ma l'avevo fatto comunque. Strofinai un'altra macchia sulla teglia come se fosse quel fastidioso dolore che mi nasceva nel cuore quando pensavo alla fine del tour.

«Tutto bene, Sam?» domandò Elaine. «Non hai mangiato molto a cena, e di solito la gente non ne ha mai abbastanza del mio arrosto.»

L'odore pungente del lievito dell'impasto che stava lavorando mi solleticò le narici.

«Era delizioso. Credo di non avere fame.»

Mi lanciò uno sguardo acuto. «Stai covando qualcosa? Niall è sempre così attento durante quei tour.»

«Non credo. Non mi sento male, solo senza appetito.» Ero seduta accanto a Niall, e quando la sua gamba aveva sfiorato la mia sotto il tavolo, tutto il resto, compreso l'appetito, era svanito.

«Potrebbe essere qualcosa di più... emotivo?» Gli occhi di Elaine erano castani, ma mi ricordarono lo sguardo penetrante di mia madre.

Mi concentrai sullo strofinare la spazzola insaponata sul retro della teglia. «Emotivo?»

Elaine mise la palla di impasto in una ciotola e la coprì con un canovaccio. Mentre si lavava le mani nel lavandino accanto a me, disse: «Ho visto come guardi mio figlio. E come lui guarda te. Provate qualcosa l'uno per l'altra.»

Mi prese la teglia dalle mani, la sciacquò e cominciò ad asciugarla con lo strofinaccio. «Al mio secondo appuntamento con il padre di Niall, non riuscivo a mangiare. Non riuscivo neanche a dormire. Non ne avevo mai abbastanza di lui.» Posò la teglia. «Un'infatuazione del genere non esiste solo nelle canzoni d'amore.»

Lo sapevo. Avevo provato un'infatuazione per Stephen prima che mi spezzasse il cuore. Anche allora non riuscivo a mangiare. Mia madre, che controllava il mio apporto calorico quasi con la stessa attenzione con cui monitorava il mercato azionario, aveva commentato quanto il mio corpo fosse diventato spigoloso. I miei sentimenti per Niall erano malsani, proprio come con Stephen. Dovevo porvi fine.

Tolsi il tappo e guardai l'acqua vorticare nello scarico.

«Sam.» La porta sul retro si spalancò e Niall entrò, pulendosi gli stivali sullo zerbino. «Vieni fuori con me. Non crederai a che cielo stellato c'è.»

«Le stelle.» Non potei evitare che il labbro mi si arricciasse. «Prima il tramonto e ora le stelle?»

Il viso di Niall arrossì mentre lanciava un'occhiata a sua

madre. «Che posso dire? Voglio mostrarti tutte le parti più belle della fattoria.»

«Fa troppo freddo per il cappotto di Sam. Prendile uno dei miei,» disse Elaine. «Io vi trovo delle coperte.»

Non avrei dovuto. Ma lasciai che Niall mi imbacuccasse in un parka arancione come un cono stradale, con la sua sciarpa verde e un berretto di lana fatto a mano, e lo seguii fuori. L'aria gelida mi pizzicò il naso mentre ci allontanavamo dalle luci della casa e del fienile verso il bosco. Ci fermammo nel prato dove l'erba corta scricchiolò sotto i nostri piedi. Niall stese una coperta e ci sdraiammo, fianco a fianco. Rimboccò l'altra coperta sopra di noi e non sentii più il freddo.

«Stai abbastanza calda?» domandò.

«Mh-mh.»

«Ascolta,» disse.

Non c'erano rumori di auto: né clacson, né pneumatici sull'asfalto, né motori al minimo. Neanche rumori dell'oceano. Un suono, cra-cra, proveniva da sinistra.

Cra-cra. Cra-cra. Cra-cra.

«Cos'è questo rumore? Grilli?» Parlai a bassa voce, per non disturbare la quiete.

«No, è troppo presto per i grilli. Sono le raganelle di primavera: piccole rane, non più grandi di una monetina. Adoravo sedermi vicino allo stagno di notte ad ascoltarle. Immaginavo cosa si dicessero.»

Sorrisi, anche se Niall non poteva vedermi al buio. «Cosa dicevano?»

«Nella mia immaginazione, un richiamo era più acuto degli altri. Quella era la Principessa delle Raganelle di Primavera. E tutte le altre le offrivano cose: la foglia di ninfea più morbida su cui riposare, il punto più caldo nel fango in fondo allo stagno, l'insetto più succoso.»

«E quale accettava?»

«Tutte quante, come le era dovuto.»

«Sembra avida.»

«Erano felici di crogiolarsi alla sua presenza, onorate della sua attenzione.»

Niall si avvicinò scivolando, eliminando lo spazio tra noi. «Ora guarda in su.»

La luna era un pallido spicchio all'orizzonte. Ovunque il resto erano stelle, che scintillavano contro il blu-nero dell'inchiostro del cielo.

Non ne avevo mai viste così tante.

Al mio orecchio, sussurrò i nomi delle costellazioni e intrecciò le loro storie. Le conoscevo; le avevo divorate durante le lezioni di mitologia al primo anno di liceo. E una notte io, Marlee e Tyler eravamo andati a guardare le stelle a Corona Heights Park. Ma Niall le infuse di dramma, di eccitazione, di strazio.

Tra una storia e l'altra, intrecciò le sue dita con le mie. Mi accarezzò l'interno del polso. Mi baciò l'orecchio, il collo, la tempia. E io lo lasciai fare, contorcendomi sempre più vicina finché non mi cinse con un braccio e ci trovammo petto contro petto, ignorando le stelle e concentrati solo l'uno sull'altra, i nostri baci languidi che mi scaldavano la pelle nonostante il freddo che premeva giù dalle stelle.

Lo spinsi facendolo stendere sulla schiena e appoggiai le braccia sul suo petto. La luce delle stelle gli illuminava il viso.

«Le tue lentiggini.» La mia voce mi sorprese per la sua raucedine. «Sono come costellazioni.» Ne tracciai una sulla sua guancia destra. «Questa è un rettangolo.»

Le sue braccia mi circondarono la schiena. «Quello è un libro che scriverò. Per te.»

«Un libro intero? Solo per me?»

Le sue labbra si incurvarono in un sorriso. «Magari uno breve. Un romanzo breve. Tutto su Lobelia.»

«Nieven è il mio personaggio preferito. Puoi scriverlo su di lui?»

«Certo. Tutto quello che vuoi.»

«Questa sembra un pesce.»

«Un pesce?» Strinse un occhio. «È un aeroplano. Per il tour. E per i viaggi che faremo per vederci.»

Il cuore mi saltò un battito e mi allontanai da lui. «Niall, no.» Un dolore cominciò a nascere nel mio petto.

«Sì, Sam. Voglio passare più tempo con te. Sento qualcosa... qualcosa di verde e rigoglioso tra noi. Come le radici che si risvegliano nella terra. Come se mi avessi fatto un incantesimo. E non sono pronto a lasciarlo finire la prossima settimana.»

Per un momento, la speranza divampò nel legno morto del mio cuore. Ma crepitò e morì, soffocata per mancanza di ossigeno. Niall era un poeta, ed ero rimasta invischiata nelle sue parole.

«Intendi come tua musa.»

«Beh, quello, ma di più. Sam, io... io tengo a te. Lasciami tenere a te. Diamoci del tempo.»

«Mi piaci. Molto.» Sputai fuori le parole superando il nodo che avevo in gola. «Ma questa cosa, noi, non può continuare dopo la fine del tour. Torno in California per finire l'università. Devo finire la mia tesi per poterla discutere e poi laurearmi a giugno.»

«E poi quel post-dottorato.» Il suo sguardo guizzò sul mio viso come se stesse tracciando costellazioni tutte sue. «E la tua scrittura?»

«Io...» Cosa potevo dirgli senza rovinare il suo posto preferito con i brutti fatti di come avevo calpestato ciò che lui amava? Niente. Non potevo dirgli niente. «Ho chiuso con la scrittura. Ma tu,» mi affrettai ad aggiungere, «tornerai qui alla fine del tour per finire la serie.»

«Posso farlo ovunque. Compresa San Francisco, se me lo permetti.»

Mi permisi di immaginarlo per un secondo. Niall che viveva abbastanza vicino da vederlo ogni giorno. Non il ventiquattr'ore su ventiquattro del tour, ma cene insieme. Fine settimana. Lavorare alla mia tesi mentre lui era seduto lì vicino a scarabocchiare sul suo taccuino. La felicità che avevo provato con lui per tutto il giorno non doveva finire.

Ma poi avrebbe scoperto la verità. E mi avrebbe odiata. Mi

avrebbe disprezzata per aver tirato le cose per le lunghe, lasciandogli pensare che avremmo mai potuto essere qualcosa di più. E nessuna felicità temporanea valeva il dolore che già ora mi stringeva il cuore.

«Non posso.»

La sua voce tremò. «Quindi vado bene per una botta e via ma niente di più?»

«No, Niall. Io... non avrei mai sognato che il tour sarebbe stato così. L'hai reso magico.» Non usavo mai parole come magico, ma con Niall sembrava giusto. «Ma deve finire la prossima settimana. Non possiamo semplicemente goderci questo fino ad allora?»

La sua mascella si indurì. «Non puoi impedirmi di provare a farti cambiare idea.»

«Suppongo di no.» Anche se non potevo permetterglielo.

Mi mise una mano dietro la testa, e un attimo dopo mi ritrovai sulla schiena, con Niall che incombeva su di me. Mi baciò il naso, le sue labbra calde sulla punta fredda. Trascinò le labbra lungo la mia guancia e scostò la sciarpa per lasciarmi baci a ventosa sul collo. Un calore fuso si raccolse tra le mie gambe.

«C'è qualcosa di proibito in questo gioco?» domandò, con la voce ruvida.

«Quale... gioco?» Si era spostato sul mio orecchio, tracciandone il lobo in un modo che mi fece rabbrividire dentro il piumino.

«Quello in cui cerco di convincerti a non lasciarmi mai andare.»

«No. Niente di proibito.» Tranne il mio cuore.

Sbatté le sue labbra sulle mie con rabbia, saccheggiando, prendendo. Quando lo baciai, dimenticai tutte le ragioni per cui non avrei mai potuto vivere con lui nella fattoria: la mancanza di wifi, la distanza da qualsiasi università con un dipartimento di informatica di dimensioni adeguate, CASE e tutte le bugie che avevo detto. Invece, mi lasciai rotolare nel momento presente come Bilbo Baggins aveva fatto nella foresta.

Le sue mani gelide scivolarono sotto il mio cappotto, sotto la mia maglietta. La mia pelle accaldata accolse il suo tocco. Infilò un ginocchio tra le mie gambe, proprio dove avevo bisogno di lui, e mi strusciai contro di lui. Sotto la trapunta, non eravamo né scrittori né programmatori né impostori. Eravamo solo Sam e Niall, e mentre ci stringevamo l'una contro l'altro, con troppi strati di tessuto a separarci, potei quasi immaginare che non dovesse finire.

Si allontanò e mi prese il viso tra le mani. «Per quanto io ami la natura e... e fare questo con te all'aperto, forse dovremmo tornare dentro.»

«Nel tuo letto perfettamente funzionale?»

«Dove fa caldo e non dobbiamo preoccuparci del congelamento. Dove posso vederti. Tutta intera.» La voce di Niall era profonda. «Accenderò delle candele.»

«Non ho paura delle tue candele. O del tuo letto. Non vincerai.»

«Vedremo.»

Tornammo a casa, mano nella mano. Salimmo le scale scricchiolanti e lui accese le candele come aveva promesso. La luce tremolante lo delineava di rubino e oro come una delle collane di mia madre.

Il suo letto cigolò mentre lo cavalcavo e affondavo le mani nei capelli oro rosa sul suo petto lentigginoso. Mentre salivo e scendevo, cavalcandolo come le onde dell'oceano. Mentre salivo a spirale ancora e ancora finché non crollai contro il suo petto, esausta.

Il letto gemette mentre ci girava, mentre spingeva dentro di me come se potesse aprirmi in due e farmi versare tutti i miei segreti. Quando mosse una mano tra di noi e mi accese di nuovo, gli avrei detto ogni segreto che avevo, se solo avessi avuto il potere della parola. Ma l'unica parola che riuscii a formare fu il suo nome, più e più volte, come il gracidare delle raganelle di primavera.

Come la Principessa delle Raganelle di Primavera, presi tutto ciò che mi offriva.

Dopo, mi avvolse tra le sue braccia mentre respiravamo all'unisono. Chiusi gli occhi, rifiutandomi di guardare fuori dalla finestra le nuove costellazioni che erano sorte a ricordarmi che il mondo continuava a girare intorno a noi.

Che ci saremmo dovuti alzare, salutare la sua famiglia e volare a Dallas.

Che giovedì il tour sarebbe finito, di ritorno a San Francisco.

Che, se non le avessi fermate, Heidi e Martell avrebbero annunciato che era stato CASE a scrivere il libro.

Che, che fossi riuscita o meno a nascondere la verità, Niall non sarebbe mai potuto essere mio.

Fottuti sentimenti. Non li avevo voluti. Ed eccoli lì, che mi avvolgevano come edera attorno a uno degli alberi della foresta.

Quando il suo respiro si fece regolare, lento e profondo, mi districai dalle sue braccia, lasciai l'incanto del suo letto a lume di candela e tornai nella mia stanza fredda e buia. Ma il dolore nel mio cuore mi seguì.

31

NIALL

«NON CAPISCO perché non possiamo andare in un bar come le persone normali.» Gabi si tirò su il sacchetto di carta, facendo tintinnare le bottiglie.

«Lascia che lo porti io.» Tirai fuori goffamente la scheda magnetica dalla tasca e allungai la mano verso il sacchetto.

«Tu apri la porta. E poi chiedi alla tua principessa di uscire a festeggiare. Dove c'è musica. E martini. E gente figa di L.A. in cerca di una comparsata. A cui posso far finta di avere il potere di offrirne.»

Mi fermai a un paio di metri dalla porta. «Voglio festeggiare con Sam» dissi, a voce bassa perché Sam non mi sentisse.

«Cosa avrebbe fatto Sam per aiutarti a ottenere questo contratto?» Gabi spostò di nuovo il sacchetto e questa volta glielo presi. «Un cazzo, ecco cosa. Sono io la tua agente geniale che te l'ha accaparrato.»

«Lo so. E lo apprezzo. Apprezzo te. Ma Sam ora fa parte della mia vita.» Forse non aveva pronunciato le parole, ma aveva dormito nel mio letto ogni notte da quando eravamo stati alla fattoria. Be', non aveva esattamente dormito. Tornava sempre nel suo letto, dopo. Diceva di dormire meglio da sola. Anche se, a giudicare dalle occhiaie, non dormiva bene nemmeno da sola. A prescindere da ciò, doveva pur significare qualcosa il modo in cui mi guardava negli occhi ogni notte mentre ero dentro di lei, il modo in cui sussurrava il mio nome come una supplica.

Gabi socchiuse gli occhi ma non disse nulla, il che mi sorprese più di qualsiasi cosa avrebbe potuto dire.

Infilai la chiave nella fessura. Rosso. Di nuovo, armeggiandoci un po'. Rosso. Di nuovo, velocemente. Rosso.

«Dannazione, Niall, lascia fare a me.» Gabi mi strappò la scheda di plastica dalla mano e aprì la porta al primo tentativo.

Con uno sguardo acuto, notò la porta comunicante aperta. «Tesoro, siamo a casa» gridò.

Bilbo sfrecciò fuori dalla stanza di Sam, abbaiando a più non posso, ma si fermò e si sedette non appena mi vide. Mi chinai per grattargli tra le orecchie. «Sam?»

«Sono qui.» Uscì dalla sua stanza attraverso la porta comunicante, togliendosi gli auricolari senza fili. «Ehi, mi è venuta un'idea per...» Si interruppe quando vide Gabi.

Mi diressi verso di lei e la baciai. Potevo farlo. Davanti a Gabi. L'avevo fatto persino in libreria dopo la presentazione della sera prima. Era così rilassata e a suo agio, un mondo di differenza dalla prima imbarazzante sessione di domande e risposte a Chicago.

«Che succede?» Guardò Gabi e il sacchetto che tenevo ancora in mano.

«Stiamo festeggiando. Niall ha detto che preferiresti farlo qui in albergo piuttosto che in un bar o in un ristorante.»

Un piccolo sorriso le increspò gli angoli delle labbra. «Cosa festeggiamo?»

Gabi trovò tre bicchieri e li sbatté sulla scrivania. Fece un cenno per lo champagne e io lo posai accanto ai bicchieri. Si mise al lavoro per aprire la stagnola. «Hanno dato il via libera alla seconda stagione.»

«Non hanno ancora finito di girare la prima, vero?» chiese Sam.

Gabi fece forza sul tappo. «No, ma c'è stato così tanto entusiasmo per le foto di scena che sono andati avanti. Vorrei avere un terzo libro da vendergli.»

Era il momento di mostrarle quello che avevo fatto alla fattoria e nelle prime ore del mattino degli ultimi giorni. Sollevai da terra la borsa di tela della libreria, gonfia di quaderni, e la sbattei sulla scrivania.

Gabi posò la bottiglia. «Cos'è questo?»

«Il terzo libro. Ho finito. Be', ho finito la prima stesura.»

«Niall!» Mi avvolse con le braccia. Poi mi diede un colpetto sul braccio. «Perché non mi hai detto niente?»

«Io, ehm, non ero sicuro di quanto sarebbe durata la musa. Non volevo portare sfortuna.»

Gabi guardò Sam in cagnesco per un istante, ma poi tornò alla bottiglia. Stappò il tappo e raccolse il vino spumeggiante in un bicchiere. Riempì gli altri due e ce li porse. «A Niall e ai suoi elfi dei boschi. E al terzo libro. Che ci siano molte altre stagioni. E action figure. E magliette. Una linea di articoli per la casa a tema elfi dei boschi. E un lungometraggio.»

Alzammo tutti i bicchieri e li facemmo tintinnare. «A Niall» le fece eco Sam.

«Non posso credere che tu abbia detto di no al cameo.» Gabi mi guardò accigliata, come aveva fatto nella sala conferenze dello studio.

«Sono pronto a ridimensionare il mio personaggio di autore pubblico. Diventerò un autore eremita come Cormac McCarthy. Niente più prime cinematografiche, niente più Us Weekly. Niente più paparazzi. Metto la testa a posto.» Non mi era mai piaciuta quella roba da autore-celebrità, ma l'avevo fatto per rendere felice Gabi. Per vendere libri, per finanziare la fattoria. E, dovevo ammetterlo, per dimostrare a mio padre che ero degno della sua attenzione. Ora avevo deciso di fare ciò che avrebbe reso felice Sam. Fanculo Paul Swift. E avrei scritto più velocemente per guadagnare abbastanza da dare una mano alla fattoria. Avevo già un'idea in germe per una serie spin-off. Abbracciai le spalle di Sam e le baciai la sommità del capo, respirando il profumo erbaceo dei suoi capelli.

Gabi si accigliò. «Altre foto di te che leggi in pubblico farebbero vendere più merchandising degli elfi dei boschi.»

«Concentriamoci sui libri» ringhiai. «Non sugli oggetti da collezione.»

«E sulla serie.» Gabi alzò il bicchiere prima di svuotarlo. «Vi lascio finire i festeggiamenti come meglio credete.» Sollevò le sopracciglia verso il letto king-size. Per fortuna, il servizio di pulizie aveva sistemato le lenzuola aggrovigliate dal sesso.

«Dove vai? Pensavo che saremmo rimasti qui, avremmo ordinato una pizza.» Avrei cercato di convincere Sam e Gabi a comportarsi almeno in modo amichevole l'una con l'altra.

«Mentre tu stringevi mani, io fissavo un appuntamento con uno dei dirigenti junior. Non sei l'unico a desiderare un po' di compagnia, sai. E se va bene» fece spallucce «magari io posso ricavarci un cameo.»

«Se vuoi un cameo, lo chiederò io ai produttori.»

Fece un sorrisetto. «È più divertente a modo mio.» Mi baciò sulla guancia, posò il bicchiere e si diresse ancheggiando verso la porta. «A dopo, ragazzi. Parto domani mattina, ma ti manderò un messaggio dall'aeroporto, Niall. Spediscimi quei quaderni.»

«Ciao, Gabriela. Divertiti.» Sam si appoggiò alla mia spalla.

«Ciao, Gab...» La porta che si chiudeva troncò le mie parole.

«Quindi immagino che ora siamo solo noi due.» Mi lasciai cadere sulla grande poltrona e tirai Sam sulle mie ginocchia. Posai il mio bicchiere mezzo pieno sul tavolo.

«Già.» Posò il suo bicchiere quasi pieno accanto al mio. Gabi non sapeva che lei lo odiava.

«Ho comprato anche del vino bianco. Non so nulla di Chardonnay, ma il ragazzo del negozio ha detto che è di prima scelta.»

«Magari più tardi.» Si sporse all'indietro per guardarmi negli occhi. «Sono davvero emozionata per te. Sei felice dell'accordo?»

«Immagino di sì. Sono soldi che guadagno senza fare quasi nulla. Anche se questa volta Gabi mi ha ottenuto l'approvazione della sceneggiatura.»

«È una buona cosa, no? Così hai il controllo sull'adattamento?»

«Sì.» Se Sam avesse potuto aiutarmi a gestire le mie e-mail, avrei potuto farlo a distanza.

«Ehi, ho finito di ascoltare I segreti degli elfi dei boschi. So che lo sai, ma è fantastico.»

Un calore mi percorse la pelle. «Ti è piaciuto? Non è bello come Mago, ma...»

«Niall.» Il suo tocco sulla mia guancia fu leggero come una piuma, ma non riuscii a resistergli. La guardai negli occhi. «L'ho adorato. Davvero. Stavo per iniziare Tradimento quando sei entrato. È un bene che il terzo libro non sia pronto, altrimenti non finirei mai la mia tesi.»

Mi chinai in avanti e la baciai, prendendole le labbra come non avrei potuto fare davanti a Gabi. Quando riemettemmo fiato, dissi: «Grazie. Detto da un'autrice del tuo calibro, significa molto.»

Una piccola ruga le si formò tra le sopracciglia. «Non parliamo di Mago nella macchina. Stasera è tutta per te. E io ho... ho una proposta.»

Inarcai le sopracciglia e poi le baciai il collo. «Una proposta sexy?»

«No.» Ridendo, mi spinse sul petto.

Riluttante, la lasciai andare. «Che tipo di proposta, allora?»

«Penso che i tuoi elfi dei boschi sarebbero perfetti per un videogioco.» Alzò un dito per fermare la mia protesta. «So che la tecnologia non fa per te. Ma a me interessa. Potrei aiutare. Io e Jackson programmavamo videogiochi insieme. Potrei metterti in contatto con alcuni programmatori che morirebbero dalla voglia di dare vita agli elfi dei boschi.»

Gabi mi aveva parlato dei diritti per i videogiochi più o meno nel periodo in cui stavamo concludendo l'accordo per la TV. Allora avevo rifiutato. Ma questo era diverso. C'era di mezzo Sam.

«Non voglio dei programmatori. Voglio te.»

«Niall, io sono una programmatrice.»

«Lo voglio fare solo con te.» Gabi non era l'unica con doti di negoziazione. Un accordo del genere ci avrebbe legati, l'avrebbe tenuta con me anche dopo la fine del tour.

«Ma io... io me ne vado. Farò un post-dottorato. E poi diventerò una ricercatrice. Hai bisogno di qualcuno a tempo pieno, che possa avere il gioco pronto per l'uscita della serie. Non di qualcuno che lo programmi nel tempo libero.»

«Aspetterò. Te.»

«Niall.» Sospirò dal naso. «Non sai neanche se sono brava. Gabi non ti lascerebbe mai fare un accordo del genere.»

«Allora mostramelo.» Le strinsi di più la vita. «Mostrami uno dei tuoi giochi.»

Sganciò una delle tasche dei suoi pantaloni cargo e poi la richiuse. «Ho smesso di farlo quando Jackson ha fondato la Synergy, ai tempi delle medie. Quei giochi fanno schifo.»

«Mi piace quando fai schifo.» Le mordicchiai di nuovo il collo. «Mostrami.»

«Aspetta, intendi il gioco o farti un pompino?» Si dimenò sulle mie ginocchia.

Gemetti. Ero già mezzo duro. Ma questo era importante per lei. «Il gioco. Prima.» Le mordicchiai il lobo dell'orecchio e poi mi allontanai.

«Okay. Ricorda, è roba di quando avevo dieci anni. I giochi hanno fatto molta strada da allora.» Scivolò via dalle mie ginocchia ed entrò nella sua stanza. Tornò con il suo portatile. «Vieni, giochiamo sul letto.»

«Stai davvero cercando di distrarmi, non è vero?» Mi alzai e mi sistemai discretamente i pantaloni.

Fece un gran sorriso. «Penso che ti piacerebbe di più un gioco per adulti piuttosto che qualcosa che ho programmato mentre portavo l'apparecchio.»

«La dama si lagna troppo, a parer mio. Adesso voglio proprio vederlo.»

Si morse il labbro. «Allora tu puoi mostrarmi uno dei tuoi giochi sconci del 4-H.»

Mi sedetti sul letto e allungai le gambe. «Affare fatto. Ma ricorda che nessuno di quei giochi era autorizzato dall'organizzazione nazionale.»

Si rannicchiò accanto a me con il suo portatile. Bilbo saltò su e si acciambellò dall'altro lato. «Lo terrò a mente quando manderò un'e-mail di ringraziamento al consiglio.»

32

SAM

NOVANTA MINUTI.

Controllai il telefono. Ormai ero diventata brava a indovinare quanto sarebbe durata la sessione di autografi da una stima rapida del numero di presenti. I miei ultimi novanta minuti a respirare la sua stessa aria. A sfiorargli la mano, con finta noncuranza, mentre entrambi afferravamo la pila di libri tra di noi. Ad aspirare nei polmoni quel profumo di bosco che si portava dietro ovunque andasse.

Novanta minuti della felicità che provavo quando era vicino.

Scendemmo dal palco improvvisato verso il tavolo, i nostri movimenti un balletto ben collaudato. Mentre mi sedevo sulla sedia, quella a destra in modo che io e Niall non ci urtassimo i gomiti firmando, mi sfregai la mano al centro del petto, proprio dove sentivo una fitta.

Quando Niall voltò la testa verso di me, una cosa che sentii più che vedere, il mio corpo smaniava dalla voglia di girarsi verso di lui. Le mie labbra fremettero per incurvarsi e scambiare un sorriso con lui, come avevamo fatto per tutta la settimana passata. Desideravo ardentemente appoggiarmi a lui, lasciargli sussurrare all'orecchio una delle sue parole d'incoraggiamento.

Invece, lasciai cadere la mano sul tavolo e mi raddrizzai. L'addestramento di mia madre, un tale fallimento per ciò che voleva che io fossi, mi avrebbe salvata. Avrei sorriso e chiacchierato con i lettori e finto di essere al mio posto per un'altra serata. Poi, tra ottantotto minuti, sarei fuggita. Sarei tornata all'isolamento del mio appartamento. Il giorno dopo, sarei stata di nuovo nel mio ufficio all'università. Sarei tornata a essere un'informatica. Non avrei più dovuto mentire.

Il suo braccio lentigginoso sfiorò il mio. «Stai bene?», sussurrò mentre il personale del negozio organizzava i lettori in file.

«Certo», mentii. Ormai era diventata una seconda natura.

«Non te l'ho nemmeno chiesto. Ci sei mai stata qui? In questa libreria?»

Feci spallucce. Le chiacchiere erano facili. Forse sarei riuscita a superare la serata senza una conversazione difficile. Forse respingere ogni accenno di Niall aveva davvero funzionato e lui era pronto a chiudere. Proprio come volevo io.

«Sì». Diedi un'occhiata ai lettori in coda. «Non è lontano dall'università. A volte compro qui i libri per mio nipote». Potevo andare a piedi dalla libreria al mio appartamento. Potevo immergermi nella nebbia della città e lasciare che portasse via tutte le bugie come il vapore stira le pieghe da un abito di seta.

Ma non ancora. La prima persona si avvicinò al mio lato del tavolo, e io sfoderai il mio sorriso, afferrai il mio pennarello Sharpie verde acido e mi misi al lavoro.

La folla aveva cominciato a diradarsi quando una coppia di figure fin troppo familiari si avvicinò al tavolo. «Samvise».

«Zia Sam!» Noah si incurvò come se potesse nascondere lo slancio iniziale di eccitazione. Mi ero sforzata così tanto di sembrare distaccata quando avevo dodici anni? Probabilmente.

Mi alzai. «Porca miseria, sei cresciuto di nuovo?» Lo abbracciai, al diavolo il suo orgoglio da dodicenne.

Mi alzai in punta di piedi per baciare la guancia di mio fratello. «Che ci fate qui?»

«Volevamo essere qui per l'inizio», disse Jackson, abbassando la testa. «Ma c'è stato un, ehm, contrattempo di San Valentino». Arricciò il naso. «Non ero preparato a quanti liquidi possa espellere un bambino così piccolo».

«Non ti ricordi di quando ero piccola io? O Nat?»

Fece spallucce. «Vi ho lasciati alle tate finché non siete diventate più interessanti. Anche se Nat non è ancora interessante. Non dire a tua nonna, o a tua zia Natalie, che l'ho detto», aggiunse a beneficio di Noah.

Le sopracciglia di Noah, del colore della sabbia bagnata, si aggrottarono. «Zia Sam, non mi hai detto che hai scritto tu il libro».

Sentii l'attenzione di Niall puntare su di noi. «No, Noah, non te l'ho detto. C'erano dei motivi per cui dovevo tenerlo segreto. Ma te ne parlerò appena possibile».

«Questo fine settimana? Jay dice che probabilmente verrai. A vedere il bambino».

«Certo che verrò. A vedere tutti voi». Avrei voluto allungare la mano per scompigliargli i capelli color sabbia, troppo lunghi. Ma sembrava che mi avrebbe bloccata se avessi provato a toccarlo. Dodici anni.

Jackson strappò il libro dalle mani di Noah. «Allora te lo faremo firmare questo fine settimana». Alzò le sopracciglia scure verso di me. Una minaccia. In cambio di una promessa.

«Ma», mio fratello guardò oltre di me, «non vedremo il signor Flynn questo fine settimana, vero?»

«No», dissi, senza voltarmi a guardarlo. «Niall deve tornare a casa. A scrivere. Alla fattoria. Ma dovresti prendere una copia del suo libro. È la storia più incredibile che leggerai mai. Anzi, comprali entrambi. Vorrai leggere Segreti per primo. Poi Tradimento. Te lo firmerà. Entrambi. Li firmerà entrambi. Vero, Niall?» Non attesi la sua risposta. «Noah, lo sapevi che stanno facendo una serie TV dai suoi libri? Due stagioni». Nominai uno degli attori, uno che avrebbe conosciuto data la sua ossessione per i film di supereroi.

Tenni lo sguardo fisso su quello di mio fratello. *Non dire una parola.*

La sua bocca si serrò. *Ne parleremo questo fine settimana.*

Deglutii. A Jackson non fregava niente del mio accordo di riservatezza.

«Che figo». Gli occhi di Noah brillavano di ammirazione. Prese una copia di ciascun libro dal lato del tavolo di Niall e si mise di fronte a lui. «Me li firmerebbe, per cortesia?»

«Certo. Sei Noah, giusto? Ho visto il tuo disegno, quello che… ehm… Jackson ha mostrato a Sam. Le tue doti artistiche sono notevoli».

«Mi piace l'arte». Fece spallucce. «Ma mi piace di più programmare. Credo che sia quello che voglio fare da grande. Come Alicia e Jay. Come Sam».

«Anche Sam è una brava scrittrice». Si chinò sulla pagina per scrivere la dedica.

«Sì, ma non lo sapevo finché...» Noah alzò lo sguardo verso Jackson. «Finché non ho sentito per caso delle cose».

Jackson si grattò la barba e non incrociò il mio sguardo.

«Ti è piaciuto il suo libro?» Niall soffiò sull'inchiostro come faceva sempre. La cosa mi fece rabbrividire, pensando a come a volte soffiava sulla mia pelle. Prese il secondo volume da Noah.

«Sì, era un po' strano, ma mi è piaciuto *Il Mago*».

«Allora dovremo lavorare insieme per convincerla a scriverne un altro». Niall fece un cenno a mio nipote.

Noah inclinò la testa. Non erano parenti di sangue, ma sia lui che Jackson mi lanciarono sguardi identici e sospettosi.

Merda.

«Grazie di essere passati, ragazzi. Vi voglio bene. Ci vediamo questo fine settimana. Cosa ti porto, Noah? Qualcosa di aspro? O di gommoso?»

«Entrambi». Se non avesse avuto le mani piene di libri,

avrebbe incrociato le braccia. La sua espressione e la sua postura, pur reggendo i libri, mi davano della cazzara.

«Affare fatto». C'era un negozio di caramelle non lontano dalla libreria, vicino alla fermata dell'autobus. Avrei comprato il suo silenzio. Vorrei che funzionasse anche con mio fratello.

«Piacere di averti conosciuto, Noah. Jackson, è stato…» Niall si asciugò le mani sui lati dei jeans.

«Un'esperienza davvero terrificante?» Jackson si chinò e parlò più a bassa voce del brusio dei clienti della libreria, ma lo sentii. «Spero che si sia comportato da perfetto gentiluomo con mia sorella. Sarebbe un peccato se dovesse succedere qualcosa a quelle mani». Fece un cenno alle dita di Niall macchiate d'inchiostro.

«Jackson? Vaffanculo», sussurrai.

Mio fratello si schioccò le nocche. «Ti aspettiamo, Sam. Ti diamo un passaggio a casa». Mise una mano sulla spalla di Noah e lo allontanò con il suo bottino di libri.

Alzai lo sguardo sulla persona successiva in fila. Quasi finito. Altri quindici minuti.

Quando l'ultimo lettore se ne andò, Niall si alzò e si stiracchiò. «Che ne dici di…»

Jackson, in agguato nella sezione delle riviste lì vicino, intercettò il mio sguardo. Dieci minuti, gli mimai.

Ma Niall aveva visto. «Torni a casa con tuo fratello?»

«Sì, penso sia meglio così». Allineai gli Sharpie sul tavolo.

«Non gli hai parlato del tuo libro. Non hai detto a tuo nipote che eri una scrittrice. Eppure te ne vai con loro e non con me. Ho visto ogni parte di te, Sam, e…»

Un paio di persone alzarono lo sguardo dalla sezione Relazioni. Mi alzai e gli afferrai un braccio. «Andiamo». Scrutai il negozio in cerca di un angolo privato. Non vedendone nessuno, mi diressi decisa verso lo sgabuzzino dove avevamo riposto i nostri bagagli. Quando fu completamente dentro, chiusi la porta e mi ci appoggiai.

«Cazzo, è buio». Una sottile striscia di luce da sotto la porta illuminava le sue Oxford stringate e le suole dei miei stivali. Cercai a tentoni un interruttore sul muro.

Un clic, e sbattemmo le palpebre l'uno verso l'altra nella luce fioca di una lampadina nuda. Il cordino pendeva tra di noi, oscillando ancora per il tiro di Niall.

«Che diavolo, Sam?»

Mi concentrai sul motivo a quadri della sua camicia. Era una delle mie preferite, grigia con strisce nere e strisce rosse più strette che si abbinavano ai suoi capelli. Ma chi volevo prendere in giro? Erano tutte le mie preferite. Avrei tappezzato le pareti del mio rifugio sotto la montagna con la mezza dozzina di fantasie a quadri del tour del libro.

«Io e la mia famiglia siamo diversi dalla tua. Beh, da tua madre e tuo nonno. Non siamo persone che condividono». Lo eravamo stati, una volta. Quando c'era papà. Dopo di allora, avevo condiviso gran parte della mia vita, i miei segreti, con Jackson. Fino a Stephen. Dopo quello, avevano usato come arma tutto ciò che avevo detto loro. Mio fratello voleva solo proteggermi, ma a volte una ragazza ha bisogno di fare i propri errori.

E io ne avevo fatto uno grosso.

Niall si passò una mano tra i capelli ramati, illuminati d'oro dalla lampadina da 40 watt. «Mi dispiace, Sam. Non voglio farmi gli affari tuoi, ma non pensi che la tua scrittura sia qualcosa che avresti dovuto condividere con loro?»

«Ho le mie ragioni». Serrai la mascella e desiderai di essere quindici centimetri più alta per non dover tendere il collo per guardarlo.

«Cosa mi stai nascondendo, Sam?»

Per un secondo, soppesai le mie opzioni. Dirglielo, togliermi il peso dal petto. Mi avrebbe lanciato uno sguardo di disgustato tradimento e se ne sarebbe andato. Heidi si sarebbe abbattuta su di me come un martello con i suoi avvocati, e avrei detto addio al mio dottorato. Oppure tenere la bocca chiusa. Lasciargli credere che non fossi un'imbrogliona ancora per qualche minuto, finché non fossi potuta tornare alla mia vita solitaria e senza Niall, con il mio futuro intatto.

«Niente di cui possa parlarti». Fissai il bottone della sua camicia. Ero stata io ad allacciarlo quella mattina dopo la doccia. Mi era piaciuta l'idea che andasse al nostro ultimo evento del tour con addosso abiti che gli avevo messo io. Come uno scudiero che arma il suo cavaliere, proteggendolo da tutti i malintenzionati. Compresa me stessa.

«Non puoi, Sam? Abbiamo condiviso così tanto». Mi strinse la mano e la girò. Rimanevano solo macchie del mio smalto nero, centrate su ogni unghia, sbeccate e frastagliate ai bordi. Mi accarezzò la mano, pallida con vene blu che la attraversavano.

«Non posso».

«E dopo? Hai pensato a...»

«Non posso fare neanche quello. È come ti ho detto...»

«Questa cosa, noi, finisce con il tour. Non puoi volerlo, Sam. So che io non lo voglio».

Ogni parola era un chiodo nel mio cuore, che lo trafiggeva. Riuscivo a malapena a respirare per il dolore. «Ho amato ogni minuto. Beh, tranne i primi giorni. Ma questa è la fine».

«Quindi questo è un addio? Proprio qui, in uno sgabuzzino?» Diede un calcio a una bomboletta di lucidante per mobili, che cadde con un clangore.

Quando finalmente alzai lo sguardo, la bocca di Niall era contratta dal dolore. Probabilmente lo stesso dolore del mio cuore costellato di chiodi. Le lacrime mi pizzicarono dietro gli occhi, ma le ricacciai indietro. Se fossi uscita di lì con gli occhi rossi, Jackson avrebbe preso a pugni Niall.

Le sue mani risalirono lungo le mie braccia fino alle spalle. Mi prese il viso tra le mani, strofinando un pollice calloso contro la mia guancia. Dio, quanto mi sarebbero mancati quei calli.

«Addio». Fu tutto ciò che riuscii a spingere oltre la mia gola serrata.

«Sam».

In quella singola parola, spezzata, lo sentii. Anche il suo cuore si stava frantumando. Ma non era niente in confronto al dolore che avrebbe provato se gli avessi detto la verità. Non voleva sapere come avevo usato la tecnologia per prendermi gioco di tutto ciò che amava, di tutto ciò in cui credeva.

Meglio lasciargli credere nella favola ancora un po', finché non avessi potuto mettere un po' di distanza tra noi. Gabi gli avrebbe trovato un'altra attrice di serie B più velocemente di quanto io potessi dire rimpiazzo. Mi avrebbe dimenticata abbastanza in fretta.

«Sam, io... non devi rispondere. So che è troppo presto, e probabilmente pensi che io sia un Romeo malato d'amore. Ma devo dirti come mi sento». Prese un respiro, risucchiando ogni molecola di ossigeno dallo sgabuzzino. «Ti amo».

Il mio cuore sanguinante e costellato di chiodi sussultò. «No, Niall, tu...»

«Non dirmi che non conosco i miei sentimenti. So che è veloce. Ma non posso farci niente. Ti amo», ripeté. Come se, a dirlo abbastanza spesso, diventasse vero.

Aprii la bocca per controbattere, per dirgli che si sbagliava. Che anche il mio cuore si sbagliava.

L'istante dopo, le labbra di Niall erano sulle mie, poi un braccio mi avvolse mentre l'altra mano mi cullava il viso. Afferrai la morbida flanella della sua camicia così forte che un bottone schizzò sul pavimento.

Il polso mi martellava nelle orecchie. Mi alzai in punta di piedi per inseguire quel bacio, la sensazione delle nostre labbra e lingue che scivolavano insieme, i denti che si toccavano nella nostra frenesia di avvicinarci, di unirci come avevamo fatto quel pomeriggio nel fienile e ogni notte da allora, per essere una cosa sola. Avrei potuto vivere per sempre in quel momento, nella trama ruvida della sua camicia sotto le mie mani, nel calore delle sue labbra, nella forza delle sue braccia intorno a me. Non volevo che mi lasciasse mai andare.

Finalmente, il neurone giusto si attivò, ricordandomi che non potevamo farlo. Appartenevamo a parti diverse del paese. A mondi diversi. Io appartenevo a questa città, dove la bugia era nata, e l'avevo accettata. Dove dovevo continuare a mentire per altre poche settimane finché non fossi potuta fuggire, pergamena di dottorato in mano. Lui apparteneva alla natura, per sempre vero, puro e onesto. Tornai sui talloni, Niall che si chinava su di me, mordicchiandomi il labbro inferiore.

Mi liberai con uno strattone ma non lo spinsi via. Mi baciò la mascella, il lobo dell'orecchio, il punto sul collo che mi faceva liquefare le ginocchia. Le mie mani traditrici si aggrapparono alla sua camicia.

Nel padiglione del mio orecchio, sussurrò: «Siamo connessi, Sam. Non lo senti? Veniamo da contesti diversi, potremmo avere opinioni diverse sull'arte, ma le nostre anime sono simili. Le sento che si intrecciano come due viti. Noi siamo fatti per stare insieme. Dobbiamo dare a questa cosa, a noi, una possibilità di crescere».

I muscoli del mio stomaco si tesero, probabilmente per impedire ai miei organi di saltar fuori dal corpo. Volevo così disperatamente essere d'accordo con lui. Lo sentivo davvero: il riconoscimento di quando si riguarda un film preferito, la soddisfazione di scorrere una sezione di codice elegante, il piacevole ronzio della sala server.

Lo amavo. Ma non ero abbastanza crudele da ammetterlo. Da condannarlo a vivere nel mio mondo di bugie, a esserne contaminato.

Lo spinsi via, e lui barcollò all'indietro contro uno scaffale di metallo. «Tu non mi conosci».

Inspirò bruscamente, con un suono simile a uno strappo di stoffa. «In tre settimane, abbiamo passato più tempo insieme di quanto la maggior parte delle persone faccia in tre mesi. Sono completamente incantato».

Il calore, e non il calore sexy di un minuto prima, ma un calore rabbioso, mi ribollì sulla pelle. «Incantato? Sono la cosa più lontana che esista da una principessa delle fate». Avevo ascoltato Il Tradimento degli Elfi dei Boschi. Avevo sentito la sua descrizione di Lobelia. Regale, pura e nobile. Niente a che vedere con me. Niente che avrei mai potuto essere.

«Devo andare. Jackson sta aspettando».

Anche nella luce fioca della lampadina, le sue lentiggini spiccavano sulla pelle pallida. La sua voce era incrinata. «Vuoi davvero che prenda il mio volo domani?»

Trovai la maniglia della mia valigia e la strinsi. «Sì. Il tuo posto è alla fattoria. E a scrivere in quell'ansa del torrente».

Una pausa. «Verrai a Vegas il mese prossimo, vero? Per la cerimonia di premiazione».

«No, io… non posso».

«Certo che puoi. Meriti di vincere. Anche se non vinci, meriti di essere lì».

Non lo meritavo. Fissai il punto della sua camicia dove il rosso incontrava il nero.

Mi afferrò la mano. «Vacci per me, allora. Ho bisogno di te lì. Se nessuno dei due vince, possiamo ubriacarci insieme. Se vinco io, non avrà lo stesso significato senza di te».

Sapeva esattamente quale tasto premere. Aveva bisogno di me. Solo di me. Come nessun altro aveva mai fatto. Avrei potuto vederlo ancora una volta, e poi mai più. Perché Heidi avrebbe rivelato la verità dopo quello. Contro ogni buon senso, la parola mi uscì da sola. «Okay».

Il suo bacio successivo non fu passione famelica ma un dolce addio, e squarciò il mio cuore frantumato.

«Conto su di te. Ci vediamo tra trentuno giorni».

Mi strinse la mano un'ultima volta, poi aprì la porta. Sbattei le palpebre nella luce più intensa della libreria. Rimase per qualche secondo sulla soglia, come se mi stesse passando in rassegna. Poi le sue labbra si contrassero. Si girò e tornò verso il tavolo.

Jackson, stringendo il trasportino di Bilbo Baggins, fulminò Niall con lo sguardo.

Mi misi in spalla la borsa del computer e feci rotolare la valigia verso mio fratello.

«Tutto a posto? Non devo spaccargli il culo, vero?» Fissò la nuca di Niall.

«No. Ricorda, non sono più un'adolescente. So cavarmela da sola».

«Sei appena uscita da uno sgabuzzino buio. Con un tizio». Inarcò un sopracciglio scuro.

«Messaggio ricevuto». Mi raddrizzai. «Sto bene. A proposito di adolescenti, dov'è finito Noah?»

«Bilbo si lamentava. L'ha portato fuori. Sei sicura di stare bene? Hai gli occhi rossi».

Sbattei le palpebre come se potessi cancellare le prove. «Puoi portarmi a casa?»

Lentamente, annuì, senza mai staccare lo sguardo dal mio. «Ricorda, Samvise, sarò sempre disponibile per spaccare qualche culo. Non importa quanti anni avrai». Mi tolse la borsa dalla spalla e se la mise in tracolla.

«Non ne ho bisogno, Jackson. Sono una ragazza grande ormai. Sono indipendente».

Proprio come avevo sempre voluto.

Ma ora, con il cuore a brandelli nel petto, l'indipendenza non sembrava più così allettante.

33

NIALL

FISSAI TORVO il papillon scivoloso nello specchio e ci riprovai.

Forse faticavo perché ero mancino. Mi avevano dato per sbaglio le istruzioni per destrimani, e avevo ignorato il magico foglietto di istruzioni Come annodare un papillon per mancini che mi avrebbe insegnato a farlo al primo tentativo? Il cappio mi scivolò dalle dita, lasciandomi a stringere il vuoto. Ricominciai da capo.

Il negozio di abiti da cerimonia nell'hotel di Las Vegas mi aveva talmente sopraffatto che non capivo più niente. Tutte quelle foto enormi di sposi e spose, e una di loro assomigliava a Sam, i capelli raccolti in uno chignon disordinato, un bouquet in una mano e lo sposo nell'altra, mentre rideva in un modo sfrenato che Sam non faceva mai.

Sam tratteneva sempre qualcosa. Specialmente nei nostri messaggi e nelle nostre chiamate dell'ultimo mese. Una volta, mi era sfuggito il telefono e avevo premuto per sbaglio il pulsante della videochiamata. Era stato l'errore migliore della mia vita, perché ero riuscito a vederla, con i capelli scuri che le sfuggivano dallo chignon, i suoi occhi viola spalancati e sorpresi di vedermi.

Anche in video, aveva attentamente controllato l'espressione, mordendosi il labbro, senza promettere nulla.

Ma quella sera c'era la cerimonia del Tower Prize. Aveva promesso che sarebbe venuta. E dopo la cerimonia, l'avrei portata nella mia stanza d'albergo e avremmo parlato. Faccia a faccia. Basta tergiversare.

Le mie mani tremavano sul papillon, ma feci passare un cappio attraverso l'altro e, lentamente, con attenzione, tirai le estremità del fiocco.

Cazzo! Sembrava il laccio delle scarpe di un bambino di sei anni dopo un'ora al parco giochi. Infilai le dita nel nodo per scioglierlo.

Perché ci avevo anche solo provato? Avevo un papillon pre-annodato, perfettamente funzionale, appeso nell'armadio. Era andato bene per la dozzina circa di eventi formali a cui avevo partecipato da quando Segreti era entrato nella classifica dei bestseller. A nessuno alla cerimonia sarebbe importato.

A Sam non sarebbe importato. Mi aveva visto con camicie di flanella. Magliette. Pantaloni del pigiama. E molto meno. Ma – e questa era la ragione per cui ero corso di sotto, con la camicia da cerimonia appena infilata nei pantaloni dello smoking, e avevo sborsato una cifra assurda per un papillon – Sam sapeva riconoscere quello vero, e se lo meritava.

Avrei potuto lasciare che la commessa del negozio me lo annodasse. Le sue dita dalle punte rosa sembravano esperte. Ma il pensiero di qualcuno che non fosse Sam a toccarmi mi faceva venire prurito alla nuca. Avrei annodato quel papillon, e speravo con tutto me stesso che fosse Sam a scioglierlo più tardi, facendo scorrere quelle sue dita delicate lungo la seta, facendole scendere lungo l'abbottonatura della mia camicia, slacciando i bottoni man mano.

Il mio cazzo ebbe un fremito di speranza, ma si afflosciò di nuovo lungo la coscia quando guardai il groviglio stropicciato del papillon. Non potevo scendere lì sotto conciato in quel modo.

Chi poteva aiutarmi? Né Heidi né Qiana erano venute alla

cerimonia. Heidi mi aveva detto che avevano una situazione di emergenza in ufficio.

Lanciai un'occhiata al telefono sul bancone del bagno. Quello era uno dei momenti in cui avrei desiderato avere un padre vero, uno a cui poter chiedere cose come i papillon. Mio padre ne aveva probabilmente annodati a bizzeffe. Ma Sam mi aveva mostrato come bloccare e cancellare il suo numero. Avevo smesso di andare a caccia della sua approvazione. Le persone che tenevano a me – come Sam – mi sostenevano senza che dovessi inseguirle.

Il nonno si sarebbe messo a ridere. Nell'ultimo mese alla fattoria, mi aveva preso in giro senza sosta perché mi struggevo per Sam. Perché sbrigavo le faccende come uno zombie. Perché controllavo il telefono con la frequenza di una ragazzina delle medie. Per aver comprato un portatile. Per l'internet satellitare che avevo fatto installare da un tecnico. Anche se, una volta scoperto quel sito di incontri per agricoltori, StudFarm, era diventato stranamente silenzioso con le sue prese in giro.

Mandai un messaggio a Gabi. Sai come si annoda un papillon?

Un minuto dopo, rispose con un link. YouTube? Sul serio? Certo, ora avevo il Wi-Fi alla fattoria, ma non avevo nessuna intenzione di avventurarmi nelle selve dei video online.

Heidi? No, se era in piena crisi.

Qiana. Forse lei poteva prendersi una pausa da qualsiasi emergenza di pubbliche relazioni ci fosse e guidarmi passo passo. Fare in modo che il suo autore non sembrasse uno straccione rientrava nelle responsabilità di un'addetta stampa, no?

Premetti il pulsante di chiamata e misi in vivavoce.

«Ehi, Niall. Ti stai preparando per la tua grande serata? Mi dispiace tanto non poterci essere. Non so quale sia il grande progetto segreto di Heidi, ma ci ha convocati tutti stasera. Sto giusto prendendo un trancio di pizza prima di salire in metropolitana. Ma tengo le dita incrociate per te e Sam». E fece un gridolino così acuto che fui felice di non avere il telefono all'orecchio.

«Piccolo problema sartoriale. Sai come si annoda un papillon?»

«Niall! Ti sei finalmente liberato di quello pre-annodato da ballo del liceo? Sono così fiera. Il mio piccolo è finalmente cresciuto». Tirò su col naso con finta commozione.

Lasciai passare qualche secondo di silenzio. «Hai finito di prendermi in giro? Perché sto per riattaccarti in faccia e mettermi quello pre-annodato».

«No! Scherzavo un po'. Mamma mia. Anche se ha ragione sul fatto che sei scontroso». Qiana fece un verso tipo brr.

«Chi ha ragione?»

«Merda. Nessuno».

«Hai parlato con Sam?»

«Certo. Siamo amiche. Ci sentiamo una volta a settimana».

Aprii la bocca per chiederle cosa avesse detto di me, ma Qiana mi aveva già preso in giro per le mie scelte di abbigliamento da ballo scolastico. Non avevo intenzione di darle altro materiale per un'altra frecciatina da adolescente.

Controllai l'orologio. Dieci minuti all'apertura delle porte. Volevo essere lì fin dall'inizio per essere sicuro di vedere Sam per primo. Il papillon. Dovevo sistemare quel maledetto papillon.

«Qiana. Sei la migliore addetta stampa del mondo. Puoi aiutarmi a legare questo dannato papillon, per favore?»

«Non preoccuparti. Ci penso io. Mio padre portava il papillon la domenica. Mettimi in video».

Sfiorai il pulsante.

Nove minuti dopo, con un papillon perfettamente annodato al collo, corsi verso l'ascensore. Verso Sam. Avremmo parlato del nostro futuro. Insieme.

34

SAM

MIA MADRE SAREBBE morta di vergogna se avesse potuto vedermi.

Voglio dire, il mio abito nero era adatto. Me lo aveva mandato lei stessa per un qualche evento della Fondazione Jones qualche anno prima. Perfino le mie scarpe erano del tipo da strizzare le dita, slogare le caviglie e intorpidire i talloni che lei approvava.

Era la borsa. Quella che rovinava la linea del vestito, che mi si conficcava nella spalla lasciandovi un solco rosso, che di tanto in tanto si muoveva da sola.

Non potevo venire fino a Las Vegas e lasciare indietro Bilbo Baggins.

Ok, va bene. Non lo avevo portato per il suo bene. L'avevo fatto per il mio.

Non potevo starmene lì seduta a sorridere quando annunciarono Il mago nella macchina come candidato per il Miglior Romanzo d'Esordio. Perché quello che avevo imparato durante il tour, nel tempo trascorso con Niall, era che i libri erano arte. E la tecnologia — la mia tecnologia, CASE — non aveva alcun diritto di sostituire il lavoro di un artista come Niall. Avevo fatto un torto a lui e a ogni altro scrittore, a ogni persona in quella stanza che amava i libri. E poi avevo mentito a riguardo.

Deglutii per mandare giù il nodo che avevo in gola.

Non sarei dovuta venire. Avrei dovuto passare quella serata, come avevo passato ogni giorno e ogni notte dell'ultimo mese, a lavorare a CASE 2.0, cercando di fargli produrre articoli scientifici come era nostra intenzione sin dall'inizio. Anche se tre giorni prima, quando avevo suggerito al dottor Martell di riscrivere la mia tesi per fare riferimento solo a CASE 2.0, anche se questo avesse ritardato la mia laurea di un altro anno, lui aveva detto che non ce n'era bisogno. E di assicurarmi di conservare il codice originale.

Il giorno dopo, avrei continuato a lavorare per fargli cambiare idea. Ma avevo promesso quella serata a Niall.

Era egoista, lo sapevo, vederlo di nuovo. Ma per quanto mi fossi opposta all'inizio, per quanto avessi voluto chiudere le cose in modo pulito con il tour, non ci riuscivo. Dovevo vederlo ancora una volta. Toccarlo. Rubare qualche altro momento di felicità prima di rinchiudere per sempre quei sentimenti.

Tirai fuori il biglietto da candidata da una delle tasche esterne della borsa e lo porsi alla donna al tavolo fuori dalla sala da ballo.

Mi sorrise. «Adoro il suo vestito. Tavolo tre, proprio davanti.»

Non riuscii a ricambiare il suo sorriso. «Grazie.»

«Vuole lasciare la borsa?» Accennò allo stand dall'altra parte della porta della sala da ballo.

«No, grazie.» Mi diressi verso la porta, con la borsa che mi sbatteva contro il fianco.

Un muro d'uomo in smoking mi si parò davanti, a braccia conserte. Il suo petto era largo il doppio di me. Se avessi allungato le braccia, non si sarebbero incontrate dietro la sua schiena. Non che mi sarei azzardata a provarci.

«Signora, devo vedere cosa c'è nella sua borsa.»

Implorai mentalmente Bilbo Baggins di rimanere fermo. Mi serviva come scusa per lasciare la cerimonia. Non appena avessero annunciato la categoria de Il mago, mi sarei assicurata che Bilbo avesse bisogno di una gita fuori.

«No, non deve.»

Il suo viso non era scortese, ma la sua mascella era ferma. «Sì, signora. L'anno scorso, uno degli scrittori horror ha portato un secchio di sangue. Abbiamo dovuto sostituire la moquette.»

Risi, un trillo acuto e ansioso. «Niente sangue qui. Vede?» Strinsi il lato della borsa per mostrare che era flessibile. Bilbo Baggins emise un grugnito.

Gli occhi del Muro si assottigliarono.

«È piena di… prodotti per l'igiene femminile. Sono in quei giorni, sa. I miei super assorbenti non entrano in una di quelle minuscole borsette da sera.» Strinsi più forte la borsa. La sua mascella si contrasse.

«Sam!»

Avanzando verso di me, con i capelli rossi che fiammeggiavano sopra tutti gli altri nella sala da ballo, c'era Niall.

Lo avevo già visto in abito. Dieci mesi prima alla raccolta fondi a San Francisco. Ma quella sera indossava uno smoking. Linee nere e lisce sulla sua corporatura muscolosa, scarpe lucide, camicia bianca e inamidata. E un papillon di seta stretto sotto il mento. Potevo scorgerne la lucentezza da sei metri di distanza. Quando osai guardare il suo viso, quel largo sorriso e quegli occhi pieni di piccole rughe che mi fissavano raggianti, le caviglie mi traballarono sui tacchi stretti.

Il mio vestito di seta nera, con le sue spalline sottili e la profonda scollatura drappeggiata, mostrava troppa pelle. Chiunque avrebbe potuto vederci attraverso il mio cuore che batteva all'impazzata come un uccellino in gabbia. Il più discretamente possibile, mi asciugai i palmi sudati sull'esterno della borsa.

Niall diede un'occhiata al Muro e alle sue braccia conserte. «È una persona importante. Sarò io il responsabile se ci sarà un problema.»

Li guardai accigliata entrambi. «Sarò io la responsabile. Ma non ci sarà nessun problema.»

Il Muro mi ignorò. «Ti troverò più tardi per il conto della pulizia della moquette, Rossone.»

Niall ridacchiò. «Ci puoi contare, amico.»

Mi mise una mano attorno al gomito e mi condusse verso il centro della stanza. «Sei bellissima.» Si chinò per baciarmi una guancia.

Mi allontanai. «Che diavolo è stato?»

«Cosa?» Le sue sopracciglia rosse si aggrottarono.

«Non ho bisogno di garanti o... o di essere salvata. Non sono una specie di principessa delle favole.»

La sua presa sul mio gomito si strinse. «Dovresti sapere ormai che le mie principesse delle favole sono quelle che salvano gli altri. Intendevo solo dire che, anche se sei la persona più radiosa della stanza e attiri ogni sguardo, io sono più facile da individuare.» Si picchiettò la testa. Per una volta, i riccioli rossi erano domati e in ordine.

«Oh.»

«Ehi, piccoletto. Anche tu mi sei mancato.»

Oh-oh. Ero stata troppo concentrata sull'essere trattata come la più inutile dei Jones per notare che Bilbo Baggins si stava agitando. Lanciai un'occhiata al Muro, che restrinse lo sguardo su di me. «Stai calmo, Flynn. Non credo che sia il benvenuto qui.»

«Scusa. Mi sono emozionato. Mi siete mancati — entrambi — così tanto.» Le punte delle sue orecchie arrossirono.

Volevo mentire, ma non ci riuscii. «Anche tu mi sei mancato. Ho riascoltato i tuoi audiolibri, ma non era la stessa cosa che sentirteli leggere.»

Si chinò per sussurrarmi all'orecchio: «Ti leggerò di nuovo qualcosa stasera, dopo che tutto questo sarà finito. Ho una camera di sopra.»

Sperai che non vedesse la mia smorfia. Dovevo andarmene non appena avessero annunciato la sua categoria, o non avrei mai avuto il coraggio di lasciarlo. Già il suo profumo boschivo mi circondava, sciogliendomi le ossa e mettendo alla prova la mia determinazione. Non potevo cadere vittima del suo incantesimo. Quella sera era l'addio. Non appena avessi mantenuto la mia promessa.

«Devo partire subito dopo.»

Il suo sorriso si spense. «Non puoi restare a festeggiare? O a compatire?»

Le parole mi costarono tutta la determinazione che potei raccogliere. «Non posso.»

«Beh, non posso promettere che non cercherò di farti cambiare idea.» Le sue labbra tracciarono il contorno del mio orecchio, si soffermarono sul lobo e poi si posarono per un momento sul punto in cui pulsa la giugulare. Fremetti.

«Niall!» Una donna dalla pelle scura con un vestito a stampe colorate e un elaborato foulard in testa fece un cenno. Gli diedi una gomitata.

Si raddrizzò prima di sfoderare quel sorriso da copertina. «Lascia che ti presenti a un po' di gente.»

Mi condusse a un tavolo verso la parte anteriore della sala. Un cartoncino che spuntava dal centrotavola lo identificava come Tavolo Tre. La donna che aveva fatto il cenno stava accanto a una donna bianca più anziana. Entrambe ci sorrisero.

«Signore, vorrei presentarvi Samantha Jones, che scrive con lo pseudonimo di Sam Case. Sam, queste sono Kate Salazar e Tamarah Starr. Sono finaliste nella categoria fantascienza.»

«Piacere.» La bugia uscì liscia come la seta del mio abito. Niente era più un piacere. Avevo atteso con ansia un'ultima notte con Niall, ma sapere che era la fine mi portava solo dolore.

La donna più anziana, Kate, disse: «Ho adorato Il mago nella macchina. Così unico, così nuovo.»

«Grazie,» mormorai. Le bugie sarebbero finite presto.

«Quello che voglio sapere,» disse Tamarah, il suo foulard fiorato che annuiva verso di me, «è se il Mago è morto davvero alla fine. O stai pianificando un seguito?»

Qualcuno me lo aveva chiesto a quasi ogni tappa del tour.

Qiana mi aveva istruita a essere vaga e a lasciare aperta la possibilità di un secondo libro. Ma ora ero all'ultima mossa della partita. «Il Mago è morto per davvero. E non scriverò un seguito.»

«Ah.» Tamarah annuì. «Scelta coraggiosa.»

«Cosa scriverai dopo, Sam?» chiese Kate.

«Nient'altro che la mia tesi. Sto per finire il dottorato in informatica.»

«Sto cercando di convincerla a cambiare idea.» Il palmo di Niall sulla mia schiena era confortante come lo era stato alla prima tappa a Chicago, quando ero andata nel panico per le foto e la lettura in pubblico. Era stato così gentile e di supporto durante tutto il tour. Meritava più del mio tradimento. Ed era per questo che dovevo spezzarmi il cuore e lasciarlo.

Mi morsi il labbro per tenere fermo il mento. Quando ebbi forzato la mia espressione in una maschera educata quasi come quella di mia madre, mi voltai verso di lui. «Mi hai aiutato a riscoprire il mio amore per la lettura. Preferirei leggere le opere altrui piuttosto che produrre le mie. Non potrei mai sperare di creare qualcosa di così bello come le tue opere, Niall.»

L'addestramento di mia madre mi tenne dritta mentre iniziava la cena. Gli scrittori parlavano della loro letteratura di fantascienza e fantasy preferita, e io diedi da mangiare il pollo gommoso a Bilbo Baggins sotto il tavolo.

Ogni volta che alzavo lo sguardo, il Muro mi osservava. Sospettava solo della mia borsa, o sapeva in qualche modo che ero una truffatrice? Stava aspettando l'ordine di buttarmi fuori? Un'hacker tra questi artisti, una programmatrice tra questi artigiani della parola?

Tirai fuori il telefono per controllare l'ora. Un'ora prima di poter tornare a San Francisco. Dove era il mio posto. Dove non dovevo fingere. Ero intelligente. Avrei trovato un modo per mettere a tacere CASE. Silenziosamente. Poi avrei potuto rifugiarmi in una vita di ricerca solitaria. In Idaho.

Niall mi strinse la mano e la tenne ferma. Mormorò, così piano che solo io potei sentire: «Va tutto bene? Sei così pallida.»

La mia promessa era l'unica cosa che mi teneva su quella sedia. «Starò meglio quando sarà tutto finito.»

Ridacchiò e si appoggiò allo schienale. «Sono nervoso anch'io. Non voglio fare una faccia strana quando ti annunceranno come vincitrice. Non credo che a Qiana piacerebbe quel tipo di pubblicità.»

«Intendi un meme?»

«Un cosa?»

«È un'immagine divertente con una didascalia. Sono ovunque su internet. Come Kermit malvagio.»

«Come Grumpy Cat?»

«Più o meno. Comunque, vincerai tu. Come potrebbe qualcuno leggere il tuo libro e non pensare che sia il migliore?»

Mi sorrise, e fu come un raggio di sole lì nella sala da ballo. Si chinò e mi baciò la guancia. «Puoi accarezzare il mio ego quando vuoi.»

Non era solo quello che volevo accarezzare. La sua mano si posò sul mio ginocchio sotto il tavolo. Ma toccarlo avrebbe solo reso più difficile andarmene. Congiunsi le mani in grembo.

Le luci si affievolirono e la voce di una donna risuonò attraverso l'impianto audio. «E ora è il momento di annunciare i vincitori di stasera. Inizieremo con la categoria Miglior Romanzo d'Esordio.»

Tamarah si sporse. «Sam, sei nominata per questo, vero? In bocca al lupo.»

Era ora di andarsene. Mi chinai e sollevai la tracolla della borsa.

«Che stai facendo, Sam?» Niall inclinò la testa. «Questa è la tua categoria.»

«Sembra che il pollo non sia piaciuto a Bilbo Baggins. Vado a portarlo fuori.»

«Non puoi andare adesso. Lascialo a me. Mi occuperò di lui non appena avranno annunciato il vincitore.»

«Potrebbe essere» — feci una smorfia — «un disastro. Vado io.» Mi alzai e mi diressi in punta di piedi doloranti verso l'uscita.

Nessun problema, signor Muro. Mi accompagno da sola fuori. Perché ci avevano fatto sedere davanti?

Ero a metà strada verso l'uscita quando il chiacchiericcio nella sala da ballo si placò in un silenzio carico d'attesa. «Il premio per il Miglior Romanzo d'Esordio va a» — la presentatrice ruppe il sigillo della busta — «Il mago nella macchina di Sam Case.»

I miei muscoli si trasformarono in gelatina. No no no no no.

Il viso di Niall si chinò nel mio campo visivo. «Congratulazioni! Sapevo che avresti vinto.» Mi avvolse tra le sue braccia, e non avrei mai voluto lasciare quel bozzolo profumato di pino. «Andiamo a farti salire sul palco. Bilbo può aspettare cinque minuti.»

L'applauso mi compresse i timpani e mi restrinse la visuale a un tunnel. Mi appoggiai a lui, tremante. Quanto tempo prima che Heidi lo sapesse? Il dottor Martell? Quanto tempo avevo prima che rivelassero la verità?

«Ci sono io.» Niall mi infilò la mano sotto il braccio e si fece strada tra gli altri tavoli, fino alle scale che portavano al palco. Non sentivo più le dita sulla tracolla della borsa.

«Puoi farcela,» disse Niall. «Come le presentazioni che abbiamo fatto.»

Non riuscivo a salire le scale, tanto meno a parlare di fronte a trecento persone.

Prima salgo lassù, prima posso andarmene.

Sfilai la mano dalla protezione del braccio di Niall e misi una scarpa esile sul gradino più basso. Poi l'altra. In cima, la distanza fino al podio si allungò come uno di quei corridoi di specchi in un luna park. Barcollai verso di esso.

La presentatrice sorrise e mi porse il trofeo di vetro. «Va tutto bene, cara. Aggrappati al podio, dì 'Grazie' e scendi. Tutti odiamo fare discorsi. Quasi quanto odiamo ascoltarli.»

Annuii. Avevo già qualcosa in mano, e lo posai sul palco per accettare il pesante trofeo.

Abbracciando quella scivolosa statuetta di vetro che mi

pungeva un seno, fui impotente quando la mia borsa si rovesciò e Bilbo Baggins sgattaiolò sul palco, quasi disperato quanto me di sfuggire al calore dei riflettori.

Sollevai il trofeo sul podio, ma quel dannato oggetto scivolò giù, giù, giù per la superficie inclinata. La gente al tavolo più vicino al palco sussultò.

Lo afferrai appena prima che si schiantasse a terra. La parte appuntita in cima, uno degli anelli del pianeta, mi tagliò il pollice. Lasciando il trofeo ancora traballante sul palco, feci un passo verso l'altro lato, seguendo Bilbo Baggins. Appena dietro le quinte, il Muro raccolse Bilbo Baggins con una mano e lo tenne per la collottola come un gattino. Socchiudendo gli occhi, mi fece un cenno. Finisci il tuo discorso. Dopo mi occupo di te.

Merda. Mi succhiai il sangue dal pollice.

La parte del pubblico abbastanza vicina da assistere a ciò che era successo rise. Sussurri si propagarono verso il fondo della sala.

Addio uscita silenziosa.

Le mani e i piedi mi si erano intorpiditi, e il mio sangue si era trasformato in freon, gelandomi dall'interno. Zoppicando intorno al minaccioso trofeo, mi avvicinai al podio. Ne afferrai i bordi con entrambe le mani e fissai il pubblico.

Potrei dire la verità adesso. Potrei lasciare lì il premio, dire loro che non lo meritavo. Che li avevo ingannati tutti. Che mi dispiaceva. Era così tardi ormai, Heidi non si sarebbe presa la briga di farmi causa. Appena avesse saputo della vittoria, avrebbe programmato l'annuncio.

Le luci basse scintillavano sui capelli rossi di Niall come un faro. Mi sorrideva dal tavolo.

No. Non potevo dirlo a questi estranei prima di dirlo a Niall.

Dì grazie e scendi.

Mi chinai verso il microfono. «Grazie.»

Mi chinai e raccolsi la mia borsa ormai vuota. Me la misi a tracolla, sollevai il trofeo e tornai da dove ero venuta. Il Muro mi incontrò dietro le quinte. Gli cacciai in mano il trofeo, e lui lo afferrò con la stessa facilità con cui io avrei afferrato un bicchiere d'acqua. Mi porse Bilbo Baggins, e io me lo strinsi al petto.

Un uomo calvo mi fece cenno da fuori scena. Non sentivo più i piedi. O la faccia. Solo il martellare del mio polso nelle orecchie. Bugiarda, bugiarda, bugiarda.

L'uomo mi guidò verso una sedia in un angolo tranquillo. «Faremo una foto più tardi, quando avrà ripreso un po' di colore. Ha bisogno di qualcosa? Un po' d'acqua? Un bicchiere di brandy?»

Tenni stretto Bilbo Baggins, senza preoccuparmi del pelo che si sarebbe attaccato al mio petto sudato. La mia borsa ronzò. E ronzò. E ronzò.

Dì grazie e scendi.

«No, grazie.» Scrissi le pareti in cerca di un'uscita di sicurezza.

«Torno tra qualche minuto,» disse.

Quando se ne andò, cercai nella borsa e tirai fuori il telefono. Messaggio dopo messaggio illuminava lo schermo. La maggior parte erano di Qiana. Un sacco di congratulazioni. Alcune emoticon con lo champagne.

Poi ne comparve uno di Heidi. Lo aprii.

> Congratulazioni, Sam. Credo che abbiamo raggiunto il nostro obiettivo. Grazie per tutto quello che hai fatto per la Happy Troll.

Strinsi il telefono finché la custodia di plastica mi lasciò un solco nel palmo. Era quello. Il segnale. Mi alzai.

Niall balzò giù dal palco, stringendo un trofeo di vetro ancora più grande. «Sam! Stai bene? Pensavo saresti tornata al tavolo. Ho vinto!» Si passò una mano tra i capelli, scompigliando la loro acconciatura formale. «Mi dispiace.»

La morsa attorno al mio cuore si allentò. Una cosa buona era successa quella notte. «No! Non dispiacerti. Sono felice per te. Te lo sei meritato.»

«Signor Flynn.» L'uomo calvo era tornato. «La porto dai fotografi.»

«Niente foto,» scattò Niall. Poi sbatté le palpebre. «Scusi, è l'abitudine. Arrivo subito.»

Mi baciò la fronte. «Sarò qui tra un minuto. Resta qui. Dovremmo parlare. E festeggiare. Ritarderai il tuo volo, vero?»

Non potevo ritardare. Nemmeno di un minuto. Dovevo andarmene da lì per impedire a Heidi di dare la notizia. Aveva un libro premiato. Due. E allora se uno l'aveva scritto un'I.A.? Il mondo non doveva saperlo. Martell e io potevamo seppellire la cosa in un articolo su un'oscura rivista scientifica. Lui avrebbe ottenuto i suoi riconoscimenti dalla comunità scientifica e noi saremmo rimasti fuori dalla prima pagina della sezione Tecnologia. Io sarei rimasta fuori dalla cronaca rosa.

Eppure, annuii. Cos'era un'altra bugia, aggiunta alla montagna che già c'era?

Con un ultimo, sguardo indagatore, Niall si diresse verso le macchine fotografiche e le luci.

Il mio telefono vibrò, e lo guardai automaticamente. Un avviso di notizie sul mio nome.

La fantascienza diventa realtà: il libro premiato "Il mago nella macchina" scritto da un'intelligenza artificiale.

Il mio cuore si fermò. Dovetti provare tre volte prima che le mie dita tremanti riuscissero a scorrere per leggere la notizia.

L'editore di fantascienza e fantasy Happy Troll ha annunciato oggi che il successo dello scorso autunno, Il mago nella macchina, non è stato scritto dall'autrice Sam Case ma è stato creato dal programma di intelligenza artificiale CASE, progettato dal professore di informatica Dr. John Martell e dalla dottoranda Samantha Renée Jones.

Chiusi la notizia. Era troppo tardi.

Dovevo andare.

Con le ginocchia malferme, mi voltai verso il segnale di uscita più vicino. A casa. Sarei tornata al mio appartamento e avrei capito cosa fare dopo. Come seppellire la notizia su CASE salvando il resto della mia vita. Perché questa vita — le bugie, il parlare in pubblico — era finita.

Nessun sollievo mi alleggerì il cuore. Era pesante, ancorandomi al pavimento del backstage. Eppure, dovevo andarmene. Non potevo macchiare la celebrazione dell'arte con la mia presenza. Non meritavo Niall. Non meritavo nessuno di loro.

Stringendo Bilbo Baggins, spinsi la porta di servizio e uscii nel vicolo dietro l'hotel. La porta si chiuse con un clangore metallico, isolandomi con l'odore pungente di spazzatura cotta proveniente da un cassonetto vicino. Svoltai a sinistra verso la strada e la sua fila di taxi in attesa.

Ma quando raggiunsi il marciapiede, trovai una fila di persone. Lo spettacolo al casinò accanto doveva essere finito perché una massa di gente con parrucche di ogni varietà immaginabile — scintillanti, piumate, ricce, arcobaleno — era ammassata, spingendosi per i taxi.

Nei film, l'eroina in lacrime si imbatte sempre subito in una macchina. Non deve aspettare dietro un gruppo di splendide signore anziane in sandali e parrucche argentate con perline. Almeno in quella folla, nessuno mi avrebbe mai notata.

«Sam!» Una voce familiare si levò sopra le voci delle signore e il tintinnio delle perline. Niall si fece largo tra la folla. Alcune persone vestite in modo formale, una con una videocamera sulla spalla, lo seguivano.

«Hai dimenticato il tuo premio.» Niall mi porse il trofeo di vetro.

Una luce intensa mi accecò. Il LED rosso della videocamera si accese.

«Niall Flynn, qualche parola per Fantasy Weekly sulla tua vittoria del Tower Prize?» Una donna in abito nero gli porse il telefono. Le parrucche argentate si voltarono a guardare.

«Un secondo solo,» disse Niall. «Sam, dove sei… Stai andando via?»

«Sam!» Una donna dai capelli scuri con un vestito rosso alzò il telefono per scattare una foto o fare un video. «Kari Singh di Gossip Grrlz. È vero? L'intelligenza artificiale ha scritto Il mago nella macchina?

Aprii la bocca, ma nessuna parola sfuggì alla mia gola serrata. Esaminai Niall per l'ultima volta, salvando la sua immagine nella mia memoria. L'avrei richiamata un giorno, quando non avrebbe fatto più così male. Bilbo Baggins guaiti nella mia borsa.

La blogger si rivolse a Niall. «Niall, cosa ne pensi di un libro scritto da un'intelligenza artificiale?»

35

NIALL

«MI SCUSI?»

I flash delle macchine fotografiche mi accecarono, immortalando la mia espressione sbalordita, perfetta per un meme. Avevo rincorso Sam per tutta la sera e ora che l'avevo raggiunta, mentre soffocavo nel mio smoking sotto il caldo torrido del Nevada, non capivo ancora cosa stesse succedendo.

E la conoscevo, quella persona. Kari-qualcosa. Era passata dall'università di Sam a un grosso sito di gossip. Mi puntò il cellulare in faccia. «È stato rivelato che Magician in the Machine è stato scritto da un programma per computer. Un programma creato dalla sua ragazza. Come la fa sentire questo?»

Sam parve rimpicciolirsi. Tutta tranne gli occhi, che si erano sgranati, con il nero che aveva preso il sopravvento sul viola delle iridi. Una donna con una parrucca argentata tempestata di perline le afferrò il gomito.

«Io... cosa?» Mi voltai verso Kari. Se Sam non voleva dirmi cosa stava succedendo, forse poteva spiegarmelo la blogger.

«Il dottor John Martell, un ricercatore scientifico e professore universitario, afferma che lui e Samantha Jones hanno creato un'intelligenza artificiale chiamata CASE. E che è stata lei a scrivere Magician in the Machine, non Sam Case. Niall, può confermare che lei e Sam state insieme? Appoggia ciò che ha fatto la sua ragazza?»

Certo, sapevo che Sam era una specializzanda in informatica, ma come aveva fatto un computer a scrivere Magician? Non poteva essere vero. Lanciai un'occhiata a Sam, ancora impietrita. Tutto in lei, dallo sguardo sfuggente al sudore che le imperlava la tempia fino alla sua immobilità, urlava colpevole.

«Sam, è vero?» La mia voce era bassa e pressante, la supplicava di negare.

Intorno a noi, i giornalisti tacquero. Gli unici suoni erano gli scatti delle macchine fotografiche e il tintinnio delle perline argentate.

Mordendosi il labbro, Sam annuì. Un'altra donna con la parrucca si fece più vicina a Sam.

«Come?»

Fissò il mio papillon. «Non possiamo parlarne più tardi?»

«No.» Avrebbe potuto dirmelo in qualsiasi momento negli ultimi due mesi. Ma non l'aveva fatto.

E ora aveva tirato in ballo tutto questo, tutti quegli sconosciuti. Tempificando l'annuncio proprio mentre io vincevo il premio che avevo tanto agognato. Proprio mentre sentivo di poter fare qualsiasi cosa, inclusa la conquista della donna che amavo.

Quale altra prova mi serviva? Non le importava. Non mi amava.

Il mio cuore si pietrificò fino a diventare un sasso, liscio e infrangibile, che mi premeva contro i polmoni a ogni respiro. Da esso si sprigionò un gelo tale che perfino i polpastrelli persero il loro calore nell'aria rovente del deserto. Il trofeo di vetro mi scivolò nella presa. Non le importava neanche di quello. Disprezzava i libri, la mia vocazione, che io avevo amato prima di Sam.

Che si svolgesse tutto in pubblico, allora, come una soap opera nella vita reale.

«Come... come hai fatto?»

Il suo sguardo rimase incollato al mio papillon. «L'algoritmo… CASE… ha usato dei libri fantasy come input. Analizzando quelle storie, ha imparato da solo come costruirne di proprie. Ha applicazioni per…»

«Libri fantasy?» Quindi era così che ci si sentiva a essere pugnalati al cuore. «Quali libri?» La voce mi uscì roca a causa del nodo che avevo in gola. Lo stomaco mi si rivoltò.

«Tutti i grandi… Tolkien, Butler, L'Engle»… finalmente incontrò il mio sguardo… «e te.»

I giornalisti presero a urlare, ma noi eravamo in una bolla di vetro che attutiva ogni cosa all'esterno.

Brividi mi corsero sulla pelle nonostante il caldo di Las Vegas. «Hai rubato il mio lavoro. L'hai corrotto con la tecnologia.»

«Stavo per dirtelo…»

«Mi hai mentito… hai mentito a tutti. Io ti credevo.» La voce mi si spezzò sull'ultima frase. Sicuramente avevo sognato tutto, dalla gioia per la vittoria del premio all'incubo che si stava consumando per strada.

«Mi dispiace.» Sussurrò così piano da non poterla sentire sopra la folla, ma le lessi le parole sulle labbra.

«Niall», di nuovo Kari Singh, «cosa pensa suo padre dei romanzi scritti dall'I.A.?»

Era esattamente il genere di cosa che avrebbe appoggiato. «Non me ne frega un cazzo», ringhiai. Ciò che mi importava era come la donna che amavo mi avesse spezzato in due.

Annuii in direzione del taxi dietro di lei. «Te ne stai andando?»

«Credo sia meglio.»

Avrei dovuto sapere che se ne sarebbe andata. Quando le cose si complicavano, c'erano due tipi di persone. Chi se ne andava, come mio padre, e chi, come mio nonno, restava per sistemare le cose. Ora sapevo a quale tipo apparteneva Sam.

Una delle donne con la parrucca di perline mi fulminò con lo sguardo, mentre un'altra apriva la portiera del taxi per Sam. Una terza la guidò all'interno e chiuse lo sportello. A braccia conserte, le donne dalla parrucca argentata formarono una barriera scintillante tra il taxi e me e i giornalisti.

Non restai a guardare il taxi che si allontanava. Mi voltai sulla punta delle mie scarpe eleganti e lucide e, facendomi largo tra la folla che si era radunata per assistere allo spettacolo, tornai verso l'hotel. Mi fermai solo per gettare il trofeo di Sam nella spazzatura.

———

MI SCHIACCIAI un cuscino sulla faccia per soffocare il suono stridente. I denti mi vibravano.

Quando non smise, tolsi il cuscino. Mi stropicciai via le cispe dagli occhi e sbattei le palpebre per schiarire la vista. Il mio telefono lampeggiava e suonava sul lato del letto d'albergo. Quello su cui ero crollato, indossando ancora i pantaloni dello smoking e le scarpe.

Allungai il braccio per afferrare il telefono e lo scrutai con un occhio annebbiato. Gabi. Avevo ignorato le sue chiamate e i suoi messaggi la sera prima; di tutti, in realtà. Non avevo neanche parlato al barista, se non per dirgli che ero un ospite dell'hotel, che non avrei provato a guidare e di continuare a versarmi il whisky.

«Pronto?» Avevo la gola come cartavetrata.

L'accento staccato di Gabi mi pugnalò il timpano. «Sono nella hall. Dimmi il numero della tua stanza.»

«Cosa?» Gabi era a Brooklyn, a battere a macchina le mie ultime pagine.

«Numero di stanza.»

Appena glielo diedi, la linea cadde.

Con una smorfia, mi misi a sedere. Mi trascinai in bagno, tenendo la testa più ferma possibile per evitare ulteriori traumi al mio cervello pieno di coltelli.

Quando Gabi bussò, troppo forte, aprii la porta, stringendo ancora l'asciugamano.

«Perché sei qui?»

Ignorò la mia domanda e mi superò per entrare nella stanza. Chiusi la porta e mi ci appoggiai contro la superficie fresca e dura.

Si appoggiò con un'anca alla scrivania. «Gestione dei danni. In più, ieri sera non hai risposto al telefono. Volevo assicurarmi che non avessi fatto niente di stupido.»

«Bere duecento dollari di whisky è stupido?»

Diede un'occhiata verso il letto. «Almeno non ti sei portato dietro niente.»

Chiusi gli occhi per non vedere la bottiglia di champagne ancora chiusa che galleggiava nell'acqua tiepida del secchiello del ghiaccio.

«Ho ricevuto un'email dagli avvocati dell'università mentre venivo qui.» Gli occhi di Gabi brillarono. «A quanto pare, hanno complottato con la Happy Troll per questa cosa. Sam era solo una copertura. Stanno offrendo una quota delle royalty del libro. In cambio del "prestito" che hanno fatto.»

Lo stomaco mi si rivoltò. «Non li voglio. Non voglio avere niente a che fare con… con quella cosa.»

E allora, se anche Sam era solo la faccia che l'università e Heidi avevano usato per vendere il libro? Quella faccia mi aveva mentito ogni giorno negli ultimi due mesi.

Non avrei preso quei fottuti soldi. Non dopo che Sam e il suo professore avevano sputato sulla mia arte, sulla mia vocazione. Neanche per salvare la fattoria. «Trova qualche ente di beneficenza a cui darli. Ma non la Jones Foundation.»

«Immaginavo che avresti detto così.» Si staccò dalla scrivania e passeggiò fino al tavolo. Annusò il mazzo di rose cremisi, ancora fresche nel loro vaso. «Potremmo fargli causa.»

Vendetta. Torsi l'asciugamano finché il tessuto non si tese e si strappò. Il modo in cui Sam si sarebbe contorta sul banco dei testimoni confessando il furto del mio lavoro.

Ma poi avrei dovuto rivederla. Gli avvocati avrebbero cercato un accordo. Mi avrebbero fatto incontrare con lei seduto a un tavolo da conferenza. Immaginai la posa teatrale che avrei assunto, i pugni stretti, il viso di pietra, mentre gli avvocati offrivano un accordo dopo l'altro. Sam si sarebbe rimpicciolita e rannicchiata.

Cazzo, non lo volevo.

Neanche la mia fertile immaginazione riusciva a concepire uno scenario in cui non mi sarei accasciato ai suoi piedi per perdonarla. Perché, nonostante il suo tradimento… maledetto cuore sciocco… la amavo ancora.

«No. Nessuna causa. Ma dopo questo libro, con la Happy Troll abbiamo chiuso.»

«Sì, sì. Dopo questa vittoria, puoi dettare tu le condizioni.» Insolitamente, abbassò lo sguardo sul pavimento. «Mi ha chiamata anche tuo… anche Paul.»

«Riguardo alla fottuta I.A.? Certo che gli interesserà. Troverà un modo per monetizzarla. E odio da morire che la parola monetizzare mi sia appena uscita di bocca. Questo…»

«Ha chiamato per congratularsi per la tua vittoria. Vuole vederti.»

«Oh.» Mi lasciai cadere sulla poltrona. Cercai dentro di me una reazione. Qualsiasi reazione. Ma ero vuoto. Era ciò che avevo desiderato per tutta la vita: un riconoscimento da mio padre. Sfiorai con la punta della scarpa il Premio Tower che spuntava da sotto la giacca dello smoking.

«Vuoi che organizzi qualcosa?» chiese lei.

«No. Grazie.» Non avevo più bisogno della sua approvazione.

Gabi si chinò a raccogliere la giacca del mio smoking dal pavimento, scoprendo il trofeo di vetro. Appoggiò la giacca sullo schienale della sedia della scrivania e poi passò le dita sul mio nome e sul titolo del libro incisi. Lo posò delicatamente sulla scrivania, dove catturò la luce della finestra e sparse arcobaleni per la stanza.

La sua voce era gentile. «Congratulazioni, a proposito.»

«Grazie.» Il profumo delle rose mi si arrampicò su per il naso e mi scivolò nello stomaco turbolento. Scattai in piedi e attraversai la stanza fino al letto, dove mi ci lasciai ricadere e mi coprii il viso con le mani. «È tutto un tale casino. Oggi dovrei essere al settimo cielo. Ho ottenuto la convalida che cercavo. Ma sembra tutto così... vuoto.»

«Oh, tesoro.» Il letto si abbassò, e Gabi mi disegnò dei cerchi sulla spalla. «Dovresti essere orgoglioso. Hai lavorato sodo per questo. Certo, Sam era un'impostora. Ma questo non dovrebbe sminuire la tua vittoria. Idràtati e prendi qualche aspirina. Poi ti daremo una ripulita e ce ne andremo in giro per la città, a mostrare a tutti che sei Niall-Fottuto-Flynn, vincitore del Premio Tower, e che quella stronza non ti ha abbattuto.»

«Ma è proprio quello che ha fatto.» Ignorando la testa che mi martellava, mi sollevai e andai alla finestra. Mi costrinsi a fissare la luce accecante del Nevada, portando il mio mal di testa al livello DEFCON 1.

«Mi ha distrutto. Pensavo... pensavo che le importasse di me.» Prima che scoppiasse il casino la sera prima, avevo pensato che forse mi amava, se solo l'avesse ammesso. Ma non potevo confessare quanto fossi stato stupido, neanche alla mia migliore amica. «Lei... lei mi ha usato per costruire la sua credibilità. E quella di quel fottuto computer. Non avrei mai dovuto fidarmi di lei.» Di certo non con il mio cuore.

«Quando torno alla fattoria, strapperò via il wi-fi. E quello puoi tenerlo tu.» Feci un gesto verso il telefono sul letto. Quello che avevo usato per mandare messaggi a Sam. Il piacere più grande sarebbe stato spaccare il mio nuovo portatile con una mazza.

«Troverò un modo per scrivere senza di lei. Di nuovo alla fattoria...»

«Niall.» La voce di Gabi era dolce. «Non puoi tornare a casa. Neanche per ritrovare la tua musa. E di certo non per leccarti le ferite. Devi approfittare di questa vittoria. Tornerai in tour.»

«Ma... ma io...»

La sua voce era di nuovo d'acciaio. «Sai che ho ragione.»

Lo sapevo. Dovevo cavalcare l'onda del mio successo. La vittoria del premio avrebbe dato una spinta alle mie vendite, e fare pubbliche relazioni con i lettori le avrebbe aumentate ulteriormente. Con quelli e i soldi del premio, avrei potuto permettermi di assumere più aiuto per nonno.

«Qiana lo sta organizzando proprio ora», disse. «Dovresti essere pronto a partire tra qualche giorno.»

«Ma il terzo libro? Mi hai detto che devo riscrivere il finale.» Ricordavo ancora come si faceva a scrivere senza Sam? Volsi le spalle alla finestra e al suo sole accecante.

Un angolo della sua bocca si sollevò. «Esatto. Non risolveva niente. Ma scriverai solo schifezze finché ti sentirai così. Ricordi tutte quelle poesie di merda che hai scritto dopo che ci siamo lasciati?»

«Per essere onesti, tutte le mie poesie sono una merda.»

Fece spallucce. «Nelle ultime pagine che mi hai mandato, la canzone d'amore di Nieven per Lobelia non era così male.»

«Grazie, credo.» L'avevo scritta la sera dopo che io e Sam avevamo fatto l'amore nel fienile, dopo che lei era sgattaiolata nella sua stanza. Avevo cavalcato un'ondata di endorfine e ispirazione per scrivere fino alle prime ore del mattino.

Ora avrei dovuto trovare l'ispirazione da qualche altra parte. Gabi aveva ragione. Di nuovo. Sentendomi così, probabilmente avrei ucciso Lobelia con un dardo di balestra nel petto. I lettori l'avrebbero presa male. Heidi mi avrebbe fatto riscrivere tutto.

«Allora. Il tour?» Gabi mi scrutò.

Avrei mostrato al mondo cosa fa un vero scrittore. «Più lungo è, meglio è.»

36

SAM

LA MATTINA dopo la cerimonia di premiazione, arrivai barcollando all'università, ubriaca di stanchezza. L'espressione sul viso di Niall, un attimo prima che quelle gentili signore mi spingessero nel taxi, mi aveva perseguitata per tutta la notte.

Lo avevo ferito. E anche Qiana. Dovevo rimediare. Potevo farlo capire al dottor Martell.

Bussai prima di aprire la porta del suo ufficio d'angolo.

«Samantha.» Si alzò, con le braccia aperte, accogliendomi come un'eroina di ritorno dalla guerra.

Rimasi indietro, vicino alla porta. C'era una sedia in più per gli ospiti. E due delle sedie erano occupate. Ma nessuno degli ospiti era Heidi. Per un secondo che mi gelò il sangue, le spalle larghe e i capelli ramati dell'uomo mi fecero pensare che fosse Niall. Ma i capelli di quest'uomo erano raccolti in una coda di cavallo bassa, e le mani che teneva sulle ginocchia erano lisce, non callose. Paul Swift puntò i suoi occhi verde scuro su di me e mi rivolse un lento sorriso.

Poi vidi l'ultima persona che mi sarei mai aspettata di vedere nell'ufficio di Martell.

«Mamma?»

Gli angoli della sua bocca si tesero in un non-sorriso. «Samantha.»

Merda. Se stavo avendo un'allucinazione, era anche uditiva.

«Cosa ci fai...»

«Samantha, si sieda.» Martell indicò la sedia vuota.

Mi trascinai fino alla sedia e mi ci lasciai cadere.

«Samantha!» sbottò mia madre.

Automaticamente, raddrizzai la schiena e giunsi le mani in grembo. Incrociai i miei anfibi all'altezza delle caviglie.

Scrutai il viso del dottor Martell in cerca di un indizio. «Cosa...»

«Samantha.» Allargò le mani. «Il primo premio letterario vinto da un prodotto di un'I.A. Che traguardo.»

Dovevo fermarlo. Convincerlo a smettere di usare CASE per ferire le persone, le persone a cui tenevo. «Ma questo...»

Martell continuò come se non avessi parlato: «Ho ricevuto molte telefonate dopo l'annuncio di ieri sera, ma quella del signor Swift è stata la più interessante».

Paul Swift scoppiò in una risata secca. «Sono sicuro che intende dire la più redditizia.» Si rivolse a me, ma non riuscivo a guardarlo in faccia, così simile a quella di Niall eppure tanto più austera. Persino il suo sorriso era tagliente. «Odio ammetterlo, ma ha ingannato anche me. Quando ho letto Magician, pensavo che l'avesse scritto un ghostwriter. Non avevo idea che fosse un'I.A. E poi, quando ho sentito l'annuncio, tutto è andato al suo posto. E ho capito che dovevo avere CASE.»

«Ma... ma perché?» domandai. Paul Swift aveva fatto fortuna con hardware per telefoni ben progettato e appariscente, per persone ricche e per i primi utilizzatori che usavano la tecnologia come status symbol. Non lettori a bassa tecnologia come quelli che avevo incontrato durante il tour.

«Lo sapeva che il 30 percento delle persone che hanno accesso a internet, a livello internazionale, legge libri ogni giorno? Certo, è molto più basso della percentuale di persone che gioca ogni giorno, ma il mercato dei videogiochi è saturo. La lettura, d'altra parte, è praticamente inesplorata. Ludificheremo la lettura. Tramite questo.» E sollevò il suo Swiftphone.

«Ludificherete la lettura?» Stava parlando di creare videogiochi basati sui libri? Perché quella non era certo un'idea rivoluzionaria. Persino io l'avevo avuta, e non ero di certo un genio degli affari come Paul Swift.

«Con CASE, avremo una scorta illimitata di storie, personalizzate in base alle preferenze dell'utente. Fantascienza, horror, thriller, romance, gialli, qualsiasi cosa vogliano. Credo che, con il tempo, potremmo personalizzarlo ancora di più. Tipi di personaggi o trame preferite. Consegnato sui loro dispositivi come una serie. Le persone guadagneranno punti e distintivi per la lettura.» I suoi occhi non erano del colore del muschio su una pietra. Erano del colore dei soldi.

«Ma ci sono migliaia, milioni di autori,» dissi. «Suo figlio è uno di loro. Non potrebbe semplicemente distribuire i loro libri? Perché ha bisogno di CASE?»

Fece un gesto vago con la mano. «Dopo la ricerca e lo sviluppo iniziale, la produzione a lungo termine e i margini saranno migliori con CASE.»

Il dottor Martell si sporse in avanti. «Abbiamo dimostrato che la creatività non è una caratteristica unicamente umana. Certo, abbiamo visto musica e arte visiva generate dall'I.A. Ma la letteratura… la gente rideva delle prime prove. Ora ne abbiamo dimostrato la fattibilità. È un risultato impressionante, Samantha.»

Ero seduta su quella stessa sedia, mesi prima, entusiasta delle possibilità di CASE. Ma ora non lo ero più. Una palla fredda e dura di terrore mi si era formata nello stomaco. Allora non conoscevo nessuno scrittore. Non avevo pensato a come CASE avrebbe potuto influire su di loro.

Martell continuò: «Con i fondi di SwifTech, saremo in grado di assumere altri membri del team per potenziare rapidamente CASE e produrre il tipo di risultati che Paul sta cercando. Con più istanze di CASE in funzione, immagini la produzione. I risparmi sui costi rispetto al modello editoriale tradizionale. Le riduzioni degli stipendi dei dipendenti e delle royalty compenseranno facilmente il costo di un'installazione di CASE. A Paul serve solo un'altra demo per impegnarsi fino in fondo».

«Ed è per questo che sono qui,» disse mia madre. «Per proteggere gli interessi di Samantha.»

«I miei interessi?» L'unica cosa che mi interessava era fermare ciò che Paul Swift voleva fare.

«Quell'editore si è approfittato di te, Samantha. Perfino John l'ha fatto.» Lo guardò dall'alto in basso.

Il mio relatore sussultò. «Ora, Audrey...»

«Lei sapeva dei»... lanciò un'occhiata a Paul Swift... «problemi di Sam. E tuttavia le ha chiesto di firmare un contratto. Senza consultare me o il mio team legale. E poi l'ha mandata via con quel... quel... contadino.»

Scincrociai le caviglie e mi alzai. «I contadini coltivano il cibo per tutti noi. E Niall Flynn è la persona più perbene, onesta e nobile che abbia mai incontrato. Lo amo.» Anche se sembrava da codardi ammetterlo solo dopo che era uscito dalla mia vita.

«No, Samantha, non è possibile. Uno scrittore. Del»... arricciò le labbra come se la parola avesse un cattivo sapore... «Midwest. So che è suo figlio, Paul, ma davvero.»

Paul si strinse nelle spalle.

Agricoltura e arte erano due cose a cui non avevo pensato prima del tour del libro. Ora ne vedevo il valore in entrambe. Avrei voluto che Niall fosse lì per usare le sue parole, molto migliori delle mie, per combattere la battaglia.

I romanzi scritti da CASE non avrebbero avuto bisogno di editor. Impaginatori. Costosi tour promozionali. Addetti stampa come Qiana. E perché pagare uno scrittore come Niall quando avevano già affondato i costi in CASE e potevano ottenere cento volte la sua produzione annuale, anche se non era neanche un quarto altrettanto buona? Chiunque poteva fare i conti e trovare allettanti i dati finanziari di CASE. Ma a quale costo per la creatività umana?

Deglutii. Non potevo fare questo a Niall. A Qiana. A tutte le persone che avevano brindato a me e Niall con lo champagne negli uffici dell'Happy Troll sei settimane prima.

Mi voltai verso Paul. «Niall è uno scrittore. Non si preoccupa per lui? Per il suo sostentamento?»

«La tecnologia sta facendo progredire la civiltà umana più velocemente ora che in qualsiasi altro periodo della storia. Se Niall non riesce a stare al passo…» Si strinse nelle spalle.

«Samantha,» disse Martell dolcemente, come parlerebbe a una bambina piccola, «CASE creerà nuovi posti di lavoro. Installatori, programmatori, manutentori, addetti al controllo qualità. Alcuni dei lavoratori in esubero potranno essere riqualificati per questi ruoli.» Si strinse nelle spalle. «Dicevano la stessa cosa quando sono comparsi i computer. I dattilografi sono diventati operatori data entry. Il tempo va avanti. Lei, più di chiunque altro, dovrebbe capirlo.»

Paul disse: «Non è d'accordo, Audrey?»

Aveva sposato due uomini che amavano i libri. Sosteneva una fondazione per l'alfabetizzazione. Mia madre doveva vedere la situazione come la vedevo io. La mia speranza doveva essere visibile sul mio viso.

Lei sbatté le palpebre. «Certo. Samantha, questa è una tua creazione. Potrebbe renderti una donna molto ricca. Non posso credere che tu stia pensando di buttarla via.»

«Certe cose sono più importanti dei soldi.» Sollevai il mento. Niall, Qiana e tutte le persone che mi avevano sostenuta erano più importanti della mia comodità personale. Perfino del mio futuro. «No.»

Tutti e tre mi fissarono. Martell disse: «Cosa intende con 'no'?»

Inspirai profondamente. Mi mancavano le librerie, il loro odore di carta nuova, di pelle vecchia e di cera per mobili. L'ufficio del mio relatore aveva solo un debole odore elettrico, coperto dal profumo di lavanda di mia madre. Non aveva un solo libro nel suo ufficio.

«Non lo farò. Non lavorerò su CASE.»

«Samantha, non essere ridicola.» Mia madre strinse i braccioli della sedia, le nocche bianche.

Il dottor Martell mi studiò. «Ne è sicura? Sembra insolitamente avventato. Consideri le implicazioni. Non posso approvare la sua tesi senza ulteriori sviluppi. In più,»... cliccò con il mouse e poi digitò una serie di tasti... «ci sono molti altri dottorandi che possono prendere questo lavoro e finire ciò che ha iniziato.»

«Devo concordare,» disse Paul. «Gli sviluppatori di SwifTech non vedono l'ora di mettere le mani su questo progetto. Sebbene preferirei di gran lunga avere la sua competenza nel progetto, non è necessaria.»

Bussarono alla porta, e Kyle, il mio compagno d'ufficio, fece capolino. «Voleva vedermi, dottor Martell?»

Martell sollevò le dita dalla tastiera e mi fissò. I suoi occhiali riducevano le sue iridi a cuscinetti a sfera. «Abbiamo bisogno dell'aiuto di Kyle?»

Sprofondai nella sedia. «No. Lo farò io.» Non dovevo farlo in fretta. O bene. Avrei tirato per le lunghe il lavoro finché non avessi trovato un modo per uscire da quel casino.

«Esamineremo la sua prima iterazione venerdì prossimo.»

Tra dieci giorni. Beh, merda.

«Brava ragazza,» disse mia madre. «E William Winford ha chiamato. L'ho invitato a brunch domenica.»

«No.» La parola risuonò come uno sparo nell'ufficio di Martell. «Farò questa cosa per lui,»... feci un cenno al mio relatore... «perché devo. Ma non incontrerò nessuno. E non verrò a brunch.» In qualche modo, mi alzai, nonostante la delusione che mi schiacciava. «Non se non mi sostieni e non sostieni quello che voglio.»

Andai decisa verso la porta e misi la mano sulla maniglia. «Arrivederci, mamma. Dottor Martell, signor Swift, le farò avere qualcosa per venerdì prossimo.»

Non avevo idea di cosa potesse essere quel qualcosa.

37

SAM

«TUTTO BENE, SAM?»

La voce di Kyle mi scosse dal mio sguardo da zombie. Voltai di scatto la testa verso di lui, alla sua scrivania. Stava cercando di guardare il mio schermo o ero solo paranoica? Probabilmente era paranoia, visto che non dormivo quasi da nove notti; eppure, ruotai lo schermo di un grado o due lontano da lui.

«Bene. Solo stanca, sai?» Cercai di sorridergli, ma non sentivo più la faccia. Ogni parte di me era intorpidita.

«CASE, vero? Come vanno le modifiche? Ti serve una mano?»

Quello mi svegliò di soprassalto. «No, sto bene.» Forse stava davvero spiandomi. Martell gli aveva chiesto di tenermi d'occhio? Il cuore mi batteva all'impazzata. O Paul Swift? Kyle indossava un nuovo paio di scarpe da ginnastica? Delle Air Jordan? Annusai. Era difficile capirlo con l'odore di battiscopa marci e scrivanie di metallo arrugginito, ma mi parve di cogliere un profumo di pelle nuova. Girai ancora un po' lo schermo.

«Okay.» Abbassò la testa. «So che c'è molta pressione.»

Non ne sapeva neanche la metà. Per quanto avessi programmato furiosamente per mettere online CASE 2.0, non potevo condensare sei mesi di lavoro in dieci giorni. Martell sarebbe stato furibondo quando non avrei avuto nuovi romanzi da mostrare a Paul Swift alla demo del giorno dopo. In più, CASE 2.0 non riusciva ancora a creare in modo affidabile articoli scientifici.

Non potevo permettere che Paul Swift, o chiunque altro, mettesse le mani su CASE 1.0. Non se volevo che persone come Niall e Qiana, e persino Heidi, mantenessero il loro lavoro, che continuassero a creare storie che la gente, ragazzi come Hero a Chicago e quegli adolescenti al raduno in Florida che avevano fatto il cosplay di Nieven e Greva, amava. Diavolo, libri che io stessa amavo.

E se Martell avesse dato seguito alla sua minaccia? Rabbrividii. Senza un dottorato di ricerca, il mio postdoc era lettera morta. Sarei dovuta tornare a casa a vivere con mia madre e Charles. Lei avrebbe continuato a propinarmi i Winfords. E, peggio ancora, Kyle o i programmatori della SwifTech avrebbero ripreso CASE 1.0 esattamente da dove l'avevo lasciato io.

Il mio piano faceva schifo, e lo sapevo. Ma non c'era altro da fare. Appoggiai la testa che mi girava sulla scrivania. Mi sarei riposata solo per un minuto, e poi avrei ricominciato.

«Sam!»

Alzai la testa dalla tastiera e sbattei le palpebre. Jackson era sulla soglia.

Jackson non era mai venuto nel mio ufficio prima d'ora. Mi stropicciai gli occhi. No, non era un'allucinazione.

«Bell'aspetto, Samwise. Mi piace soprattutto il segno della tastiera sulla guancia. E hai un po' di bava, proprio lì.» Indicò l'angolo della sua bocca, appena dentro il bordo della barba.

Con il dorso della mano, mi asciugai l'umidità.

«Jackson Jones?» La sedia di Kyle strisciò all'indietro, e lui si fece avanti di slancio, con la mano tesa.

Jackson gliela strinse. «Sono io. Tu devi essere Kyle.»

«Sì. Kyle Anderson. Il compagno di ufficio di Sam. È... è un onore conoscerla finalmente.» Kyle pompò su e giù la mano di Jackson.

Un lato della bocca di Jackson si sollevò in un mezzo sorriso mentre ritirava con delicatezza la mano da quella di Kyle. Grazie a Dio non avevo mai parlato della nostra avventura di una notte.

«Andiamo, Sam,» disse Jackson. «Andiamo a pranzo.»

«A pranzo?»

«Sai, il cibo che si mangia a mezzogiorno? Anche se sembra che tu non abbia fatto molti pranzi ultimamente. Andiamo, Sam. Ci si vede, Kyle.»

Nel corridoio, chiesi: «Che ci fai qui?»

«Sono venuto a vedere come stavi. Non hai risposto alle mie chiamate o ai miei messaggi. Mia madre ha detto che le hai risposto per le rime?»

Trottai per tenere il passo con le sue lunghe falcate. «Io... sì,» borbottai.

«Brava. A proposito, hai un aspetto di merda.»

«Grazie. Stronzo.»

«È la verità. E tra noi c'è sempre stata onestà.»

Ahi. Quella mi colpì dritto tra le costole.

Mentre attraversavamo il campus, Jackson aveva un sesto senso per i furgoncini di street food, gli raccontai tutto. Cominciai con l'offerta di Heidi e Martell, l'ultimatum di Heidi sul tour del libro. Continuai con il fiasco alla cerimonia di premiazione e la minaccia di Martell. Il tradimento di mamma. Gli avevo appena parlato dell'incontro con Paul Swift fissato per il giorno seguente e del mio piano disperato per placare Martell con CASE 2.0, quando raggiungemmo il furgoncino dei tamales parcheggiato all'estremità opposta del campus.

«Fanculo Martell,» ringhiò lui. «Che grandissimo stronzo.»

«No, lui ha solo...» Era stato una figura paterna per me da quando ero entrata nel dipartimento. Ma in quella riunione, mi aveva mostrato dove risiedeva la sua vera lealtà. «Sì.»

Emisi un respiro tremante. Avevo confessato tutti i segreti che mi ero tenuta dentro per mesi. Tutto ciò che restava era un guscio rinsecchito di pelle e ossa. Una forte brezza marina mi avrebbe spazzato via come una foglia d'autunno. «Ha tutto il potere. Non posso ottenere il dottorato senza di lui. Dovrei ricominciare da un'altra parte. E mi metterebbe comunque sulla lista nera. Nessun altro dipartimento mi accetterebbe.»

Arrivammo in cima alla fila e facemmo le nostre ordinazioni. Pagò Jackson, ovviamente. Non avevo l'energia, né i fondi, per protestare.

Quando i tamales furono pronti, portammo i nostri piatti su una panchina all'ombra.

Jackson prese la forchetta. «Lo vuoi ancora il dottorato?» Non c'era giudizio nel suo tono. Avrei potuto dire sì o no, e lui mi avrebbe dato lo stesso costante incoraggiamento di sempre.

Il mio cuore si riempì di cemento. «È il mio biglietto per la libertà, capisci? Ho un postdoc già pronto in Idaho. È l'unico modo in cui posso essere libera di vivere la mia vita.»

Il volto di mio fratello si accartocciò. «Quando avevi intenzione di dirmelo?»

Puntai la forchetta nel mio tamale. Deglutii oltre la gola stretta. «Non lo so.» Probabilmente con un messaggio mentre prendevo un autobus per andarmene. Sarei stata una vigliacca nel dare i miei addii, come in tutto il resto della mia vita. «Non sono come te, Jackson. Non sono forte.»

«Riprenderti da quello che ti ha fatto Stephen e poi andare a fare quel tour del libro mi sembra una cosa da persone piuttosto forti. Per non parlare della fantastica I.A. che hai creato.»

Sbuffai. «Tutta la storia del romanzo? È stato un incidente. CASE avrebbe dovuto fare qualcos'altro.»

Lui si appoggiò allo schienale. «A volte le cose migliori accadono per caso. Devi solo cavalcare l'onda.»

Non parlava più di CASE. Parlava della sua vita, della sua azienda, di sua moglie, persino la perfetta piccola Valentine era un fottuto e gioioso incidente.

Ma a me non era mai successo niente di meravigliosamente casuale.

Tranne Niall, e avevo rovinato tutto. Un vuoto si aprì dentro di me, risucchiando al suo interno anche il minuscolo piacere di un pranzo con mio fratello.

«Quello che ho fatto con CASE ha sconvolto la vita di un sacco di gente. Non è stato un incidente di quelli belli. È stato un incidente di quelli che rovinano tutto per tutti. Come tutta la mia fottuta vita.»

«No.» Jackson mi guardò dritto negli occhi. «Sei geniale. Hai fatto cose con l'I.A. che nessuno aveva mai fatto prima. Quel libro che ha scritto ha cambiato la vita delle persone. Compresa quella di Noah. Hai idea di quanto sia difficile far leggere un ragazzo di dodici anni?»

Fissai l'antenna in cima all'edificio più vicino. «Immagino di aver ingannato anche lui. Adesso mi odia?»

«No, Sam. Lui vede la vera te. Una persona che si prende cura degli altri. Che ha un talento straordinario. Che è forte e indipendente. Che può,» degluti, «prendere le proprie decisioni. Non hai bisogno di titoli dopo il tuo nome per essere qualificata a farlo, a crearti una vita. A dire a Martell esattamente dove può ficcarsi il suo ultimatum.»

Il mio petto si gonfiò come se potessi davvero essere abbastanza coraggiosa da dire di no a Martell. Come se potessi abbandonare il sentiero che avevo immaginato per me stessa da quando ero un'adolescente.

Lasciai vagare lo sguardo sul campus universitario. Gli edifici che amavo. Gli studenti, non che avessi mai permesso a nessuno di loro di avvicinarsi, sdraiati sull'erba, che camminavano in coppia sui marciapiedi. Avevo sperato di scambiarlo con un'altra università, una dove nessuno sapesse o si curasse che fossi una Jones. Nessun preconcetto. Nessuna aspettativa. Solo io e qualunque cosa potessi fare con le mie mani e il mio cervello. Costruendo il mio futuro.

Il futuro che avevo pianificato si incrinò e cadde a pezzi intorno a me. Non appartenevo più a quel posto.

«Giochi ancora ai videogiochi?»

Sbattei le palpebre per il cambio di argomento di Jackson. «Sì.

Quando non sono impegnata a spaccarmi di programmazione. Principalmente giochi di ruolo.»

«Ricordi come progettavamo giochi quando eravamo più piccoli?»

«Uh-huh.» Respirai attraverso un'ondata dolorosa di ricordi, del tempo in cui io e Niall avevamo giocato a uno dei nostri vecchi giochi durante il tour.

«Parlavamo di gestire una società di videogiochi insieme quando saremmo cresciuti.»

«Volevi anche fare il pilota di auto da corsa. Ma poi ti sei buttato nel software aziendale. Che è stata una scelta da sfigati.»

Puntò la forchetta al cielo. «Cosa che mi ha permesso di giocare con le auto da corsa. E di fare un fottio di soldi.»

«Anche i soldi sono da sfigati.» Infuriai la forchetta nel mio tamale. Non ci sarebbe stato nel mio stomaco con tutte le mie speranze deluse.

«Ehi, e se ci provassimo? Potrei inserirti nell'azienda come progetto segreto. Un'attività secondaria, in sordina. Potremmo collaborare alla progettazione di giochi. I soldi saranno anche noiosi, ma sono piuttosto utili per stare fuori da casa di nostra madre.»

Posai il piatto sulla panchina. «Io... ho avuto un'idea. Che ne dici di giochi basati sui libri?» L'idea mi solleticava il cervello da quando avevo ascoltato il primo libro di Niall e non avevo più voluto lasciare il mondo degli elfi dei boschi. Avevo persino abbozzato alcune idee per un gioco di ruolo basato sul romanzo.

«Altre aziende creano già giochi basati sui libri. Ce ne sono persino alcune che fanno quei libri immersivi a finale multiplo.»

«Sì, ma con l'I.A. potremmo portarlo a un altro livello. Non scriptato. Adattivo. Collaboreremmo con gli autori.»

Jackson scattò in piedi. Pensava sempre meglio quando era in movimento. «È un'ottima idea. Acquisire le licenze dei contenuti. Assumere gli autori come consulenti per la storia. Magari riutilizzare parte del codice di CASE. Aspetta, ti sei intristita per un attimo. Che succede?»

Mi sentii come se qualcuno mi avesse strappato la spina dorsale, lasciandomi floscia come uno dei peluche di Bilbo Baggins. Mi accasciai in avanti, con i gomiti sulle ginocchia, e nascosi il viso tra le mani. Un autore aveva sostenuto l'idea; ora non voleva più avere niente a che fare con me. «Niall.»

«Devo spaccargli il culo?» ringhiò. «Lo sapevo che quella sua aria da sempliciotto di campagna doveva essere una farsa.»

Alzai la testa. «No, se c'è qualcuno a cui spaccare il culo, quella sono io. L'ho ferito, Jackson. Ho ferito un sacco di gente.»

Si appoggiò allo schienale della panchina e guardò il soleggiato campus universitario. «Forse lavorare con gli autori potrebbe calmare la tua coscienza sporca.»

«Voglio fare ammenda.»

Lui annuì. «Questo è lo spirito giusto. Passa all'azione. Una volta che avrai rimesso insieme i pezzi, sarai pronta anche a riprenderti quel tizio. Mostragli che è stato uno stronzo a lasciarti andare.»

Cazzo. Proprio come mia madre, aveva visto le foto di Las Vegas.

Ritrovai la spina dorsale. Riempì i polmoni d'aria e la lasciai uscire in un breve sbuffo. «Hai ragione.»

«Sul fatto che il pel di carota è uno stronzo?»

«No. Sul passare all'azione.» Ero abbastanza coraggiosa da tener testa a Martell? A tutti quelli che avevano aspettative su di me? Potevo farlo se avessi avuto un aiuto. Essere indipendente non significava dover essere sola.

«Certo che ho ragione. Ho quasi sempre ragione.»

«Jackson. Ascolta. Ho bisogno del tuo aiuto. Per una cosa che potrebbe essere un pelino illegale.»

«Ah sì? Sembra il tuo stile, di questi tempi.»

«Sta' zitto.» Gli diedi un pugno sulla spalla. «Mi aiuti o no?»

«Ci sto. Cosa dobbiamo far saltare in aria?»

Oh, soltanto il mio intero mondo.

38

SAM

«SIGNOR JONES! È TORNATO!»

Kyle. Sarebbe stato difficile fare quello che avevo in mente con lui nel nostro ufficio.

Jackson non era uno sprovveduto. «Kyle, vieni a fare due chiacchiere con me in corridoio, così non disturbiamo Sam mentre lavora.»

Kyle mi sfrecciò accanto in un lampo che sapeva di pelle nuova. La mia vecchia sedia scricchiolò quando mi ci accomodai. Mi sarebbe mancata, quella sedia.

Levai l'audio agli altoparlanti del portatile, non potevo permettere che Kyle sentisse quello che stavo facendo, e digitai: Avvia procedura di addio.

Conferma. Sei sicura?

Se ne ero sicura? Stavo buttando via tre anni di lavoro. Innumerevoli notti in ufficio con Kyle, a ingurgitare caffè per alimentare le mie dita che volavano sulla tastiera. Giorni in cui non vedevo Bilbo Baggins se non la mattina quando mi svegliavo e la sera quando correvo a casa per portarlo a spasso e dargli da mangiare, prima di tornare di corsa al campus. Ci avevo passato il mio ultimo compleanno, a caccia di un bug.

Senza contare tutte le persone che avevano amato Magician in the Machine. Che erano venute da me durante i firmacopie e mi avevano detto che li aveva distratti dopo che la moglie li aveva lasciati, mentre la nonna era in ospedale, quando avevano avuto una brutta giornata al lavoro. Disattivare CASE glielo avrebbe portato via.

Ma lasciare CASE a Paul Swift significava che i libri scritti da CASE, e, diciamocelo, da altre IA a venire, sarebbero stati più economici e più veloci. Avrebbero fatto fuori i libri scritti da persone come Niall. I suoi libri avevano toccato molte persone. Inclusa me.

Era ora di comportarsi come Lobelia.

Coraggio.

Il mio dito non vacillò. O quasi. Premei il pulsante Sì.

Sullo schermo apparve una barra di avanzamento.

La porta si aprì, facendomi balzare il cuore in gola, ma era Jackson. Chiuse la porta. «Ho mandato Kyle a prenderci un caffè nel locale dall'altra parte del campus.»

«Dev'essere bello essere una leggenda della programmazione, e suscitare l'adulazione di tutti.» Aprii il cassetto della scrivania, ma conteneva solo qualche matita e una copia di Magician in the Machine. Richiusi il cassetto.

«Adulazione o no, dottorato o no, sei una brava programmatrice. E sei una brava persona. Ti rimetterai in piedi dopo questa storia.»

«Mia madre non la pensa così.»

«Lei conosce un solo modo per le donne di farsi strada nel mondo. Tu le dimostrerai che esiste una via diversa.» Jackson si sporse sopra la mia spalla per controllare la barra di avanzamento. «È veloce. Doveva essere un programma bellissimo.»

«Lo era. CASE era la mia creatura.» Una creatura indisciplinata e disobbediente. Ma pur sempre mia. Tirai su col naso.

«Ah, Samwise. Mi dispiace.»

Ssfiorai la barra di avanzamento con un dito mentre scandiva gli ultimi minuti di CASE. «Grazie per essere qui con me. Sei sicuro di non dover tornare al lavoro?»

«No. Marlee mi coprirà. La famiglia è più importante.»

Feci una smorfia. «Cercherò di essere una sorella migliore. Soprattutto ora che...» La gola mi si chiuse, ma feci un gesto verso l'ufficio. Certo, era minuscolo, ma aveva simboleggiato la mia indipendenza.

«Se vuoi stare da noi per un po', finché non capisci cosa fare, sei la benvenuta.»

Quando avesse scoperto quello che avevo fatto, Martell mi avrebbe tagliato i fondi e non sarei più stata in grado di pagare l'affitto. Stare da Jackson sarebbe stato meglio che tornare a casa da mia madre e Charles. Cercai di sorridere. «Grazie. Solo per qualche settimana, finché non avrò messo da parte la caparra per un appartamento.»

«Abile tattica di negoziazione. A meno che non ti paghi bene, mi ritrovo con un'altra persona sotto il mio tetto.» Gemette. «E un cane.»

Stavolta, la mia bocca si piegò in un sorriso completo. «Sono pur sempre figlia di mia madre.»

«Questo è poco ma sicuro.» Sollevò il mento verso il mio portatile. «Come siamo messi?»

La barra di avanzamento scomparve, sostituita dal pulsante per cancellare i file. Permanentemente. «Quasi finito.»

Si chinò e scrutò lo schermo. «La tua routine di distruzione ha un pulsante così elegante? Devi averci pensato su per un po'.»

Distolsi lo sguardo. «Solo... non ci riesco. Fallo tu per me.»

«Ci penso io.» La sua grande mano coprì il mouse, e il clic echeggiò nel mio piccolo ufficio, pungendomi il cuore.

Dopo aver scacciato le lacrime con le palpebre, riguardai lo schermo.

CASE non c'era più. Tre anni di lavoro svaniti nell'etere.

«Che riposi in pace,» disse Jackson. Trascorsero trenta secondi di solenne silenzio mentre ricordavo le lunghe notti riempite dai clic della mia tastiera, i momenti di elettrizzante scoperta, l'euforia di scorrere un pezzo di codice perfetto.

Si schiarì la gola. «Immagino che ci siano dei nastri di backup di cui dobbiamo disfarci.»

«Cazzo. Hai ragione.» Qualcuno avrebbe potuto prendere quei backup e resuscitare CASE, come quando uno sbalzo di tensione anomalo, due estati prima, aveva mandato in tilt il suo server principale. Avevo passato quattro ore a dare di matto finché i ragazzi dell'IT non lo avevano ripristinato dal backup.

Evitando l'ufficio di Martell, condussi mio fratello giù nei sotterranei. Jackson girò il viso dall'altra parte rispetto alla telecamera mentre passavo il mio badge all'ingresso della sala server.

Le ventole dei server rombavano più forte della risacca sulla spiaggia durante una tempesta. Il suono era familiare, quasi rassicurante.

«Per fortuna,» gridai per sovrastare il rumore, «il lavoro dei dottorandi non merita l'archiviazione esterna. I nastri sono conservati qui.»

Scaffali pieni di nastri occupavano una parete di un piccolo retrobottega. Da quello sbalzo di tensione, sapevo cosa cercare.

«Eccoli qui.» Tenevo in mano i due contenitori di plastica per nastri con sopra il mio numero di matricola scritto con un pennarello indelebile. Il backup e il suo backup. «Li porto a casa e li brucio?»

«Portarli a casa.» Jackson sbuffò. «E aggiungere il furto alle accuse di distruzione di proprietà dell'università? No, questi muoiono qui. Se tutto va bene, sembrerà che i backup siano scomparsi per errore.

«Vale a dire,» mi fissò profondamente negli occhi, «se sei sicura di volerlo fare. Buttare via anni del tuo lavoro. Potremmo prendere una di queste copie. Nel caso in cui volessi riprenderlo in mano.»

Era allettante. CASE rappresentava così tanto lavoro. E avrei potuto trasformarne delle parti nei nuovi giochi che io e Jackson avremmo creato insieme. Ma sarei stata tentata di usarlo tutto e creare CASE 1.1? E se qualcuno lo avesse trovato e avesse creato la propria versione di CASE? Qualcuno che non aveva imparato le lezioni che avevo imparato io?

«Ho imparato molto sulla creatività, sullo storytelling, durante il tour promozionale. CASE rovinerà le cose che amo. È meglio così.» Le lacrime mi offuscarono la vista.

«Anche l'informatica è creativa.»

«Lo so. Ma non è la stessa cosa dell'arte. E c'è posto nel mondo per entrambe, senza che una distrugga l'altra.»

Jackson mi strinse una spalla. «Mi dispiace che tu l'abbia dovuto imparare a tue spese.»

Tirai su col naso.

«Hai un demagnetizzatore?» Rigirò la cartuccia del nastro tra le mani.

«Un cosa?»

Jackson alzò gli occhi al cielo. «Usa un grosso magnete per cancellare i dati. Se ne avessi uno, probabilmente sarebbe in questa stanza. Scommetto che voi ragazzi riutilizzate questi nastri dall'alba dei tempi. Sto facendo un favore all'università togliendo questi due dalla circolazione. Trovami un cacciavite, un trapano e del filo metallico.»

Un cacciavite giaceva sulla scrivania lì vicino e glielo porsi. Si mise al lavoro sulle custodie dei nastri. Quando tornai dopo aver sbattuto le ciglia al tizio della manutenzione per procurarmi il trapano, una bobina di filo metallico e delle tronchesi, lui aveva aperto le cartucce, esponendo le bobine del nastro.

Trasalii quando Jackson accese il trapano per fare un buco sul retro della custodia del nastro, proprio al centro della bobina. Il rombo delle ventole dei server mascherò il rumore. Per lo più. Sperai che nessuno venisse a indagare. Un ospite non autorizzato che distruggeva la proprietà dell'università sarebbe stato difficile da spiegare.

Jackson salì su una sedia e usò il filo per appendere una cartuccia a una grata di ventilazione sul soffitto. Con un colpo di polso, fece srotolare la bobina di plastica verso il pavimento. Afferrai l'estremità e tirai finché la gravità non ebbe fatto abbastanza lavoro da mantenere il nastro in movimento. Ripetemmo il processo con l'altra cartuccia su un'altra grata, e presto due soffici cumuli di nastro di plastica si ammucchiarono sul pavimento.

«Ora aspettiamo,» disse. «Dove sono i distruggidocumenti?»

«Ce n'è uno nella sala posta di ogni piano principale.»

«La gente farà domande se andiamo in giro con una balla di nastro. Hai uno zaino o una borsa per il computer?»

«Di sopra.»

«Va' a prenderla.»

Quando uscii dalla tromba delle scale, il mio cuore impazzito perse un battito. Martell stava sulla soglia del mio ufficio, con le mani sui fianchi. Non c'era modo di superarlo di soppiatto per prendere le borse. Avrei dovuto fare finta di niente.

Facendo un respiro profondo, mi avvicinai al mio relatore, strisciando i miei anfibi in modo che mi sentisse.

«Buon pomeriggio, dottor Martell. Mi scusi.» Mi feci strada oltre di lui per entrare in ufficio e andai alla mia scrivania.

«Samantha, ti stavo cercando. È tutto pronto per la presentazione di domani?»

«Le ho mandato le slide stamattina.» Erano piene di bugie sulle storie che CASE aveva prodotto. Tenendo la testa bassa, aprii un cassetto. Sarebbe finito tutto presto.

«Sembravano buone. So che non ti piace parlare in pubblico, quindi condurrò io la presentazione e la demo. Ho bisogno che tu sia pronta a rispondere a eventuali domande tecniche. Sei pronta?»

Gli lanciai una rapida occhiata mentre tiravo fuori una borsa di tela di un convegno a cui avevo partecipato. Avrei potuto dirgli che non ci sarebbe stato nulla da mostrare. Ma non ero sicura al cento per cento che non potesse trovare un dottorando per riavvolgere il nastro nella sua bobina e ripristinare CASE. Inoltre, essere colta in flagrante, e con Jackson, che non doveva trovarsi nella sala server, non sarebbe stato un bene. Gli avrei mandato un'e-mail più tardi. Vile, ma avrebbe funzionato.

«Certo, sono pronta.» Pronta ad andarmene da lì.

Si accigliò. «Cosa ci fai con quella borsa?»

In effetti sembrava strano uscire con una borsa vuota. Scrutai l'ufficio alla ricerca di qualcosa da ficcarci dentro. Una mela avvizzita era all'angolo della scrivania di Kyle. L'afferrai e la lasciai cadere nella borsa.

Martell si accigliò. «Non vorrai mica mangiarla, vero?»

«No.» Sbattei le palpebre. Forza, neuroni, non abbandonatemi adesso. «Al mio cane piacciono così. Non vorrei che andasse sprecata.»

Arricciò il naso come se potesse sentire l'odore della mela marcia. Velocemente, staccai la spina del mio portatile e lo infilai nell'altra borsa. «Buonasera.»

«Di solito non te ne vai così presto.»

Avrei dovuto essere abituata a mentire ormai. «Io, uh, voglio riposarmi bene stanotte. Sa, prima della grande presentazione.» Col cuore che mi martellava nel petto, sgattaiolai oltre di lui nel corridoio.

«Ho visto la macchina di tuo fratello nel parcheggio?»

Maledizione, maledizione, maledizione a Jackson e alla sua macchina appariscente. «No, dev'essere stato qualcun altro.»

«Che probabilità ci sono? Non conosco nessuno all'università che guidi una Lamborghini gialla.»

«Mmh. Potrebbe essere un'auto sostitutiva, immagino. A domani, dottor Martell.» Accennando un saluto con la mano, mi diressi a passo svelto verso l'uscita. Spalancai la porta e corsi giù per le scale.

Nella sala dei nastri, le cartucce continuavano a srotolarsi dal soffitto. Jackson era appoggiato alla scrivania, giocherellando con il telefono.

Tirai una ciocca di nastro. «Dobbiamo fare più in fretta. Ho incontrato Martell di sopra.»

Jackson si mise in tasca il telefono e tirò l'altro nastro. «Sospetta qualcosa?»

«Non ha aiutato il fatto che tu sia venuto con la tua auto gialla-guardatemi-tutti e l'abbia parcheggiata fuori. Pensavo avessi rinunciato alle auto sportive quando è nata la piccola Valentine.»

«L'ho tirata fuori dal garage visto che è una bella giornata. In che guai ti troverai quando Martell lo scoprirà?»

«Tecnicamente,» feci una smorfia, «CASE appartiene all'università. E dovremmo presentarlo a Paul Swift domani. Quindi... parecchi?» Tirai più forte. Un sottile anello di nastro rimaneva attaccato alla bobina.

Non batté ciglio. «Potrebbe andare peggio. Probabilmente solo la polizia del campus, allora.»

«Sul serio?» Non avevo mai preso nemmeno una multa per divieto di sosta. «Sbrighiamoci.»

La cartuccia del nastro più vicina a Jackson cadde a terra con un rumore sordo. «Ho vinto!» Alzò i pugni al cielo.

Gli ficcai in mano la borsa di tela. «Fai attenzione. C'è una mela spappolata sul fondo.»

«Che schifo.» Posò il frutto spugnoso sulla scrivania e poi infilò il gomitolo di nastro nella borsa.

No, non sembravamo affatto sospetti, uscendo dalla sala server con le nostre borse rigonfie. Mi precipitai al piano principale e individuai la sala posta e il suo distruggidocumenti industriale.

Quando Jackson infilò i gomitoli di nastro nell'apertura, la macchina si avviò con un sobbalzo e iniziò a macinare. Esalai un sospiro. La distruzione era molto più veloce dello srotolamento.

Quando Jackson finì il suo nastro, iniziai il mio. Tenevo una mano sul mio cuore imbizzarrito, premendolo contro il petto, mentre con l'altra inserivo il nastro nel distruggidocumenti. Avremmo finito in un paio di minuti, e poi saremmo sfrecciati via sulla Lamborghini di Jackson in una macchia gialla.

«Samantha. Cosa stai facendo?» La voce di Martell mi fece sussultare.

Rovesciai la borsa sopra la bocca del distruggidocumenti per far passare l'ultimo pezzo di nastro.

«Quello non è... quello non è CASE.» Teneva in una mano la mela avvizzita. L'altra mano gli copriva la pancia, che probabilmente si sentiva nauseata quanto la mia.

Empatizzavo con lui. Davvero. Era stato gentile con me, quasi paterno, da quando ero arrivata al dipartimento. Avevo fatto tutto ciò che mi aveva chiesto, e probabilmente era uno shock scoprire che la sua piccola e docile dottoranda stava distruggendo tre anni di lavoro e finanziamenti. Oltre al capitale iniziale, ai riconoscimenti, agli articoli che avrebbe potuto pubblicare.

«Mi dispiace, dottor Martell. Ho imparato molto durante quel tour, e ora so che CASE non è una cosa buona per i libri. Non nel modo in cui l'ho progettato.»

«CASE non ti apparteneva. Apparteneva all'università.» Gettò la mela nel cestino come un punto esclamativo.

Trattenni il respiro. Non aveva mai alzato la voce con me prima d'ora.

Jackson si staccò dal muro, con i palmi delle mani tesi davanti a sé. «Senta, dottor Martell. Pagheremo qualsiasi risarcimento sia necessario per rimborsarla...»

«Jackson.» Mi misi tra lui e il mio relatore. «Questa è la mia battaglia.»

Annuì e fece un passo indietro, incrociando le braccia e fulminando Martell con lo sguardo.

«Dottor Martell, non posso continuare con CASE. È una cosa negativa per troppe persone. Danneggerà la creatività umana. E quella è importante.»

«Lo sono anche la scienza. E gli affari!»

«Sono tutti importanti. Ma nessuno è più importante degli altri.»

Il suo viso diventò rosso, poi viola. «Chiamo la sicurezza del campus. Questo è furto. Distruzione di proprietà dell'università. Sua madre sarà così delusa.» Sollevò la cornetta appesa al muro.

Risponderle era una cosa. Essere arrestata? «Delusa» era solo l'inizio.

«Meglio assecondarlo per ora,» borbottò Jackson. «Ho esperienza in queste, ah, situazioni.»

«Quante volte sei stato arrestato dalla polizia del campus?»

Il suo sguardo saettò verso il soffitto. «Arrestato nel vero senso della parola o solo... oggetto di discussione?»

«Davvero?»

«Nove,» disse lui.

«Erano arresti o discussioni?»

Aprì la bocca per rispondere, ma Martell sbatté la cornetta sulla forcella. «Arriveranno a breve.»

Jackson emise un finto sospiro. «Le sarebbe andata molto meglio se non l'avesse fatto. Non avrebbe mai più dovuto richiedere finanziamenti.»

Martell si immobilizzò.

«Ma ora che il piccolo errore di valutazione di Samantha sta per diventare pubblico, temo che i Jones dovranno mostrare i muscoli.»

Il sorriso malvagio di Jackson diceva che si sarebbe divertito a mostrare i muscoli.

Ma mentre sedevo accanto a lui sul sedile posteriore dell'auto della polizia universitaria, che assomigliava quasi esattamente a una vera auto della polizia con le sue luci rosse e blu lampeggianti, e con l'agente al telefono con qualcuno che sembrava sospettosamente il dipartimento di polizia di San Francisco, Jackson non sembrava affatto godersi le conseguenze della nostra avventura.

Avevo cercato di distruggere solo il mio futuro, ma in qualche modo ero riuscita anche a rovinare i sogni di Martell e a rendere mio fratello complice della mia prima attività criminale in assoluto.

Fantastico.

39

NIALL

ATTRAVERSAI GOFFAMENTE la porta girevole e mi fermai a strizzare il lembo della camicia sul tappeto della hall dell'hotel. Uno starnuto mi esplose dal petto. Fantastico. Qualche virus era finalmente riuscito a superare le mie barriere di lavaggi di mani e disinfettante, come la pioggia battente di Seattle attraverso la mia giacca impermeabile.

«Avevi detto che a maggio a Seattle non piove», borbottai, sfilandomi la giacca da mezza stagione. Feci una smorfia. Avevo appena dato la colpa del tempo a Gabi. Quale sarebbe stata la prossima cosa? I senzatetto e il cambiamento climatico?

Gabi strinse i denti. «Facciamo il check-in, poi potremo riscaldarci come fa la gente del posto, con una bella tazza di caffè caldo.»

«Cosa sei, Mary Poppins?» ringhiai. Non volevo il caffè. Volevo una doccia, vestiti asciutti e un letto caldo. E che il mio cuore smettesse di farmi male. Di certo non volevo Gabi, con la sua finta allegria e i suoi sguardi preoccupati. «Non ho bisogno di una tata, sai.»

Mi scrutò dai capelli umidi che gocciolavano sui miei occhi

alla camicia a quadri stropicciata, fino alle scarpe stringate fradice e, quando incrociò di nuovo il mio sguardo, un brivido mi percorse. «Una babysitter è esattamente quello di cui hai bisogno. Dovrai sopportarmi finché non ammetterai quanto sei incasinato.»

«Io, incasinato?» le passai davanti a fatica, trascinando la valigia macchiata di pioggia fino in fondo alla fila alla reception dell'hotel. «Sono un cazzo di vincitore del Tower Prize nel suo maledetto tour della vittoria.»

«Lei non ne vale la pena.» I capelli di Gabi stavano già iniziando a gonfiarsi mentre si asciugavano. «Non vale la tua sofferenza.»

Feci un balzo in avanti nella fila. «Non sto soffrendo. Non vedi che sono arrabbiato?»

Un angolo della sua bocca si sollevò. «È questo che sarebbe? Il piangersi addosso, il nascondersi nella tua camera d'albergo la notte, i sospiri ogni volta che passiamo davanti a una copia di Mago nella Machine?»

«Non è vero», sbottai. Non mi ero sentito particolarmente socievole dopo tutti gli eventi del tour del libro. Ma non sospiravo quando vedevo il suo libro... il libro di quel computer. Quello mi faceva ribollire il sangue.

Gabi guardò la cima della mia testa. «Stai fumando.»

«Sono fradicio. E qui dentro fa caldo.» Tirai il colletto della camicia.

«Lo sapevi che Magician in the Machine è finalmente entrato nella classifica dei bestseller questa settimana? Sembra che la gente voglia leggere un libro scritto da un computer. O quello, oppure vogliono vedere di cosa si tratta.»

«Fantastico. È assolutamente fantastico. Perché mi sto anche solo prendendo la briga di scrivere un terzo libro? Potrei anche chiedere a S... a quella macchina di... di sputarne fuori uno per me.»

«Potresti anche farlo», disse Gabi, con un tono irritantemente mite. «Ehi, l'università di San Francisco ha chiesto se potevamo fare un salto lì per una conferenza. Quella dove hai parlato l'estate scorsa.»

Fu come tuffarsi nella piscina gelida della cava. Rabbrividii nei miei vestiti umidi. «Una conferenza? A San Francisco? All'università che ha finanziato quella... quella mostruosità? Dove si trova S-Sam?»

«Dopodomani. Nessun problema, giusto? Accetteremo il loro ramoscello d'ulivo e mostreremo loro chi comanda nella San Francisco letteraria. Suggerimento: non loro. Non lei. Ho ragione?»

Forse non sarebbe stata nemmeno lì. Poteva essere a New York, a collegare la sua IA negli uffici degli editori. A sostituire me e ogni altro artista che sperava di pubblicare un libro. Parlai con più sicurezza di quanta ne sentissi. «Giusto.»

«Quindi dico loro di sì?»

«Sì, perché no?» Quel battito mancato era eccitazione per l'opportunità di vendere più libri. O una palpitazione cardiaca dovuta alla malattia potenzialmente mortale che avevo contratto. Non nervosismo per il fatto di rivedere Sam. E certamente non speranza.

Dopo aver fatto il check-in, salimmo insieme in ascensore. Quando Gabi si fermò alla sua porta, tirò fuori un telefono dalla borsa.

«Vuoi chiamare casa stasera?»

All'inizio del nuovo tour, ero rimasto sveglio tutta la notte, stringendo il telefono e leggendo ossessivamente ogni articolo di giornale che riuscivo a trovare su Sam. E poi avevo riletto i miei messaggi. Avevo letto l'ultimo da Sam così tante volte che lo avevo imparato a memoria:

SAM

Non sai quanto mi dispiaccia per quello che ho
fatto con CASE. Riesci a perdonarmi?

Dopo essermi trascinato attraverso gli eventi del giorno seguente con una rabbia gelida che mi pugnalava lo stomaco,

avevo chiesto a Gabi di tenermi il telefono. A tempo inde-
terminato.

Per quanto avrei potuto aver bisogno del conforto di mamma
o del nonno, non potevo fidarmi di me stesso con quella tecnologia. Non quando, tra due giorni, saremmo stati nella sua città
natale.

«No, sto bene.»

«Vuoi vedermi tra un quarto d'ora per quella tazza di caffè?»

«No, io... credo che ordinerò il servizio in camera e resterò qui.
Proverò a scrivere.»

Gabi mi fissò, incredula. Avevo avuto troppa paura di
dirglielo. Paura di portare sfortuna. Forse non facevo più affida-
mento su una musa, ma non avevo abbandonato ogni supersti-
zione che avevo riguardo alla mia scrittura.

Per una settimana dopo aver scoperto la verità su Sam, mi ero
pianto addosso. La mia cosiddetta musa si era rivelata l'antitesi di
tutto ciò che amavo, di tutto ciò in cui credevo. Di tutto ciò che
ero. Intenzionalmente o no, ciò che aveva creato aveva il potenziale per distruggere tutto. Per distruggere me. Tutti i miei amici
nell'editoria. Anche la fattoria, il nonno e la mamma. Non tutto in
una volta, ma con un anticipo più piccolo qui, meno copie
vendute là. Finché non ci fossimo arresi.

Poi, quando avevo visto quella conferenza stampa con Heidi
in piedi accanto al relatore di laurea di Sam, la rabbia mi divampò
dentro e si propagò fino alla punta dei capelli. Heidi avrebbe
dovuto essere dalla mia parte, non da quella di una scienziata
informatica. Non dalla parte di Sam.

Ero a Phoenix. Bevevo una birra al bar in pieno pomeriggio,
fumando non per il caldo del deserto, ma per colpa di Sam. E
avevo deciso che non avevo bisogno di una cazzo di musa. Non
avevo bisogno di aspettare che le dita mi formicolassero. Avevo
bisogno di disciplina. Era quello di cui mio padre aveva avuto
bisogno per trasformare un'idea in un'azienda globale. Quello che
Sam aveva usato per produrre quell'IA, CASE. Nessuno si era mai

lamentato del blocco del programmatore. E il mio lavoro non era altrettanto reale, altrettanto valido quanto il suo, nonostante quello che pensava lei?

Ero salito di corsa in camera mia, avevo tirato fuori un taccuino dal fondo della mia borsa, mi ero seduto alla scrivania con la schiena rivolta alla finestra assolata e avevo scritto. Non mi preoccupai di mettere in discussione la qualità; erano parole sulla pagina, qualcosa da cui iniziare. Alla fine sarei stato abbastanza coraggioso da consegnare le pagine a Gabi e scoprire se il nuovo finale de La Battaglia degli Elfi dei Boschi era spazzatura senza ispirazione o l'inizio di qualcosa di buono.

Gabi si strinse nelle spalle e infilò la sua chiave magnetica nella fessura. «Fai come vuoi. Se cambi idea, sarò al ristorante di sotto.»

«Grazie, Gabi.» Avevo bisogno di lei. Ed ero contento che lo sapesse.

Quando aprii la porta della mia stanza in fondo al corridoio – dopo solo due tentativi per far funzionare la chiave – guardai fuori dalla finestra, attraverso le nuvole e la pioggia nebulizzata, verso il bagliore dello Space Needle. La luce sull'antenna lampeggiava lentamente.

Se lei fosse stata lì, avrebbe trattenuto il fiato davanti a quella vista? Si sarebbe seduta accanto a me sul divano, tenendomi la mano e guardando quella luce lampeggiare?

Sam.

Sam.

Sam.

Ogni lampo era un giro di vite dentro di me, che mi stringeva il petto.

Scossi la testa. Ridicolo. Sam era per la sua strada, con un dottorato di ricerca in mano, verso quel post-dottorato in mezzo al nulla, lontana dalle conseguenze di ciò che aveva fatto. Lontana da me.

Lasciai cadere la valigia vicino alla porta e tirai fuori un taccuino dalla borsa. Feci girare la sedia dall'altra parte della scrivania, in modo da avere la schiena rivolta verso la finestra. Capovolsi il taccuino e cominciai a scrivere.

40

SAM

«UUH, SAM. QUESTE SONO SFIZIOSE.»

Marlee era in piedi davanti al mio comò, e teneva in mano le mutandine di pizzo nero che avevo indossato l'ultima volta nel fienile di Niall. Quando noi avevamo…

«Buttale.» Indicai il sacco della spazzatura in mezzo alla mia camera da letto. «E sta' fuori dal mio cassetto della biancheria.»

Lei le lasciò cadere nello scatolone del trasloco che stava riempiendo e raccolse il resto — per lo più mutandine di cotone con l'elastico che si sfilava dalle sgambature — gettandolo nel sacco della spazzatura. «Ne sono fuori. Abbiamo quasi finito, vero? Tyler e Andrew dovrebbero arrivare tra circa un'ora a prendere la tua roba.»

«Mancano solo il bagno e questo.» Aprii con uno strattone il cassetto del comodino. Quando vidi cosa c'era dentro, mi lasciai cadere sul materasso nudo.

«Che c'è?» Marlee mi si avvicinò rapida. «Oh.»

Non ero mai andata oltre i primi capitoli dei libri con la copertina rigida, ma li ascoltavo quasi ogni sera. E a volte — non ne andavo fiera, va bene? — aprivo i libri al frontespizio con la sua firma. Lui premeva forte con la penna, e sulla copia di Il Tradimento degli Elfi dei Boschi, immaginavo di poter sentire il solco dove il pennino aveva inciso la carta.

Marlee sprofondò sul materasso accanto a me. «Lo ami ancora.»

«No, io…» Non mi avrebbe più dato pace. «Non lo amo.»

«Sam.» Mi disegnò un cerchio sulla schiena con la mano. «Sei una pessima bugiarda.»

Bilbo Baggins uscì trotterellando dal suo nascondiglio sotto la mia scrivania, saltò sul letto e si rannicchiò contro il mio fianco.

Mi strofinai un occhio. «C'è polvere qui dentro.»

«Sam. Ti sei fatta sentire? Gli hai chiesto di perdonarti?»

Tirai su col naso e assunsi un'espressione neutra. «Certo che l'ho fatto.»

«E?»

«E niente. Non vuole più sentir parlare di me.»

Mi abbracciò e appoggiò il mento sulla mia spalla. «Quando ho mandato tutto a puttane con Tyler… te lo ricordi? Quando è andato in Texas e ha trovato un nuovo lavoro? Ho chiamato. Ho mandato messaggi. Gli ho persino cantato una canzone in segreteria. Sono stata assolutamente ridicola. Ma alla fine ha funzionato. Dovresti riprovarci.»

Ripensai allo scorso dicembre, quando Tyler era tornato dal Texas. «Ti ha perdonata di persona alla festa di Natale.»

«Già. Immagino che la mia canzone non abbia funzionato così bene. Forse è meglio se non ci provi. Quello che ha funzionato è stato guardarlo negli occhi e chiedergli di perdonarmi.» Mi strinse le spalle. «Pensaci. Io vado a mettere a posto il bagno mentre tu finisci qui, okay?»

«Okay.» Come potevo chiedere a Niall di perdonarmi di persona? Secondo gli avvocati di Jackson, non potevo lasciare lo stato.

Conoscevo una persona che poteva sapere se sarebbe venuto in California. E avevo bisogno anche del suo perdono.

Tirai fuori il telefono dalla tasca dei miei pantaloni cargo e feci scorrere l'elenco delle chiamate perse finché non trovai il nome di Qiana. Premetti Chiama.

41

SAM

UNA COSA buona del trasferirsi da proprio fratello e dalla cognata è l'accesso ai travestimenti. Di cui avevo bisogno, se volevo gironzolare in un campus dal quale ero stata bandita. A vita.

Alicia mi aveva prestato un paio di jeans. Dovetti farci il risvolto in fondo — maledette le sue gambe innaturalmente lunghe — e mi mancavano le comode tasche dei miei pantaloni cargo. Ma non avere un sacco di roba nelle tasche è una cosa buona quando ti arrestano, no?

Noah mi aveva prestato una sua felpa grigia con la zip che mi avrebbe fatto sembrare una studentessa qualsiasi del campus.

Jackson non c'era. Anzi, era via da circa una settimana per rimediare a un disastro causato dal suo migliore amico, Cooper. Il che era strano, perché di solito quello che combinava casini era Jackson, non Cooper. Quasi sempre, toccava a Cooper correre a salvare mio fratello. Comunque sia, Alicia mi diede uno dei cappellini da baseball di Jackson con sopra il logo di una squadra sportiva.

Feci passare la coda di cavallo attraverso l'apertura sul retro. «Come sto?»

«Sembri una che viene a scuola da me» disse Noah dal sedile posteriore del loro SUV gigante.

«Sembri una che sta per rapinare una banca» disse Alicia. «Ti mancano solo un paio di occhiali da sole oversize. Non capisco perché tu abbia dovuto cambiare look.»

Mia cognata, sempre ligia alle regole, era già furiosa per i guai in cui avevo cacciato suo marito, quindi avevo evitato di dirle che stavo per tornare di soppiatto al campus. Fissai la console e borbottai: «Pensavo di aver bisogno di un cambiamento».

«Non hai bisogno di cambiare. O ti ama così come sei, o non ti ama affatto. E non provare a fare quello che ha fatto tuo fratello. Niente gesti plateali. Parlagli e basta. Digli che ti dispiace. Digli che lo ami.»

Marlee, ossessionata dalle storie d'amore, mi aveva mandato un messaggio con un elenco di idee per gesti plateali il giorno in cui mi aveva aiutato a traslocare. «Marlee vuole che lo aspetti fuori dal suo hotel. Con una band di mariachi. O forse una banda musicale? Il correttore automatico potrebbe aver storpiato il messaggio.»

Alicia mi tirò su il cappello per liberarmi gli occhi. «Se volessi usare i tuoi poteri di programmazione a fin di bene, dovresti creare un correttore automatico che suggerisca le cose che la gente vuole davvero dire. Ma non hai intenzione di ingaggiare una band, vero? Lo incontrerai solo per un caffè.» Indicò la caffetteria fuori dal finestrino. Oltre il finestrino opposto, dall'altra parte della strada, c'era l'ingresso principale dell'università.

«Giusto.»

Avevo chiamato Qiana per implorare il suo perdono. Non era arrabbiata come avevo pensato. Anche se mi aveva fatto promettere di andarla a trovare non appena avessi potuto lasciare lo Stato. Aveva ancora il suo lavoro e mi aveva parlato della presentazione del libro di Niall all'università.

Avevo intenzione di trovarlo lì. Quando eravamo in tour

insieme, si fermava sempre a parlare con alcuni lettori alla fine. E non potevo permettere che la piccola complicazione del mio divieto a vita di accesso al campus mi ostacolasse, no?

«In bocca al lupo» mi disse Alicia. «So che ti ascolterà.»

Colsi il cipiglio di Noah nello specchietto retrovisore. «Non capisco perché tu debba parlargli. Si sta comportando da stronzo a non rispondere ai tuoi messaggi.»

Mi voltai sul sedile per guardarlo. «Quando hai fatto qualcosa di male e hai ferito qualcuno, devi chiedere perdono. E poi sta a loro decidere se perdonarti o no. Quindi devo chiederglielo. Come ho chiesto a te di perdonarmi per non averti detto del libro.»

Noah tracciò con il dito un punto sfilacciato sui jeans.

«Chiamerai se hai bisogno di un passaggio per tornare a casa, vero?» chiese Alicia.

«Prenderò un autobus. Non preoccuparti.»

«Sam.» Alicia strinse le labbra. «L'unico posto in cui Valentine dorme è la macchina. Passo la vita in questo carro armato che tuo fratello ha insistito per comprare. Vengo a prenderti, okay?»

«Okay. Grazie.» Allungai il braccio verso il sedile posteriore per un saluto a pugno con Noah, e poi accarezzai dolcemente le manine di Valentine, al sicuro nel suo seggiolino. Schioccò le labbra rosate nel sonno.

Scesi dal SUV troppo alto sul marciapiede e li salutai con la mano. Dopo che ebbero svoltato l'angolo, attraversai la strada verso l'università. Mi calai il berretto sugli occhi, tirai su il cappuccio e, a testa bassa, mi diressi verso la biblioteca.

Le persone che si dirigevano verso l'edificio non erano studenti trasandati come me. Erano più anziani, forse membri della facoltà o finanziatori dell'università. Gli uomini indossavano abiti o giacche sportive e le donne portavano dei vestiti. Neanche un paio di jeans come i miei in vista. E niente felpe col cappuccio. Cazzo, avrei dovuto chiedere a Qiana informazioni sul dress code.

Un paio di agenti della polizia universitaria erano appena dentro le porte della biblioteca. Mi scannerizzarono brevemente mentre entravo, e sentii i loro sguardi su di me mentre mi univo al flusso di persone dirette verso l'auditorium. Accelerai per camminare dietro una coppia anziana, cercando di sembrare la figlia che si erano trascinati dietro per farsi un po' di cultura.

Fortunatamente, nessuno mi fece domande mentre scivolavo su un sedile al centro dell'auditorium.

Il mio cuore perse un battito quando vidi i capelli ramati di Niall in fondo alla sala. Era chino, ad ascoltare una donna più bassa, dai capelli scuri. Merda! Si era portato dietro Gabriela. Non mi avrebbe mai permesso di avvicinarmi a meno di due metri da lui. Come diavolo avrei fatto a parlargli?

Le luci si abbassarono e le porte si chiusero alle mie spalle. Presi in considerazione l'idea di fuggire e provare l'idea della band di mariachi di Marlee al suo hotel. Ma proprio vicino alla porta c'era uno degli agenti di polizia dell'università. Non mi aveva ancora notata. Mi rannicchiai sul sedile, sudando nella felpa di Noah, intrappolata come uno dei topi nel laboratorio di biologia della porta accanto.

Le luci sul palco si accesero su Niall, facendo brillare i suoi capelli di riflessi bronzei, ramati e dorati. Le sue lentiggini apparivano pallide sotto la luce cruda, come se non fosse stato al sole per un po'. Era tornato alla fattoria, o era rimasto bloccato al chiuso per eventi come questo? Aveva detto a suo nonno e a sua madre cosa avevo fatto? La voragine gelida nel mio stomaco si approfondì. Avevo odiato mentire loro quando ero lì. Ora sapevano che avevo mentito. Erano stati così gentili, così fiduciosi, così accoglienti. E io avevo ferito la persona che amavano di più.

Lo ammetto: non sentii molto di quello che disse Niall durante il suo discorso. Nell'oscurità anonima, lo osservai come una stalker, desiderando di non aver rovinato tutto tra noi. Avrei voluto mantenere un rapporto strettamente professionale, non averlo mai baciato, mai essere andata a letto con lui, non essere andata alla sua fattoria e aver visto il suo rifugio segreto per scrivere nella foresta.

Ma allora non avrei mai conosciuto il suo sapore, la sensazione delle sue dita callose sulla mia pelle. La luce che illuminava la mia oscurità come un'installazione di luci di Natale. Come i fuochi d'artificio sulla baia. Avrei custodito quei ricordi come Gollum custodiva l'Anello, stringendoli al petto per tutta la vita.

Ma se non mi fossi scusata per quello che avevo fatto, se non avessi cercato di rimediare, ci sarebbe sempre stata una macchia opaca di rimpianto accanto a quei ricordi scintillanti.

Non parlò abbastanza a lungo da permettermi di elaborare un piano per abbindolare Gabriela, scusarmi con lui e poi superare la guardia di sicurezza per fuggire. Le luci si riaccesero e iniziò la sessione di domande e risposte.

La porta sul retro mi chiamava con la coda dell'occhio. Ma ora l'agente aveva un partner. Sorvegliavano l'uscita, a braccia conserte. Stavano guardando me? Mi rannicchiai ancora di più sul sedile e mi sfilai il cappellino da baseball. Spiccava in quel mare di completi.

«Samantha Jones» risuonò per l'auditorium. Scattai in piedi con la testa. Era di nuovo quella blogger, Kari Singh, e aveva un microfono.

«—una studentessa di questa università. Cosa ne pensa dell'intelligenza artificiale?»

Il petto di Niall si alzò e si abbassò come faceva quando gli veniva posta una domanda sgradita. In prima fila, Gabi si voltò e lanciò a Kari un'occhiataccia assassina.

Niall si schiarì la gola. «L'intelligenza artificiale ha molti usi, come farebbe notare la mia ex compagna di tour. Il riconoscimento della grafia e della voce, per esempio. La mia agente, Gabriela Padrón, sarebbe felicissima se adottassi un programma di riconoscimento della grafia e smettessi di usarla come trascrittrice.» Fece una pausa per la risatina del pubblico.

«L'I.A. ha il potenziale per portare benefici significativi all'umanità. Tuttavia, da creativo, devo ammettere di essere diffidente nei confronti di I.A. come CASE. Anche se, come molti di voi, mi è piaciuto leggere Magician in the Machine e ne ho apprezzato l'uso unico del linguaggio, i suoi colpi di scena intriganti e inaspettati, penso che le I.A. che replicano la creatività umana abbiano il potenziale per ridurla o eliminarla. Questa è solo la mia opinione, e sarei lieto di avere una discussione sull'argomento tra creativi come me e programmatori come la signorina... la dottoressa Jones e il dottor Martell.» Sorrise, ma i suoi occhi erano tristi.

Non mi resi conto di essermi alzata finché la donna nel corridoio non mi diede una gomitata con il microfono.

Il mio cuore martellava e non riuscivo a fare un respiro profondo mentre tutti gli occhi nella stanza si giravano verso di me. Niall non sorrise, non mostrò alcun altro segno di riconoscimento.

«I-i-il perdono.» Merda, dove volevo andare a parare? Feci un respiro profondo e imposi alla mia bocca e al mio cervello di smettere di lottare per il controllo. «Cosa ne pensa del perdono?»

Aggrottò la fronte, e ogni speranza che era sorta dall'abisso nel mio petto avvizzì e morì. «Intende come tema nelle mie opere?»

«Uhm. Certo.» La donna tese la mano per il microfono. Lo strinsi più forte.

In fondo alla stanza, Niall si voltò e fece qualche passo alla sua sinistra, come se volesse includere il pubblico nella sua risposta. «Come molti di voi sanno, la redenzione — che, credo, sia legata al perdono, un modo per perdonare se stessi attraverso l'espiazione per i propri torti — è presente nei primi due libri della serie. In Secrets of the Wood Elves, Nieven scopre di essere il figlio di un re lontano. Intraprende il suo viaggio per riunirsi con suo padre. Allerta spoiler» — Niall sogghignò, feroce e pericoloso — «alla fine del primo romanzo scopre che la terra di suo padre è molto diversa da quella in cui Nieven è cresciuto. Piena di pericoli. Corruzione. Tradimento. Da qui, il titolo del secondo libro. Ma Nieven, essendo un bravo elfo dei boschi, pensa di poterlo far cambiare. Altro spoiler — mi dispiace — non ci riesce. E ora la storia è pronta per una battaglia tra loro. Dovrete aspettare il terzo volume per vedere il risultato. Per vedere se il padre di Nieven potrà essere redento. Per vedere se Nieven potrà redimere se stesso per il pericolo che ha causato ai suoi amici conducendoli nel regno del male.» Niall allargò le mani in una finta scusa, e diverse persone del pubblico gemettero.

«Ma...» La mia voce risuonò nell'auditorium, sorprendendo persino me. «Nieven può perdonare Lobelia?»

Mormorii si levarono dalle persone intorno a me. In Treachery of the Wood Elves, Lobelia era un'aiutante, un'amica di Nieven. Non aveva fatto nulla che richiedesse perdono.

«Ah.» Gli occhi di Niall brillarono attraverso l'auditorium. «Vedo che mi ha anticipato. Ecco un altro spoiler, uno piccolo. Nel terzo libro, Battle of the Wood Elves, Nieven scopre iloscuro segreto di Lobelia. Dovrete aspettare la prossima estate per scoprire qual è quel segreto e se Nieven potrà perdonarla.»

La donna nel corridoio mi strappò il microfono di mano e saltò giù di qualche fila per passarlo alla persona successiva. Sprofondai sul sedile, noncurante della domanda successiva o della polizia del campus che ormai mi aveva sicuramente riconosciuta.

Aveva dato a Lobelia un oscuro segreto. Naturalmente, questo significava che Niall non poteva perdonarmi. Proprio come aveva inserito suo padre nella storia come un cattivo, aveva inserito anche me. Come una traditrice.

Qualcosa di bagnato sulla guancia. No. Non avrei pianto. Non lì. Forse più tardi, nella mia stanza a casa di Jackson e Alicia. Asciugai la goccia con la manica della felpa di Noah e mi tirai il cappuccio sui capelli. Tra le teste delle persone davanti a me, guardai Niall, e il mio cuore si sbriciolò in polvere.

Gli dovevo delle scuse. Forse avrei potuto trovare un modo per espiare, e finalmente redimermi. Se fossi uscita di lì, giurai a qualsiasi potere governasse la biblioteca, sarei andata al suo hotel. Al diavolo la band, musicale o altro. Mi sarei scusata. E poi, avrei dato il mio intero primo stipendio alla fondazione. Anonimamente. No, a nome di Niall. Non era neanche lontanamente abbastanza, ma era un inizio.

Ma prima, dovevo uscire da lì. Non potevo scusarmi dalla cella di sicurezza della polizia del campus.

Mentre le domande continuavano, pianificai la mia fuga. Una

porta a circa metà parete non era sorvegliata. Poteva essere un ripostiglio. O un passaggio per la stanza accanto, una via di fuga. Avrei aspettato fino alla fine, e quando tutti si fossero alzati, mi sarei diretta verso quella porta laterale. Ci sarei sgusciata attraverso. Se fosse stato un ripostiglio, avrei aspettato lì finché tutti se ne fossero andati. Se avesse portato da qualche altra parte, l'avrei seguita come Bilbo Baggins nelle gallerie della montagna. Anzi, se fossi riuscita a farmi strada davanti alla gente alla mia destra e a sgattaiolare lì...

La gente intorno a me si alzò. Era la mia occasione. Mi feci largo fino alla fine della fila, e poi mi voltai controcorrente per dirigermi verso il palco, verso la porta laterale. Era a soli sei metri di distanza, ma i lettori che si muovevano verso l'uscita posteriore rallentavano i miei progressi. «Mi scusi» mormorai. «Scusi.» Lentamente, mi avvicinai alla porta.

Finalmente, mi ritrovai di fronte a essa. Afferrai la maniglia d'acciaio. La girai a sinistra. Non cedette. A destra. Niente. Spinsi. Non si mosse. Girai e la tirai verso di me. No. Era chiusa a chiave. Girai la maniglia, scuotendola. Ti prego ti prego ti prego. Niente. Guardai verso la porta principale. Il primo agente di polizia era ancora lì, facendo un cenno a tutti mentre uscivano. Dov'era l'altro?

Lo vidi, mentre si faceva strada lungo il corridoio principale. Incrociò il mio sguardo. Merda! Era uno degli agenti della polizia universitaria che avevano preso me e Jackson dall'edificio di informatica. Ci aveva trattenuti per più di un'ora nella loro cella di detenzione che puzzava di vodka e candeggina. Il suo sguardo torvo mi disse che mi aveva riconosciuta anche lui.

Avanzava più velocemente di me. La gente si faceva da parte per lui in un modo in cui non faceva per me. Era a poche file di distanza, e poi avrebbe potuto tagliare attraverso la fila di sedili vuoti per acciuffarmi.

Guardai verso il palco. C'era un'altra porta laggiù. E quella aveva un'insegna rossa di uscita. Non sarebbe stata chiusa a chiave. Avrei dovuto superare Niall e Gabi per attraversarla.

Forse una delle persone in fila li avrebbe distratti con una domanda.

Con la schiena premuta contro il muro, scivolai verso la parte anteriore. Attraverso le file di sedili, anche l'agente fece lo stesso, con gli occhi ridotti a due fessure puntati su di me ogni volta che osavo guardarlo. Non importava cosa avesse detto, Alicia non sarebbe stata affatto felice di venirmi a prendere alla stazione di polizia del campus.

Accelerai, spingendo contro le persone che bloccavano la mia fuga. «Scusi. Scusi. Sta bene? Scusi.» Ma continuavano ad arrivare, e quell'insegna rossa dell'uscita non sembrava avvicinarsi.

Finalmente, la folla di fronte a me si diradò e ebbi una visione chiara della porta. La scritta rossa USCITA sopra di essa era la cosa più bella che avessi mai visto. Cioè, finché un paio di occhi verdi, screziati d'oro, non incrociarono i miei.

«Sam?»

«Niall.» Tutta la mia spinta in avanti svanì.

«Signorina Jones.» Una mano d'acciaio mi si strinse intorno al bicipite.

L'agente di polizia. Mi avrebbe trascinato di nuovo in quella cella di detenzione. Avrei dovuto chiamare l'avvocato dall'aspetto scandalosamente costoso di Jackson. O — rabbrividii — mia madre. E quando avessimo risolto tutto, avrei avuto uno di quei braccialetti elettronici alla caviglia e Niall se ne sarebbe andato.

No. Non prima di aver fatto ciò per cui ero venuta. Avevo smesso di scappare. Era ora di affrontare i miei problemi.

Mi divincolai dalla presa ferrea dell'agente. «Niall, mi dispiace.»

42

NIALL

«NIALL, MI DISPIACE.»

I suoi grandi occhi supplicavano mentre la guardia la teneva in una presa ferrea. Sapevo fin troppo bene con quanta facilità si segnasse la sua pelle chiara, avendole lasciato io stesso qualche livido sulle cosce quando mi aveva implorato: «Più forte». Scacciai quel ricordo. Quella stretta le avrebbe lasciato un livido sul braccio.

«Ehi,» dissi. «Ci vada piano. Che succede?»

«Mi scusi, signor Flynn.» L'agente quasi non si mosse mentre Sam cercava di strattonare via il braccio. «La scorteremo fuori.»

«Perché?» Sam aveva più diritto di me di essere lì. Anche se non stava esibendo il suo tesserino da studentessa. «C'è un problema con i suoi documenti?»

«Non dovrebbe affatto essere qui.»

L'avevo praticamente sfidata a venirmi a trovare presentandomi alla sua università. Perché non avrebbe dovuto essere lì?

«Sam, di che sta parlando?»

Lei ringhiò e diede un altro strattone inutile al braccio.

«Diciamo che sono bandita dal campus. Ma non è questo l'importante. L'importante è che mi dispiace. Mi dispiace di non essere stata sincera quando abbiamo iniziato il tour. E poi avrei dovuto dirtelo quando siamo diventati… più intimi.» Lanciò un'occhiata a Gabi, che se ne stava con le braccia conserte, un fianco inclinato e le sopracciglia quasi all'attaccatura dei capelli.

«Mi dispiace che quello che ho fatto con CASE ti abbia ferito. Che ti ho dato l'impressione di non dare valore al tuo lavoro. Alla tua carriera. Perché invece gli do valore. I tuoi libri sono fantastici e non voglio che tu smetta di scrivere. Mai.»

Stava dicendo tutte le cose giuste e il mio ego faceva le fusa come un gatto. Ma… «Aspetta un secondo. Perché sei bandita dal campus?»

Intervenne l'agente. «Accesso non autorizzato a proprietà privata. Furto e distruzione di proprietà universitaria.» Le strattonò il braccio e lei sussultò per il dolore.

«Ehi, un momento.» Gabi si fece avanti, le mani sui fianchi. «Non c'è bisogno di usare tutta quella forza.»

«Ha distrutto più di due milioni di dollari di proprietà intellettuale.»

Gli occhi di Gabi si sgranarono, poi si socchiusero. «Ha anche una famiglia ricca con uno stuolo di avvocati di grido. Ho la fotocamera del telefono e sto per iniziare a fare un video.» Tirò fuori il cellulare.

Per una volta, fui grato alla tecnologia. La presa dell'agente si allentò. «Adesso lascio il campus,» dissi, con le mani alzate in un gesto per calmarlo. «Scorterò io la dottoressa Jones fuori dal campus. Non c'è motivo di fare altre scenate davanti a tutti questi donatori.»

Come se non avesse notato gli sguardi della gente intorno a noi, l'agente si guardò attorno e lasciò andare il braccio di Sam. «Ci assicureremo solo che lasci la proprietà dell'università.»

«Bene.» Mi misi in spalla la borsa a tracolla. «Stai bene?»

Lei si massaggiò il braccio. «Tutto bene. Ma non puoi chiamarmi dottoressa Jones.»

Ero pronto a colmare la distanza e a chiamarla Sam? Avrei dovuto dimenticare tutte le volte in cui avevo ansimato il suo nome mentre facevamo l'amore.

Gabi ci condusse verso l'uscita, lungo un corridoio e attraverso una porta sul retro che si apriva sull'esterno. Era maggio e una brezza fredda mi schiaffeggiò le guance, ricordandomi che non potevo cadere sotto il suo incantesimo. Non potevo cingerla con le braccia e perdermi nel suo profumo di erbe, nel conforto del suo corpo. Non prima di aver parlato.

Mentre ci dirigevamo verso il parcheggio, mi chinai verso Sam. «Furto e distruzione di proprietà universitaria? Di che diavolo sta parlando quell'agente?»

«Io… Il dottor Martell ha ricevuto un'offerta di investimento. Da… da tuo padre. Voleva che aggiungessimo più funzionalità, più generi. Che fornissimo storie personalizzate sui telefoni della gente. E avrebbero costruito altri CASE. Da vendere agli editori. Avrebbero inondato il mercato di prodotti a basso costo, ed ero preoccupata per quello che sarebbe successo a te e ai tuoi libri. Io… non potevo permetterlo.»

Smisi di camminare. Mi venne la pelle d'oca, e non per la brezza serale. «Sam, che cosa hai fatto?»

Lei fissò un punto nel vuoto. O forse stava guardando verso l'edificio di informatica. «Ho cancellato il programma. E distrutto i backup. Io e Jackson. Il dottor Martell non ne è stato felice.»

Non puoi chiamarmi dottoressa Jones. No. «Non vorrai dire che ti ha tolto il dottorato?»

«Non aveva mai firmato la mia tesi. E ora non lo farà mai. Sono fuori dal programma.»

«Ma cosa farai adesso?» Era l'unica cosa che aveva sempre desiderato. Il cuore mi si spezzò per i suoi sogni infranti.

Mi rivolse un sorriso sghembo. «Ho ancora le mie competenze di programmazione. Le mie conoscenze. Inizio a lavorare nell'azienda di Jackson lunedì. Abbiamo avuto un'idea per un… un software.» Esitò e si fermò.

Guardai indietro verso gli agenti di polizia, che continuavano ad avanzare. Le misi un braccio sulle spalle e la spinsi verso l'auto a noleggio.

«È un software legato ai libri.» Parlò in fretta, con eccitazione. «Ci piacerebbe collaborare con alcuni autori e creare giochi di ruolo basati sui loro libri. Usando l'intelligenza artificiale per rendere più realistiche le interazioni dei personaggi nel gioco. Non è come CASE. Ricominceremo da zero. Questo, se qualche autore fosse interessato a lavorare con noi. Con me.»

Gabi, che camminava qualche passo davanti a noi, si fermò e si voltò. «Conosco degli scrittori che sarebbero interessati. Se i soldi sono buoni.» Inclinò il fianco e incrociò le braccia in una posa di potere.

«Ehm, dei soldi dovrai parlare con Jackson. Io sono solo la programmatrice. Ma sono sicura che sarebbe un accordo equo.»

Gabi sollevò un sopracciglio, come faceva quando pensava di poter ingrandire la torta o una di quelle stronzate da negoziazione. «Forse vi serve un consulente che vi aiuti a sviluppare il modello di compartecipazione agli utili.»

Un angolo della bocca di Sam si sollevò in un quasi-sorriso. Sbloccò il telefono e lo porse a Gabi. «Inserisci i tuoi dati qui, e ti chiameremo la prossima settimana.»

Gabi sorrise. «Credo che questo sia l'inizio di una splendida amicizia.» Inserì i suoi dati e restituì il telefono. «Se per te va bene, Niall,» disse, «chiamo un'auto. Faccio un po' la turista. Tu accompagni Sam a casa, vero?» Mi lanciò le chiavi della macchina a noleggio.

«Per te va bene, Sam?» Avevo ancora il braccio intorno a lei, ma quasi barcollai all'indietro quando mi colpì con tutta la forza di quegli occhi viola.

«Sì.»

«Fate i bravi, ragazzi. Buona serata, agenti.» Gabi si diresse verso l'angolo appena fuori dal parcheggio, con gli occhi sul telefono e le dita che volavano sulla tastiera.

Sbloccai le portiere dell'auto e aprii lo sportello del passeggero per Sam. I poliziotti ci osservavano da una ventina di metri di distanza mentre giravo intorno al cofano e salivo al posto di guida. Spinsi il sedile completamente indietro e allacciai la cintura.

Misi in moto. «Abiti qui vicino, vero?»

«Non più. Mi sono trasferita da Jackson. Finché non riesco a risparmiare abbastanza per un posto mio.» Guardò fuori dal finestrino e si strofinò il naso sulla manica.

«Bilbo sta bene?» Il cuore mi si gelò. Se l'avesse messo in un canile, ci saremmo andati subito. Sarei diventato la diva che si trascina in giro un cagnolino da borsetta durante un tour letterario, se necessario.

«Sta bene. Jackson e Alicia hanno un gatto che non è molto più grande di lui, e vanno abbastanza d'accordo. Non l'ho portato stasera. Non volevo che... nel caso mi avessero trattenuta di nuovo.»

«Sam.» Le presi la mano e la strinsi. Aveva rischiato il carcere per venire da me, per scusarsi. Doveva pur significare qualcosa. Redenzione.

Qualcuno bussò al mio finestrino. Di nuovo il poliziotto. Inclinò la testa verso l'uscita del parcheggio. Annuii. Appena si allontanò, usai goffamente la mano sinistra per mettere la retromarcia. Non avevo intenzione di lasciare la mano di Sam. Non dopo quello che aveva sacrificato per me.

Con cautela, guidai la macchina fino all'uscita e girai a destra, senza preoccuparmi se fosse la direzione giusta.

A qualche isolato di distanza, mi fermai nel parcheggio di un centro commerciale. «Siamo fuori dal campus, adesso, vero?»

«Sì. Qui pattuglia la vera polizia.»

«Non sei nei guai con la vera polizia, vero?»

«Tecnicamente, ho appena violato un'ordinanza restrittiva. Quindi forse?»

Mi appoggiai allo schienale e alzai gli occhi al tettuccio. «Perché l'hai distrutto, Sam?»

«Perché?» Si accigliò. «Per un sacco di ragioni. Per Qiana e le altre persone dell'Happy Troll. Per Tamarah Starr e Kate Salazar e ogni altro scrittore in quella sala alla cerimonia di premiazione. Per i lettori. Per la creatività umana e l'arte. Ma soprattutto per te, Niall. Voglio leggere la fine della storia.»

«Anch'io voglio leggerla.» Non mi riferivo solo alla storia degli elfi dei boschi. Le portai la mano alle labbra e le baciai le nocche.

«Riesci a perdonarmi? Puoi pensarci. Non devi dirmelo oggi.»

Un calore come oro fuso mi attraversò le vene. «L'ho già fatto. Grazie per aver rimediato. Non molte delle persone per cui l'hai fatto capiranno tutto ciò a cui hai rinunciato. Ma io sì.»

Le sue labbra tremarono. «Grazie,» sussurrò.

«Vorrei ricominciare, se possiamo. Niente bugie. Solo la verità d'ora in poi.»

«Ricominciare?» Arricciò il naso. «Cioè, dall'inizio? Tipo, ciao, sono Samantha Jones, ma puoi chiamarmi Sam, e sono una programmatrice che vive e lavora con suo fratello?»

Mi passai una mano sulla nuca. «Forse non così indietro.»

«Oh?» Ci tenevamo ancora per mano, e lei mi accarezzò le nocche con il pollice. «Che ne dici di tornare a quando ti ho detto che mi piacevi? Eravamo amici allora, credo. E ti ho baciato.»

Mi sporsi sulla console centrale e lei incontrò le mie labbra con dolcezza, con esitazione. Ma proprio mentre inclinavo la testa per approfondire il bacio, si tirò indietro.

«Se d'ora in poi dobbiamo essere solo sinceri, devo dirtelo, tutta questa storia del ricominciare?» Agitò la mano destra tra di noi. «È un po' sciocca, perché io ti amo già. E anche se torniamo indietro e impariamo a conoscerci prima come amici, ti amerò comunque già.»

Il punto gelido nel mio petto si riscaldò. «Ti amo anch'io. Non volevo, non quando ero così arrabbiato. Ma è così.» Forse non volevo tornare indietro, dopotutto. Forse volevo solo andare avanti, come faceva sempre Nieven. «Mi sei mancata. Il tour non è stato lo stesso. Prenderesti in considerazione l'idea di unirti a me per la prossima parte?»

«Ah.» Fece una smorfia. «Non solo sto iniziando un nuovo lavoro, cosa che devo fare per, sai, mangiare e tutto il resto, ma non ho il permesso di lasciare lo stato.»

Una risata mi salì dalla pancia. «Capisco.»

Disegnò dei cerchi sul dorso della mia mano. «Solo finché gli avvocati di Jackson non faranno la loro magia. L'hanno tirato fuori da situazioni peggiori.»

«Situazioni peggiori?» Che diavolo aveva combinato?

«Potrebbe esserci di mezzo una grossa donazione all'università. Aiuta, quando tuo fratello è favolosamente ricco.»

«Non voglio parlare di lui adesso. Voglio parlare di noi.»

«Scusa, io… lo sai.»

«Lo so. È una delle cose che amo di te, Sam.»

Fui contento di essermi fermato, perché saremmo finiti in un fosso se mi avesse colpito con quello sguardo sgranato mentre guidavo.

«Non posso credere che tu ancora…» Si morse il labbro tremante.

«Sam. Sam.» Le accarezzai la guancia con il palmo della mano. «Amo ogni parte di te. Perché è quello che ti rende… te. Amo il tuo gran cervello, specialmente quando sfugge al tuo controllo e dici più di quanto dovresti.»

«E io amo il tuo gran cuore.» Mise la sua mano al centro del mio petto, e io la strinsi. «Specialmente quando ti fa venire voglia di prenderti cura di tutti quelli che ami.»

«Voglio prendermi cura di te, Sam. Vorrei…» Mi fermai. Sam sapeva badare a se stessa.

«So che hai bisogno di farlo,» dissi. «Di usare il tuo cervello e le tue capacità per crearti una nuova vita.»

«Una vita per noi,» disse lei. «Adesso siamo noi due.»

Il calore mi riempì il petto. Due ore prima, non avrei mai immaginato di poter essere così felice. «Dovremmo andare in un posto più comodo di questa macchina a noleggio per discutere di come funzioneranno le cose.»

Il suo sorriso divenne malizioso. «Credo che sappiamo esattamente come funziona. Siamo diventati piuttosto bravi durante il tour.» Fece scivolare la mano verso il basso e tracciò la linea della vita dei miei pantaloni color cachi.

I miei addominali si contrassero e il mio cazzo si indurì. «Forse dovremmo, ehm, dissipare la tensione sessuale prima di parlare.»

«Credo che sia un'idea brillante.» Si chinò e mi baciò sul lato del collo. «Avremo le idee più chiare.»

Lo speravo. In quel momento, il mio cervello era troppo annebbiato per ricordare la strada per l'hotel. Dovetti affidarmi al navigatore di Sam per farmi guidare.

La tecnologia non era sempre una cosa negativa.

ORE DOPO, nella mia camera d'albergo, mi svegliai di soprassalto quando Sam mormorò: «Niall?» I suoi capelli mi solleticarono il mento mentre alzava la testa dal mio petto, che stava usando come cuscino.

«Sì?» La lampada era ancora accesa e la luce scintillò sui suoi capelli scuri quando glieli scostai dal viso. Non se ne stava andando, vero? Non ora, non quando eravamo finalmente stati onesti l'uno con l'altra.

«Pensi che potremmo tornare alla fattoria?» Arricciò il naso. «O tua madre e tuo nonno mi odiano adesso?»

Il mio cuore che batteva all'impazzata rallentò. «Non ti odiano. Saranno felicissimi per noi. Sanno che sono stato un disastro senza di te. Ti è piaciuta davvero la fattoria?»

«Certo che sì. È una parte di te. Quando eravamo lì, era come se tu fossi andato al tuo posto.»

«Sam.» La strinsi a me, mettendole la testa sotto il mio mento. «Sei tu quella che è andata al suo posto nella mia vita. Quando te ne sei andata, una parte di me è scomparsa. So che non sarà semplice capire come stare insieme, ma ce la faremo.»

Mi abbracciò forte. «Niente di noi è semplice. Tranne questo: ti amo, e niente, nemmeno un'esclusione a vita dal campus, ci terrà separati.»

«Nemmeno il segnale di merda della fattoria?»

«No. Un po' di pace e tranquillità sembra perfetto. Finché ci sei tu con me.»

«Sempre.» Le accarezzai i capelli. «Sempre.»

EPILOGO

SAM

Due settimane dopo

QUANDO LE PORTE dell'ascensore si aprirono al sesto piano dell'edificio della Synergy, l'energia era diversa. Sbagliata. Ronzava di rabbia come le luci al neon nella cella di detenzione della polizia del campus. Rabbrividii a quel ricordo.

La porta di Jackson era aperta, e Marlee e Tyler bisbigliavano davanti alla sua scrivania.

«Ehi, ragazzi, che succede?»

Marlee sussultò, con gli occhi sgranati. «Sam! Che ci fai qui?»

«Ho una riunione con Jackson. È pronto?»

«Oh, эм» scambiò un'occhiata con Tyler e poi lanciò uno sguardo lungo il corridoio verso l'ufficio di Cooper, «sì, credo che dovrai rimandare.»

«Perché? Mio fratello ha dato di nuovo buca?» La settimana prima, si era dimenticato di una riunione con me e non era tornato dal pranzo con Alicia. Quando l'avevo preso in giro a riguardo più tardi, dopo cena, si era lamentato di non avere più privacy a casa sua. Giusto, visto che vivevo ancora da lui. Ma mi ero assicurata di portare Noah al planetario per tutto il sabato e poi a un film di fantascienza quella sera.

Tyler incrociò le braccia. «Jackson non dà buca. Ha solo altre priorità.»

Marlee posò una mano rassicurante sul braccio di Tyler. «Non è colpa di tuo fratello. Questa volta è Cooper.» Abbassò la voce e storse le labbra.

«Cooper? Non l'ho mai visto… aspetta. È tornato?» Cooper, che di solito aiutava Jackson a rimediare a qualsiasi casino avesse combinato, era sparito dalla circolazione da quando ero venuta a lavorare alla Synergy due settimane prima.

«Sì, e questa volta ha portato un bel po' di scompiglio. Aspetta di sentire cosa lui e Ben…»

Il telefono mi vibrò in mano e alzai un dito. Dovevo assicurarmi che non fosse lo sventurato stagista che Jackson aveva assunto per aiutarmi. Richiedeva più cure e attenzioni di Bilbo Baggins.

«Pronto?»

«Signorina Jones, sono José della sicurezza. C'è una visita per lei. Un certo signor Flynn.»

«Niall è qui? Ma è a…» Dove doveva essere Niall? St. Louis? Kansas City? Da qualche parte nel centro del paese.

«Chiede di vederla. Devo farlo salire?»

«Certo che sì! Voglio dire, sì, per favore. Sono al sesto.» Il dito mi tremava sul pulsante rosso. Niall era a San Francisco? Non ero pronta. Mi passai le dita tra i capelli, ma si impigliarono nel mio chignon disordinato. Merda! Lo sciolsi e mi pettinai i capelli con le dita.

Un sorriso accennato spuntò sulle labbra di Marlee. «Guarda un po'. La signorina "non voglio un uomo" è nervosa perché il suo ragazzo si presenta per farle perdere la testa.» Si appoggiò a Tyler, che le mise un braccio intorno.

«Non fare la presuntuosa. Vado bene?» Mi lisciai la maglietta di Flash Gordon.

«Stai benissimo» disse Tyler. Una fossetta gli solcò la guancia. Potevo sempre contare su Tyler per dire la cosa giusta.

«Splendida.» Marlee mi spostò una ciocca di capelli davanti alla spalla. «Anche se un giorno ti convincerò a riconsiderare quei pantaloni cargo.»

«Mi strapperete i pantaloni cargo dal mio cadavere freddo e...» Dietro di me, l'ascensore suonò, e mi voltai di scatto per trovare il mio vichingo dai capelli rossi che usciva dalle porte di metallo. «Niall!»

In quattro falcate delle sue lunghe gambe, mi avvolse tra le sue braccia. Inspirai il suo profumo di pino. Casa. Potevo anche aver mandato in fumo i miei sogni ed essere finita a fare la programmatrice di medio livello nell'edificio high-tech di mio fratello con server sottodimensionati, ma ora che Niall era lì, ero esattamente dove dovevo essere.

«Sam» mi sussurrò all'orecchio. Le sue labbra mi solleticarono il collo e rabbrividii.

«Dovresti essere a...»

Mi baciò, e lo scivolare deciso delle sue labbra mi fece dimenticare cosa stavo dicendo. «Non potevo aspettare» mormorò.

«Ehi, Niall» disse Marlee. «Piacere di conoscerti di persona.»

A malincuore, lo lasciai andare. I convenevoli erano una palla. «Niall, questa è la mia amica, Marlee. Vi siete conosciuti in videochiamata mentre eravamo in... mentre viaggiavamo.» Non mi piaceva ricordare tutte le bugie che avevo detto mentre eravamo in tour insieme. «E il suo fidanzato, Tyler, che è anche mio amico.»

Niall strinse la mano a entrambi. «Ho sentito molto parlare di voi due.»

«Vuole sapere della mia vita e tutto il resto.» Arricciai il naso. Nelle nostre telefonate serali, io volevo solo arrivare al sesso telefonico, ma Niall voleva davvero parlare. Il che era giusto, suppongo, visto che non gli avevo detto molto della mia vita mentre eravamo stati insieme in tour.

«Che dolce!» La voce di Marlee raggiunse quel tono acuto che usava quando parlava di storie d'amore.

Alzai gli occhi al cielo. «Non c'è niente di dolce in quello che voglio fare al mio ragazzo dopo due settimane di lontananza.» Lasciai che la mia mano scivolasse dalla sua schiena fino alla curva tesa del suo sedere e lo strizzai come un'arancia matura. Lui mi spostò davanti a sé, e la cresta della sua erezione mi punse il fianco. Il cervello mi andò in pappa. Dovevo mettergli le mani addosso. Subito.

«C'è, tipo, una sala riunioni vuota o uno sgabuzzino da queste parti?» Mi strusciai contro di lui.

Marlee mi rivolse un ghigno irritante. «Jackson è nell'ufficio di Cooper, quindi potete andare lì.» Indicò l'ufficio di Jackson.

«A dopo, Sam.» La voce di Tyler arrivò appena prima che la porta dell'ufficio di mio fratello si chiudesse alle nostre spalle.

La scrivania di Jackson era nel solito stato disastroso, disseminata di hardware e scartoffie. Tirai Niall verso l'area salotto. Il divano era piccolo, ma sarebbe servito allo scopo. Vale a dire, lo scopo di infilarmi nei pantaloni di Niall.

«Aspetta.» Le nostre mani unite mi bloccarono di colpo. La stazza di Niall significava che aveva molta inerzia quando voleva.

«Aspettare? Perché?» C'era un che di disperato nel mio tono, ma non mi importava. «Sono passate due settimane.»

«Lo so, tesoro. Ero così disperato di metterti le mani addosso che ho preso un volo da Omaha per passare una notte qui.»

Omaha, giusto. «Com'è andata la presentazione del libro? Qualcuna ti ha passato il suo numero?»

Il rossore sulla cima dei suoi zigomi mi disse che qualcuna l'aveva fatto. Ma non importava. Niall Flynn era tutto mio, a prescindere da quante miglia ci separassero. Non avrei più dovuto essere gelosa.

«Domani mattina devo essere a Denver. Ma volevo passare stanotte con te.»

Il petto mi si riscaldò. «Mi piace l'idea. E ci vediamo ancora alla fattoria tra due settimane, vero?»

Mi avvolse con le braccia. «Certo. Il Wi-Fi è buono, a detta del nonno. Potrai lavorare quanto ti serve.»

«E tu scriverai. Mi leggerai le parole nuove di notte?»

«Tra le altre cose.» Mi strofinò il viso sul collo, e il bisogno si accumulò nel mio basso ventre.

Tirai il primo bottone della sua camicia di flanella. «Mostrami queste altre cose.»

Mi bloccò le mani. «Non c'è un posto con un po' più di privacy? Io, эм, ho l'impressione che abbiamo un pubblico.» Accennò alla parete di vetro. Le ombre di Marlee e Tyler scurivano le persiane chiuse.

«Casa di Jackson è troppo lontana. E poi, Alicia ci lavora di giorno. Ma» l'illuminazione mi colpì come una martellata, «mio fratello ha il bagno di servizio più fantastico che ci sia.»

Lo condussi lì e aprii la porta con enfasi.

Niall lo scrutò, esitando sulla soglia. «Fantastico? Non è più grande del mio armadio a casa. E gli armadi della fattoria furono costruiti quando la gente aveva due, forse tre cambi di vestiti.»

Sbirciai nello spazio di un metro per due. «La cosa fantastica è che ha una superficie piana. E una porta. Ora entra, così posso scoparti.»

«Che poeta.» Ridacchiò. Ma indietreggiò, mi strinse al petto e chiuse la porta con la punta del piede.

«Sono io la programmatrice, ricordi? Il poeta sei tu. Rapiscimi con qualche parola.»

E potete scommetterci che lo fece. E la parte migliore? Le parole erano solo la seconda cosa migliore in cui quella sua lingua era brava.

EPILOGO EXTRA
IL DISCORSO

SAM
Due anni dopo

LE MIE MANI volavano sulla tastiera. Ero in trance. Stavo spaccando.

Proprio come Lobelia.

Sarebbe stato fantastico giocare con la versione potenziata di Lobelia nel videogioco La battaglia degli elfi dei boschi, basato sul nuovo libro di Niall.

Fino a quel momento, i beta tester del gioco Il tradimento degli elfi dei boschi adoravano la sua grinta in formato tascabile. Sarebbero impazziti per la Lobelia a grandezza naturale. Non riuscivo a immaginare di voler giocare con un altro personaggio.

Era una fortuna che Niall avesse ideato un mostro ancora più terrificante da far combattere a lei e a Nieven in questo gioco. Non vedevo l'ora di programmarlo.

Qualcuno bussò alla porta del mio ufficio e Bilbo Baggins balzò fuori dalla sua cuccia sotto la mia scrivania, abbaiando e girando su se stesso. L'interruzione ruppe bruscamente il mio stato di grazia. Abbassai lo sguardo sul pannello di controllo personalizzato sulla mia scrivania.

Era stata un'idea di Niall installare il sistema, come la luce «in onda» fuori da uno studio di registrazione. Fuori, sopra la mia porta, una luce verde significava Avanti. Quella non avevo intenzione di usarla. Voglio dire, che senso aveva venire in ufficio se non per programmare? Giallo significava Entra a tuo rischio e pericolo. Era quella l'impostazione predefinita. Rosso, che doveva essere accesa adesso, significava In fase di programmazione. Non entrare.

Forse le luci avevano avuto un malfunzionamento. Le avevano installate nel mio nuovo ufficio solo il giorno prima.

Quando bussarono di nuovo e Bilbo Baggins cominciò a grattare alla porta, la mia concentrazione andò in frantumi. Mi alzai, ruotai le spalle e dissi: «Avanti».

I capelli ramati di Niall fecero capolino dalla porta, seguiti dal resto di lui. Le note di un pezzo rock classico si diffusero dall'apertura prima che chiudesse la porta e vi si appoggiasse.

«Scusa se ti interrompo» disse, incrociando le braccia sul petto. Si era rimboccato le maniche della camicia a quadri, scoprendo gli avambracci. Il gonfiore dei muscoli estensori era la mia kryptonite, e lui lo sapeva.

«Non mi sembri affatto dispiaciuto.» Tentai di mantenere il cipiglio, quello che spaventava gli stagisti, ma non ci riuscii, con Niall lì in piedi che mi serviva i suoi avambracci sexy come uno stuzzichino.

«Mi dispiace interrompere la tua programmazione. Ma la festa è già iniziata e tu avevi promesso che saresti venuta.»

Mi si strinse lo stomaco. «È oggi? Adesso?»

«Lo sai che è così.» Si staccò dal muro e si avvicinò alla scrivania, con Bilbo Baggins che gli trotterellava a fianco. «Jackson si è dato molto da fare, e gli farebbe piacere se ti facessi vedere. I tuoi dipendenti vogliono sentire qualche parola dalla loro fondatrice per celebrare l'occasione. Passare dal reparto sperimentale nell'azienda di Jackson a un edificio tutto tuo è un grosso passo.»

Lo era, ed era per questo che avevo acconsentito alla festa. Ma ciò non significava che volessi fare un discorso.

«Non me la sento oggi. Ci sarà così tanta gente.»

«C'è solo gente che conosci.» Mi tese una mano, con il palmo rivolto verso l'alto. «Andiamo. Prima vai là fuori, prima potremo tornare a casa.»

Aggirai la scrivania con i suoi tre enormi monitor e presi la sua mano. «A casa? Intendi all'appartamento o alla fattoria?»

«Non dovevamo restare a San Francisco per un'altra settimana?» Si controllò l'orologio, quello vecchio stile con il datario che gli avevo comprato io. «Siamo ancora nella prima metà del mese.»

Quello era il nostro accordo. Le prime due settimane di ogni mese stavamo nel nostro appartamento a San Francisco, che era piccolo ma molto più carino del mio vecchio posto vicino all'università. Io potevo programmare ovunque, ma avevo imparato che, quando si avvia un'azienda di videogiochi, i dipendenti vogliono vedere il fondatore lavorare in ufficio.

Il resto del tempo, vivevamo alla fattoria. Niall amava la vecchia casa colonica, ma dopo qualche commento di nonno Jerry sui muri sottili, lui e i Turner avevano iniziato a costruire una casa per noi accanto a quello che chiamavamo il nostro prato, dall'altra parte del fienile.

«Le cose qui vanno bene. Forse questo mese potremmo andarcene prima, no? Sally non deve partorire da un giorno all'altro?»

«Tu» le sue sopracciglia si sollevarono, «Samantha Jones, la ragazza di città, vuoi vedere nascere una capretta?»

Feci una smorfia. «Non proprio. Ma mi piacerebbe vedere il cucciolo di capra carino dopo che è nato.»

«Davvero?» Le sue sopracciglia rimasero alte sulla fronte. «Tua madre non ti porta a comprare un abito da sposa domani sera?»

Lasciai cadere la fronte sul suo petto. «Beccata.»

«Sam.» Mi sollevò il mento con un dito calloso e mi guardò negli occhi, i suoi, verdi, che saettavano tra i miei. «Non vuoi più sposarti?»

«Certo che voglio.» Rigirai l'anello al dito, quello che mi aveva dato il mese prima. Dopo esserci innamorati così in fretta, avevamo fatto i passi successivi con calma. La lentezza era una caratteristica di Niall. Una cosa che mi piaceva. Molto.

Feci scorrere le dita tra i peli ramati del suo avambraccio. «Voglio sposarti. Ma non voglio il matrimonio in grande stile. Non possiamo sposarci nel prato? Tu puoi indossare una delle tue camicie a quadri e io i miei pantaloni cargo.»

Il suo petto si espanse, poi espirò con un sibilo sopra la mia testa. «Puoi indossare quello che vuoi. E non mi importa se ci sposiamo nel museo che ha prenotato tua madre o nel fienile o completamente nudi sotto le stelle. Tutto quello che voglio è passare il resto della mia vita con te.»

«Niall.» Mi sollevai sulle punte degli anfibi e lui chinò la testa per baciarmi. Intrecciai le braccia intorno al suo collo, mettendo in quel bacio ogni briciolo di gratitudine, tutto il mio amore. Contro le sue labbra, mormorai: «Grazie. E lo dirai tu a mia madre?»

Mi mancò il calore delle sue labbra quando scattò indietro con la testa. «Vuoi che io dica a tua madre che faremo un matrimonio all'aperto con abbigliamento facoltativo?»

Gli passai le dita tra le ciocche ribelli sulla nuca, come piaceva a lui. «Voglio che tu dica a mamma che non faremo il suo grande matrimonio mondano qui a San Francisco. Faremo un matrimonio per amici e parenti a Enchanted Forest. Monteremo un tendone nel prato.»

«Quest'estate?»

«No. Il prossimo fine settimana.»

«Il prossimo fine settimana?»

«Sì. Marlee mi ha costretta a guardare Harry, ti presento Sally... e ho capito che Harry ha ragione. Voglio che il resto della mia vita inizi il più presto possibile.»

Questa volta, mi tirò a sé e mi baciò, la sua lingua che cercava disperatamente la mia. Dopo un minuto, ci separammo, senza fiato.

«Il prossimo fine settimana. Lo dirò persino ad Audrey.»

«Anche se stavo scherzando sulla parte dei nudi. Lo sai, vero?»

«Sai che mi spoglierei nudo davanti a tutti i nostri amici e parenti per te.»

Rabbrividii. «Lo so. Ma se ti vedessero tutti nudo, dovrei combattere contro tutte le donne single, e anche contro alcuni uomini, per averti.»

Ridacchiò. «E lo faresti anche.»

«Jackson mi ha insegnato a lottare sporco. Vincerei.»

«Bene. Possiamo tenere da parte i nudi per dopo il matrimonio.»

«Magari potresti darmi un assaggio di quello che avrò la nostra prima notte di nozze.»

Le sue braccia mi avvolsero la schiena e mi tirò a sé. «Qui?» Mi baciò, un lungo e languido scivolare di labbra e lingua.

Quando ci separammo per respirare, delle macchie mi danzavano davanti agli occhi. «Oppure una sveltina nel bagno della direzione, per me è lo stesso.»

«Sarai anche l'amministratrice delegata della tua personalissima e richiestissima start-up, ma non hai un bagno della direzione.» La sua voce rimbombò nel mio orecchio, densa come miele con cristalli di zucchero. «E preferirei di molto andare piano.»

Mi stavo sciogliendo in una pozzanghera proprio nel mio ufficio. «Promesso?»

«Promesso.» Mi baciò il punto sotto l'orecchio che mi faceva rabbrividire. Poi la sua mano scese lungo la mia schiena, indugiò nel punto alla base della spina dorsale che mi faceva formicolare, e tracciò la curva del mio sedere. Strinse, le punte delle dita che stuzzicavano il punto d'incontro delle mie gambe.

La parte razionale del mio cervello tentò un'ultima resistenza. «Non dovrei essere da qualche parte?»

«Saresti più rilassata per il tuo discorso se io ti...»

Saltai indietro. «Il discorso! Maledizione, Niall.» Mi lisciai la maglietta e sistemai i pantaloni cargo. Desiderai di essere una di quelle donne che tengono il profumo in ufficio. Tutti avrebbero sentito l'odore della mia eccitazione e avrebbero capito che stavamo amoreggiando nel mio ufficio. «Questa è la vendetta per Salt Lake City, non è vero?»

«Intendi quella volta che mi hai fatto una sega sotto il tavolo a quel banchetto di premiazione?»

Gli feci un sorriso malizioso. «Era un banchetto molto noioso. E avevi detto che non avresti vinto il premio.»

«Ho dovuto salire sul palco con lo sperma sui pantaloni.»

«Nessuno se n'è accorto. La giacca del completo copriva tutto.»

«Tutto tranne la mia faccia rossa.»

«Eh. Ne è valsa assolutamente la pena quando hai ringraziato solo me nel tuo discorso. Gabi era furiosa.»

Le sue guance si sollevarono in un lento sorriso provocante. «Andiamo. Vediamo quanto sarà buono il tuo discorso quando tutto quello a cui riuscirai a pensare sarà...» E mi sussurrò all'orecchio la cosa più sconcia che avessi mai sentito.

Il mio sesso si contrasse e ansimai. «Quello. Voglio quello. Adesso. Ti prego.»

«Dopo il tuo discorso. È ora di andare, signora amministratrice delegata.»

Io non mettevo mai il broncio. Non come mia sorella Nat, che lo usava come un'arma per ottenere tutto quello che voleva. Ma il mio broncio avrebbe fatto invidia persino al piccolo Valentine. «Non voglio.»

Mi diede una pacca sul sedere e io ero così eccitata che quasi venni proprio lì. «Fai il tuo discorso da brava piccola imprenditrice, e stasera lo faremo due volte. Lentamente.»

Due volte? Non ero sicura che il mio corpo potesse reggerlo. Ma mi fidavo di Niall. Mi strinsi la coda di cavallo. «Affare fatto. Sarò veloce. Dirò due parole, stringerò qualche mano e poi a casa. Per la cosa lenta.»

«Apri la strada, amore mio.»

Con la coda dritta come uno stendardo, Bilbo Baggins ci guidò dal mio ufficio all'area comune. Non era neanche lontanamente grande come l'atrio dell'edificio della Synergy — avevo solo una dozzina di dipendenti — quindi era piena di gente. E rumorosa, con la musica rock di Jackson.

Appena entrai, mio fratello spense la musica. I volti si girarono verso di me, pieni di ammirazione, rispetto e amore. C'era Alicia, con Valentine sul fianco; anche Noah, e Marlee con suo marito, Tyler. Persino Gabi e Qiana erano venute da New York.

Mamma, con la sua camicetta rossa, si fece largo tra la folla. «Samantha.»

In ritardo alla mia stessa festa, con notizie deludenti da comunicare, mi preparai al peggio.

«Sono felice di vederti» disse. «Entrambi.» Strinse me e Niall in un abbraccio a tre.

Quando si tirò indietro, i suoi occhi azzurri luccicavano nella penombra. Ma non erano lacrime tristi quelle che le si stavano accumulando. Erano le stesse lacrime di quando Jackson aveva suonato la campana alla borsa valori. Di quando aveva appeso al muro il diploma di laurea di Andrew.

«Aprire un ufficio tutto tuo è un risultato importante. Sono fiera di te.»

Mi strinse la mano e voltò il viso, tirando fuori un fazzoletto dalla tasca per asciugarsi gli occhi.

Dietro di lei, Charles sorrise. «Samantha, è meglio che tu vada lassù a fare il tuo dovere. Tua madre non sarà contenta se uno di questi fotografi la ritrarrà con il mascara che le cola sul viso.»

Mamma si appoggiò a lui. «Non dovrebbe importare il mio aspetto. È la serata di Samantha.» Alzò gli occhi verso suo marito. «Ma il mio trucco è a posto?»

Charles tirò fuori il suo fazzoletto. «Piangerai anche al loro matrimonio, lo sai.»

«A proposito di questo...» Niall si mise tra me e mia madre, e io lo presi come il mio segnale per marciare verso la ridicola piattaforma che Jackson aveva noleggiato perché ci salissi sopra, come il podio di un direttore d'orchestra. «Senza, nessuno riuscirà a vederti, Samvise» mi aveva preso in giro.

Facendo un respiro profondo, salii i gradini per dare ufficialmente il benvenuto a tutti nella nuova sede della Magician's Castle Games.

Odiavo fare discorsi, ma era il momento di riflettere e riconoscere tutto ciò che avevamo raggiunto insieme, da Jackson, che ci aveva dato i fondi per iniziare e uno spazio per lavorare, a Niall e agli altri autori che ci avevano affidato le loro storie per trasformarle in giochi. Per non parlare dei programmatori e dei designer che avevano scommesso su una fondatrice d'azienda che non aveva mai gestito nemmeno un chiosco di limonate.

Ma ce l'eravamo cavata bene. Il nostro primo gioco, basato su Segreti degli elfi dei boschi, era tra i dieci più scaricati su ogni piattaforma principale. La partecipazione agli utili aveva garantito che dipendenti e autori fossero ben pagati. E io mi ero concessa il lusso di rifiutare ogni richiesta di intervista che avevo ricevuto. Di quello se ne occupava Jackson per me.

E Niall? Era stato al mio fianco in tutto e per tutto. Quando non ero seduta in prima fila alle presentazioni dei suoi libri. Una o due riviste di business ci avevano definito una coppia di potere. Avevamo riso entrambi di quella definizione. Stavamo solo facendo ciò che amavamo. Insieme.

Un giorno, avremmo rallentato e iniziato a riempire di bambini la nostra casa alla fattoria. Avevamo tempo. Avevamo l'eternità.

———

Grazie mille per aver letto *Viaggia con Me!* Ti preghiamo di considerare la possibilità di lasciare una recensione sul tuo rivenditore preferito, BookBub, o Goodreads. Le recensioni aiutano altri lettori a scoprire nuovi autori come me.

Il prossimo libro della serie, *Comandami,* è una succosa e proibita storia d'amore in vacanza tra Cooper Fallon e il suo assistente. (Oh!) Continua a leggere per un'anteprima di questo ritorno alla Synergy.

BEN

I GUAI si presentarono sotto forma di un paio di spalle larghe.

Anche se le teneva curve in avanti, a incorniciare la testa china, erano ampie e muscolose, con i bicipiti a malapena contenuti in una T-shirt vintage dei Rolling Stones, sottile come carta, infilata dentro un paio di jeans sulla vita stretta. La sua ridicola fibbia della cintura di Austin, Texas, era grande quanto la mia mano.

Quando passavo le pause caffè con gli altri assistenti, andavano tutti in visibilio per il fascino da scapestrato e la personalità provocante di Jackson Jones.

Io no. Quello lo lasciavo fare al mio capo.

Aspetta, scusate, l'ho detto davvero? A ogni modo, sapevo che Jackson Jones era un guaio.

Arrancò fino alla mia scrivania e mi puntò addosso due occhi iniettati di sangue. «È di là?»

Dio, avrei voluto che non ci fosse. O di poter mentire e salvare il mio capo da qualunque nuovo inferno in cui Jackson stava per trascinarlo.

«Posso aiutarLa in qualche modo?» Mi alzai e mi lisciai il

maglione di lana merino blu scuro. Non ero un uomo alto ma, in piedi, non ero costretto a piegare il collo per guardare Jackson.

Ridacchiò. «Non a meno che tu non abbia una cura miracolosa per qualsiasi virus abbia messo al tappeto mio figlio, mia moglie e la tata.»

«Mi dispiace, ne sono sprovvisto... oh. Lei oggi dovrebbe andare a Boston.»

«Già. A proposito di questo...»

Feci una smorfia. Il mio capo era appena tornato da un viaggio in Asia la settimana prima. Non aveva avuto il tempo di riprendersi dal jet lag. E Jackson stava per chiedergli di risalire su un aereo, volare dall'altra parte del Paese e scombussolargli di nuovo l'orologio biologico.

Ma Jackson pensava che Cooper Fallon fosse Superman, che potesse fare tutto: il suo lavoro di Direttore Operativo e anche quello di Jackson.

Non aiutava il fatto che Cooper non facesse nulla per dissipare quell'idea. Quando Jackson gli chiedeva di saltare, lui chiedeva solo "quanto in alto?". Secondo l'assistente di direzione che supportava il consiglio di amministrazione di Synergy, che era lì quasi dall'inizio, la loro dinamica era sempre stata quella da quando avevano fondato l'azienda più di dodici anni prima. Erano soci, ma non era niente di simile a un 50 e 50. Più un 80 e 20. E Cooper finiva sempre con l'avere la peggio.

«Allora, posso entrare?»

Non mi ero reso conto di essermi messo davanti alla porta a vetri dell'ufficio di Cooper, bloccando l'entrata al suo socio. Avrei voluto potergli dire di no per proteggere Cooper da Jackson e dal suo stesso eccesso di zelo, ma Cooper non voleva essere protetto da Jackson.

Anche se ne aveva bisogno.

Abbassai deliberatamente le spalle, che mi si erano irrigidite fino alle orecchie. Mi voltai e bussai alla porta prima di spingerla e infilare la testa nell'apertura. «Signor Fallon?»

Quando si girò dallo schermo, la luce blu gli illuminò il viso, conferendo alla sua pelle, di norma ambrata, un colorito pallido e verdognolo. Anche i suoi occhi erano rossi. Non quanto quelli di Jackson, ma capivo che aveva passato troppo tempo a fissare fogli di calcolo. Sollevò una mano sulla giuntura tra collo e spalla e si massaggiò il muscolo. Avrei voluto poterlo fare io per lui, ma avrebbe violato la nostra regola non detta del "non toccarsi".

«Ben, quante volte ti ho chiesto di chiamarmi Cooper?»

Lasciai che un angolo della bocca mi si incurvasse. «Circa una volta al giorno da quando ho iniziato a lavorare qui sei mesi fa, signor Fallon.»

«Quindi, approssimativamente centoventi volte. E quante altre volte dovrò dirtelo prima che tu mi dia ascolto?»

Lo scatto nel suo tono avrebbe potuto spaventare qualcun altro. Cooper Fallon era famoso per la sua determinazione implacabile e per il suo carattere irascibile. Io sapevo che a quel latrato non avrebbe mai fatto seguire un vero morso. Forse con un dirigente come Jackson, ma non con qualcuno del mio livello. L'avevo osservato, probabilmente più di quanto fosse salutare, e sapevo, grazie a molte ore di attenta osservazione, che anche se il suo tono era tagliente, di solito teneva a bada la furia che lampeggiava nei suoi occhi azzurri.

«Oh, io La ascolto,» dissi.

Dietro di me, Jackson si schiarì la gola e il sorriso svanì dal mio viso. «Jackson è qui per Lei. Ha un minuto?» Ti prego, di' di no.

Si passò una mano tra i capelli baciati dal sole e si alzò; la sua figura di un metro e novanta si dispiegò con eleganza atletica. «Fallo entrare.»

Trattenni un sospiro e aprii completamente la porta, entrando nell'ufficio, e dissi con più formalità del necessario: «Può riceverLa adesso».

Jackson mi passò accanto strusciando i piedi. «Ehi, Coop.»

Cooper aggirò la scrivania e diede una pacca sulla spalla a Jackson. Avevano circa la stessa altezza, due splendidi esemplari fisici, ma solo uno di loro mi metteva sottosopra ogni volta che ero in sua presenza.

Restai lì, schiacciato contro la porta. «Posso portarvi qualcosa? Un caffè? Un panino?» Cooper aveva pranzato? Io ero andato in mensa con l'assistente di Jackson, Marlee, ma non ero sicuro che Cooper si fosse mosso dalla sua scrivania.

«Mi prenderesti un caffè, per favore?» chiese Jackson.

«Certo. Che ne dice di un frullato verde, signor Fallon?» Avrebbe avuto bisogno degli antiossidanti per mantenersi in forze se doveva rimettersi in viaggio.

Il suo sguardo scattò su di me e un'ondata di calore mi investì la pelle. Ma le sue parole erano taglienti e gelide. «Sì, per favore. Grazie.»

E poi, per quanto odiassi farlo, uscii dal suo ufficio e chiusi la porta, lasciando dentro Jackson Jones e Cooper Fallon.

———

MI MASSAGGIAI la tempia pulsante e avanzai nella fila del chiosco del caffè nell'imponente atrio della Synergy. Il mio sguardo risalì il vano di vetro dell'ascensore fino al sesto piano.

Se potevo giudicare dalla tensione intorno agli occhi di Cooper, anche lui stava soffrendo di mal di testa. Non che avrebbe mai ammesso di essere abbastanza umano da provare dolore. Forse avrei potuto passargli un antidolorifico insieme a quel disgustoso frullato verde.

I frullati: il mio piccolo ma importante contributo all'azienda. Cooper ne beveva almeno uno al giorno. Era carburante rapido ed efficiente per i suoi doveri di Direttore Operativo di Synergy Analytics. Cooper mandava avanti la Synergy e, portandogli i suoi frullati, io facevo la mia parte.

Mi passai una mano sul volto e guardai l'atrio. Chi volevo prendere in giro? Non lo facevo per la Synergy. Lo facevo per lui.

Lo facevo per la fiammata in quegli occhi freddi e azzurri quando gli porgevo il bicchiere e dicevo: «Il Suo frullato, signor Fallon».

Lo facevo per l'infatuazione che mi aveva fatto svolazzare lo stomaco dal momento in cui gli avevo stretto la mano il mio primo giorno di lavoro, sei mesi prima. E mentre lavoravamo insieme, mentre imparavo a conoscere il dirigente determinato che avrebbe fatto qualsiasi cosa per il suo socio e migliore amico, che aveva fatto crescere l'azienda da un business plan scritto su un quaderno a spirale nella loro stanza del dormitorio, che sosteneva fondazioni che aiutavano ragazzi a rischio, quel battito d'ali si era trasferito dritto nel mio cuore e non se n'era più andato.

Mia sorella, Mimi, diceva che vivevo con il cuore a fior di pelle, e che mi sarei innamorato di chiunque mi avesse dato un minimo segnale di ricambiare la mia attrazione.

Non era vero.

Cooper Fallon non mi aveva dato alcun segnale. Era sempre freddo ed educato. Mi diceva «Grazie, Ben» alla fine di ogni giornata. Mi aveva regalato un cesto di formaggi costoso ma impersonale per le feste. A volte mi chiedeva della scuola, ma probabilmente doveva farlo visto che l'azienda pagava le mie tasse universitarie.

Eppure, io mi divoravo quelle fiammate di calore quando gli porgevo i suoi frullati.

Una donna prese il suo caffè e si allontanò dal chiosco, e io feci un passo avanti, ancora a due persone dalla cassa. Controllai il telefono. Dieci minuti da quando avevo lasciato Cooper da solo con Jackson.

Perché avevo cercato di risparmiare tempo scendendo al chiosco? Il bar in fondo alla strada conosceva il nostro ordine. Ma volevo restare abbastanza vicino per salvare Cooper se ne avesse avuto bisogno. Ah. Cooper Fallon non avrebbe mai ammesso di aver bisogno di essere salvato. O di una dannata pausa dal salvare il mondo. Avanzai lentamente in fila e picchiettai la punta del mio stivaletto chukka sul pavimento per scaricare l'energia nervosa che mi faceva venir voglia di scuotere qualcuno.

Jackson, che doveva essere il migliore amico di Cooper, faceva queste stronzate in continuazione. C'era sempre un motivo per cui non poteva fare un viaggio o una presentazione al consiglio di amministrazione.

Quando ero stato assunto da poco, Cooper gestiva la cosa senza problemi. Ma da quando era nato il figlio di Jackson a febbraio, Cooper sembrava più pallido, in qualche modo. Non solo la sua pelle, ma tutto lui. Come se parte della sua essenza vitale gli fosse stata risucchiata da quella macchina de La storia fantastica. I suoi movimenti erano più contenuti. Il suo sorriso, raro anche nei momenti migliori, era ormai inesistente. Persino la famosa ira di Fallon si era raffreddata, come se non valesse più la pena di arrabbiarsi per nulla.

Forse era solo una cosa stagionale e Cooper sarebbe tornato in vita quando le giornate si fossero allungate e illuminate in estate. Ma avevo la sensazione che non fosse così. Era una cosa legata a Jackson Jones. Mi premetti una nocca sulla tempia. Fottuto Jackson Jones e le sue cazzate.

«Ehi, Ben.» La voce del barista mi riportò alla realtà. Finalmente, ero in cima alla fila.

«Ehi.» Non venivo spesso al chiosco, ma supponevo che il barista si facesse un punto d'onore di conoscere i nomi di tutti.

«Sono Kris.» Mi fece l'occhiolino, i capelli scuri gli ricadevano su un occhio.

«Oh, giusto, lo sapevo. Scusa, Kris.» Lo sapevo davvero? «Avete i mirtilli?»

Kris sbatté le palpebre. «Uhm, certo.»

«Puoi aggiungerne una manciata a un frullato di cavolo riccio, per favore?» Controllai il telefono. Quindici minuti e nessun messaggio di SOS. Doveva essere un buon segno. «E posso avere anche un caffè nero e un latte macchiato scremato? E poi un macchiato al caramello per Marlee. Per favore.»

«Afferrato.» Versò caffè macinato fresco in una caffettiera a stantuffo. «Non vieni spesso qui. Non quanto vorrei.»

Distolsi lo sguardo dalle sue mani, che mentalmente stavo spingendo a muoversi più in fretta, per guardarlo in faccia. Aveva un look alla Harry Styles con quei capelli scompigliati e quegli zigomi da urlo. Totalmente il mio tipo.

Tranne per il fatto che non lo era. Non più. Il mio tipo, a quanto pare, erano miliardari emotivamente non disponibili con gli occhi azzurri. Fanculo. La. Mia. Vita.

Il telefono mi vibrò in mano.

MARLEE

Codice rosso. Ho bisogno di te ORA.

«Merda, scusa, annulla tutto.» Lanciai un rapido sorriso a Kris. Gli angoli della sua bocca si piegarono all'ingiù un attimo prima che io scattassi attraverso l'atrio verso gli ascensori. Martellai il pulsante e mi voltai per scrutare le porte dell'ascensore dietro di me. Apriti, apriti, apriti. Saltellai sulla punta dei piedi come se questo potesse far arrivare l'ascensore più in fretta.

Finalmente, una porta suonò e mi precipitai davanti. L'ascensore era pieno e ci volle ogni grammo di autocontrollo che possedevo per non farmi largo a spintoni tra i miei colleghi e poi buttarli fuori.

Quando la cabina finalmente si svuotò, mi ci fiondai dentro e premetti il pulsante del sesto piano, poi sbattei il palmo della mano sul pulsante di chiusura delle porte. Non era la prima volta che dovevo correre alla mia scrivania per il mio capo esigente. Ma oggi avevo una brutta sensazione. Maledetto Jackson Jones.

Guardai i numeri dei piani illuminarsi sullo schermo sopra la porta e respirai a fondo. Forse ero ingiusto con Jackson. A Marlee piaceva. A tutti piaceva. Compreso Cooper. In effetti—

Mi passai una mano sul bruciore fin troppo familiare allo stomaco. Dovevo smettere di interessarmi a Cooper. Come la maggior parte delle persone di cui mi ero innamorato, era fuori dalla mia portata. Inoltre, il suo cuore era già impegnato e prima mi fossi tolto dalla testa quella ridicola cotta, meglio sarebbe stato.

Finalmente, le porte si aprirono al sesto piano e uscii, con il cuore in gola.

Voci concitate assalirono la solita calma del piano dirigenziale.

Provenivano dall'ufficio di Cooper. Una folla di persone si era radunata vicino alla porta.

Marlee mi trotterellò incontro sui suoi tacchi a spillo rosa. Torcendosi le mani, sussurrò: «Santo cielo, Ben. Stanno litigando. Cioè, si stanno urlando contro, e non hanno risposto quando ho bussato. Devi entrare e farli smettere. Stanno tutti guardando».

«C'è Weston lì dentro?» Il CEO era l'arcinemico di Jackson, e nessuno dei due si risparmiava i colpi quando non erano d'accordo.

«No, solo Jackson e Cooper. Ma sono sicura che qualcuno lo dirà a Weston.»

La tensione nel mio petto si allentò. Jackson e Cooper a volte alzavano la voce, ma non durava mai a lungo. Almeno il CEO non stava assistendo di persona. Cooper avrebbe potuto trovare una spiegazione più tardi. Aveva un tocco magico con il suo capo.

Dovevo rubare un po' di quella magia con i capi per me stesso. «Tutti al lavoro. Niente da vedere qui,» annunciai mentre mi dirigevo verso l'ufficio di Cooper. Alcune persone tornarono alle loro scrivanie. L'assistente di Weston, Julie, più sfacciata, indugiò nelle vicinanze.

Inarcai un sopracciglio, e lei lentamente si voltò e tornò con passo pesante alla sua scrivania. Non si sedette, ma rimase in piedi, a fissare, pronta ad assistere a qualunque cosa sarebbe scoppiata quando avessi aperto la porta.

Bussai, ma stavano urlando troppo forte per sentire. Spinsi la maniglia, ma non si mosse. Perché era chiusa a chiave?

A malincuore, passai il mio badge davanti al sensore. Era codificato solo per l'ID di Cooper, di Jackson e per il mio. La luce divenne verde. Feci un respiro profondo, abbassai la maniglia e aprii la porta.

Cooper, con il viso rosso e gli occhi sporgenti, ruggì: «Non ne posso più delle tue stronzate!» Sbatté una mano sulla sua scrivania.

Accadde tutto così in fretta. Quando, più tardi, ripassai la scena nella mia mente, mi parve di ricordare un 'ping', come se quel grosso e brutto anello che Cooper portava sempre avesse colpito il piano di vetro che proteggeva il legno.

Indipendentemente dalla causa, ci fu uno scricchiolio come di fuochi d'artificio e poi silenzio. Dopo un secondo, un frammento di vetro cadde dal bordo e si conficcò nella spessa moquette. Alcuni pezzi più piccoli lo seguirono. Cooper fissò la superficie della sua scrivania. Poi alzò lo sguardo e scrutò il suo migliore amico dalla testa ai piedi.

La gelosia mi divampò nelle viscere. Perché, anche quando Jackson scaricava le sue responsabilità su di lui, il primo istinto di Cooper era proteggere Jackson? Cosa non avrei dato per ricevere io quella preoccupazione, quella cura.

Merda, non era il momento di sospirare per il mio capo. Dovevo fare qualcosa per sistemare la situazione. Ma i miei piedi erano incollati al pavimento. Conoscevo intimamente il suo carattere, ma per quanto ne sapevo, non aveva mai colpito nulla.

«Coop… tutto a posto?» La voce di Jackson era quieta come un funerale. Era la prima volta che lo vedevo immobile.

«Io… mi dispiace, Jay. È stato un…»

Volevo correre da lui, controllare che non si fosse fatto male, ma la tensione nella stanza era così solida da tenermi inchiodato alla porta. La chiusi alle mie spalle. «Tutto bene qui dentro?»

Chiaramente no. La superficie della scrivania di Cooper scintillava di vetri infranti. Il suo viso era bianco come le carte impilate ordinatamente nella sua vaschetta della posta in uscita. Quando una goccia di sangue cadde sulla scrivania, lui sollevò la mano e la fissò come se non fosse sicuro che gli appartenesse.

«Me… voglio dire, ecco. Lasci che L'aiuti.» I miei piedi si scollarono dalla moquette e un secondo dopo ero accanto al mio capo. Il palmo della sua mano era attraversato da tagli, da cui sgorgava sangue.

Frugai nella tasca anteriore per il mio fazzoletto e lo spiegai. Esitai un momento — quella regola del non toccarsi — ma questa era un'emergenza. Avrebbe odiato se avessi dovuto interrompere il suo lavoro per rimuovere un tappeto macchiato di sangue.

Piegai il fazzoletto in tre e lo premetti delicatamente contro il suo palmo. La sua mascella si tese.

«Fa male?» I tagli non sembravano profondi, ma non li avevo visti bene.

«No.» La parola non aveva nulla della sua solita nettezza. Era sotto shock?

«Si sieda.» Con la mano che non stavo usando per fare pressione sulla sua ferita, mi allungai e spinsi sulla sua spalla finché non si accasciò sulla sedia.

Finalmente, guardai Jackson, che era ancora a bocca aperta a fissare il suo amico. «Cos'è successo?» Il mio tono non era rispettoso come avrebbe dovuto essere nei confronti del cofondatore dell'azienda, ma qualsiasi cosa che coinvolgesse del sangue costituiva una circostanza attenuante.

Jackson si precipitò verso la scrivania e raccolse i frammenti di vetro infranto in un mucchio. «Cooper stava esprimendo un concetto in modo un po' troppo energico. Credo che avrebbe dovuto optare per il vetro temperato.»

Cazzo, se continuava così, mi sarei ritrovato con due persone sanguinanti. «Jackson, si fermi. Chiamo la manutenzione per...»

«Maledizione!» Quando Jackson si mise il pollice in bocca, il suo gomito urtò la conchiglia sulla scrivania di Cooper. Quella che spolveravo una volta a settimana, chiedendomi ogni volta perché tenesse quell'unico oggetto decorativo sulla sua scrivania. Non dovevo più chiedermelo. Ruzzolò giù dalla scrivania, rimbalzò una volta sulla moquette e si frantumò quando si schiantò sul pavimento di legno.

Il silenzio che seguì fu ancora più assordante di quando Cooper aveva rotto la scrivania.

«Scusa, Coop, io...»

Un lampo di dolore attraversò il viso di Cooper. Era la stessa espressione che aveva avuto il giorno in cui Jackson aveva portato il suo bambino in ufficio in uno di quegli zaini portabebè. «Lascia perdere. Io... devo andare.»

«Adesso?» Sollevai un angolo del mio fazzoletto. L'emorragia era rallentata. «Non può andare a una riunione in queste condizioni.» Solo Cooper Fallon avrebbe continuato la sua giornata lavorativa come se nulla fosse accaduto dopo essersi ferito. Annodai le estremità del panno attorno al dorso della sua mano, stringendo il nodo sul palmo.

«La gente è abituata a vedermi in disordine. Non te.» Jackson si passò una mano tra i capelli scuri. «Ascolta Ben. Siediti e riposa un minuto. Ho del whisky nel mio ufficio. Possiamo…»

Appena le mie dita lasciarono il nodo sul fazzoletto, Cooper ritrasse la mano di scatto. I suoi occhi azzurri non erano gelidi come al solito quando li puntò su di me. Probabilmente a causa della perdita di sangue.

«Ho bisogno… di uscire.» Si alzò e mi aggirò per dirigersi verso la porta. Con la mano sulla maniglia, si voltò.

Grazie a Dio, si sarebbe seduto e sarebbe stato ragionevole. Feci un mezzo passo verso di lui nel caso vacillasse tornando alla sedia.

Ma rimase lì, aggrappato alla maniglia. «Ben, faccia sapere alla Società degli Imprenditori del New England che prenderò il posto di Jackson come relatore principale. E sposti la sua prenotazione d'albergo a mio nome.»

Jackson si tolse il pollice dalla bocca. «Coop, non devi farlo.»

Cooper rivolse al suo migliore amico un sorriso sardonico. «Non è esattamente quello che mi stavi dicendo che dovevo fare prima… prima di questo?» Agitò la mano avvolta nel fazzoletto verso il disastro nel suo ufficio.

«Ma…»

Tese il palmo della mano. Tremava. Doveva star esercitando un enorme autocontrollo. «Sposta tutte le mie riunioni alla prossima settimana.»

Ma che cazzo stava succedendo? «Sì, signor Fallon.»

Aprì la porta e uscì, chiudendola delicatamente dietro di sé. Niente borsone da palestra, niente cappotto, niente portatile. Sarebbe rimasto nell'edificio? Aveva una stanza segreta per gli urli primordiali al piano di sotto?

«Va bene.» Jackson chinò la testa. «Puoi dirlo. Sono il peggior amico del mondo.»

Non potei farne a meno. Sorrisi a quello stronzo. Era irritantemente adorabile. «Lo sei assolutamente. Ma ti vuole bene lo stesso.»

Alzò di scatto la testa e sorrise. «È vero, no? Sono il ragazzo più fortunato di San Francisco.»

Il mio sorriso svanì. Lo era, cazzo. Cosa non avrei dato per essere il destinatario dell'uno percento di quell'amore. Jackson era troppo pieno di sé per notarlo, ma io l'avevo visto fin dai miei primi giorni in azienda. Cooper si struggeva per il suo migliore amico. Il suo migliore amico, inconsapevolmente etero.

«Dovrebbe andarsene,» dissi, con tono piatto. «Chiamerò la manutenzione per pulire qui.»

«Grazie, Ben. Darò a Coop un'oretta per sbollire, e poi parlerò con lui.»

Se conoscevo il mio capo, gli ci voleva più di un'ora. E immaginavo che l'avrebbe ottenuta durante il suo viaggio dell'ultimo minuto a Boston. Che ora dovevo organizzare.

Porca puttana.

Avrei trovato un modo per controllarlo, anche a Boston. Perché forse a Jackson Jones non fregava un cazzo di quanto avesse incasinato la vita di Cooper, ma a me sì.

————

Comandami è disponibile in edizione tascabile presso il tuo rivenditore preferito.

L'AUTRICE

A Michelle McCraw piace leggere romanzi d'amore e lavorare nel settore tecnologico. Un giorno, ha deciso di combinare i suoi due interessi, e ora scrive romance contemporaneo piccante e nerd che potrebbe farti ridere. I suoi libri presentano personaggi che amano senza vergogna la scienza, l'ingegneria e la tecnologia.

Autrice americana e texana di nascita, Michelle ha spalato neve durante le tempeste in New England ed è passata a uno spazzaneve nel Midwest. Ora vive in Georgia, dove NON le manca affatto la neve. Ama leggere, viaggiare, bere bourbon e viziare il suo cane straordinariamente maleducato ma adorabile. È stata finalista nel RWA Vivian Contest, nel Contemporary Romance Writers' Stiletto Contest e nel Windy City Romance Writers' Four Seasons Contest.

facebook.com/MichelleMcCrawAuthor
instagram.com/MMOWriter
amazon.com/author/michellemccraw
goodreads.com/MichelleMcCraw
bookbub.com/authors/michelle-mccraw

LIBRI DI MICHELLE MCCRAW

Synergy Series

Lavora con Me

Fingi con Me

Viaggia con Me

Comandami

Ricordami

Tentami

40 and Fabulous

Fashion and Passion

Frenemies and Lovers

Books and Hookups

Conspiracies and Chemistry

Advances and Retreats

Marriage and Trouble

Sugar and Spice